José Saramago

# Alle Namen

Roman

Aus dem Portugiesischen
von Ray-Güde Mertin

Atlantik

Die Originalausgabe erschien 1997 unter dem Titel
*Todos os Nomes* bei Editorial Caminho, Lissabon.

Der Roman wurde 1999 erstmals auf Deutsch
beim Rowohlt Verlag, Reinbek, veröffentlicht.

*Atlantik Bücher erscheinen im*
*Hoffmann und Campe Verlag, Hamburg.*

1. Auflage 2016

*www.hoca.de* *www.atlantik-verlag.de*
Vermittelt über Literarische Agentur Mertin,
Inh. Nicole Witt e.K., Frankfurt am Main
Satz: Pinkuin Satz und Datentechnik, Berlin
Druck und Bindung: C. H. Beck, Nördlingen
Printed in Germany
ISBN 978-3-455-65104-1

HOFFMANN
UND CAMPE

*Ein Unternehmen der*
GANSKE VERLAGSGRUPPE

*Für Pilar*

*Du kennst den Namen, den man dir gegeben hat,*
*doch kennst du nicht den Namen, den du trägst.*

Buch der Gewissheiten

Über dem Türrahmen ist ein schmales längliches, emailliertes Metallschild angebracht. Auf weißem Grund steht in schwarzen Buchstaben Zentrales Personenstandsregister. Die Emailleschicht ist gesprungen und an einigen Stellen abgeblättert. Die Tür ist alt, der letzte braune Anstrich löst sich, die Maserung des Holzes kommt hervor, sie erinnert an faltige Haut. Es gibt fünf Fenster in der Fassade. Kaum tritt man über die Schwelle, spürt man den Geruch von altem Papier. Gewiss, es vergeht kein Tag, an dem nicht neue Papiere im Personenstandsregister eintreffen, von Individuen männlichen Geschlechts und weiblichen Geschlechts, die dort draußen geboren werden, aber der Geruch ändert sich nie, erstens weil es die Bestimmung allen neuen Papiers ist, gleich nach Verlassen der Fabrik zu altern, und zweitens weil gewöhnlich kein Tag vergeht, an dem nicht auf dem alten Papier, doch auch häufig auf dem neuen, Todesfälle eingetragen werden samt entsprechender Orte und Daten, wobei jeder mit seinen eigenen Gerüchen, die für die Schleimhäute in der Nase nicht immer beleidigend sind, etwas beiträgt, wie dies gewisse aromatische Ausdünstungen beweisen, die hin und wieder zart in der Luft des Personenstandsregisters liegen und die feine Nasen aufspüren als ein Parfüm, das zur Hälfte aus Rosen und zur Hälfte aus Chrysanthemen besteht.

Gleich hinter der Tür betritt man durch einen großen verglasten Windfang mit zwei Türflügeln den riesigen rechteckigen Raum, in dem die Angestellten arbeiten, vom Publikum durch eine lange Theke getrennt, die von einer Seitenwand zur anderen reicht, wobei es an einer Seite eine bewegliche Klappe gibt, durch die man ins Innere gelangt. Die Anordnung der Plätze in diesem Saal berücksichtigt selbstverständlich die vorgegebene Hierarchie, da sie sich jedoch, wie zu erwarten, in dieser Hinsicht harmonisch fügt, tut sie dies auch hinsichtlich der Geometrie, was dem Beweis dient, dass kein unüberbrückbarer Widerspruch zwischen Ästhetik und Autorität besteht. Die erste Tischreihe, parallel zur Theke, wird von acht Amtsschreibern eingenommen, die für den Publikumsverkehr zuständig sind. Dahinter, ebenfalls um die mittlere Achse angeordnet, die von der Tür ausgehend sich weit hinten in den dunklen Räumen des Gebäudes verliert, steht eine Reihe von vier Tischen. Dies sind die Tische der Amtssekretäre. Dann folgen die der Stellvertretenden Amtsvorsteher, und das sind zwei. Schließlich, isoliert und allein, wie es sich gehört, der Amtsvorsteher, den sie im täglichen Umgang Chef nennen.

Die Verteilung der Aufgaben auf die Gesamtheit der Angestellten folgt einer einfachen Regel, welche die Elemente jeder Stufe verpflichtet, die gesamte ihnen mögliche Arbeit auszuführen, sodass nur ein geringer Teil an die folgende Stufe weitergereicht wird. Das bedeutet, dass die Amtsschreiber gezwungen sind, ununterbrochen von morgens bis abends zu arbeiten, während die Amtssekretäre dies nur hin und wieder tun, die Stellvertretenden Amtsvorsteher überaus selten und der Amtsvorsteher so gut wie nie. Das unablässige Hin und Her der acht Vorderen, die sich so schnell setzen, wie sie sich erheben, immer vom Tisch zur Theke laufend, von der Theke zu den Karteikästen, von den Karteikästen ins Archiv, dabei unermüdlich diese und andere Abfolgen und

Kombinationen wiederholend vor der Gleichgültigkeit der Vorgesetzten, der unmittelbaren wie der weiter entfernten, ist ein unerlässlicher Bestandteil, wenn man verstehen will, wie es möglich war und bedauerlicherweise auch so leicht, Missbräuche zu begehen, Unregelmäßigkeiten und Fälschungen, die den Kern dieses Berichtes ausmachen.

Um in einem Fall von solcher Tragweite nicht den Faden zu verlieren, ist es erforderlich zu beschreiben, wo die Archive und Karteikästen sich befinden und wie sie funktionieren. Sie sind grundsätzlich strukturiert oder, einfacher gesagt, dem Naturgesetz folgend, in zwei große Abteilungen unterteilt, die der Archive und Kartei der Toten und die der Kartei und Archive der Lebenden. Die Papiere derer, die nicht mehr leben, sind mehr oder weniger geordnet im hinteren Teil des Gebäudes untergebracht, dessen Rückwand von Zeit zu Zeit, infolge der unaufhaltbar steigenden Zahl der Toten, abgerissen und einige Meter weiter vorn wieder aufgebaut werden muss. Wie leicht zu folgern ist, sind die Schwierigkeiten, die Lebenden unterzubringen, wenn auch besorgniserregend, bedenkt man, dass stetig Menschen geboren werden, dennoch weniger dringlich und zudem bisher einigermaßen zufriedenstellend gelöst worden, sei es mittels mechanischen, horizontalen Zusammenpressens der einzelnen Akten in den Regalen, wie im Fall der Archive, sei es durch die Verwendung dünnen und extradünnen Kartons, wie im Fall der Kartei. Trotz des lästigen Problems der bereits erwähnten Rückwand verdient der vorausschauende Blick der damaligen Architekten, die das Zentrale Personenstandsregister entwarfen, uneingeschränktes Lob, da sie gegen die konservativen Ansichten gewisser kleinlicher, der Vergangenheit zugewandter Geister die Errichtung jener fünf riesigen

Regalkonstruktionen vorschlugen und verteidigten, die hinter den Angestellten bis zur Decke reichen, am weitesten zurückgesetzt das obere Ende des mittleren Regals, das fast den Schreibsessel des Amtsvorstehers berührt, näher an der Theke die oberen Regale an den Außenseiten und schließlich die beiden anderen sozusagen auf halbem Wege bis zur Mitte. Von allen Betrachtern als zyklopisch und übermenschlich angesehen, erstrecken sich diese Konstruktionen durch das Innere des Gebäudes weiter, als der Blick reicht, auch weil ab einem gewissen Punkt Dunkel herrscht und nur Licht gemacht wird, wenn eine Akte eingesehen werden muss. Diese Regalkonstruktionen tragen das Gewicht der Lebenden. Die Toten, das heißt ihre Papiere, sind weiter hinten untergebracht, allerdings weniger gut, als es die Achtung für sie erforderte, deshalb ist es so mühsam, sie zu finden, wenn ein Verwandter, ein Notar oder ein Justizbeamter ins Zentralregister kommt und Urkunden oder Abschriften von Dokumenten aus anderen Zeiten verlangt. Die Desorganisation dieses Teils des Archivs wird begründet und verschärft durch die Tatsache, dass es gerade die längst Verstorbenen sind, die am nächsten an der aktiv genannten Abteilung liegen, gleich hinter den Lebenden, und so, einer intelligenten Definition des Amtsvorstehers folgend, ein zweimal totes Gewicht bedeuten, vor allem da sich äußerst selten jemand mit ihnen beschäftigt, nur hin und wieder erscheint jemand, ein exzentrischer Erforscher historischer Details von geringer Bedeutung. Wenn nicht eines Tages entschieden wird, die Toten von den Lebenden zu trennen, und man an einem anderen Ort ein neues Personenstandsregister errichtet, um dort nur die Verstorbenen unterzubringen, gibt es keine Lösung für die Situation, wie deutlich wurde, als einer der Stellvertretenden Amtsvorsteher zu ungünstiger Stunde den Einfall hatte, das Archiv der Toten in entgegengesetzter Richtung anzuordnen, weiter hinten die früher Verstorbenen und weiter vorn die kürzlich Verstorbenen, eine Anordnung, die, in seinen bürokratischen Worten gesprochen, den Zugang zu den zeitgenössischen Verstorbenen erleichtern sollte, welche, wie man weiß, Verfasser von Testamenten sowie Erblasser sind und daher leicht zum Gegenstand von Auseinandersetzungen werden und Anlass zu Anfechtungen geben, solange die Leiche noch warm ist. Sarkastisch stimmte der Amtsvorsteher dem Vorschlag zu, unter der Bedingung, dass der Urheber dieser Idee nun selbst damit beauftragt werde, Tag für Tag die ungeheure Masse der individuellen Akten der früher Verstorbenen nach hinten zu schieben, damit die kürzlich Verstorbenen den dadurch gewonnenen Platz einnehmen könnten. Um diesen unglücklichen und undurchführbaren Vorschlag vergessen zu machen, und auch, um von der Demütigung abzulenken, fand der Stellvertretende Amtsvorsteher kein besseres Mittel, als die Amtsschreiber um die Überlassung eines Teils ihrer Arbeit zu bitten, womit er, sowohl nach oben als auch nach unten, den historischen Frieden der Hierarchie verletzte. Mit dieser Episode wuchs die Nachlässigkeit, blühte die Ratlosigkeit, grassierte die Unsicherheit, und dies so weit, dass sich eines Tages in den labyrinthischen Katakomben des Totenarchivs ein Forscher verlor, der sich Monate nach jenem absurden Vorschlag im Personenstandsregister eingefunden hatte, um einige heraldische Forschungen anzustellen, mit denen man ihn beauftragt hatte. Er wurde wie durch ein Wunder nach einer Woche entdeckt, hungrig, durstig, erschöpft, delirierend, und hatte nur überlebt, weil er zu einem verzweifelten Mittel gegriffen hatte, dem Verzehr ungeheurer Mengen alter Papiere, die er nicht einmal kauen musste, weil sie sich im Mund auflösten und weder lang im Magen blieben noch besonders nahrhaft waren. Der Chef des Zentralen Personenstandsregisters, der schon die Karteikarte des unvorsichtigen Historikers für seinen Schreibtisch angefordert hatte, um ihn für tot zu erklären, beschloss, den angerichteten Schaden zu übersehen, der offiziell den Ratten zugeschrieben wurde, und erließ eine dienstliche Anweisung, der zufolge unter Androhung von Strafe und Streichung des Gehaltes der Ariadnefaden zu benutzen sei, wann immer jemand sich in das Archiv der Toten begab.

Auf keinen Fall wäre es recht, die Schwierigkeiten der Lebenden zu vergessen. Es ist mehr als sicher und bekannt, dass der Tod, sei es aus ursprünglicher Unfähigkeit, sei es aus erworbenem Misstrauen, seine Opfer nicht aussucht nach der Dauer des Lebens, das sie gelebt haben, ein Verfahren übrigens, dies sei nebenbei bemerkt, das, will man den Worten unzähliger philosophischer und religiöser Autoritäten Glauben schenken, die sich zu diesem Thema geäußert haben, im menschlichen Wesen indirekt auf unterschiedliche und zum Teil widersprüchliche Weise den paradoxen Effekt einer intellektuellen Sublimierung der natürlichen Angst vor dem Sterben zur Folge hat. Doch zurück zu dem, was uns interessiert, nämlich dass man dem Tod niemals vorwerfen kann, einen alten vergessenen Menschen irgendwo auf unbestimmte Zeit am Leben gelassen zu haben, nur damit er immer älter wird, ohne eigenes Verdienst oder einen anderen ersichtlichen Grund. Man weiß schließlich, dass auch für alte Menschen, und wenn sie noch so lange leben, die Stunde kommen wird. Es vergeht kein Tag, an dem die Amtsschreiber nicht Akten aus den Regalen der Lebenden nehmen, um sie nach hinten in das Lager zu tragen, es vergeht kein Tag, an dem sie nicht die in das obere Regal schieben, die bleiben, auch wenn dies bisweilen aus einer ironischen Laune des rätselhaften Schicksals heraus nur bis zum nächsten Tag währt. Gemäß dem sogenannten natürlichen Lauf der Dinge bedeutet, oben im Regal angekommen zu sein, dass das Schicksal schon müde ist, dass nicht mehr viel Weg bleibt. Das Ende des Regals ist in diesem Sinne auch der Beginn des Falls. Dennoch gibt es Akten, die sich, man weiß nicht, aus welchem Grund, am äußersten Ende, wo die Leere beginnt, halten, ungerührt angesichts des letzten Taumels, Jahre und Jahre hindurch, länger als das, was die ratsame Dauer eines menschlichen Lebens gemeinhin darstellt. Zunächst wecken diese Akten in den Angestellten berufliche Neugier, aber es dauert nicht lange, bis sie Ungeduld bei ihnen hervorrufen, als würde die unverschämte Hartnäckigkeit der Langlebigen ihre eigene Aussicht auf das Leben vermindern, aufessen, verschlingen. Da hatten die Abergläubischen nicht ganz unrecht, wenn wir die vielen Fälle bedenken, in denen die Akten von Angestellten aller Dienstgrade frühzeitig aus dem Archiv der Lebenden entfernt werden mussten, während die Papiere der hartnäckig Überlebenden außen allmählich mehr und mehr vergilbten, bis sie schließlich zu dunklen, unästhetischen Flecken auf den Regalen wurden, wo sie den Blick des Publikums beleidigten. Da sagt dann der Chef des Personenstandsregisters zu einem der Amtsschreiber, Sr. José, ersetzen Sie jene Aktendeckel.

Außer seinem Eigennamen José hat Sr. José auch Nachnamen, ganz geläufige, ohne Extravaganzen, einen vonseiten des Vaters, einen anderen vonseiten der Mutter, wie üblich rechtmäßig übertragen, wie wir dies nachweisen könnten im Geburtenverzeichnis des Personenstandsregisters, wenn der Fall das Interesse rechtfertigen und wenn das Ergebnis der Nachforschungen die Arbeit bezahlen würde, das zu bestätigen, was man schon weiß. Aus unbekannten Gründen, wenn nicht schlicht wegen der geringen Bedeutung der Person, ist es jedoch so, dass es Sr. José, wenn man ihn fragt, wie er heißt, oder die Umstände es erfordern, dass er sich vorstellt, Ich bin Soundso, nie genützt hat, seinen vollständigen Namen auszusprechen, da seine Gesprächspartner immer nur das erste Wort im Gedächtnis behalten, José, dem sie später, je nachdem wie vertraulich oder förmlich sie sind, eine höfliche oder intime Anrede hinzufügen oder auch nicht. Die, das sei angemerkt, nicht so viel wert ist, wie sie zunächst zu versprechen scheint, zumindest nicht hier im Personenstandsregister, wo alle sich mit Senhor anreden, vom Amtsvorsteher bis zum jüngst eingestellten Amtsschreiber, und nicht immer die gleiche Bedeutung in der Praxis der hierarchischen Beziehungen hat, was man sogar beobachten kann, je nachdem wie entsprechend dem unterschiedlichen Grad der Autorität oder der Laune des Augenblicks das kurze Wort ausgesprochen wird, herablassend, verärgert, ironisch, verächtlich, demütig, schmeichelnd, was zeigt, welche Möglichkeiten die Stimme im Ausdruck zweier sehr kurzer Silben hat, die auf den ersten Blick, derart zusammengesetzt, nur eine einzige Sache zu sagen scheinen. Mit den zwei Silben José und den beiden von Senhor, wenn diese beide dem Namen vorangehen, geschieht ungefähr das Gleiche. Man wird, immer wenn man sich im Personenstandsregister oder auch außerhalb an jemanden wendet, in der Anrede des Genannten einen Ton der Verachtung oder der Ironie, der Irritation oder der Herablassung heraushören können. Andere Möglichkeiten wie ein demütiger oder schmeichelnder, ein einlullender oder singender Tonfall sind nie an das Ohr des Amtsschreibers Sr. José gedrungen, waren nie Teil der Tonleiter der Gefühle, die ihm üblicherweise entgegengebracht werden. Es muss jedoch hinzugefügt werden, dass einige dieser Gefühle sehr viel komplexer sind als die zuvor angeführten, in gewisser Weise primären und offensichtlichen, die aus einem Guss sind. Als zum Beispiel der Amtsvorsteher Anweisung gab, Sr. José, ersetzen Sie jene Aktendeckel, hätte ein aufmerksames, feines Ohr in seiner Stimme etwas erkannt, das man bei allem möglichen Widerspruch der Begriffe als autoritäre Gleichgültigkeit bezeichnen könnte, das heißt eine Macht, die sich ihrer selbst so sicher ist, dass sie nicht nur demonstrativ die Person ignoriert, an die sie sich wendet, ja sie nicht einmal ansieht, sondern außerdem deutlich werden lässt, dass sie sich nicht dazu herablassen würde, später zu überprüfen, ob die Anweisung ausgeführt wurde. Um die oberen Regale zu erreichen, ganz oben, fast an der Decke, musste Sr. José eine sehr hohe Leiter anstellen, und da er zu seinem Unglück an einem verwirrenden nervösen Gleichgewichtsmangel leidet, den wir gemeinhin Höhenangst nennen, blieb ihm nichts anderes übrig, als sich mit einem starken Gürtel festzuschnallen, um nicht mit seinen Knochen auf dem Steinboden zu landen. Dort unten kam keiner der ihm gleichgestellten Kollegen, von den Vorgesetzten lohnt es gar nicht zu sprechen, auf die Idee, nach oben zu blicken, um zu sehen, ob es ihm bei dieser Arbeit gutging. Dies, versteht sich, war eine andere Art und Weise, die Gleichgültigkeit zu rechtfertigen.

Zu Beginn, einem Beginn, der viele Jahrhunderte zurücklag, wohnten die Angestellten im Zentralen Personenstandsregister. Nicht direkt im Inneren, in korporativer Promiskuität, sondern in einfachen, rustikalen Häusern, errichtet außerhalb entlang der Seitenmauern wie kleine, ungeschützte Kapellen, die sich an den robusten Körper einer Kathedrale klammern. Die Häuser hatten zwei Türen, die normale Tür, die zur Straße hinführte, und eine zusätzliche, diskrete, fast unsichtbare Tür, die mit dem großen Schiff der Archive verband, was damals und viele Jahre lang als außerordentlich günstig angesehen wurde für das reibungslose Funktionieren der Behörde, da die Angestellten weder Zeit verschwenden mussten mit Hin- und Herfahrten durch die Stadt, noch sich entschuldigen konnten mit dem Verkehr, wenn sie zu spät kamen, um sich in die Anwesenheitsliste einzutragen. Abgesehen von diesen logistischen Vorteilen konnte man auf das Einfachste überprüfen lassen, ob es der Wahrheit entsprach, wenn sich jemand krankgemeldet hatte. Unglücklicherweise zwang eine Änderung der Verwaltungskriterien, die städtische Anlage des Viertels betreffend, in dem das Zentrale Personenstandsregister sich befindet, die kleinen interessanten Häuser abzureißen, mit Ausnahme eines Hauses, das nach einem Beschluss der zuständigen Behörden als architektonisches Dokument einer Epoche und als Erinnerung an ein System der Arbeitsbeziehungen erhalten blieb, das, entgegen oberflächlicher Kritik der heutigen Zeit, auch seine guten Seiten hatte. In diesem Haus nun lebt Sr. José. Es war keine Absicht, man hatte ihn nicht ausgewählt als übriggebliebenen Bewahrer vergangener Zeiten, vielleicht war es einfach nur der Ort, an dem dieses Haus stand, denn es befand sich in einer Ecke, die die neue Stadtplanung nicht beeinträchtigen würde, also handelte es sich weder um eine Bestrafung noch um eine Auszeichnung, was Sr. José so oder so nicht verdiente, weder das eine noch das andere, sondern man erlaubte ihm einfach, weiter in dem Haus zu wohnen. Auf jeden Fall jedoch, als Zeichen dafür, dass die Zeiten sich geändert hatten, und um eine Situation zu vermeiden, die leicht als Privileg hätte interpretiert werden können, wurde die Verbindungstür zum Personenstandsregister dazu bestimmt, das heißt, Sr. José wurde dazu bestimmt, sie abzuschließen, und man teilte ihm mit, er solle sie nicht mehr benutzen. Aus diesem Grund betritt und verlässt Sr. José jeden Tag das Personenstandsregister durch die große Tür, wie jeder andere auch, selbst wenn das wütendste Unwetter über die Stadt hereinbricht. Es sei jedoch erwähnt, dass sein besonnener Geist sich erleichtert fühlt, da hier ein Prinzip der Gleichheit zugrunde liegt, wenn es auch in diesem Fall zu seinen Ungunsten ausfällt und er, um die Wahrheit zu sagen, es lieber sähe, wenn nicht immer er die Leiter hinaufsteigen müsste, um die Deckel der alten Akten auszuwechseln, vor allem da er, wie gesagt, unter Höhenangst leidet. Sr. José besitzt die lobenswerte Zurückhaltung jener, die nicht herumgehen und sich über nervliche und psychologische Störungen beklagen, seien sie echt oder eingebildet, und es ist sehr wahrscheinlich, dass er den Kollegen nie etwas von seinem Problem erzählt hat, andernfalls würden sie ihn sicher besorgt beobachten, während er dort oben steht, voller

Angst, trotz der Sicherheit des Gürtels von den Stufen herunterzustürzen und ihnen auf den Kopf zu fallen. Als Sr. José schließlich auf den Erdboden zurückkehrt, noch leicht benommen und nach Kräften den letzten Schwindel vor den anderen Angestellten verbergend, den gleichgestellten ebenso wie den Vorgesetzten, kommt es ihnen überhaupt nicht in den Sinn, in welcher Gefahr sie geschwebt haben.

Jetzt ist der Augenblick gekommen zu erklären, dass Sr. José, obwohl er all diese Umwege auf sich nehmen muss, um in die Behörde zu gelangen und nach Hause zurückzukehren, die Verpflichtung zur geschlossenen Tür nur Genugtuung und Erleichterung bescherte. Er war nicht der Mensch, der Kollegen in der Mittagspause empfing, und wenn er bisweilen krank gewesen war, dann hatte er sich aus eigenem Antrieb im Saal sehen lassen und dem Stellvertretenden Amtsvorsteher auf seiner Seite gezeigt, damit kein Zweifel an seiner Aufrichtigkeit aufkäme und man ihm nicht den Amtsarzt zur Kontrolle ans Bett schickte. Mit dem Verbot, die Tür zu benutzen, waren die Möglichkeiten einer unerwarteten Einmischung in sein häusliches, zurückgezogenes Leben noch mehr reduziert worden, zum Beispiel in solchen Momenten, in denen er auf seinem Tisch das ausgebreitet hatte, was ihm seit vielen Jahren so viel Arbeit bereitete, nämlich seine wichtige Sammlung von Berichten über Personen des Landes, die, aus guten oder schlechten Gründen, berühmt geworden waren. Ausländer, so berühmt sie auch sein mochten, interessierten ihn nicht, ihre Papiere waren in fernen Personenstandsregistern archiviert, falls sie auch dort so hießen, und waren in Sprachen verfasst, die er nicht entziffern könnte, von Gesetzen angenommen, die er nicht kannte, selbst wenn er die allerhöchste Leiter benutzte, würde er sie nicht erreichen. Solche Menschen wie diesen Sr. José finden wir überall, sie verbringen ihre Zeit oder die Zeit, die ihnen nach ihrer Meinung in ihrem Leben zur Verfügung steht, damit, Briefmarken zu sammeln, Münzen, Medaillen, Krüge, Postkarten, Streichholzschachteln, Bücher, Uhren, Sport-T-Shirts, Autogramme, Steine, Tonfiguren, leere Getränkebüchsen, kleine Engel, Kakteen, Opernprogramme, Feuerzeuge, Stifte, Hocker, Spieluhren, Flaschen, Bonsais, Zeichnungen, Krüge, Becher, Pfeifen, Kristallobelisken, Porzellanenten, altes Spielzeug, Karnevalsmasken, wahrscheinlich tun sie das aus einer, wie wir es nennen könnten, metaphysischen Angst heraus, vielleicht weil sie die Vorstellung des Chaos als einzigem Regenten des Universums nicht ertragen, und versuchen deshalb, mit ihren schwachen Kräften und ohne göttliche Hilfe, ein wenig Ordnung in die Welt zu bringen, für einige Zeit gelingt es ihnen, aber nur solange sie ihre Sammlung verteidigen können, denn wenn der Tag kommt, an dem sie aufgelöst wird, und dieser Tag kommt immer, sei es durch den Tod oder durch die Ermüdung des Sammlers, kehrt alles an den Anfang zurück, alles gerät wieder durcheinander.

Nun, da diese Manie des Sr. José offenbar die allerunschuldigste ist, versteht man nicht, warum er so viele Vorsichtsmaßnahmen ergreift, damit niemand den Verdacht schöpfen kann, dass er Ausschnitte aus Zeitungen und Zeitschriften mit Berichten und Bildern berühmter Menschen sammelt, und dies nur wegen ihrer Berühmtheit, zumal es ihm gleich ist, ob es sich um Politiker oder Generäle, um Schauspieler oder Architekten, Musiker oder Fußballspieler, Radfahrer oder Schriftsteller, Spekulanten oder Balletttänzerinnen, Mörder oder Bankiers, Betrüger oder Schönheitsköniginnen handelt. Nicht immer war er so heimlichtuerisch gewesen. Nun hatte er nie mit den wenigen Kollegen, zu denen er etwas Vertrauen hatte, über diese Art seiner Zerstreuung gesprochen, das hatte jedoch mit seiner zurückhaltenden Art zu tun und nicht mit der bewussten Befürchtung, sie könnten ihn der Lächerlichkeit preisgeben. So eifersüchtig besorgt um die Wahrung seiner Privatsphäre war er erst seit dem Abriss der Häuser, in denen die Angestellten des Personenstandsregisters gelebt hatten, oder genauer gesagt, nachdem angekündigt worden war, dass er die Verbindungstür nicht mehr würde benutzen können. Es mochte sich schlicht um einen Zufall handeln, wie es so viele gibt, solange man keinen unmittelbaren Zusammenhang sieht zwischen dieser Tatsache und der Notwendigkeit so plötzlicher Geheimhaltung, es ist jedoch zur Genüge bekannt, dass der menschliche Geist oft Entscheidungen trifft, deren Gründe er nicht zu kennen scheint, woraus man schließen kann, dass er dies erst tut, nachdem er im Geist mit solcher Schnelligkeit Wege zurückgelegt hat, dass er im Nachhinein diese nicht mehr wiedererkennen und noch viel weniger rekonstruieren kann. Ob so oder so, ob diese oder eine andere Erklärung zutrifft, Sr. José hatte eines Nachts zu vorgerückter Stunde, als er bei sich zu Hause ruhig an der Aktualisierung der Papiere eines Bischofs arbeitete, die Erleuchtung, die sein Leben verändern sollte. Es ist gut möglich, dass die plötzliche Besinnung auf das Personenstandsregister jenseits der dicken Wand, jene riesigen Regale, beladen mit Lebenden und Toten, die kleine blasse Lampe, die von der Decke über dem Tisch des Amtsvorstehers hing und Tag und Nacht eingeschaltet war, die dichte Finsternis, die die Korridore zwischen den Regalen erfüllte, die abgrundtiefe Dunkelheit, die im hinteren Teil des Schiffes herrschte, die Einsamkeit, die Stille, es ist also gut möglich, dass ihm all das auf einen Schlag durch die verblüffenden, hier schon erwähnten Wege des Geistes klargemacht hatte, dass seinen Sammlungen etwas Grundsätzliches fehlte, das heißt der Ursprung, die Wurzel, die Herkunft, mit anderen Worten, schlichtweg der Eintrag der Geburt jener berühmten Menschen, denen er sich mit der Sammlung von Berichten über ihr öffentliches Leben gewidmet hatte. Er wusste zum Beispiel weder, wie die Eltern des Bischofs hießen, noch, wer die Taufpaten gewesen waren, noch, wo genau er geboren worden war, in welcher Straße, in welchem Gebäude, in welchem Stockwerk, und was das Geburtsdatum angeht, war es gewiss ein Zufall, wenn es in einem dieser Ausschnitte stand, nur der offizielle Eintrag im Personenstandsregister würde dies selbstverständlich wahrheitsgemäß bestätigen, nie dagegen eine aus der Presse aufgegriffene Information, wer weiß, wie genau diese war, der Journalist konnte sich verhört oder sie falsch abgeschrieben haben, der Korrektor konnte sie ins Gegenteil verkehrt haben, es wäre nicht das erste Mal, dass in der Geschichte des *deleatur* so etwas geschah. Die Lösung befand sich in seiner Reichweite. Die unerschütterliche Überzeugung des Amtsvorstehers, dass kraft des absoluten Gewichts seiner Autorität jeglicher Befehl aus seinem Munde mit größter Strenge und größter Sorgfalt ausgeführt würde, ohne das Risiko eigensinniger Konsequenzen oder willkürlicher Abweichungen seitens des Subalternen, der ihn erhalten hatte, war der Grund dafür, dass der Schlüssel zur Verbindungstür sich weiterhin im Besitz von Sr. José befand. Der es nie wagen würde, ihn zu benutzen, der ihn nie aus der Schublade nehmen würde, in der er ihn verwahrt hatte, wäre er nicht zu dem Schluss gekommen, dass seine Bemühungen als freiwilliger Biograph objektiv gesehen recht wenig Sinn hätten, wenn er nicht einen dokumentarischen

Beweis oder eine beglaubigte Abschrift der Existenz, nicht nur der tatsächlichen, sondern auch der offiziellen, der betreffenden Personen beifügte.

Nun stelle man sich die nervliche Anspannung, die Aufregung vor, als Sr. José zum ersten Mal die verbotene Tür öffnete, den Schauder, der ihn am Eingang innehalten ließ, als hätte er den Fuß auf die Schwelle zu einer Kammer gesetzt, in der ein Gott begraben lag, dessen Macht, im Gegensatz zu dem, was überliefert ist, nicht von seiner Wiederauferstehung herrührte, sondern daher, dass er diese verweigert hatte. Nur tote Götter sind immer Götter. Die fabelhaften Umrisse der mit Papieren beladenen Regale schienen die unsichtbare Decke zu durchbrechen und in den schwarzen Himmel hinaufzusteigen, das schwache Licht über dem Schreibtisch des Amtsvorstehers wirkte wie ein entfernter, erstickter Stern. Obwohl er das Terrain genau kannte, auf dem er sich bewegte, begriff Sr. José, nachdem er sich einigermaßen wieder gefasst hatte, dass er die Hilfe eines Lichtes benötigte, um nicht an die Möbel zu stoßen, vor allem jedoch um ohne zu großen Zeitverlust an die Dokumente des Bischofs zu gelangen, erst die Karteikarte, dann die ihn betreffende Akte. In der Schublade, in der er den Schlüssel aufgehoben hatte, lag eine Taschenlampe. Er holte sie und ging dann, als hätte das Licht, das er bei sich trug, ihm neuen Mut gegeben, geradezu entschlossen durch die Tische hindurch bis zur Theke, unter der sich die große Kartei der Lebenden befand. Rasch fand er die Karteikarte des Bischofs, und er hatte Glück, dass die entsprechende Akte im Regal nicht weiter weg war als auf Armhöhe. Er brauchte also keine Leiter zu benutzen, überlegte jedoch besorgt, wie sein Leben wohl aussähe, wenn er in die oberen Regionen der Regale hinaufsteigen müsste, dorthin, wo der schwarze Himmel begann.

Er öffnete den Schrank mit den Formularen, nahm eines von jeder Sorte heraus und kehrte in sein Haus zurück, ließ die Verbindungstür jedoch offen. Dann setzte er sich, und mit der noch zittrigen Hand übertrug er auf die leeren Formulare die persönlichen Daten des Bischofs, den vollständigen Namen, ohne einen Rufnamen oder einen Zusatz auszulassen, Datum und Ort der Geburt, die Namen der Eltern, die Namen der Paten, den Namen des Pfarrers, der ihn getauft hatte, den Namen des Beamten im Zentralen Personenstandsregister, der ihn eingetragen hatte, alle Namen. Als er diese kurze Arbeit beendet hatte, war er erschöpft, seine Hände schwitzten, ein Schauer lief ihm über den Rücken, er wusste sehr wohl, dass er eine Sünde wider den Geist der Beamtenschaft begangen hatte, in Wahrheit gibt es nichts, was einen Menschen mehr ermüdet, als gegen eine Abstraktion anzukämpfen, mehr als gegen den eigenen Geist. Mit der Entnahme jener Dokumente hatte er sich gegen Disziplin und Ethik, vielleicht sogar gegen das Gesetz vergangen. Nicht, weil die Informationen, die darin enthalten waren, geheim oder nicht allen zugänglich gewesen wären, das war nicht der Fall, denn jeder Mensch hätte im Personenstandsregister vorstellig werden und um Abschriften oder Beurkundungen der Dokumente des Bischofs bitten können, ohne die Gründe für eine solche Bitte und den Zweck ihrer Bestimmung zu nennen, sondern weil er die Kette der Hierarchie missachtet hatte und ohne die erforderliche Anordnung oder Zustimmung eines Vorgesetzten vorgegangen war. Er erwog noch, alles zurückzulegen, sein widerrechtliches Vorgehen wiedergutzumachen, indem er die unerlaubten Abschriften zerriss und verschwinden ließ und den Schlüssel dem Amtsvorsteher übergab, Herr Amtsvorsteher, ich möchte keine Verantwortung dafür tragen, wenn irgendetwas in der Behörde fehlt, und nach vollbrachter Tat dann die Minuten zu vergessen, sozusagen sublime Minuten, die er gerade erlebt hatte. Jedoch empfand er vielmehr Genugtuung und Stolz, dies alles erfahren zu haben, das war das Wort, das er benutzte, alles, Alles aus dem Leben des Bischofs. Er betrachtete den Schrank, in dem er die Kästen mit der Sammlung seiner Ausschnitte verwahrte, lächelte aus innerstem Entzücken und dachte dabei an die Arbeit, die nun auf ihn wartete, an die nächtlichen Ausflüge, die geordnete Aufnahme der Karteikarten und Akten, das Kopieren in seiner besten Schrift, so glücklich fühlte er sich, dass nicht einmal der Gedanke an die Leiter, die er benutzen müsste, seine Stimmung beeinträchtigte. Er kehrte zurück in das Personenstandsregister und legte die Dokumente des Bischofs an ihren Platz. Und dann, mit einem Selbstvertrauen, das er noch nie in seinem ganzen Leben empfunden hatte, leuchtete er mit der Taschenlampe umher, als wollte er etwas in Besitz nehmen, das ihm schon immer gehört hatte, das er aber erst jetzt als das Seine erkennen konnte. Er hielt einen Augenblick inne, betrachtete den Schreibtisch des Chefs, verklärt durch das blässliche Licht von der Decke, ja, das sollte er tun, sich auf jenen Stuhl setzen, ab heute wäre er der wahrhaftige Herr der Archive, nur er konnte, wenn er wollte, nachdem er die Tage hier verbringen musste, aus eigenem Antrieb auch die Nächte hier verbringen, Sonne und Mond würden unermüdlich um das Zentrale Personenstandsregister kreisen, Welt und Zentrum der Welt. Um den Beginn von etwas anzukündigen, spricht man immer vom ersten Tag, wenn eigentlich die erste Nacht zählen müsste, sie ist die Vorbedingung für den Tag, die Nacht wäre ewig, käme nicht eine neue Nacht. Sr. José sitzt auf dem Stuhl des Amtsvorstehers und bleibt dort bis zum Morgengrauen, lauscht dem gedämpften

Rauschen der Papiere der Lebenden über der dichten Stille der Papiere der Toten. Als die Beleuchtung der Stadt erlosch und die fünf Fenster über der großen Tür in einem dunklen Grau erschienen, erhob er sich von dem Stuhl, betrat sein Haus und schloss die Verbindungstür hinter sich. Er wusch sich, rasierte sich, frühstückte, legte die Papiere des Bischofs getrennt beiseite, zog seinen besten Anzug an, und als es Zeit war, ging er durch die andere Tür, die zur Straße, einmal um das Gebäude herum und betrat das Personenstandsregister. Keinem der Kollegen fiel auf, wer eingetroffen war, alle antworteten wie üblich auf die Begrüßung, sagten, Guten Tag, Sr. José, und wussten nicht, mit wem sie es zu tun hatten.

Glücklicherweise gibt es nicht so viele berühmte Menschen. Selbst wenn man wie Sr. José nach Kriterien verfährt, die so eklektisch und großzügig sind, was die Auswahl und den repräsentativen Charakter angeht, ist es nicht leicht, besonders wenn es sich um ein kleines Land handelt, ein rundes Hundert wirklich berühmter Persönlichkeiten zu versammeln, ohne auf die saloppe Herangehensweise jener Anthologien der hundert besten Liebessonette oder der hundert schmerzlichsten Elegien zu verfallen, angesichts derer es uns unbenommen bleibt zu vermuten, dass die letzten, die ausgewählt wurden, nur Eingang fanden, um die runde Summe zu erreichen. In ihrer Gesamtheit betrachtet, übertraf die Sammlung von Sr. José bei weitem die Hundertschaft, aber für ihn wie für den Herausgeber einer Anthologie von Elegien und Sonetten war die Zahl Hundert eine Grenze, ein Limit, ein nec plus ultra, oder, um es populärer auszudrücken, wie eine Literflasche, die nie, auch wenn man es noch so gern möchte, mehr als einen Liter Flüssigkeit fassen kann. Diesem Verständnis folgend, glauben wir, könnte man dem relativen Charakter des Ruhms eine dynamische Eigenschaft zuschreiben, zumal die Sammlung von Sr. José notwendigerweise in zwei Teile zerfällt, das heißt auf der einen Seite die hundert berühmtesten, auf der anderen Seite jene, die es noch nicht so weit gebracht haben, sie also in ständiger Bewegung ist in jenem Bereich, den wir nun Grenze genannt haben. Der Ruhm, weh uns, ist ein Luftzug, der ebenso kommt, wie er geht, eine Wetterfahne, die sich ebenso nach Norden wie nach Süden dreht, und so, wie es geschehen kann, dass ein Mensch aus der Anonymität zur Berühmtheit gelangt, ohne recht zu wissen, warum, so ist es auch nicht selten, dass jemand, der sich selbstgefällig in der Öffentlichkeit bewegt hat, plötzlich nicht mehr weiß, wie er heißt. Wenn man diese traurigen Wahrheiten auf die Sammlung von Sr. José anwendet, begreift man, dass es auch darin glorreichen Aufstieg und dramatischen Abstieg gab, einer trat aus der Reservegruppe in die Gruppe der Aktiven, ein anderer passte schon nicht mehr in die Flasche und musste hinausgeworfen werden. Die Sammlung von Sr. José ist dem Leben sehr ähnlich.

Mit großer Ausdauer arbeitend, bisweilen bis spät in die Nacht, sogar bis zum Morgengrauen, mit vorhersehbaren negativen Folgen für seine Leistungsfähigkeit, die er während der normalen Arbeitszeit einzusetzen hatte, beschloss Sr. José in weniger als zwei Wochen die Aufnahme und Übertragung der Herkunftsdaten in die jeweiligen Akten der hundert berühmtesten Personen seiner Sammlung. Er erfuhr Augenblicke unbeschreiblicher Panik, jedes Mal, wenn er sich auf die letzte Sprosse der Leiter hocken musste, um die obersten Regale zu erreichen, wo, als leide er nicht schon genug an Höhenangst, alle Spinnen des Zentralen Personenstandsregisters beschlossen zu haben schienen, die dichtesten, staubigsten und klebrigsten Netze zu spinnen, die je ein menschliches Gesicht gestreift hatten. Sein Widerwille, oder, dramatischer gesprochen, sein Entsetzen, führte dazu, dass er wie wild mit den Armen fuchtelte, um den ekligen Kontakt zu vermeiden, nur gut, dass er mit dem Gürtel fest an die Sprossen der Leiter geschnallt war, aber es gab Augenblicke, in denen nur wenig gefehlt hätte und er Hals über Kopf nach unten gestürzt wäre, inmitten eines triumphalen Papierregens und eine Wolke historischen Staubes mit sich reißend. In einem dieser quälenden Augenblicke dachte er sogar daran, sich loszubinden und das Risiko eines ungeschützten Sturzes einzugehen, und zwar als er sich vorstellte, welche Schande für immer seinen Namen und sein Gedächtnis beflecken würde, wenn der Chef eines Morgens hereinkäme und ihn fände, ihn, Sr. José, zwischen zwei Regalen, tot, mit zerschlagenem Schädel und hervorquellendem Hirn, lächerlich an die Leiter geschnallt mit einem Gürtel. Dann bedachte er, dass sich loszubinden ihn zwar von der Lächerlichkeit befreien mochte, nicht jedoch vom Tod, und dass es sich deshalb nicht lohnte. Gegen die furchtsame Natur ankämpfend, mit der er auf die Welt gekommen war, entwickelte und perfektionierte er gegen Ende seiner Aufgabe, obwohl er folglich die Arbeit fast im Dunkeln verrichten musste, eine Technik, die Akten zu lokalisieren und zu handhaben, was ihm gestattete, in wenigen Sekunden die Dokumente herauszunehmen, die er brauchte. Als er zum ersten Mal den Mut hatte, den Gürtel nicht zu benutzen, war dies wie ein unsterblicher Sieg in dem so überaus bescheidenen Lebenslauf eines Amtsschreibers. Er fühlte sich erschöpft, übernächtigt, verspürte ein Kribbeln im Magen, war jedoch, nach eigener Erinnerung, so glücklich wie nie zuvor, als die hundertste Berühmtheit klassifiziert, nach allen Regeln des Zentralen Personenstandsregisters identifiziert war und ihren Platz in dem entsprechenden Kasten einnahm. Da dachte Sr. José, dass ihm nach so großer Anstrengung eine Ruhepause guttäte, und da das Wochenende am nächsten Tag begann, beschloss er, die folgende Arbeitsphase auf den Montag zu verlegen, das heißt die gut vierzig Berühmten, die noch ihrer Aufnahme harrten, vorschriftsmäßig einzutragen. Er träumte nicht davon, dass ihm etwas viel Ernsteres zustoßen könnte, als einfach von einer Leiter zu fallen. Die Folge des Sturzes könnte sein Leben beenden, was zweifelsohne bedeutsam wäre von einem statistischen und persönlichen Standpunkt aus gesehen, aber was besagt das schon, fragen wir uns, wenn das Leben biologisch immer dasselbe ist, das heißt dasselbe Wesen, dieselben Zellen, dieselben Gesichtszüge, dieselbe Statur, dieselbe Art, zu sehen und zu beobachten, und ohne dass die Statistik diese Wandlung hätte wahrnehmen können, dieses Leben ein anderes Leben würde und ein anderer Mensch dieser Mensch.

Es fiel ihm schwer, die ungewohnte Langsamkeit zu ertragen, mit der die beiden Tage sich dahinschleppten, jener Samstag und Sonntag, sie erschienen ihm ewig. Er verbrachte die Zeit damit, Berichte aus Zeitungen und Zeitschriften auszuschneiden, bisweilen öffnete er die Verbindungstür, um das Zentrale Personenstandsregister in seiner ganzen schweigsamen Majestät zu betrachten. Er fühlte, dass er seine Arbeit mehr denn je liebte, es war ihr zu verdanken, dass er in die Intimität so vieler berühmter Menschen hatte vordringen können, um zum Beispiel Dinge zu erfahren, die manche von ihnen unbedingt geheim halten wollten, wie zum Beispiel, dass sie Kinder eines unbekannten Vaters oder einer unbekannten Mutter waren oder dass beide Eltern unbekannt waren, wie im Fall eines dieser Menschen, oder dass sie sagten, sie stammten aus diesem oder jenem Bezirk, wenn sie in Wahrheit an einem verlassenen Ort geboren waren, an einer Kreuzung unaussprechlichen Nachklangs, wenn es nicht überhaupt ein Fleck gewesen war, der nach Dung und Pferdestall roch und der ebenso gut ohne Namen auskommen konnte. Mit solchen und anderen, ähnlich skeptischen Überlegungen kam Sr. José am Montag zurück, recht erholt von den übermäßigen Anstrengungen, die er hinter sich hatte, dennoch entschlossen, trotz der unvermeidlichen nervlichen Anspannung, verursacht durch ein Wollen und Sollen in ständigem Konflikt, sich weiteren nächtlichen Exkursionen und verwegenen Aufstiegen auszusetzen. Der Tag wurde ihm jedoch gleich morgens versäuert. Der Stellvertretende Amtsvorsteher, dem die Verwaltung des Materiallagers unterstand, berichtete dem Amtsvorsteher, er habe in den vergangenen Wochen einen übermäßigen Verbrauch von Karteikarten und Aktendeckeln bemerkt, der, selbst wenn man eine bestimmte, verwaltungsmäßig zulässige Zahl irrtümlich ausgefüllter Materialien einkalkulierte, nicht der Anzahl der im Personenstandsregister registrierten Neugeborenen entsprach. Der Amtsvorsteher wollte wissen, welche Maßnahme der Untergebene ergriffen hatte, um eine derart ungewöhnliche Unregelmäßigkeit im Verbrauch zu ergründen, und welche Maßnahmen er zu ergreifen gedachte, damit diese Gegebenheit sich nicht wiederholte. Der Stellvertretende Amtsvorsteher erklärte behutsam, dass er bisher noch nichts unternommen, sich auch nicht erlaubt hatte, hierüber nachzudenken, und noch viel weniger, eine Initiative zu ergreifen, bevor er den Fall nicht dem Vorgesetzten vorgetragen hatte, wie er es in diesem Augenblick tat. Der Amtsvorsteher entgegnete, trocken wie immer, Das haben Sie getan, jetzt handeln Sie, und ich möchte nicht wieder damit behelligt werden. Der Stellvertretende Amtsvorsteher ging zu seinem Tisch, um nachzudenken, und nach einer Stunde legte er dem Amtsvorsteher den Entwurf einer internen Mitteilung vor, der zufolge der Formularschrank nun abgeschlossen und der Schlüssel immer in seinem, des verantwortlichen Verwalters, Besitz bleiben würde. Der Amtsvorsteher schrieb, Einverstanden, der Stellvertretende Amtsvorsteher schloss den Schrank ostentativ ab, damit alle die Veränderung wahrnahmen, und Sr. José seufzte nach dem ersten Schreck vor Erleichterung auf, da er Zeit gehabt hatte, den wichtigsten Teil seiner Sammlung zu vollenden. Er versuchte sich nun zu erinnern, wie viele Karteikarten er noch zu Hause in Reserve hatte, vielleicht zwölf, vielleicht fünfzehn. Das war nicht weiter schlimm. Wenn sie ausgingen, würde er auf einem einfachen Blatt Papier die dreißig abschreiben, die ihm noch fehlten, der Unterschied wäre nur ein ästhetischer, Nicht immer kann man alles haben, dachte er, um sich zu trösten.

Es gab keinen Grund, warum man ihn als möglichen Verantwortlichen für das Verschwinden der Formulare mehr in Verdacht haben sollte als jeden anderen der gleichgestellten Kollegen, zumal nur sie, die Amtsschreiber, die Karteikarten und Aktendeckel beschrieben, aber seine schwachen Nerven ließen Sr. José jeden Tag befürchten, dass die Erschütterungen seines schlechten Gewissens von außen wahrgenommen und registriert werden könnten. Dennoch verließ er unbeschadet das Verhör, dem er unterzogen worden war. Mit einem Gesichtsausdruck und einer Stimme, die er der Situation anzupassen versuchte, erklärte er, er wende äußerste Sorgfalt in der Nutzung der Formulare an, erstens weil dieses Vorgehen seiner Natur entspräche, doch vor allem, weil ihm allzeit gegenwärtig sei, dass das in der Behörde verbrauchte Papier mit öffentlichen Geldern bezahlt werde, die so viele, viele Male unter Opfern von den Steuerzahlern entrichtet würden, und dass er als gewissenhafter Angestellter die ausdrückliche Pflicht habe, dies zu achten und nichts zu verschwenden. Von Inhalt und Form her fand diese Erklärung das Wohlgefallen der Vorgesetzten, sodass auch die Kollegen, die herbeizitiert und befragt wurden, diese mit winzigen stilistischen Abweichungen wiederholten, doch es lag vor allem an der stillschweigenden und allgemeinen Überzeugung, die das Personal dank der besonderen Persönlichkeit des Amtsvorstehers verinnerlicht hatte, dass nichts im Amt, es mochte geschehen, was wollte, den Interessen der dort verrichteten Arbeit zuwiderlaufen dürfe, dass niemand bemerkte, dass Sr. José seit seinem Jahre zurückliegenden ersten Arbeitstag noch nie so viele Wörter hintereinander gesprochen hatte. Wäre der Stellvertretende Amtsvorsteher in der erhellenden Methode angewandter Psychologie bewandert gewesen, wäre die trügerische Rede von Sr. José im Handumdrehen zusammengefallen wie ein Kartenhaus, in dem der Pik-König ins Schwanken gerät wie ein Mann, der zu Schwindel neigt und auf einer Leiter steht, an der jemand rüttelt. Da er befürchtete, dass der Stellvertretende Amtsvorsteher, der das Verhör geleitet hatte, im Nachhinein doch noch vermuten könnte, da sei eine Katze hinter dem Ofen versteckt, deren Schwanz noch zu sehen war, beschloss Sr. José, um größere Übel zu verhindern, diese Nacht zu Hause zu bleiben. Er würde sich nicht aus seiner Ecke herauswagen, nicht in das Personenstandsregister gehen, selbst wenn man ihm das unerhörte Glück in Aussicht stellte, das meistgesuchte Dokument der Welt zu entdecken, seit die Welt eine Welt ist, nicht mehr und nicht weniger als die offizielle Beurkundung der Geburt Gottes. Weisheit soll Klugheit zur Dienerin haben, heißt es, und wenn sie auch bedauerlicherweise unbestimmt und undefinierbar ist, muss man doch zugeben, dass in Sr. José, trotz der Unregelmäßigkeiten, die er in letzter Zeit begangen hat, eine gewisse unfreiwillige Weisheit anzutreffen ist, so als sei sie über die Atemwege in seinen Körper eingedrungen oder habe ihn berührt, weil die Sonne ihm auf den Kopf schien, weshalb derlei Weisheit keinen besonderen Beifall verdient. Wenn nun die Klugheit ihm zum Rückzug riet, dann würde er weise der Stimme der Klugheit folgen. Eine oder zwei Wochen Stillstand in den Nachforschungen würden helfen, jede Spur von Angst oder Sorge auf seinem Gesicht zu tilgen, die dort noch zu finden wäre.

Nach einem äußerst bescheidenen Abendessen, wie er es gewohnt war und seine Verhältnisse es verlangten, hatte Sr. José nun einen Abend ohne Aufgabe vor sich. Eine halbe Stunde gelang es ihm noch, sich abzulenken und in einigen der berühmtesten Lebensläufe seiner Sammlung zu blättern, er fügte ihnen noch einige neuere Ausschnitte hinzu, aber seine Gedanken waren nicht dort, sie streiften durch die Dunkelheit des Personenstandsregisters wie ein schwarzer Hund, der die Spur eines letzten Geheimnisses aufgenommen hat. Nun überlegte er, dass es keinerlei Gefahr bedeutete, wenn er einfach die Karteikarten, die er in Reserve hatte, verwendete, auch wenn es nur drei oder vier waren, um noch ein wenig vom Abend zu nutzen und danach ruhig zu schlafen. Die Vorsicht versuchte, ihn zurückzuhalten, am Ärmel zu packen, aber wie jeder weiß oder wissen müsste, ist die Vorsicht nur tauglich, wenn es darum geht, das zu bewahren, was nicht mehr interessiert, was sollte ihm schon geschehen, wenn er die Tür öffnete, schnell drei oder vier Karteikarten heraussuchte, vielleicht auch fünf, eine rundere Zahl, und die Aktendeckel würde er für eine andere Gelegenheit aufheben, so brauchte er die Leiter nicht zu benutzen. Vor allem dieser Gedanke bestärkte ihn in seinem Entschluss. Er leuchtete sich den Weg mit der Taschenlampe in der zitternden Hand, betrat die riesige Höhle des Personenstandsregisters und ging auf die Karteikästen zu. Nervöser, als er zunächst gedacht hatte, wandte er den Kopf zur einen und zur anderen Seite, als glaubte er sich beobachtet von Tausenden im Dunkel der Korridore zwischen den Regalen verborgener Augen. Noch hatte er sich nicht vom Schock des Morgens erholt. So schnell seine aufgeregten Finger es ihm erlaubten, öffnete und schloss er Schubladen, suchte unter den verschiedenen Buchstaben des Alphabets die Karteikarten, die er brauchte, irrte sich das eine oder andere Mal, bis er schließlich die ersten fünf Berühmtheiten der zweiten Kategorie beisammenhatte. Nun wirklich schreckerfüllt, rannte er zurück in sein Haus, mit klopfendem Herzen, wie ein Kind, das aus der Speisekammer eine Süßigkeit gestohlen hat und nun von dort zurückkehrt, verfolgt von allen Gespenstern der Finsternis. Er schlug ihnen die Tür ins Gesicht und drehte den Schlüssel zweimal um, er wollte nicht daran denken, dass er in dieser Nacht noch einmal zurückkehren müsste, um die verflixten Karteikarten an ihren Platz zurückzubringen. Zur Beruhigung trank er einen Schluck Branntwein aus einer Flasche, die er für bestimmte Gelegenheiten, gute wie schlechte, aufbewahrte. Vor lauter Eile und aus mangelnder Gewohnheit, denn in seinem unbedeutenden Leben waren das Gute wie das Schlechte selten gewesen, verschluckte er sich, hustete, hustete noch einmal, erstickte fast, ein ärmlicher Amtsschreiber, der fünf Karteikarten in der Hand hielt, zumindest glaubte er, es seien fünf, durch die Hustenanfälle hatte er sie fallen lassen, und es waren nicht fünf, sondern sechs, über den Boden verstreut, wie jeder sehen und nachprüfen kann, eins, zwei, drei, vier, fünf, sechs, ein einziger Schluck Branntwein hat noch nie eine solche Wirkung gehabt.

Als er schließlich wieder atmen konnte, bückte er sich, um die Karteikarten aufzuheben, eins, zwei, drei, vier, fünf, kein Zweifel, sechs, als er eine nach der anderen aufnahm und die Namen las, die darauf standen, alle berühmt, nur einer nicht. In seiner Überstürzung und Aufregung war die eine zudringliche Karteikarte an die vorige geheftet mitgekommen, so dünn waren sie, dass man den Unterschied in der Stärke kaum bemerkte. Auch wenn man sich bemüht und sorgsam schreibt, ist das Übertragen von fünf Geburtsregistern und Lebensläufen natürlich eine Arbeit, die man in kurzer Zeit erledigt hat. Nach einer halben Stunde konnte Sr. José das abendliche Werk schon als beendet betrachten und wieder die Tür öffnen. Unwillig nahm er die sechs Karteikarten und erhob sich vom Stuhl. Er verspürte wenig Lust, noch einmal zurückzugehen, aber es gab keine andere Wahl, die Kartei musste vollständig sein und am nächsten Morgen ihre richtige Ordnung haben. Wenn es erforderlich würde, eine dieser Karteikarten zu konsultieren, und sie nicht an ihrem Platz war, könnte die Lage ernst werden. Von Verdacht zu Verdacht, von Nachforschung zu Nachforschung würde schließlich jemand darauf kommen, dass Sr. José Wand an Wand mit dem Personenstandsregister lebte, das, wie wir wohl wissen, nicht den simplen Schutz eines Nachtwächters genießt, würde es jemandem einfallen, nach dem Schlüssel zu fragen, der nicht abgeliefert worden war. Was sein muss, muss sein, und das mit aller Macht, dachte Sr. José, nicht gerade originell, und wandte sich zur Tür. Auf halbem Wege hielt er plötzlich inne, Seltsam, ich kann mich nicht erinnern, ob die Karteikarte, die dabei war, zu einem Mann oder einer Frau gehört. Er kehrte zurück, setzte sich wieder hin, so brauchte er noch ein wenig mehr Zeit, um der Macht dessen zu gehorchen, was sein muss. Die Karteikarte gehört zu einer Frau von 36 Jahren, geboren in ebendieser Stadt, und enthält zwei Einträge, erstens die Heirat und zweitens die Scheidung. Wie diese Karteikarte gibt es sicher Hunderte in der Kartei, wenn nicht Tausende, man versteht jedoch nicht, warum Sr. José sie mit solch seltsamem Ausdruck betrachtet, der zunächst aufmerksam zu sein scheint, dann aber auch vage und beunruhigt, möglicherweise blickt so einer, der sich langsam, ohne Verlangen oder Ablehnung, von etwas löst und noch nicht sieht, wo er sich wieder festhalten kann. Gewiss wird jemand auf den angeblichen, unzulässigen Widerspruch hinweisen zwischen beunruhigt, vage und aufmerksam, das sind Menschen, die sich darauf beschränken zu leben, einfach so, Menschen, die noch nie ihrem Schicksal von Angesicht zu Angesicht begegnet sind. Sr. José liest wieder und wieder, was auf dieser Karteikarte geschrieben steht, die Schrift, selbstredend, ist nicht seine, es sind Schriftzüge, die aus der Mode gekommen sind, vor 36 Jahren hat ein anderer Amtsschreiber die Wörter notiert, die hier zu lesen sind, der Name des Mädchens, die Namen der Eltern und der Paten, Datum und Stunde der Geburt, die Straße, die Hausnummer und das Stockwerk, wo sie das erste Licht erblickt und den ersten Schmerz empfunden hat, ein Anfang wie der aller Menschen, die großen und kleinen Unterschiede kommen später, einige derer, die geboren werden, finden Eingang in die Enzyklopädien, in Geschichtsbücher, Biographien, Kataloge, Handbücher, in Ausschnittsammlungen, andere, wenn so ein Vergleich erlaubt ist, sind wie eine Wolke, die vorüberzieht, ohne eine Spur zu hinterlassen, weil der Regen nicht ausreicht, um die Erde zu befeuchten. Wie ich, dachte Sr. José. Er hatte den Schrank voller Männer und Frauen, von denen in den Zeitungen fast täglich die Rede war, und auf dem Tisch den Geburteneintrag eines unbekannten Menschen, und es war, als hätte er sie gerade alle in eine Waagschale gelegt, hundert auf die eine Seite, einen auf die andere, und danach verblüfft festgestellt, dass all jene zusammen nicht mehr wogen als dieser eine, dass hundert so viel waren wie einer und dass einer so viel galt wie hundert. Wenn jetzt jemand zu ihm käme und ihn unversehens fragte, Glauben Sie wirklich, dass der eine, der auch Sie sind, so viel wiegt wie hundert, dass die hundert aus Ihrem Schrank, um nicht zu weit abzuschweifen, so viel gelten wie Sie, würde er, ohne zu zögern, antworten, Werter Herr, ich bin ein einfacher Amtsschreiber, nichts weiter als ein einfacher, fünfzig Jahre alter Amtsschreiber, der nicht zum Amtssekretär befördert wurde, wenn ich glaubte, dass ich so viel gelte wie nur einer von all denen, die ich aufgehoben habe, oder wie irgendeiner von diesen fünf weniger bekannten, dann hätte ich nicht mit meiner Sammlung begonnen, Und warum schauen Sie dann unentwegt auf die Karteikarte dieser unbekannten Frau, als hätte sie plötzlich mehr Bedeutung als all die anderen, Genau deshalb, werter Herr, weil sie unbekannt ist, Aber, aber, die Kartei des Personenstandsregisters ist voller Unbekannter, Die sind in der Kartei, nicht hier, Was wollen Sie damit sagen, Ich weiß es nicht genau, Dann also hören Sie auf mit den metaphysischen Betrachtungen, dafür scheint Ihr Kopf mir nicht geboren zu sein, gehen Sie und legen Sie die Karteikarte an ihren Platz zurück und schlafen Sie in Frieden, Genau das gedenke ich zu tun, wie jeden Abend, die Antwort war im Ton versöhnlich, aber Sr. José wollte noch etwas anderes hinzufügen, Und was die metaphysischen Betrachtungen angeht, werter Herr, gestatten Sie mir die Bemerkung, dass jeder Kopf dazu fähig ist, nur häufig nicht die richtigen Wörter dazu findet.

Entgegen seinem Wunsch konnte Sr. José nicht mit der sonst üblichen Ruhe schlafen gehen. Im wirren Labyrinth seines Kopfes verfolgte er ohne Metaphysik die Spur der Gründe, die ihn dazu bewogen hatten, die Karteikarte der unbekannten Frau abzuschreiben, und er konnte nicht einen einzigen finden, der diese unvermutete Aktion bewusst hätte erklären können. Er konnte sich nur an die Bewegung seiner linken Hand erinnern, die eine leere Karteikarte nahm, dann an die rechte Hand, die schrieb, seine Augen, die von einer Karte zur anderen wanderten, als ob in Wahrheit sie die Wörter von einer Seite zur anderen trügen. Er erinnerte sich auch daran, dass er, von sich selbst überrascht, gleichmütig die Behörde betreten hatte, die Taschenlampe fest in der Hand, ohne Nervosität, ohne Angst, dass er die sechs Karteikarten an ihren Platz gesteckt hatte, zum Schluss die der unbekannten Frau, die bis zum letzten Augenblick vom Lichtkegel der Taschenlampe erleuchtet wurde, dann hinabrutschte, zwischen einer Karte des vorangehenden Buchstabens und einer des nachfolgenden Buchstabens verschwand, ein Name auf einer Karteikarte, nichts weiter. Mitten in der Nacht, erschöpft vom fehlenden Schlaf, schaltete er das Licht ein, dann erhob er sich, zog seinen Mantel über die Unterwäsche und setzte sich an den Tisch. Sehr viel später schlief er ein, sein Kopf ruhte auf dem rechten Unterarm, und die linke Hand lag auf der Abschrift einer Karteikarte.

Die Entscheidung von Sr. José erschien zwei Tage später. Im Allgemeinen sagt man nicht, dass eine Entscheidung erscheint, die Menschen sind so sehr bedacht auf ihre Identität, auch wenn diese vage ist, und auf ihre Autorität, auch wenn diese gering ist, dass sie uns lieber zu verstehen geben, sie hätten genau nachgedacht, bevor sie den letzten Schritt taten, sie hätten das Für und Wider bedacht, die Alternativen abgewogen und am Ende intensiver geistiger Arbeit schließlich eine Entscheidung getroffen. Derlei Dinge haben sich gewiss nie so zugetragen. Es wird niemand in den Sinn kommen zu essen, ohne ausreichend Appetit zu verspüren, und der Appetit hängt nicht vom Willen eines jeden ab, er bildet sich von selbst, als Ergebnis objektiver Bedürfnisse des Körpers, er ist ein physiologisches Problem, dessen Lösung auf mehr oder weniger zufriedenstellende Weise dann auf dem Teller liegt. Selbst ein so einfacher Vorgang wie der, auf die Straße hinunterzugehen, um eine Zeitung zu kaufen, setzt nicht nur den ausreichenden Wunsch nach Information voraus, der im Übrigen, so es ein Wunsch ist, notwendigerweise Appetit ist, eine Auswirkung spezifischer physiologischer Aktivitäten des Körpers, wenn auch anderer Natur, sondern zum Beispiel auch, nicht bewusst, die Gewissheit oder die Überzeugung oder die Hoffnung, dass der Lieferwagen sich nicht verspätet hat oder dass der Zeitungskiosk nicht aus Krankheitsgründen oder wegen der freiwilligen Abwesenheit des Besitzers geschlossen ist. Außerdem, wenn wir darauf bestehen würden, dass wir selbst unsere Entscheidungen treffen, müssten wir erst einmal erfassen, erkennen, ergründen, wer in uns die Entscheidung getroffen hat und wer es ist, der sie ausführen wird, ein in jedem Fall unmögliches Verfahren. Streng genommen treffen wir keine Entscheidungen, es sind die Entscheidungen, die uns treffen. Beweis dafür ist, dass wir im Leben, wenn es aufeinanderfolgend die verschiedensten Vorgänge herbeiführt, nicht jedem Einzelnen vorab eine bestimmte Spanne der Überlegung, des Abwägens und Berechnens widmen, um am Ende, und nur dann, entscheiden zu können, ob wir zu Mittag essen oder eine Zeitung kaufen oder die unbekannte Frau suchen.

Aus diesen Gründen könnte Sr. José, selbst wenn man ihn einem strengen Verhör unterwürfe, nicht sagen, wie und warum die Entscheidung ihn traf, hören wir die Erklärung, die er abgeben würde, Ich weiß nur, dass es am Abend des Mittwochs war, ich war zu Hause und so müde, dass ich nicht einmal hatte zu Abend essen wollen, mein Kopf war noch ganz benommen, weil ich den lieben langen Tag auf jener Leiter zugebracht hatte, der Chef müsste einsehen, dass ich im Alter nicht mehr für solch akrobatische Übungen zu haben bin, dass ich kein junger Mann mehr bin, abgesehen von dem Gebrechen, Welchem Gebrechen, Ich leide an Schwindel, Höhenschwindel, Schwindelanfällen oder wie immer man es nennen möchte, Sie haben sich nie beklagt, Ich beklage mich nicht gern, Das ist nett von Ihnen, fahren Sie fort, Ich wollte gerade zu Bett gehen, nein, also ich hatte schon die Schuhe ausgezogen, als ich plötzlich die Entscheidung traf, Wenn Sie die Entscheidung trafen, dann wissen Sie, warum Sie sie getroffen haben, Ich glaube, dass nicht ich sie getroffen habe, sondern dass sie es war, die mich traf, Normale Menschen treffen Entscheidungen, sie werden nicht von ihnen getroffen, Bis zum Mittwochabend dachte auch ich so, Was geschah denn am Mittwochabend, Ebendas, was ich Ihnen gerade erzähle, ich hatte die Karteikarte der unbekannten Frau auf dem Nachttisch und betrachtete sie, als sei es das erste Mal, Aber Sie hatten sie schon vorher angesehen, Seit Montag tat ich zu Hause fast nichts anderes, Also reifte die Entscheidung in Ihnen, Oder sie ließ mich reifen, Also weiter, weiter, kommen Sie mir nicht wieder damit, Ich zog meine Schuhe wieder an, meine Jacke und den Mantel und ging hinaus, ich dachte nicht einmal daran, eine Krawatte umzubinden, Wie spät war es, Etwa halb elf, Wohin gingen Sie dann, In die Straße, in der die unbekannte Frau geboren worden war, In welcher Absicht, Ich wollte mir den Ort ansehen, das Gebäude, die Wohnung, Endlich erkennen Sie, dass es eine Entscheidung gab und dass sie, wie es sich gehört, von Ihnen getroffen wurde, Nein, sie wurde mir nur einfach bewusst, Kein Zweifel, für einen Amtsschreiber können Sie gut argumentieren, Im Allgemeinen beachtet man die Amtsschreiber nicht, man wird ihnen nicht gerecht, Fahren Sie fort, Da war das Gebäude, es brannte Licht in den Fenstern, Meinen Sie die Wohnung der Frau, Ja, Was haben Sie dann getan, Ich stand ein paar Minuten dort, Und sahen hinauf, Ja, und sah hinauf, Einfach so, Ja, einfach so, Und dann, Dann, nichts weiter, Haben Sie nicht an die Tür geklopft, sind Sie nicht hinaufgegangen, haben Fragen gestellt, Wie kommen Sie darauf, so etwas kam mir gar nicht in den Sinn so spät abends, Wie spät war es, Es musste jetzt etwa halb zwölf sein, Gingen Sie zu Fuß, Ja, Und wie kehrten Sie zurück, Wieder zu Fuß, Wollen Sie damit sagen, dass es keine Zeugen gab, Was für Zeugen, Jemand, der Sie an der Tür empfangen hätte, wenn Sie hinaufgegangen wären, ein Straßenbahnführer oder ein Busfahrer zum Beispiel, Und sie wären Zeugen wofür, Dafür, dass Sie wirklich in die Straße der unbekannten Frau gegangen sind, Und wozu wären diese Zeugen gut, Um zu beweisen, dass all dies kein Traum war, Ich habe die Wahrheit gesagt, nur die Wahrheit und nichts als die Wahrheit, ich stehe unter Eid, mein Wort sollte genügen, Es könnte vielleicht genügen, wenn es in Ihrem Bericht nicht eine Kleinigkeit gäbe, die sehr aufschlussreich ist und doch sozusagen nicht schlüssig, Welche Kleinigkeit, Die Krawatte, Was hat denn die Krawatte mit dieser Sache zu tun, Ein Angestellter des Zentralen Personenstandsregisters geht nirgendwohin, ohne eine Krawatte umzubinden, das ist unmöglich, es wäre ein Verstoß gegen die eigene Natur, Ich habe Ihnen schon gesagt, dass das nicht in mir war, dass ich von der Entscheidung getroffen wurde, Ein Beweis mehr dafür, dass es sich um einen Traum gehandelt hat, Ich wüsste nicht, wie, Also von zwei Dingen geht nur eins, entweder erkennen Sie, dass Sie die Entscheidung getroffen haben, wie jedermann, und ich bin geneigt zu glauben, dass Sie ohne Krawatte zur Straße der unbekannten Frau gegangen sind, eine Abweichung vom professionellen Betragen, die tadelnswert ist und die ich im Augenblick nicht weiter untersuchen möchte, oder Sie bestehen darauf, dass Sie von der Entscheidung getroffen wurden, und das, zusätzlich zur unumgänglichen Frage der Krawatte, wäre nur in einem Traumzustand zulässig, Ich wiederhole, dass ich die Entscheidung nicht getroffen habe, ich betrachtete die Karteikarte, zog meine Schuhe an und ging hinaus, Dann haben Sie geträumt, Nein, ich habe nicht geträumt, Sie haben sich hingelegt, sind eingeschlafen und haben geträumt, dass Sie zur Straße der unbekannten Frau gegangen sind, Ich kann Ihnen die Straße beschreiben, Sie müssten mir beweisen, dass Sie nie zuvor dort gewesen sind, Ich kann Ihnen sagen, wie das Gebäude aussah, Aber, aber, nachts sind alle Gebäude grau, Das sagt man üblicherweise von den Katzen, dass sie nachts alle grau sind, Die Gebäude auch, Dann glauben Sie mir also nicht, Nein, Warum, wenn Sie mir diese Frage gestatten, Weil das, was Sie behaupten getan zu haben, nicht in meine Wirklichkeit passt, und das, was nicht in meine Wirklichkeit passt, existiert nicht, Der Körper, der träumt, ist wirklich, also, es sei denn, es gäbe eine versiertere Meinung dazu, muss auch der Traum wirklich sein, den er träumt, Der Traum ist nur wirklich als Traum, Das heißt, dass meine einzige Wirklichkeit diese war, Ja, das war Ihre einzige erlebte Wirklichkeit, Kann ich wieder an die Arbeit gehen, Ja, aber seien Sie gewarnt, denn wir werden noch die Frage der Krawatte zu erörtern haben.

Nachdem er sich betreffs der verschwundenen Formulare glücklich aus dem Verhör in der Verwaltung herausgewunden hatte, erfand Sr. José, um den dialektischen Gewinn nicht zu verlieren, den er daraus gezogen hatte, in seinem Kopf diesen neuen Dialog, aus dem er, trotz des ironischen und drohenden Tons seines Gegenübers leicht als Sieger hervorgegangen war, wie eine neuerliche, aufmerksamere Lektüre wird bestätigen können. Und er tat dies mit derartiger Überzeugung, dass er sogar in der Lage war, sich selbst zu belügen und diese Lüge ohne jegliches schlechte Gewissen aufrechtzuerhalten, als sei er nicht der Erste, der erfahren hatte, dass er wirklich das Gebäude betreten hatte, die Treppe hinaufgegangen war und das Ohr an die Tür der Wohnung gelegt hatte, in der, der Karteikarte zufolge, die unbekannte Frau geboren worden war. Gewiss, er traute sich nicht, auf die Klingel zu drücken, in diesem Punkt hatte er die Wahrheit gesagt, aber er hielt im

Dunkel auf dem Treppenabsatz einige Minuten inne, reglos, angespannt, und versuchte, die Geräusche, die von drinnen herausdrangen, zu erkennen, so neugierig, dass er fast die Angst vergaß, überrascht und für einen Einbrecher gehalten zu werden. Er hörte das quengelige Weinen eines Säuglings, Das muss der Sohn sein, das sanfte Murmeln einer beruhigenden weiblichen Stimme, Das muss sie sein, plötzlich sagte eine Männerstimme auf der anderen Seite, Dieses Kind ist aber auch nie still, das Herz von Sr. José tat vor Schreck einen Satz, wenn die Tür sich öffnete, was gut sein könnte, käme vielleicht der Mann heraus, Wer sind Sie, was wollen Sie hier, würde er fragen, Was soll ich jetzt tun, fragte sich Sr. José, der Ärmste, nichts tat er, da stand er wie gelähmt, schutzlos, zu seinem Glück folgte der Vater des Kindes nicht der alten männlichen Gewohnheit, nach dem Abendessen in die Kneipe zu gehen, um sich mit Freunden zu unterhalten. Als schließlich nur das Weinen des Kindes wieder zu vernehmen war, ging Sr. José langsam die Treppe hinunter, ohne Licht anzumachen, strich mit der linken Hand an der Wand entlang, um das Gleichgewicht nicht zu verlieren, die Kurven des Geländers waren sehr eng, an einem bestimmten Punkt erstickte ihn fast eine Woge des Entsetzens, als er überlegte, was geschehen würde, wenn ein anderer Mensch schweigsam und für seine Augen unsichtbar in diesem Augenblick die Treppe heraufkäme, mit der rechten Hand an der Wand entlangstreichend, dann würden sie gleich zusammentreffen, der Kopf des anderen würde gegen seine Brust stoßen, das wäre sicher viel schlimmer, als oben auf der Leiter zu stehen, während ein Spinnennetz sein Gesicht streift, es könnte auch jemand vom Personenstandsregister sein, der ihm bis hierher gefolgt war in der Absicht, ihn in flagranti zu ertappen, um so dem Disziplinarverfahren, das wahrscheinlich schon eingeleitet worden war, den unwiderleglichen Beweis zu liefern, der noch fehlte. Als Sr. José schließlich auf die Straße trat, zitterten seine Beine, Schweiß stand ihm auf der Stirn, Ich bin ein einziges Nervenbündel, schalt er sich selbst. Als sei sein Gehirn außer Kontrolle geraten und bewegte sich in alle Richtungen, als sei die Zeit plötzlich von vorn und hinten zusammengeschrumpft, verdichtet zu einem einzigen, kompakten Augenblick, dachte er blindlings, das Kind, das er hinter der Tür hatte weinen hören, sei die unbekannte Frau vor sechsunddreißig Jahren, er selbst ein Junge von vierzehn, ohne jedes Motiv, sich auf die Suche nach jemandem zu begeben, viel weniger noch zu dieser nächtlichen Stunde. Er stand auf dem Bürgersteig, sah die Straße hinab, als hätte er sie noch nie gesehen, vor sechsunddreißig Jahren gaben die Straßenlaternen ein blasseres Licht, der Bürgersteig war nicht asphaltiert, sondern gepflastert, und das Schild vor dem Laden an der Ecke pries Schuhe an und nicht Fast Food. Die Zeit bewegte sich, dehnte sich nun langsam wieder aus, dann immer schneller, als steckte sie in einem Ei und versuchte mit heftigen Stößen, gewaltsam hinauszugelangen, die Straßen folgten aufeinander, legten sich übereinander, die Gebäude tauchten auf und verschwanden, sie änderten ihre Farbe, ihre Form, alle Dinge suchten ängstlich ihren Platz, bevor das Morgengrauen von neuem alles veränderte. Die Zeit hatte begonnen die Tage vom Beginn an zu zählen, jetzt benutzte sie einen Rechenschieber, um die Verspätung aufzuholen, und sie tat dies so treffsicher, dass Sr. José wieder fünfzig Jahre alt war, als er zu Hause ankam. Das weinende Kind aber war nur eine Stunde älter, was deutlich macht, dass die Zeit, auch wenn die Uhren uns vom Gegenteil überzeugen wollen, nicht für alle Menschen gleich ist.

Sr. José verbrachte eine schwierige Nacht, zusätzlich zu den vergangenen, die auch nicht besser gewesen waren. Trotz der überwältigenden Emotionen, die er während seines kurzen nächtlichen Ausflugs durchlebt hatte, war er, kaum dass er das Betttuch über die Ohren gezogen hatte, wie es seine Gewohnheit war, in einen Schlaf gesunken, den jeder sogleich als tief und erholsam betrachtet hätte, aus dem er jedoch kurz darauf abrupt erwachte, als hätte ihn jemand rücksichtslos an der Schulter gerüttelt. Ein unerwarteter Gedanke weckte ihn, unterbrach ihn mitten im Schlaf, so blitzartig, dass er nicht einmal Zeit hatte, einen Traum darum zu spinnen, nämlich der Gedanke, die unbekannte Frau, die von der Karteikarte, könnte schließlich jene sein, die er gehört hatte, als sie das Kind in den Schlaf wiegen wollte, die mit dem ungeduldigen Mann, in diesem Fall wäre seine Suche beendet, dummerweise beendet in ebendem Augenblick, in dem sie hätte beginnen sollen. Eine plötzliche Angst schnürte ihm die Kehle zu, während sein geplagter Verstand zu widerstehen versuchte, denn er hätte sich gern gleichgültig gegeben und gesagt, Besser so, das bedeutet weniger Arbeit, aber die Angst hörte nicht auf, sie bedrückte ihn weiter und weiter, und jetzt fragte sie den Verstand, Und was wird er tun, wenn er nicht mehr verwirklichen kann, was er sich vorgenommen hat, Er wird das tun, was er immer getan hat, Zeitungsausschnitte, Fotografien, Nachrichten, Interviews ausschneiden, als sei nichts geschehen, Der Ärmste, ich glaube nicht, dass er das hinkriegt, Warum, Wenn die Angst kommt, geht sie nicht so leicht fort, Er kann ja eine andere Karteikarte auswählen und diesen Menschen dann suchen, Der Zufall wählt nicht aus, er schlägt vor, es war der Zufall, der ihm die unbekannte Frau gebracht hat, und nur der Zufall hat in dieser Sache ein Mitspracherecht, Es fehlt ihm nicht an Unbekannten in der Kartei, Aber es fehlen ihm Gründe, um einen von ihnen auszuwählen und nicht einen anderen, einen besonderen und nicht irgendeinen unter allen, Ich glaube nicht, dass es ein gutes Lebensprinzip ist, sich vom Zufall leiten zu lassen, Gutes Prinzip oder nicht, angemessen oder nicht, es war der Zufall, der ihm diese Karteikarte in die Hand spielte, Und wenn es dieselbe Frau ist, Wenn es dieselbe Frau ist, dann war dies der Zufall, Ohne weitere Folgen, Wer sind wir denn, dass wir von Folgen sprechen, wenn wir aus der endlosen Reihe, die unaufhörlich auf uns zukommt, nur die erste wahrnehmen können, Das bedeutet, dass noch etwas geschehen kann, Etwas, nein, alles, Das verstehe ich nicht, Nur weil wir in Gedanken versunken leben, nehmen wir nicht wahr, dass das, was uns zustößt, jeden Augenblick das intakt lässt, was uns zustoßen kann, Soll das heißen, dass das, was uns zustoßen kann, sich ständig regeneriert, Es regeneriert sich nicht nur, es multipliziert sich auch, wir brauchen nur zwei aufeinanderfolgende Tage zu vergleichen, Das habe ich nie so gesehen, Das sind Dinge, die nur die Ängstlichen genau kennen.

Als hätte diese Unterhaltung nichts mit ihm zu tun, wälzte sich Sr. José im Bett hin und her, ohne wieder einschlafen zu können, Wenn es dieselbe Frau ist, wenn es nach alldem dieselbe Frau ist, dann zerreiße ich die verflixte Karteikarte und denke nicht mehr daran. Er wusste, dass er nur die Enttäuschung zu verschleiern suchte, wusste, dass es ihm unerträglich wäre, zu den immer gleichen Gesten und Gedanken zurückzukehren, es war, als sei er unmittelbar davor, sich auf der Suche nach einer unbekannten Insel einzuschiffen, und im letzten Augenblick, schon mit dem Fuß auf der Planke, träte ihm jemand mit einer ausgebreiteten Landkarte entgegen, Es lohnt nicht, dass du dich aufmachst, die unbekannte Insel, die du finden wolltest, ist schon hier, schau, auf diesem Breiten- und auf diesem Längengrad, sie hat Häfen und Städte, Gebirge und Flüsse, alle haben ihren Namen und ihre Geschichte, es ist besser, wenn du dich damit abfindest, der zu sein, der du bist. Aber Sr. José wollte sich nicht damit abfinden, er schaute weiterhin auf den Horizont, der verloren zu sein schien, und plötzlich, als sei eine schwarze Wolke fortgezogen und ließe die Sonne durch, bemerkte er, dass der Gedanke, der ihn geweckt hatte, trügerisch war, er erinnerte sich daran, dass auf der Karteikarte zwei Einträge standen, einer die Heirat betreffend, der andere die Scheidung, und dass die Frau im Gebäude mit Sicherheit verheiratet war, wenn es dieselbe war, müsste auf der Karteikarte ein weiterer Eintrag einer neuen Eheschließung stehen, auch wenn das Personenstandsregister sich manchmal irrte, doch das wollte Sr. José nicht in Betracht ziehen.

Persönliche Gründe unumgänglicher höherer Gewalt geltend machend, bat Sr. José um Erlaubnis, diese nicht darlegen zu müssen, und erinnerte für alle Fälle daran, dass er in fünfundzwanzig Jahren stets pünktlich seinen Dienst versehen habe und zum ersten Mal die Bitte einreiche, eine Stunde früher gehen zu dürfen. Den Richtlinien folgend, die die komplexe hierarchische Struktur des Zentralen Personenstandsregisters bestimmten, formulierte er nun diesen Antrag vor dem zuständigen Amtssekretär seines Flügels, von dessen guter oder schlechter Verfassung der Wortlaut abhängen würde, in dem diese Bitte dem entsprechenden Stellvertretenden Amtsvorsteher weitergeleitet würde, der seinerseits, indem er Wörter ausließ oder hinzufügte, diese Silbe betonte oder jene strich, bis zu einem gewissen Punkt die endgültige Entscheidung beeinflussen konnte. In dieser Frage herrscht jedoch mehr Unklarheit als Gewissheit, da die Motive, die den Amtsvorsteher veranlassen, diesen oder einen anderen Antrag zu genehmigen oder abzulehnen, nur ihm bekannt sind, denn es gibt aus all den Jahren im Personenstandsregister weder eine Erinnerung noch einen Eintrag auch nur einen einzigen Entscheid betreffend, der schriftlich oder mündlich formuliert und mit einer entsprechenden Begründung versehen worden wäre. Man wird daher nie erfahren, warum Sr. José die Erlaubnis erhielt, eine halbe Stunde früher zu gehen statt der ganzen Stunde, die er erbeten hatte. Es ist also legitim, sich vorzustellen, obwohl dies eine müßige, nicht überprüfbare Spekulation ist, dass zunächst der Amtssekretär oder danach der Stellvertretende Amtsvorsteher oder beide hinzugefügt haben, ein so langes Ausbleiben hätte negative Auswirkungen auf den Dienst, viel wahrscheinlicher ist, dass der Amtsvorsteher lediglich die Gelegenheit nutzen wollte, um seinen Untergebenen wieder einmal seine uneingeschränkte Autorität vorzuführen. Nachdem er die Entscheidung durch den Amtssekretär erfahren hatte, dem seinerseits der Stellvertretende Amtsvorsteher diese mitgeteilt hatte, überschlug Sr. José die Zeit und kam zu dem Schluss, dass er, wenn er nicht zu spät an seinem Ziel ankommen und vermeiden wollte, dass der Hausherr, schon von der Arbeit zurück, ihm öffnete, ein Taxi nehmen müsste, ein mehr als seltener Luxus in seinem Leben. Niemand erwartete ihn, es konnte sogar sein, dass zu dieser Zeit niemand in der Wohnung war, aber vor allem wollte er nicht der Ungeduld des Mannes ausgesetzt sein, es wäre ihm sehr viel peinlicher, sich einem misstrauischen Menschen gegenüber rechtfertigen zu müssen, als die Fragen einer Frau mit einem Kind auf dem Arm zu beantworten.

Der Mann erschien weder an der Tür, noch hörte man seine Stimme in der Wohnung, also war er sicher noch bei der Arbeit oder auf dem Nachhauseweg, und die Frau trug das Kind nicht auf dem Arm. Sr. José bemerkte gleich, dass die unbekannte Frau, ob nun verheiratet oder geschieden, niemals die sein konnte, die vor ihm stand. Wenn sie sich auch noch so gut gehalten und die Zeit sie noch so sehr geschont hatte, war es nicht natürlich, dass jemand von sechsunddreißig Jahren aussah wie unter fünfundzwanzig. Sr. José hätte sich einfach umdrehen und rasch eine Erklärung ausdenken können, zum Beispiel, Entschuldigen Sie, ich habe mich geirrt, ich war auf der Suche nach einer anderen Person, aber irgendwie war hier das Ende seines Ariadnefadens, um die mythologische Sprache des Diensterlasses zu benutzen, ganz zu schweigen davon, dass mit großer Wahrscheinlichkeit noch andere Menschen in der Wohnung lebten und unter ihnen sich vielleicht das Objekt seiner Suche befand, obwohl, wie wir wissen, Sr. José im Geiste eine solche Hypothese entschieden verwarf. Er nahm also die Karteikarte aus der Tasche, während er sagte, Guten Tag, Guten Tag, was wünschen Sie, fragte die Frau, Ich bin Angestellter des Zentralen Personenstandsregisters und habe den Auftrag, gewissen Zweifeln nachzugehen, die anlässlich des Eintrags einer Person entstanden sind, von der wir wissen, dass sie hier geboren wurde, Weder mein Mann noch ich sind hier geboren, nur unsere Tochter, die jetzt drei Monate alt ist, ich glaube nicht, dass es um sie geht, Aber nein, die Person, die ich suche, ist eine Frau von sechsunddreißig Jahren, Und ich bin siebenundzwanzig, Dann kann es also nicht dieselbe sein, sagte Sr. José und gleich darauf, Wie heißen Sie. Die Frau nannte ihren Namen, er machte eine Pause, um zu lächeln, dann fragte er, Leben Sie schon lange in dieser Wohnung, Seit zwei Jahren, Kennen Sie die Leute, die vorher hier gewohnt haben, diese hier, und las ihr den Namen der unbekannten Frau vor, den Namen der Eltern, Wir wissen nichts von diesen Leuten, die Wohnung war leer, und mein Mann hat mit einem Bevollmächtigten des Eigentümers über die Vermietung verhandelt, Gibt es in dem Gebäude einen älteren Mieter, Im Erdgeschoss rechts lebt eine sehr alte Frau, nach allem, was ich gehört habe, ist sie die älteste Mieterin, Wahrscheinlich hat sie vor sechsunddreißig Jahren noch nicht hier gewohnt, die Menschen ziehen heute oft um, Das kann ich Ihnen nicht sagen, am besten sprechen

Sie selbst mit ihr, und ich muss jetzt gehen, mein Mann kommt gleich und sieht es nicht gern, wenn ich mit Fremden spreche, außerdem war ich gerade dabei, mich um das Abendbrot zu kümmern, Ich bin ein Angestellter des Zentralen Personenstandsregisters, ich kann kein Fremder sein, und ich bin in einer dienstlichen Angelegenheit hergekommen, wenn ich Sie belästigt habe, bitte ich Sie um Entschuldigung. Der gekränkte Ton von Sr. José besänftigte die Frau, Schon gut, Sie haben mich keineswegs belästigt, ich wollte nur sagen, dass mein Mann, wenn er hier wäre, Sie gleich zu Beginn gebeten hätte, eine Amtsvollmacht vorzulegen, Ich zeige Ihnen meinen Angestelltenausweis, schauen Sie, Ah, sehr gut, Sie heißen José, aber als ich gesagt habe, Amtsvollmacht, meinte ich ein offizielles Dokument, in dem der Fall erwähnt ist, den Sie untersuchen sollen, Der Amtsvorsteher hat nicht damit gerechnet, dass ich hier auf Misstrauen stoßen könnte, Jeder hat seine Art, und die Nachbarin rechts im Erdgeschoss, na, also die macht keinem die Tür auf, ich bin anders, ich rede gern mit den Menschen, Ich danke Ihnen, dass Sie sich so liebenswürdig meiner angenommen haben, Es tut mir nur leid, dass ich Ihnen nicht mehr helfen konnte, Ganz im Gegenteil, Sie haben mir sehr geholfen, Sie haben die Frau im Erdgeschoss erwähnt und die Frage einer Amtsvollmacht aufgeworfen, Nur gut, dass Sie so denken. Die Unterhaltung hätte noch einige Minuten so weitergehen können, doch die Ruhe in der Wohnung wurde plötzlich durch das Weinen des Kindes unterbrochen, das aufgewacht sein musste, Ist das Ihr Junge, fragte Sr. José, Es ist kein Junge, es ist ein Mädchen, das hatte ich Ihnen schon gesagt, lächelte die Frau, und Sr. José lächelte ebenfalls. In diesem Augenblick hörte man die Tür zur Straße, und das Licht im Treppenhaus ging an, Das ist mein Mann, ich erkenne ihn an der

Art, wie er hereinkommt, flüsterte die Frau, gehen Sie, und tun Sie so, als hätten Sie nicht mit mir gesprochen. Sr. José ging nicht hinunter. Geräuschlos, auf Zehenspitzen, lief er schnell zum oberen Treppenabsatz hinauf und wartete dort, an die Wand gelehnt, mit pochendem Herzen, als hätte er ein gefährliches Abenteuer durchzustehen, während die festen Schritte eines jungen Mannes deutlicher wurden und sich näherten. Die Klingel ertönte, zwischen dem Öffnen und Schließen der Wohnungstür hörte man noch das Weinen des Kindes, dann erfüllte große Stille das Treppenhaus. Nach einer Minute ging das Licht aus. Erst jetzt fiel Sr. José auf, dass fast die gesamte Unterhaltung mit der Frau so verlaufen war, als habe die eine oder der andere etwas zu verbergen, im komplizenhaften Dämmerlicht des Gebäudes, komplizenhaft war das unerwartete Wort, das ihm einfiel, Komplize wovon, Komplize warum, fragte er sich, fest steht, dass sie das Licht nicht noch einmal eingeschaltet hatte, nachdem sie die ersten Worte gewechselt hatten und es ausgegangen war. Nun lief er endlich die Treppe hinunter, erst ganz vorsichtig, dann eilig, er verharrte nur einen Augenblick an der Tür im Erdgeschoss rechts, um zu horchen, dort drin hörte man ein Geräusch, das von einem Radio zu stammen schien, er dachte nicht daran, zu klingeln, er würde eine weitere Nachforschung auf das Wochenende verschieben, Samstag oder Sonntag, aber dann würden sie ihn nicht auf dem falschen Fuß erwischen, er würde mit einer Amtsvollmacht in der Hand erscheinen, ganz formell mit Autorität ausgestattet, sodass niemand sich trauen würde, sie in Zweifel zu ziehen. Natürlich eine falsche Amtsvollmacht, aber sie würde, mit der unwiderstehlichen Macht eines offiziellen Briefkopfes und eines echten Prägesiegels, verhindern, dass er erst Misstrauen zerstreuen müsste, bevor er zum

Kern der Frage käme. Was die Unterschrift des Chefs anging, war er vollkommen unbesorgt, es war unwahrscheinlich, dass die alte Frau vom Erdgeschoss rechts jemals die Unterschrift des Amtsvorstehers gesehen hatte, dessen Schnörkel, wenn man es recht bedachte, dank seiner eigenen ornamentalen Erfindungsgabe nicht schwer nachzumachen wären. Wenn dieses Mal alles gut verliefe, und dessen war er sich sicher, würde er das Dokument weiterhin benutzen, wann immer er in seinen zukünftigen Nachforschungen Schwierigkeiten anträfe oder voraussähe, denn er war davon überzeugt, dass die Suche nicht dort in jenem Erdgeschoss enden würde. Angenommen, die Bewohnerin wäre aus der Zeit, in der die Familie der unbekannten Frau in dem Haus gewohnt hatte, dann konnte es sein, dass sie sich nicht gut verstanden hatten, dass in dem erschöpften Gedächtnis der alten Frau nicht mehr als ein paar vage Erinnerungen geblieben waren, es würde von den Jahren abhängen, die seit dem Umzug der Familie im zweiten Stock an einen anderen Ort der Stadt vergangen waren. Oder fort aus dem Land oder aus der Welt, dachte er besorgt, schon auf der Straße. Die berühmten Personen seiner Sammlung, wo auch immer sie waren, haben immer eine Zeitung oder eine Zeitschrift, die ihre Spur verfolgt, ihnen hinterherschnüffelt für ein weiteres Foto, für eine weitere Frage, aber von den gewöhnlichen Menschen will niemand etwas wissen, niemand interessiert sich in Wahrheit für sie, niemand will wissen, was sie tun oder denken oder fühlen, selbst in Fällen, in denen man das Gegenteil glauben machen möchte, ist dieses Interesse vorgetäuscht. Wenn die unbekannte Frau ins Ausland gezogen war, dann wäre sie außerhalb seiner Reichweite, als sei sie tot, Schluss, dann ist die Geschichte zu Ende, murmelte Sr. José, doch gleich darauf überlegte er, dass es so auch wieder nicht wäre, dass sie, wenn sie fortgegangen war, wenigstens ein Leben hinter sich gelassen hatte, vielleicht nur ein kleines Leben, vier, fünf Jahre, fast nichts, oder fünfzehn, oder zwanzig, eine Begegnung, ein Erstaunen, eine Enttäuschung, einige Male ein Lächeln, ein paar Tränen, das, was auf den ersten Blick bei allen gleich ist und in Wahrheit für jeden anders. Und auch jedes Mal. Ich werde so weit kommen, wie ich kann, dachte Sr. José mit einer Gelassenheit, die ihm gar nicht ähnlich sah. Als sei es die logische Schlussfolgerung seiner Überlegungen, betrat er ein Papiergeschäft und kaufte ein dickes Heft mit liniierten Seiten, wie die Studenten sie benutzen, um den Unterrichtsstoff aufzuschreiben, soweit sie glauben, ihn lernen zu müssen.

Er brauchte nicht lange für die Fälschung der Amtsvollmacht. Fünfundzwanzig Jahre täglicher Schreibpraxis unter Aufsicht gewissenhafter Amtssekretäre und kritischer Stellvertretender Amtsvorsteher hatten für die vollkommene Beherrschung der Fingergelenke, des Handgelenks und des Handballens gesorgt, eine absolute Präzision sowohl bei geschwungenen als auch bei geraden Linien, einen fast instinktiven Sinn für breite und feine Striche, eine perfekte Kenntnis der Geschmeidigkeit oder Dickflüssigkeit der Tinte, die, bei dieser Gelegenheit erprobt, ein Dokument ergaben, das auch den Untersuchungen der besten Lupe standhalten würde. Verräterisch waren nur die Fingerabdrücke und die unsichtbaren Schweißspuren auf dem Papier, doch die Wahrscheinlichkeit einer solchen eingehenden Untersuchung war natürlich recht gering. Selbst der kompetenteste Fachmann für Graphologie, um ein Gutachten gebeten, würde schwören, dass das vorliegende Dokument eigenhändig vom Leiter des Personenstandsregisters verfasst worden war, und so authentisch, als hätte er es in Gegenwart glaubwürdiger Zeugen geschrieben. Der Wortlaut der Amtsvollmacht, der Stil, der verwendete Wortschatz, würde ein Psychologe zur Unterstützung des werten Kollegen hinzufügen, lassen hinreichend erkennen, dass der Verfasser ein außerordentlich autoritärer Mensch ist, mit einem unbeugsamen Charakter ausgestattet, ohne jede Flexibilität oder Offenheit, seiner Sache stets sicher, die Meinung anderer verachtend, wie selbst ein Kind leicht aus der Lektüre des Textes schließen konnte, der folgendermaßen lautet, Im Namen der mir übertragenen Befugnisse, die ich unter Eid bestätige, umsetze und vertrete, gebe ich als Vorsteher dieses Zentralen Personenstandsregisters allen zivilen oder militärischen, privaten oder öffentlichen Personen, die diese Amtsvollmacht, eigenhändig von mir verfasst und unterschrieben, sehen, lesen und prüfen, bekannt, dass Herr X, Amtsschreiber in meinen Diensten sowie im Dienste des Personenstandsregisters, das ich leite und verwalte, unmittelbar von mir den Befehl und Auftrag erhalten hat, alles zu erforschen und herauszufinden, was das vergangene, gegenwärtige und zukünftige Leben von Frau Y betrifft, geboren in dieser Stadt am soundsovielten, Tochter von Herrn X und Frau Y, folglich ist dieser ohne weiteren Nachweis und für die Dauer der Untersuchung auf diesem Wege und für diesen Fall mit allen Befugnissen ausgestattet. So erfordern es die Regeln des Dienstes im Personenstandsregister, und so habe ich es nach meinem Willen entschieden. Dies ist zu vollziehen. Das Kind, bebend vor Schreck, hatte mit Mühe das beeindruckende Dokument gelesen, lief fort, um sich im Schoß seiner Mutter zu verbergen, und fragte sie, wie es möglich sei, dass ein Amtsschreiber wie dieser Sr. José, so friedfertig in seiner Art und so umgänglich, fähig gewesen war, sich in seinem Kopf so etwas auszudenken, zurechtzulegen und abzufassen, ohne ein Muster zur Orientierung zu haben, zumal es im Zentralen Personenstandsregister weder üblich noch jemals technisch vonnöten gewesen war, Amtsvollmachten auszustellen und wie hier einer Macht despotisch Ausdruck zu verleihen, denn das war das Mindeste, was man von dieser hier behaupten konnte. Das erschrockene Kind wird noch viel Brot und viel Salz essen müssen, bevor es beginnt, das Leben zu verstehen, und dann wird es nicht mehr überrascht sein, wenn es bei entsprechender Gelegenheit entdeckt, dass auch die Guten hart und tyrannisch sein können, selbst wenn es nur darum geht, eine falsche oder richtige Amtsvollmacht zu verfassen. Diese Menschen werden sich rechtfertigen, Das war nicht ich, das habe ich nur geschrieben, ich habe im Namen eines anderen Menschen gehandelt, und im besten aller Fälle werden sie sich selbst täuschen wollen, denn in Wahrheit lagen Härte und Präpotenz, wenn nicht gar Grausamkeit in ihnen selbst und wurden nun in ihnen sichtbar, nicht im andern. Wenn man das bisher Geschehene und seine Auswirkungen bedenkt, ist es wenig wahrscheinlich, dass von den Absichten und zukünftigen Aktivitäten des Sr. José ein ernsthafter Schaden für die Welt entstehen könnte, halten wir uns also vorerst mit unserer Meinung dazu zurück, solange andere und aufschlussreichere Aktivitäten, im guten wie im schlechten Sinne, nicht ein umfassenderes Bild von ihm entstehen lassen.

Am Samstag, in seinen besten Anzug gekleidet, in frischgewaschenem und gebügeltem Hemd, mit einer mehr oder weniger korrekten, fast passenden Krawatte, steckte Sr. José den Umschlag mit der Amtsvollmacht in eine Innentasche seines Jacketts und nahm ein Taxi vor seiner Haustür, nicht um Zeit zu gewinnen, der Tag gehörte ganz ihm, sondern weil die Wolken Regen androhten und er nicht tropfnass, den Hosensaum mit Schlamm besprenkelt, vor der Frau im Erdgeschoss rechts erscheinen und damit das Risiko eingehen wollte, dass sie ihm die Tür vor der Nase zuschlug, bevor er sagen konnte, worum es sich handelte. Ihn erregte die Vorstellung, wie die alte Frau ihn empfangen würde, welche Wirkung die Lektüre eines solch strengen, einschüchternden Papiers auf die Alte hätte, ohne nachzudenken, kam ihm dieses abschätzige Wort in den Sinn, es gibt Menschen, die genau gegensätzlich zu dem reagieren, was man erwartet, hoffentlich wird das hier nicht der Fall sein. Vielleicht hatte er bei der Formulierung zu harte und selbstherrliche Begriffe verwendet, jedoch forderte die Glaubwürdigkeit von ihm, dass er dem Charakter des Amtsvorstehers ebenso wie dessen Handschrift treu blieb, außerdem weiß jeder, dass man mit Essig keine Fliegen fängt, und ebenso sicher ist es, dass man einige selbst mit Honig nicht einfängt. Wir werden sehen, seufzte er. Das Erste, was er bald sah, nachdem er auf die eindringlichen Fragen von drinnen geantwortet hatte, Wer ist da, Was wünschen Sie, Wer hat Sie hergeschickt, Was habe ich damit zu schaffen, war, dass die Frau im Erdgeschoss rechts letztlich doch nicht so alt war, wie er sie sich vorgestellt hatte, jene lebendigen Augen waren nicht die einer alten Frau, die gerade Nase, der schmale, aber feste Mund, die Mundwinkel, die nicht nach unten zeigten, ihr Alter zeichnete sich an der schlaffen Haut am Hals ab, wahrscheinlich hatte er sich auf dieses Detail konzentriert, weil er jenes unübersehbare Anzeichen physischen Verfalls schon bei sich selbst bemerkt hatte, und er war erst fünfzig. Die Frau öffnete die Tür nicht ganz, sie sagte und wiederholte dies, dass die Angelegenheiten der Nachbarn sie nicht interessierten, eine Antwort, die übrigens völlig berechtigt war, zumal Sr. José den falschen Weg eingeschlagen und gleich erzählt hatte, er sei auf der Suche nach einer Person im zweiten Stock. Der Irrtum schien aufgeklärt, als er endlich den Namen der unbekannten Frau aussprach, da öffnete sich die Tür etwas weiter, kehrte jedoch gleich darauf zur vorherigen Position zurück. Kennen Sie diese Frau, fragte Sr. José, Ja, ich kannte sie, sagte die Frau, Über sie möchte ich Ihnen gerne ein paar Fragen stellen, Aber wer sind Sie, Ich bin ein Angestellter des Zentralen Personenstandsregisters, der dazu berechtigt ist, das hatte ich Ihnen schon gesagt, Und wie soll ich wissen, ob das stimmt, Ich habe eine Amtsvollmacht von meinem Amtsvorsteher, Ich bin hier zu Hause, ich möchte nicht belästigt werden, In solchen Fällen ist es Pflicht, mit der Behörde zusammenzuarbeiten, In welchen Fällen, Wenn es um die Klärung von Zweifeln geht, Und warum fragen Sie dann nicht zuerst sie, Weil wir ihre derzeitige Adresse nicht kennen, wenn Sie sie kennen, dann sagen Sie sie mir, und ich werde Sie nicht weiter belästigen, Es ist etwa dreißig Jahre her, wenn ich mich nicht irre, dass ich von dieser Person gehört habe, Die damals ein Kind war, Ja. Mit diesem einzigen Wort gab die Frau zu verstehen, dass sie die Unterhaltung als beendet betrachtete, aber Sr. José gab nicht auf, jetzt musste er mit höchstem Einsatz spielen. Er nahm den Umschlag aus der Tasche, öffnete ihn und zog langsam, um sie einzuschüchtern, die Amtsvollmacht heraus, Lesen Sie, befahl er. Die Frau schüttelte den Kopf, Das lese ich nicht, dieser Fall hat nichts mit mir zu tun, Wenn Sie das nicht lesen, werde ich in Begleitung der Polizei zurückkehren, und dann wird es schlechter für Sie aussehen. Die Frau gab auf, nahm das Papier in die Hand, das er ihr entgegenhielt, machte ein Licht im Flur an, setzte die Brille auf, die ihr um den Hals hing, und las. Dann gab sie den Brief zurück und ließ ihn eintreten, Es ist besser, wenn Sie hereinkommen, da drüben belauschen sie uns sicher schon hinter der Tür. Angesichts der stillschweigenden Allianz, die das Personalpronomen auszudrücken schien, begriff Sr. José, dass er die Auseinandersetzung gewonnen hatte. In gewisser, undefinierbarer Weise war dies der erste objektive Sieg in seinem Leben, sicher ein überaus hinterlistiger Sieg, aber wenn so viele Menschen hergehen und predigen, dass der Zweck die Mittel heilige, wer war er, das zu widerlegen. Er trat ohne Selbstgefälligkeit ein, wie ein Sieger, dessen Großmut ihn vor der naheliegenden Versuchung bewahrt, den Besiegten zu demütigen, der es jedoch in jedem Fall schätzt, in seiner ganzen Größe wahrgenommen zu werden.

Die Frau führte ihn in ein kleines, sorgfältig aufgeräumtes, sauberes Zimmer, eingerichtet im Geschmack einer anderen Zeit. Sie bot ihm einen Stuhl an, setzte sich ebenfalls, und ohne dem Besucher Zeit zu neuen Fragen zu geben, sagte sie, Ich war die Taufpatin. Sr. José hätte alle möglichen Offenbarungen erwartet, nur diese nicht. Er war als einfacher Angestellter gekommen, der Aufträge seiner Vorgesetzten erfüllt, also ohne jegliche persönliche Anteilnahme, so jedenfalls sollte die Frau, die vor ihm saß, es aufnehmen, doch nur er wusste, welche Anstrengung es ihn kostete, nicht vor lauter Glückseligkeit zu lächeln. Er nahm die Abschrift der Karteikarte aus der anderen Tasche, betrachtete sie lange, als müsste er alle Namen auswendig lernen, die darauf standen, und sagte schließlich, Und Ihr Mann war der Pate, Ja, Kann ich auch mit ihm sprechen, Ich bin Witwe, Oh, in diesem dumpfen Ausruf lag so viel wahrhaftige Erleichterung wie auch vorgetäuschtes Mitgefühl, ein Mensch weniger, mit dem er es aufnehmen musste. Die Frau sagte, Wir kamen gut miteinander aus, die beiden Familien, unsere und ihre, wir waren sogar Freunde, als das Mädchen geboren wurde, haben sie uns gebeten, Paten zu sein, Wie alt war das Mädchen, als sie fortzogen, Ich glaube, so etwa acht Jahre alt, Sie haben vor kurzem gesagt, dass es etwa dreißig Jahre her ist, dass Sie etwas von ihr gehört haben, So ist es, Könnten Sie das näher erklären, Ich erhielt einen Brief, kurz nachdem sie umgezogen waren, Von wem, Von ihr, Und was stand darin, Nichts Besonderes, es war der Brief eines Kindes, das nicht mehr als acht Jahre alt ist und mit den wenigen Wörtern, die es kennt, der Patentante schreibt, Haben Sie den Brief noch, Nein, Und die Eltern, haben die Ihnen nie geschrieben, Nein, Fanden Sie das nicht seltsam, Nein, Warum, Das sind sehr persönliche Angelegenheiten, die sollte man nicht ausbreiten, Für das Zentrale Personenstandsregister gibt es keine sehr persönlichen Angelegenheiten. Die Frau betrachtete ihn aufmerksam, Wer sind Sie, Meine Amtsvollmacht hat Ihnen doch gerade gesagt, wer ich bin, Sie hat mir nur gesagt, wie Sie heißen, Sie sind Sr. José, Ja, ich bin Sr. José, Sie können mir alle möglichen Fragen stellen und ich Ihnen keine einzige, Mich kann nur ein Angestellter der Behörde befragen, der auf einer höheren Ebene arbeitet, Sie sind ein glücklicher Mensch, Sie können Ihre Geheimnisse für sich behalten, Ich glaube nicht, dass jemand glücklich ist, nur weil er Geheimnisse für sich behalten kann, Sie sind glücklich, Was ich bin, interessiert nicht, ich habe Ihnen schon erklärt, dass nur die Führung das Recht hat, mir Fragen zu stellen, Sie haben Geheimnisse, Darauf antworte ich nicht, Aber ich muss antworten, Es ist besser, wenn Sie das tun, Also, was wollen Sie hören, Was für ausgesprochen persönliche Angelegenheiten es waren. Die Frau strich sich mit der Hand über die Stirn, ließ langsam die schlaffen Lider fallen, sagte dann, ohne die Augen zu öffnen, Die Mutter des Mädchens hatte den Verdacht, dass ich ein Verhältnis mit ihrem

Mann hatte, Und war das so, Ja, seit langem, Sind sie deshalb fortgezogen, Ja. Die Frau öffnete die Augen und fragte, Gefallen Ihnen meine Geheimnisse, Daran interessiert mich nur das, was mit der Person zu tun hat, nach der ich suche, im Übrigen bin ich auch zu sonst nichts autorisiert, Also wollen Sie nicht wissen, was danach geschah, Offiziell nicht, Aber privat vielleicht, Es ist nicht meine Art, das Leben anderer auszukundschaften, sagte Sr. José, ohne an die gut hundertvierzig zu denken, die er im Schrank hatte, dann fügte er hinzu, Aber es ist sicher nichts Außergewöhnliches geschehen, denn Sie haben mir gesagt, Sie seien verwitwet, Sie haben ein gutes Gedächtnis, Das ist eine Grundvoraussetzung, wenn man Angestellter im Zentralen Personenstandsregister sein will, mein Chef zum Beispiel, nur damit Sie eine Vorstellung haben, weiß alle Namen derer auswendig, die existieren und existiert haben, alle Namen und alle Nachnamen, Und wozu soll das gut sein, Das Gehirn eines Amtsvorstehers ist wie ein Duplikat der Behörde, Das verstehe ich nicht, So, wie die Dinge sind, ist er in der Lage, alle möglichen Namen und Nachnamen zu kombinieren, das Gehirn meines Chefs kennt nicht nur die Namen aller Menschen, die am Leben sind, und all derer, die gestorben sind, sondern er könnte Ihnen auch sagen, wie all diejenigen heißen werden, die ab jetzt bis zum Ende der Welt geboren werden, Sie wissen mehr als Ihr Chef, Ach wo, verglichen mit ihm bin ich gar nichts, deshalb ist er Amtsvorsteher, und ich bin nicht mehr als ein einfacher Amtsschreiber, Aber Sie kennen beide meinen Namen, Das ist richtig, Aber von mir weiß er nicht mehr als meinen Namen, Da haben Sie recht, der Unterschied liegt darin, dass er ihn schon vorher wusste, während ich ihn erst später kennengelernt habe, nachdem mir diese Mission übertragen wurde, Und mit einem Sprung sind Sie ihm voraus, Sie sind hier in meiner Wohnung, Sie können mich anschauen, Sie haben mich sagen hören, dass ich meinen Mann betrogen habe, und Sie sind in all diesen Jahren der einzige Mensch, dem ich das gesagt habe, was noch ist nötig, um Sie davon zu überzeugen, dass neben Ihnen Ihr Chef nichts weiter ist als ein Ignorant, Sagen Sie das nicht, das schickt sich nicht, Haben Sie noch eine Frage, die Sie mir stellen wollen, Was für eine Frage, Zum Beispiel, ob ich glücklich war in meiner Ehe, nach dem, was geschehen ist, Das ist ein Fall jenseits des Vorgangs, Nichts liegt jenseits, so wie alle Namen im Kopf Ihres Chefs sind, ist der Vorgang eines jeden Menschen der Vorgang aller Menschen, Sie wissen viel, Selbstverständlich, ich habe viel erlebt, Ich bin fünfzig Jahre alt, und verglichen mit Ihnen weiß ich gar nichts, Sie können sich nicht vorstellen, was man zwischen fünfzig und siebzig Jahren lernt, Ist das Ihr Alter, Ein bisschen mehr, Waren Sie glücklich, nach dem, was vorgefallen ist, Also interessiert es Sie doch, Nun, ich weiß wenig vom Leben der Menschen, So wie Ihr Chef, so wie Ihre ganze Behörde, Ich vermute, ja, Mir ist vergeben worden, wenn es das ist, was Sie wissen wollen, Vergeben, Ja, das geschieht häufig, vergebt einander, wie man zu sagen pflegt, Aber so heißt es nicht, es heißt, liebt einander, Das ist das Gleiche, man vergibt einander, weil man sich liebt, und man liebt sich, weil man einander vergibt, Sie sind ein Kind, Sie müssen noch viel lernen, Ja, das sehe ich, Sind Sie verheiratet, Nein, Und Sie haben noch nie mit einer Frau gelebt, Leben, das, was man leben nennt, nein, das habe ich nicht, Nur vorübergehende, zeitweilige Beziehungen, Nicht einmal das, ich lebe allein, und wenn es mich pressiert, dann tue ich das, was alle tun, ich mache mich auf die Suche und bezahle, Ist Ihnen schon aufgefallen, dass Sie Fragen beantworten, Ja, aber jetzt ist es mir gleich, vielleicht lernt man, indem man antwortet, Ich werde Ihnen etwas erklären, Sprechen Sie, Vorher frage ich Sie, ob Sie wissen, wie viele Menschen zu einer Ehe gehören, Zwei, der Mann und die Frau, Nein, mein Lieber, in einer Ehe existieren drei Menschen, da ist die Frau, da ist der Mann, und da ist das, was ich die dritte Person nenne, die wichtigste, die Person, die von dem Mann und der Frau gemeinsam gebildet wird, Darüber habe ich nie nachgedacht, Wenn zum Beispiel einer der beiden einen Ehebruch begeht, ist der, der am meisten verletzt ist, der, der den schwersten Schlag erhält, so unglaublich Ihnen dies vorkommen mag, nicht der andere, sondern dieser andere Andere, nämlich das Paar, ist nicht der eine, sondern beide, Und kann man wirklich mit diesem Einen leben, der aus zweien gebildet wird, mir kommt es schon schwierig vor, mit mir selbst zu leben, Üblich in einer Ehe ist, dass man den Mann und die Frau sieht oder beide, jeden auf seinem Platz, in dem Bemühen, den Dritten zu zerstören, den sie beide ausmachen, der widersteht, der überleben möchte, ganz gleich wie, Das ist eine für mich zu komplizierte Arithmetik, Heiraten Sie, suchen Sie sich eine Frau, und dann sprechen wir uns wieder, Also, jetzt ist meine Zeit schon um, Darauf sollten Sie sich besser nicht verlassen, wer weiß, was Sie am Ende Ihrer Mission oder wie Sie das genannt haben vorfinden werden, Die Zweifel, die ich beauftragt worden bin zu klären, sind Zweifel des Personenstandsregisters, nicht meine, Und was für Zweifel sind das, wenn es nicht aufdringlich ist, danach zu fragen, Ich unterliege der öffentlichen Schweigepflicht, darauf kann ich nicht antworten, Die Schweigepflicht nützt Ihnen aber recht wenig, Sr. José, gleich müssen Sie fortgehen, und Sie gehen fort und wissen genauso viel wie vorher, nämlich nichts, Das stimmt, und Sr. José nickte entmutigt.

Die Frau sah ihn an, als erforsche sie ihn, dann fragte sie, Seit wann haben Sie mit dieser Untersuchung zu tun, Genau genommen habe ich heute angefangen, aber der Amtsvorsteher wird schon böse mit mir sein, wenn ich mit leeren Händen vor ihm erscheine, er ist sehr ungeduldig, Es wäre äußerst ungerecht einem Angestellten gegenüber, dem es offenbar nichts ausmacht, samstags zu arbeiten, Ich selbst hatte nichts zu tun, und so wollte ich den Auftrag schon vorher erledigen, Nun, das hat Ihnen nicht viel geholfen, nicht wahr, Ich werde darüber nachdenken müssen, Bitten Sie Ihren Chef um Rat, dafür ist er Chef, Sie kennen ihn nicht, er lässt nicht zu, dass man ihm Fragen stellt, er gibt Befehle und basta, Und jetzt, Ich sagte schon, ich werde nachdenken müssen, Dann tun Sie das, Und Sie wissen wirklich gar nichts, nicht, wo sie lebten, als sie von hier fortzogen, auf dem Brief, den Sie erhalten haben, musste doch der Absender stehen, Ja sicher, aber diesen Brief gibt es nicht mehr, Sie haben ihr nicht geantwortet, Nein, Warum nicht, Ich hatte die Wahl, zu töten oder sterben zu lassen, ich habe es vorgezogen zu töten, ich spreche natürlich im übertragenen Sinne, Ich stecke in einer Sackgasse, Vielleicht nicht, Was wollen Sie damit sagen, Geben Sie mir ein Stück Papier und etwas zum Schreiben. Mit zitternden Händen reichte Sr. José ihr einen Bleistift, Sie können gleich hier draufschreiben, auf die Rückseite der Karteikarte, es ist eine Abschrift. Die Frau setzte die Brille auf und schrieb rasch einige Wörter hin, Hier, aber geben Sie acht, es ist nicht ihre Adresse, es ist nur der Name der Straße, in der sich die Schule befand, auf die mein Patenkind ging, als sie umzogen, vielleicht erreichen Sie dort etwas, sofern es die Schule dort noch gibt. Sr. José war hin- und hergerissen zwischen persönlicher Dankbarkeit für den Gefallen und offizieller Verärgerung darüber, dass dieser so lange auf sich hatte warten lassen. Er tat der Dankbarkeit Genüge, indem er danke sagte, nichts weiter, und obwohl er einen gemäßigten Ton anschlug, ließ er seine Verärgerung spüren, Ich kann nicht verstehen, warum es so lange gedauert hat, bis Sie mir die Adresse der Schule gegeben haben, Sie wissen doch, dass jede Information, so unbedeutend sie auch erscheint, von lebenswichtiger Bedeutung für mich ist, Nun übertreiben Sie nicht, Dennoch bin ich Ihnen sehr dankbar, und ich sage das in meinem eigenen Namen ebenso wie im Namen des Zentralen Personenstandsregisters, das ich vertrete, aber ich bestehe darauf, dass Sie mir erklären, warum Sie so lange gebraucht haben, mir diese Adresse zu geben, Der Grund ist sehr einfach, ich habe niemanden, mit dem ich sprechen kann. Sr. José betrachtete die Frau, sie betrachtete ihn, es lohnt nicht, Wörter zu verschwenden und den Ausdruck zu beschreiben, der in ihrer beider Augen lag, wichtig ist nur, dass er nach einer Weile des Schweigens sagen konnte, Ich auch nicht. Dann erhob sich die Frau vom Stuhl, zog die Schublade eines Möbelstücks hinter sich auf und nahm etwas heraus, das wie ein Album aussah, Das sind Fotografien, dachte Sr. José erregt. Die Frau schlug das Buch auf, blätterte darin, und in wenigen Sekunden fand sie, was sie suchte, die Fotografie war nicht aufgeklebt, sie wurde nur von vier kleinen Ecken gehalten, die auf das Blatt geklebt waren, Hier, nehmen Sie es, es ist das einzige Foto, das ich von ihr aufbewahrt habe, und jetzt hoffe ich, dass Sie mich nicht fragen, ob ich noch Fotos von den Eltern habe, Ich werde nicht fragen. Sr. José streckte die zitternde Hand aus, nahm das Schwarzweißbild eines acht oder neun Jahre alten Mädchens entgegen, ein kleines Gesicht, das blass gewesen sein musste, ernste Augen unter einem Pony, der die Augenbrauen streifte, der Mund wollte lächeln, konnte aber nicht. Sr. José, ein sensibler Mensch, spürte, wie ihm Tränen in die Augen stiegen, Sie wirken nicht gerade wie ein Angestellter dieser Behörde, sagte die Frau, Es ist das Einzige, was ich bin, sagte er, Möchten Sie eine Tasse Kaffee, Das wäre gut.

Sie sprachen wenig, während sie Kaffee tranken und einen Keks aßen, nur einige Wörter darüber, wie schnell die verflixte Zeit vergeht, Sie vergeht und wir bemerken es nicht einmal, noch vor kurzem war es Morgen, und jetzt ist schon Abend, in Wahrheit merkte man, dass der Nachmittag sich dem Ende zuneigte, aber vielleicht sprachen sie auch vom Leben, von ihrem Leben oder vom Leben im Allgemeinen, so ist es, wenn wir einer Unterhaltung beiwohnen und nicht aufpassen, immer entgeht uns das Wichtigste. Der Kaffee war zu Ende, die Wörter waren zu Ende, Sr. José erhob sich und sagte, Ich muss gehen, er bedankte sich für das Foto, die Adresse der Schule, die Frau sagte, Wenn Sie wieder einmal hier vorbeikommen, dann begleitete sie ihn zur Tür, er streckte die Hand aus und sagte noch einmal, Vielen Dank, wie ein Kavalier aus einer anderen Zeit führte er ihre Hand an die Lippen, und da lächelte die Frau süffisant und sagte, Vielleicht keine schlechte Idee, im Telefonbuch nachzusehen.

Der Schlag traf so hart, dass Sr. José, als seine verwirrten Füße bereits auf der Straße standen, einige Zeit brauchte, um zu bemerken, dass es nieselte, ein fast durchsichtiger Regen, wie er horizontal und vertikal und von allen Seiten auf einen herabrieselt. Vielleicht keine schlechte Idee, im Telefonbuch nachzusehen, hatte die Alte beim Abschied boshaft gesagt, und jedes dieser Wörter, für sich genommen unschuldig, unfähig, auch nur das empfindlichste Geschöpf zu beleidigen, hatte sich in einem Augenblick in eine aggressive Beschimpfung verwandelt, in einen Nachweis unerträglicher Dummheit, als hätte sie ihn während der gesamten Unterhaltung, die ab einem bestimmten Punkt so reich war an Gefühlen, die ganze Zeit kalt beobachtet, um zu dem Schluss zu kommen, dass der linkische Angestellte des Zentralen Personenstandsregisters, ausgesandt auf die Suche nach Entferntem und Verborgenem, unfähig war, das zu finden, was vor seinen Augen und in Reichweite lag. Ohne Hut und Regenschirm spürte Sr. José den Nieselregen direkt auf seinem Gesicht, durcheinanderwirbelnd wie die unangenehmen Gedanken, die in seinem Kopf kamen und gingen, alle jedoch, das merkte er gleich, drehten sich um einen zentralen Punkt, der noch kaum zu erkennen war, doch allmählich deutlicher wurde. Es stimmte, dass er nicht an etwas so Einfaches gedacht hatte, wie im Telefonbuch nachzusehen, etwas, das man alle Tage tut, wenn man eine Telefonnummer wissen möchte, ebenso wie die Adresse der Person, in deren Namen sie eingetragen ist. Wenn er den Aufenthaltsort der unbekannten Frau herausfinden wollte, dann hätte er das zuallererst tun müssen, in weniger als einer Minute hätte er gewusst, wo er sie finden könnte, und dann, unter dem Vorwand, die angeblichen Zweifel bezüglich des Eintrags im Personenstandsregister zu klären, hätte er, außerhalb der Behörde, ein Treffen mit ihr verabreden können, mit der Begründung, ihr zum Beispiel die Zahlung einer Gebühr ersparen zu wollen, und dann, in diesem Augenblick, alles in einer einzigen gewagten Geste riskierend, oder Tage später, wenn er ihr Vertrauen gewonnen hätte, würde er sie bitten, Erzählen Sie mir Ihr Leben. So war er nicht vorgegangen, und obwohl er recht unbewandert war in den Künsten der Psychologie und den Tiefen des Unbewussten, begann er nun mit bemerkenswerter Schärfe zu verstehen, warum. Stellen wir uns einen Jäger vor, sagte er sich, stellen wir uns einen Jäger vor, der liebevoll seine Ausrüstung zurechtgelegt hat, die Flinte, die Patronentasche, den Beutel mit Proviant, die Wasserflasche, das Netz für die Beute, die Feldstiefel, und stellen wir ihn uns vor, wie er mit den Hunden hinausgeht, entschlossen, voller Tatendrang, eingestellt auf einen langen Tag, wie er den Jagdabenteuern eigen ist, und als er um die nächste Ecke biegt, gleich neben seinem Haus, fliegt ein Schwarm Rebhühner auf, die bereit sind, sich töten zu lassen, die auffliegen, aber nicht fortfliegen, auch wenn viele Schüsse sie erlegen, zum Vergnügen und zur Überraschung der Hunde, die nie in ihrem Leben das Manna in solchen Mengen vom Himmel haben fallen sehen. Welches Interesse hätte der Jäger an einer so leichten Jagd auf Rebhühner, die sich sozusagen dem Lauf seiner Flinte darbieten, fragte sich Sr. José und gab eine Antwort, die jedem auf der Hand zu liegen schiene, Keines. Und ebendas ist geschehen, fügte er hinzu, in meinem Kopf und sicher im Kopf aller Menschen muss es einen selbständigen Gedanken geben, der auf eigene Rechnung denkt, der ohne Teilnahme eines anderen Gedankens entscheidet, nämlich jener, den wir kennen, seit wir denken können, und den wir duzen, jener, der sich von uns führen lässt, um uns dorthin zu bringen, wohin wir unserer Meinung nach bewusst gehen wollen, doch der am Ende womöglich auf einen anderen Weg geführt wird, in eine andere Richtung und nicht zur nächsten Ecke, wo ein Schwarm Rebhühner uns erwartet, ohne zu wissen, was wir wissen, nun, dass es die Suche ist, die der Begegnung den wahrhaften Sinn verleiht, und es oft notwendig ist, ein langes Stück zu gehen, um das zu erreichen, was nahe liegt. Die Klarheit des Gedankens, ob nun dieser oder jener, ein besonderer oder ein gewöhnlicher, nachdem man dort angelangt ist, ist es in Wahrheit unwichtig, wie, war so frappierend, dass Sr. José mitten auf dem Bürgersteig benommen anhielt, eingehüllt in den nebligen Nieselregen und das Licht einer Straßenlaterne, die in diesem Augenblick zufällig angegangen war. Da, aus der Tiefe einer zerknirschten, doch dankbaren Seele, bereute er die schlechten und unverdienten, gleichwohl ganz bewussten Gedanken über die alte, gutmütige Frau aus dem Erdgeschoss rechts, der er doch etwas verdankte, nicht nur die Adresse der Schule und das Bild, sondern auch die vollkommenste Erklärung eines Vorgehens, das scheinbar nicht zu erklären war. Und da sie jene Einladung ausgesprochen hatte, er möge wiederkehren, um sie zu besuchen, Wenn Sie einmal wieder hier vorbeikommen, das waren ihre Worte, eindeutig genug, um den Rest des Satzes zu erübrigen, gelobte er sich, eines Tages wieder an ihre Tür zu klopfen, einmal um ihr zu berichten, wie er mit seinen Nachforschungen vorankam, und dann um sie zu überraschen mit dem wahren Grund dafür, warum er nicht im Telefonbuch nachgesehen hatte. Das bedeutete natürlich, er müsste ihr gestehen, dass seine Amtsvollmacht falsch war, dass die Suche nicht vom Personenstandsregister angeordnet worden, sondern von ihm selbst ausgegangen war, und unweigerlich müsste er auch das Übrige erzählen. Das Übrige waren die Sammlung der berühmten Persönlichkeiten, die Höhenangst, die vergilbten Papiere, die Spinnennetze, die eintönigen Regale der Lebenden, das Chaos der Toten, der Muff, der Staub, die Mutlosigkeit, schließlich die Karteikarte, die aus irgendeinem Grund mit den anderen mitgekommen war, Damit man sie nicht vergaß, und der Name, Der Name des Mädchens, das ich hier habe, erinnerte er sich, und nur weil der feine Nieselregen immer noch vom Himmel fiel, zog er das Foto nicht aus der Tasche, um es zu betrachten. Sollte er jemals jemandem erzählen, wie das Personenstandsregister von innen aussah, so wäre es die Frau vom Erdgeschoss rechts. Das ist eine Angelegenheit, die die Zeit entscheiden wird, beschloss Sr. José. Genau in diesem Augenblick brachte die Zeit ihm den Bus, der ihn in der Nähe seiner Wohnung absetzen würde, mit vielen nassen Menschen darin, Männern und Frauen verschiedener Altersgruppen und unterschiedlichen Aussehens, einige jung, andere alt, einige mehr dies, andere mehr das. Das Zentrale Personenstandsregister kannte sie alle, es wusste, wie sie hießen, wo sie geboren waren und von wem, es addierte und subtrahierte die Tage jedes Einzelnen, jene Frau zum Beispiel mit den geschlossenen Augen, die den Kopf an das Fenster gelehnt hat, sie muss etwa fünfunddreißig oder sechsunddreißig Jahre alt sein, das reichte schon, um Sr. Josés Phantasie zu beflügeln, Und wenn das die Frau ist, die ich suche, unmöglich war es eigentlich nicht, unbekannte Menschen trifft man pausenlos im Leben, und man muss sich damit abfinden, wir können nicht hergehen und einfach alle Menschen fragen, Wie heißen Sie, und dann die Karteikarte aus der Tasche ziehen, um nachzuschauen, ob das der Mensch ist, nach dem wir verlangen. Zwei Haltestellen weiter stieg die Frau aus, dann wartete sie auf dem Bürgersteig, bis der Bus abfuhr, sicher wollte sie auf die andere Straßenseite wechseln, und weil sie keinen Regenschirm bei sich hatte, konnte Sr. José ihr Gesicht erkennen, trotz der Tropfen, die an der Fensterscheibe hinunterrannen, und es gab einen Augenblick, da sie, vielleicht voller Ungeduld, weil der Bus nicht gleich weiterfuhr, aufschaute, ihr Blick den seinen traf. So verharrten sie, bis der Bus wieder anfuhr, schauten sich an, solange sie sich sehen konnten, Sr. José reckte den Hals und wandte sich um, die Frau folgte von draußen seiner Bewegung, vielleicht fragte sie sich, Wer ist das denn, und er sagte sich, Das ist sie.

Von der Haltestelle, an der Sr. José aussteigen musste, und dem Personenstandsregister, welch lobenswerte Aufmerksamkeit des öffentlichen Transportwesens gegenüber den Menschen, die ihrer Papiere wegen die Behörde aufsuchen mussten, war es nicht weit. Dennoch war Sr. José, als er das Haus betrat, von oben bis unten durchnässt. Er legte schnell den Mantel ab, zog eine andere Hose an, Socken und Schuhe, trocknete sich mit einem Handtuch das tropfende Haar ab, und während er das tat, setzte er seinen inneren Dialog fort, Das ist sie, Das ist sie nicht, Das konnte sie sein, Sie konnte es sein, war es aber nicht, Und wenn sie es war, Das wirst du erfahren, wenn du die von der Karteikarte gefunden hast, Und wenn sie es war, dann werde ich ihr sagen, dass wir uns schon kennen, dass wir uns im Bus gesehen haben, Sie wird sich nicht daran erinnern, Wenn ich nicht lange brauche, um sie zu

finden, dann erinnert sie sich sicher daran, Aber du willst sie nicht so bald finden, vielleicht auch nicht später, wenn du das wirklich wolltest, hättest du ihren Namen im Telefonbuch nachgeschlagen, dort fängt man an, Ich habe nicht daran gedacht, Das Telefonbuch liegt da drin, Ich habe jetzt keine Lust, ins Amt hinüberzugehen, Du hast Angst vor dem Dunkel, Ich habe überhaupt keine Angst, ich kenne jene Dunkelheit wie meine Westentasche, Sagen wir, dass du nicht einmal deine Westentasche kennst, Wenn du so denkst, dann überlass mich doch meiner Unwissenheit, auch die Vögel singen und wissen nicht, warum, Jetzt wirst du romantisch, Ich bin traurig, Bei dem Leben, das du führst, ist das kein Wunder, Stell dir vor, die Frau aus dem Bus ist wirklich die von der Karteikarte, stell dir vor, dass ich sie nicht wiedersehe, dass dies die einzige Gelegenheit war, dass das Schicksal dort war und ich es habe laufenlassen, Du hast nur eine Möglichkeit, die Sache zu klären, Welche, Das zu tun, was dir die Bewohnerin vom Erdgeschoss rechts gesagt hat, die Alte, Pass bitte auf, was du sagst, Sie ist alt, Sie ist eine betagte Frau, Hör doch auf zu heucheln, wir alle haben Jahre auf dem Buckel, die Frage ist nur, wie viele, wenn es wenige sind, bist du jung, und wenn es viele sind, bist du alt, und der Rest ist Geschwätz, Hören wir damit auf, Also gut, Ich werde im Telefonbuch nachsehen, Das rate ich dir schon seit einer halben Stunde.
In Schlafanzug und Pantoffeln, in eine Decke eingewickelt, betrat Sr. José die Behörde. In dieser ungewöhnlichen Aufmachung fühlte er sich nicht sehr wohl, es war, als würde er den ehrbaren Archiven seinen Respekt verweigern, dem gelblichen Licht, das wie eine sterbende Sonne über dem Schreibtisch des Amtsvorstehers schwebte. Dort lag das Telefonbuch auf einer Tischecke, es war nicht gestattet, ohne Erlaubnis darin nachzuschlagen, selbst wenn

es sich um ein dienstliches Gespräch handelte, und jetzt hätte sich Sr. José, wie er dies schon vorher getan hatte, an den Schreibtisch setzen können, genau genommen hatte er es bisher erst einmal getan, in einem ungewöhnlichen Augenblick, der ihm glorreich und triumphal erschienen war, doch jetzt wagte er es nicht, vielleicht aufgrund seines unangemessenen Aufzugs, der absurden Angst davor, dass ihn jemand in dieser Aufmachung überraschen könnte, aber wer könnte das sein, wenn doch kein lebendes Geschöpf außer ihm jemals außerhalb der Dienstzeit hier herumgelaufen war. Er hielt es für sinnvoll, das Telefonbuch mitzunehmen, bei sich zu Hause würde er mehr Ruhe haben, ohne die bedrohliche Gegenwart der riesig hohen Regale, die sich aus den Schatten der Decke herabzustürzen schienen, von dort, wo die Spinnen weben und verschlingen. Er erzitterte, als würden die staubigen, klebrigen Spinnweben schon auf ihn herabfallen, und fast hätte er die Unvorsichtigkeit begangen, nach dem Telefonbuch zu greifen, ohne erst sorgfältig die Entfernungen abzumessen, die es oben und seitlich vom Tischrand trennten, und wer Entfernungen sagt, würde auch Winkel sagen, glücklicherweise tendierten die geometrischen und topographischen Neigungen des Amtsvorstehers ganz offensichtlich zu rechten Winkeln und Parallelen. Sr. José betrat seine Wohnung, überzeugt, dass er in Kürze das Telefonbuch auf seinen Platz zurückbringen und genau auf dieselbe Stelle legen würde, ohne es auch nur einen Millimeter zu verrücken, sodass der Amtsvorsteher seinen Stellvertretern nicht auftragen müsste, nachzuforschen, wer es benutzt hatte, wie, wann und warum. Bis zum letzten Augenblick hoffte er, etwas werde ihn noch daran hindern, das Telefonbuch mitzunehmen, ein Murmeln, ein verdächtiges Schnalzen, eine plötzliche Helligkeit aus den grabesgleichen Tiefen des Personenstandsregisters, aber die Ruhe war vollkommen, nicht einmal das kleinste Knistern malmender Holzwurmkiefer war zu hören.

Jetzt sitzt Sr. José mit der Decke über dem Rücken an seinem eigenen Tisch, vor sich hat er das Telefonbuch, er schlägt es vorn auf und braucht eine Weile, bis er die Anweisung durchgelesen hat, die Codes, die Gebührentabellen, als sei dies sein Vorhaben. Nach einigen Minuten lässt ihn ein plötzlicher Impuls unbedacht Seiten überspringen, vorwärts, rückwärts, bis er bei der Seite innehält, auf der der Name der unbekannten Frau stehen müsste. Entweder steht er nicht dort, oder seine Augen weigern sich, den Namen zu sehen. Nein, nichts. Er müsste hinter diesem Namen stehen, da steht er nicht. Oder vor diesem Namen hier, auch nicht. Habe ich doch gesagt, dachte Sr. José, doch er hatte vorher gar nichts gesagt, so versucht man eben, sich vor der Welt zu rechtfertigen, seinen Ärger auszudrücken, in diesem Fall seine Freude, jeder Polizeiinspektor hätte seinem Ärger mit einem Faustschlag auf den Tisch Luft gemacht, nicht so Sr. José, Sr. José setzt das ironische Lächeln eines Menschen auf, dem befohlen wurde, etwas zu suchen, von dem er wusste, dass es das nicht gibt, und der von dieser Suche zurückkehrt mit dem Satz auf den Lippen, Habe ich doch gesagt, entweder hat sie kein Telefon, oder sie will ihren Namen nicht im Telefonbuch stehen haben. Seine Genugtuung war so groß, dass er umgehend, ohne mit langem Für und Wider Zeit zu verlieren, den Namen des Vaters der unbekannten Frau suchte, und der war verzeichnet. Nicht eine Faser seines Körpers erbebte. Im Gegenteil, nun entschlossen, alle Brücken hinter sich abzubrechen, angetrieben von einem Impuls, den nur wahre Forscher verspüren, suchte er den Namen des Mannes, von dem die unbekannte Frau sich hatte scheiden lassen, und auch den fand er. Wenn ich einen Stadtplan hätte, könnte ich schon die ersten fünf Punkte eintragen, die ich gefunden habe, zwei in der Straße, in der das Mädchen auf dem Foto geboren wurde, einen für die Schule und jetzt diese beiden, der Beginn einer Zeichnung, wie alle Lebensläufe sie haben, aus unterbrochenen Linien, Kreuzungen, Schnittpunkten, doch niemals Gabelungen, denn der Geist geht nicht zur einen Seite ohne die Beine des Körpers, und der Körper wäre nicht in der Lage, sich zu bewegen, wenn ihm die Flügel des Geistes fehlten. Er schrieb sich die Adressen auf, dann notierte er, was er kaufen musste, einen großen Stadtplan, ein dickes Stück Pappe von derselben Größe, um ihn darauf zu befestigen, eine Schachtel Stecknadeln mit farbigen Köpfen, roten, damit man sie aus der Ferne erkannte, denn das Leben ist wie ein Bild, wir müssen immer vier Schritte zurücktreten, um es anzuschauen, selbst wenn wir eines Tages seine Haut berühren, seinen Geruch verspüren und es schmecken. Sr. José war ganz ruhig, es brachte ihn nicht aus der Fassung, dass er nun wusste, wo die Eltern lebten und der frühere Mann der unbekannten Frau, der kurioserweise ganz in der Nähe des Personenstandsregisters wohnte, natürlich würde er später bei ihnen vorbeischauen, aber erst, wenn er den Augenblick für gekommen hielt, erst, wenn der Augenblick dies forderte, Jetzt. Er schloss das Telefonbuch, legte es auf den Schreibtisch des Amtsvorstehers, an exakt die Stelle, von der er es weggenommen hatte, und kehrte in seine Wohnung zurück. Der Uhr nach war es jetzt Zeit für das Abendessen, aber die Aufregungen des Tages hatten seinen Magen vermutlich durcheinandergebracht, denn er zeigte keinerlei Anzeichen von Ungeduld. Sr. José setzte sich wieder, kuschelte sich in die Decke, zog an den Ecken, um seine Beine zu bedecken, und legte das Heft vor sich, das er im Schreibwarenladen gekauft hatte. Es war an der Zeit, nun Notizen über den Fortgang der Suche zu machen, die Begegnungen, die Unterhaltungen, die Überlegungen, die Pläne und Taktiken einer Nachforschung, die sich als komplex herausstellte, Die Schritte, die jemand auf der Suche nach jemandem unternimmt, hatte er gedacht, und in der Tat, obwohl dies erst der Anfang der Geschichte war, hatte er schon viel zu erzählen, Wenn dies ein Roman wäre, murmelte er, während er das Heft aufschlug, allein die Unterhaltung mit der Frau vom Erdgeschoss rechts ergäbe schon ein ganzes Kapitel. Er nahm den Kugelschreiber zur Hand, um zu beginnen, doch da fiel sein Blick auf das Papier, auf dem er die Adressen notiert hatte, es gab etwas, das er vorher nicht in Betracht gezogen hatte, die durchaus denkbare Annahme, dass die unbekannte Frau, nachdem sie sich hatte scheiden lassen, wieder zu ihren Eltern gezogen war oder, ebenso naheliegend, dass der Mann die Wohnung verlassen hatte und das Telefon weiterhin auf seinen Namen eingetragen war. Wenn dies der Fall war und wenn man bedachte, dass die betreffende Straße sich in der Nähe des Personenstandsregisters befand, wer weiß, ob dann die Frau aus dem Bus nicht tatsächlich diejenige war. Der innere Dialog schien wieder einsetzen zu wollen, Sie war es, Sie war es nicht, Sie war es, Sie war es nicht, aber dieses Mal hörte Sr. José nicht darauf, er beugte sich über das Papier und schrieb nun die ersten Wörter nieder, Ich betrat das Gebäude, stieg die Treppe hinauf und horchte an der Tür der Wohnung, in der die Frau geboren worden war, dann vernahm ich das Weinen eines Säuglings, ich dachte, das könnte ihr Kind sein, und gleichzeitig das Singen einer Frau, Das musste sie sein, doch später erfuhr ich, dass dem nicht so war.

Anders, als man zumeist annimmt, wenn man die Dinge von außen betrachtet, ist das Leben in einer Behörde nicht leicht, erst recht nicht in diesem Personenstandsregister, wo seit Urzeiten, die wir nur deshalb nicht unvordenklich nennen können, weil hier alles und alle registriert sind, dank der ständigen Bemühungen einer ununterbrochenen Linie großer Archivare Erhabenes und Banales zusammengetragen wurde, alles, was aus dem Beamten ein besonderes Wesen macht, begünstigt und zugleich abhängig von dem physischen und geistigen Raum, der umrissen wird von der Reichweite seiner Schreibfeder. In einfache Worte gefasst und im Hinblick auf ein genaueres Verständnis der allgemeinen, in dieser Einführung abstrakt formulierten Fakten, hat Sr. José ein Problem. Da er wusste, wie mühsam es gewesen war, gegen die Regularien der Hierarchie anzugehen und jene lächerliche halbe Stunde Freistellung vom Dienst zu erlangen, dank derer es möglich gewesen war, nicht in flagranti von dem Mann der jungen Frau aus dem zweiten Stock links entdeckt zu werden, kann man sich vorstellen, in welcher Bedrängnis er sich nun befindet, Tag und Nacht, auf der Suche nach einer sinnvollen Rechtfertigung, die es ihm gestatten würde, nicht eine, sondern zwei, nicht zwei, sondern drei Stunden zu erbitten, die er voraussichtlich brauchen wird, um bei einem Besuch der Schule mit befriedigendem Ergebnis die unerlässlichen Nachforschungen in ihren Archiven anzustellen. Die Auswirkungen dieser anhaltenden, obsessiven Unruhe machten sich bald in Fehlern bei der Arbeit bemerkbar, in mangelnder Aufmerksamkeit und plötzlicher Schläfrigkeit während des Tages, da er nachts nicht schlief, kurz, Sr. José, bisher von verschiedenen Vorgesetzten als ein kompetenter, wohlorganisierter und gewissenhafter Angestellter geschätzt, erhielt nun strenge Verweise und Verwarnungen und wurde zur Ordnung gerufen, was nur dazu diente, ihn noch mehr zu verwirren, außerdem konnte er auf diese Weise ganz sicher mit einer negativen Antwort rechnen, sollte er je wieder um den ersehnten Kurzurlaub bitten. Die Situation spitzte sich derart zu, dass nach ergebnisloser Analyse durch die Amtssekretäre und Stellvertretenden Amtsvorsteher nichts anderes übrigblieb, als die Angelegenheit dem Amtsvorsteher selbst vorzutragen, der zunächst gar nicht verstand, worum es ging, so absurd erschien sie ihm. Dass ein Angestellter in diesem Ausmaß seine Pflichten vernachlässigt haben konnte, machte jede wohlwollende Neigung zu einer Entschuldigung zunichte, zudem war es eine Missachtung der operativen Traditionen des Personenstandsregisters, und nur eine schwere Krankheit könnte Derartiges rechtfertigen. Als man ihm den Delinquenten vorführte, stellte der Amtsvorsteher Sr. José genau diese Frage, Sind Sie krank, Ich glaube nicht, Wenn Sie nicht krank sind, wie erklären Sie sich dann, dass Sie in den letzten Tagen so schlechte Arbeit geleistet haben, Ich weiß nicht, vielleicht weil ich schlecht geschlafen habe, Dann sind Sie wirklich krank, Ich schlafe nur schlecht, Wenn Sie schlecht schlafen, dann, weil Sie krank sind, ein gesunder Mensch schläft immer gut, es sei denn, etwas belastet sein Gewissen, ein tadelnswerter Fehler, einer von jenen, die das Gewissen nicht verzeiht, das Gewissen ist sehr wichtig, Ja, das stimmt, Wenn Ihre Verfehlungen im Dienst durch die Schlaflosigkeit verursacht werden und wenn die Schlaflosigkeit von einem schlechten Gewissen herrührt, dann muss man den begangenen Fehler aufdecken, Ich habe keinen Fehler begangen, Unmöglich, der einzige Mensch hier, der keine Fehler begeht, bin ich, und jetzt, was ist jetzt, warum schauen Sie auf das Telefonbuch, Ich war zerstreut, Ein schlechtes Zeichen, Sie wissen, dass Sie immer mich anzusehen haben, wenn ich mit Ihnen spreche, das ist Teil der Verhaltensregeln im Amt, ich bin der Einzige, der das Recht hat, den Blick abzuwenden, Ich verstehe, Welcher Fehler war es also, Ich weiß es nicht, In diesem Fall ist es noch schwerwiegender, vergessene Fehler sind die schlimmsten, Ich habe immer meine Pflicht erfüllt, Die Informationen, über die ich Sie betreffend verfüge, waren bisher zufriedenstellend, aber genau das beweist nur, dass Ihre tadelnswerte Arbeitsleistung in diesen Tagen nicht die Folge eines vergessenen Fehlers ist, sondern eines kürzlich begangenen, eines Fehlers der letzten Zeit, Mein Gewissen sagt mir nichts, Das Gewissen schweigt gerne mehr, als es sollte, deshalb sind Gesetze geschaffen worden, Ja, ich weiß, Ich muss eine Entscheidung fällen, Ja, Und ich habe sie schon gefällt, Ja, Ich erlege Ihnen einen Tag Suspens auf, Und betrifft der Suspens nur das Gehalt oder auch den Dienst, fragte Sr. José, in dem ein Funken Hoffnung aufflackerte, Das Gehalt, das Gehalt, der Dienst kann nicht noch mehr vernachlässigt werden, als dies ohnehin schon der Fall war, ich habe Ihnen doch gerade vor nicht allzu langer Zeit eine halbe Stunde freigegeben, sagen Sie mir nicht, Sie hätten erwartet, dass Ihr schlechtes Verhalten nun auch noch mit einem ganzen Tag belohnt werde, Natürlich nicht, Ich hoffe zu Ihrem Besten, dass Ihnen dies als eine Mahnung dienen möge, dass Sie umgehend wieder der korrekte Angestellte werden, der

Sie immer waren, im Interesse dieses Personenstandsregisters, Ich werde mich bemühen, Das war's, kehren Sie an Ihren Platz zurück.

Verzweifelt, ein einziges Nervenbündel, den Tränen nahe, kehrte Sr. José wie befohlen an seinen Platz zurück. Während der wenigen Minuten dieser schwierigen Unterhaltung mit seinem Chef hatte sich die Arbeit auf seinem Tisch derart angehäuft, als hätten die anderen Amtsschreiber, seine Kollegen, die bedrohliche disziplinarische Situation, in der sie ihn sahen, ausnutzen und ihn ihrerseits bestrafen wollen. Außerdem warteten einige Leute darauf, von ihm bedient zu werden. Sie hatten sich alle vor ihm aufgereiht, und dies nicht aus Zufall oder weil sie bei Betreten der Behörde gedacht hatten, der abwesende Beamte sei vielleicht der sympathischste und freundlichste von denen, die dort hinter der Theke zu sehen waren, sondern weil ebenjene ihnen zu verstehen gaben, sie sollten sich an ihn wenden. Da der internen Ordnung zufolge der Publikumsverkehr absoluten Vorrang vor der Arbeit am Schreibtisch hatte, ging Sr. José zur Theke, in dem Bewusstsein, dass es hinter ihm weiter Papiere hageln würde. Er war verloren. Jetzt, nach der verärgerten Ermahnung des Amtsvorstehers und der darauf folgenden Bestrafung, konnte er sich, selbst wenn er die unmögliche Geburt eines Kindes oder den zweifelhaften Tod eines Verwandten angäbe, jede Hoffnung aus dem Kopf schlagen, dass man ihm in der nächsten Zeit gestatten würde, früher zu gehen oder eine Stunde oder eine halbe oder auch nur eine Minute später zu kommen. Das Gedächtnis in diesem Haus der Archive ist beharrlich und vergisst nur langsam, so langsam, dass es nie etwas gänzlich vergisst. Sollte Sr. José in zehn Jahren eine kleine Unaufmerksamkeit begehen, und sei sie noch so unbedeutend, würde er erleben, dass ihn auf der Stelle jemand an alle Einzelheiten dieser unglücklichen Tage erinnert. Wahrscheinlich war es das, worauf der Amtsvorsteher anspielte, als er sagte, die schlimmsten Fehler seien jene, die scheinbar vergessen sind. Für Sr. José war der Rest des Tages wie ein schweres Joch, die Arbeit strengte ihn an, Gedanken quälten ihn. Während ein Teil seines Bewusstseins dem Publikum ordnungsgemäß Erklärungen gab, Dokumente ausfüllte und abstempelte, Karteikarten archivierte, verfluchte der andere Teil immer wieder das Los und den Zufall, die das, was sonst nicht im Entferntesten die Phantasie eines vernünftigen, ausgeglichenen Menschen beflügelte, in morbide Neugier verwandelt hatten. Der Chef hat recht, dachte Sr. José, die Interessen der Behörde müssen über alles gestellt werden, wenn ich umsichtig und normal leben würde, hätte ich mich in diesem Alter sicherlich nicht in eine solche Situation gebracht und eine Sammlung über Schauspieler, Tänzer, Bischöfe und Fußballspieler angelegt, wie dumm, wie sinnlos, wie lächerlich, ein schönes Erbe werde ich da hinterlassen, wenn ich sterbe, glücklicherweise habe ich keine Nachkommen, das Schlimme an alldem ist vielleicht, dass ich alleine lebe, dass ich keine Frau habe. Als er hier angelangt war, hielt der Gedanke inne, dann schlug er einen anderen, schmalen, gewundenen Weg ein, an dessen Anfang das Bild eines kleinen Mädchens zu sehen war und an dessen Ende der wirkliche Mensch stehen müsste, und zwar, wenn sie dort wäre, eine ausgewachsene Frau, die jetzt sechsunddreißig Jahre alt ist und geschieden, Und wozu sollte ich sie wollen, wozu, was sollte ich mit ihr anfangen, nachdem ich sie gefunden habe. Der Gedanke hielt noch einmal inne und verfolgte brüsk den zurückgelegten Weg, Und was glaubst du denn, wie du sie finden wirst, wenn sie dich nicht suchen lassen, fragte er ihn, doch er antwortete nicht, denn er war gerade damit beschäftigt, die letzte Person aus der Schlange zu bedienen, und sagte, der erbetene Totenschein sei am folgenden Tag fertig.

Nun, manche Fragen sind hartnäckig und geben nicht auf, so kehrte diese zurück, um ihn zu attackieren, als er, mürbe und erschöpft an Körper und Geist, endlich seine Wohnung betrat. Wie einen Lumpen hatte er sich aufs Bett geworfen, er wollte schlafen, das Gesicht seines Chefs vergessen, die ungerechte Strafe, aber die Frage legte sich neben ihn und flüsterte ihm ein, du kannst sie nicht suchen, man lässt dich nicht, diesmal ist es unmöglich, so zu tun, als würde er nicht hinhören und sei damit beschäftigt, das Publikum zu bedienen, er versuchte noch, sich zerstreut zu geben, sagte, dass er einen Weg finden müsste, und wenn er keinen fände, würde er alles aufgeben, aber die Frage blieb hartnäckig, du lässt dich aber leicht unterkriegen, dafür hat es sich nicht gelohnt, eine Amtsvollmacht zu fälschen und diese unglückliche, sympathische Frau vom Erdgeschoss rechts von ihrer sündigen Vergangenheit sprechen zu lassen, welch ein Mangel an Respekt den Menschen gegenüber, einfach mit der Tür ins Haus zu fallen und in ihrem Intimleben herumzufuhrwerken. Die Anspielung auf die Amtsvollmacht ließ ihn plötzlich erschrocken im Bett aufsitzen, sie war noch in seinem Mantel, er war all diese Tage damit herumgelaufen, man stelle sich vor, sie wäre aus dem einen oder anderen Grund herausgefallen, oder er, so zerrüttet, wie seine Nerven waren, wäre plötzlich bewusstlos geworden, so wie es Menschen geht, die auf einmal nicht mehr bei sich sind, und irgendein Kollege hätte, ohne böse Absicht, während er ihn aufknöpfte, damit er besser atmen konnte, den weißen Umschlag mit dem Aufdruck des Personenstandsregisters gesehen und gesagt, Was ist das denn, und dann ein Amtssekretär und danach ein Stellvertretender Amtsvorsteher und darauf der Chef. Sr. José wollte sich die Folgen nicht ausmalen, er erhob sich mit einem Satz, ging zum Mantel, der über einer Stuhllehne hing, nahm die Amtsvollmacht heraus, und ängstlich um sich schauend fragte er sich, wo zum Teufel er sie verstecken könnte. Keines der Möbelstücke war verschließbar, seine bescheidene Habe war jedem schnüffelnden Wesen zugänglich, das hereinkäme. Da fiel sein Blick auf die im Schrank aufgereihten Mappen seiner Sammlung, das war die Lösung. Er suchte die Mappe des Bischofs heraus und schob den Umschlag hinein, ein Bischof erregt nicht viel Neugier, auch wenn er noch so frommen Ruhm genießt, er ist weder Radfahrer noch Rennfahrer der Formel 1. Erleichtert legte er sich wieder ins Bett, aber die Frage wartete dort auf ihn, Da bist du nicht viel weitergekommen, das Problem ist nicht die Amtsvollmacht, es ist gleich, ob du sie versteckst oder zeigst, das wird dich nicht zu der Frau führen, Ich sagte schon, dass ich einen Weg finden werde, Das bezweifle ich, der Chef hat dich ganz schön festgebunden, an Händen und Füßen, der erlaubt dir nicht einen Schritt, Ich werde warten, bis sich alles beruhigt, Und dann, Ich weiß nicht, es wird mir schon etwas einfallen, Du könntest den Fall ja gleich lösen, Wie denn, Du rufst die Eltern an, sagst, du sprichst im Namen des Personenstandsregisters, bittest sie, dir die Adresse zu geben, Das werde ich nicht tun, Morgen gehst du zur Wohnung der Frau, ich kann mir kaum vorstellen, welche Unterhaltung ihr beiden haben werdet, aber jedenfalls wirst du einen Sinn darin finden, Wahrscheinlich werde ich gar nicht mit ihr sprechen wollen, wenn ich sie vor mir habe, Wenn das so ist, warum suchst du sie dann, warum gehst du dann her und erforschst ihr Leben, Ich gehe ja auch her und stelle Papiere zusammen über den Bischof, deshalb bin ich noch lange nicht daran interessiert, eines Tages mit ihm zu sprechen, Das erscheint mir absurd, Das ist absurd, aber es war auch an der Zeit, etwas Absurdes im Leben zu tun, Willst du damit sagen, dass die Frau, wenn du sie triffst, nicht erfahren wird, dass du sie gesucht hast, Das ist ziemlich sicher, Warum, Das kann ich nicht erklären, Jedenfalls wirst du nicht einmal zur Schule des Mädchens gehen können, die Schulen sind wie das Personenstandsregister, sie sind am Wochenende geschlossen, In das Personenstandsregister kann ich gehen, wann immer ich will, Man kann nicht behaupten, dass dies ein außerordentlich kühnes Unternehmen ist, die Tür deiner Wohnung führt dahin, Man sieht, dass du nie selbst dorthin gehen musstest, Ich gehe, wohin du gehst, ich werde dich überallhin begleiten, Fahr nur fort, Ich werde fortfahren, aber du wirst nicht in die Schule gehen, Das werden wir sehen. Sr. José erhob sich, es war Zeit für das Abendessen, sofern die sehr leichten Mahlzeiten, die er abends einzunehmen pflegte, diesen Namen verdienten. Während er aß, dachte er weiter nach, dann spülte er den Teller, das Glas und das Besteck, sammelte die Krümel auf, die auf das Tischtuch gefallen waren, während er weiter nachdachte, und als sei dies die unvermeidliche Schlussfolgerung dessen, worüber er nachgedacht hatte, öffnete er die Tür zur Straße. Gegenüber, auf der anderen Seite, stand eine Telefonzelle, sozusagen in Reichweite, mit zwanzig Schritten würde er an das Ende der Leitung gelangen, die seine Stimme forttragen würde, dieselbe Leitung würde ihm eine Antwort bringen, und dort, ob in dem einen oder anderen Sinne, hätte die Suche ihr Ende, er könnte ruhig nach Hause zurückkehren, das Vertrauen des Amtsvorstehers wiedergewinnen, und die Welt würde auf ihrer eigenen, unsichtbaren Bahn den Lauf wieder aufnehmen, tiefe Ruhe würde einkehren wie bei jenem, der einfach die Stunde erwartet, in der alle Dinge sich erfüllen werden, wenn diese Worte, so oft gesagt und wiederholt, eine wirkliche Bedeutung haben. Sr. José überquerte die Straße nicht, er zog seine Jacke und seinen Mantel an und ging hinaus.

Er musste zweimal mit dem Bus umsteigen, bevor er an sein Ziel gelangte. Die Schule war ein langgestrecktes, zweistöckiges Gebäude mit Mansarden, durch einen hohen Zaun von der Straße getrennt. Der Raum dazwischen, auf dem verstreut einige kleinere Bäume standen, war wohl der Pausenhof für die Schüler. Es brannte kein Licht. Sr. José schaute sich um, die Straße lag verlassen, obwohl es nicht spät war, das ist das Gute an diesen abgelegenen Vierteln, besonders wenn das Wetter nicht für offene Fenster geeignet ist, ziehen sich die Nachbarn in das Innere ihres Heims zurück, und außerdem gibt es draußen ohnehin nichts zu sehen. Sr. José ging bis zum Ende der Straße, jetzt nähert er sich der Schule, langsam, wie jemand, der abends gerne frische Luft schöpfen geht und von niemandem erwartet wird. Ganz nah am Tor bückte er sich, als hätte er gerade gesehen, dass ein Schnürsenkel offen ist, ein alter, abgenutzter Trick, der niemanden täuscht, aber man wendet ihn an, wenn einem nichts Besseres einfällt. Mit dem Ellenbogen drückte er gegen das Tor, das sich ein wenig bewegte, es war nicht abgeschlossen. Mit Bedacht knüpfte Sr. José einen zweiten Knoten auf den ersten, richtete sich auf und stampfte mit dem Fuß auf, um die Haltbarkeit der Schleife zu prüfen, dann ging er weiter, jetzt schneller, als erinnerte er sich plötzlich, dass doch jemand auf ihn wartete.

Die restlichen Tage der Woche durchlebte Sr. José, als würde er seinen eigenen Träumen beiwohnen. Im Personenstandsregister sah man ihn keinen einzigen Fehler begehen, er war nicht abgelenkt, er verwechselte kein Papier mit dem anderen, er erledigte eine Unmenge Arbeit, bei anderer Gelegenheit hätte er protestiert, im Stillen, versteht sich, gegen die unmenschliche Behandlung, deren Opfer die Amtsschreiber schon immer gewesen waren, und all das wurde ohne ein einziges Wort ausgeführt und ertragen, ohne das leiseste Murren. Der Amtsvorsteher betrachtete ihn zweimal aus der Ferne, wir wissen, dass es nicht seine Art ist, nach den Untergebenen zu schauen, schon gar nicht nach denen ganz unten, aber die geistige Konzentration von Sr. José erreichte einen solchen Grad der Intensität, dass es unmöglich war, dies in der beständig schwebenden Atmosphäre des Personenstandsregisters nicht zu bemerken. Am Freitag, bei Dienstschluss, ohne dass vorher irgendetwas darauf hingedeutet hätte, brach der Amtsvorsteher mit allen Regeln, missachtete alle Traditionen und versetzte alle Angestellten in Erstaunen, als er beim Verlassen der Behörde an Sr. José vorbeiging und ihn fragte, Geht es Ihnen besser. Sr. José antwortete, ja, es ginge viel besser, er litte nicht mehr an Schlaflosigkeit, und der Amtsvorsteher sagte, Unser Gespräch hat Ihnen gutgetan, er schien noch etwas hinzufügen zu wollen, einen Gedanken, der ihm vielleicht plötzlich gekommen war, aber er schloss den Mund und ging hinaus, das fehlte noch, die auferlegte Strafe aufzuheben würde die Disziplin untergraben. Die anderen Amtsschreiber, die Amtssekretäre und sogar die Stellvertretenden Amtsvorsteher betrachteten Sr. José, als sähen sie ihn zum ersten Mal, die wenigen Worte des Amtsvorstehers hatten einen anderen Menschen aus ihm gemacht, etwa wie ein Kind bei der Taufe, man bringt eins hin und kommt mit einem anderen zurück. Sr. José räumte seinen Tisch auf, wartete, bis er an der Reihe war zu gehen, denn es war so geregelt, dass als Erster der älteste Stellvertretende

Amtsvorsteher aufbrach, dann die Amtssekretäre und gleich darauf die Amtsschreiber, stets in der Reihenfolge ihres Dienstalters, dem anderen Stellvertretenden Amtsvorsteher oblag es, die Tür zu schließen. Entgegen seiner Gewohnheit ging Sr. José nicht um das Personenstandsregister herum, um sein Haus zu betreten, sondern lief durch die umliegenden Straßen, er ging in drei verschiedene Läden, und in jedem kaufte er etwas, ein halbes Kilo Schweinespeck in einem, ein Frotteetuch in dem anderen und auch einen kleinen Gegenstand, nichts Wichtiges, der in die Handfläche passte und den er in die Jackentasche steckte, denn er brauchte nicht eingewickelt zu werden. Dann ging er nach Hause. Es war schon weit nach Mitternacht, als er sich auf den Weg machte. Um diese Zeit waren wenig Busse unterwegs, nur hin und wieder tauchte einer auf, deshalb beschloss Sr. José zum zweiten Mal, seit ihm die Karteikarte der unbekannten Frau untergekommen war, ein Taxi zu nehmen. Er spürte, wie sein Magen rebellierte, wie ein Summen, ein Rasen, doch der Kopf bewahrte Ruhe oder war einfach unfähig zu denken. Es gab einen Augenblick, in dem Sr. José, zusammengekauert auf dem Taxisitz, als hätte er Angst, gesehen zu werden, sich noch vorzustellen versuchte, was ihm zustoßen könnte, die möglichen Folgen für sein Leben, wenn das, was er nun tun wollte, schlecht ausginge, aber der Gedanke versteckte sich hinter einer Wand, Hier komme ich nicht heraus, sagte er von dort, und er verstand, weil er sich gut kannte, dass der Gedanke ihn schützen wollte, nicht vor der Angst, sondern vor der Feigheit. Kurz vor dem Ziel bat er das Taxi zu halten, er würde das kleine noch fehlende Stück zu Fuß gehen. Er steckte die Hände in die Taschen und hielt unter dem zugeknöpften Mantel die Päckchen mit dem Schweinefett und dem Handtuch fest. Als er gerade um eine

Ecke in die Straße biegen wollte, in der sich die Schule befand, fielen ihm einige vereinzelte Regentropfen auf den Kopf, denen sogleich, als er sich bereits dem Tor näherte, ein Regenschwall folgte, der geräuschvoll über die Straße fegte. Seit der Antike sagt man, dass Fortuna die Wagemutigen beschützt, in diesem Fall war der mit dem Schutz beauftragte Vermittler der Regen oder mit anderen Worten direkt der Himmel, wenn jemand zu dieser späten Stunde hier entlangkäme, wäre er sicher mehr damit beschäftigt, der plötzlichen Nässe zu entgehen, als das Herumhantieren einer Gestalt in einem Mantel zu beobachten, die für ihr Alter dem Wassersturz unverhofft schnell entkommen war, eben war sie noch da und nun nicht mehr. Sr. José stellte sich bei einem der Bäume am Zaun unter, sein Herz pochte wie verrückt, er atmete ängstlich, erstaunt, dass er sich so geschickt bewegt hatte, er, der in Sachen Gymnastik nie weiter kam als bis zur obersten Sprosse der Leiter im Personenstandsregister, und Gott weiß, mit welcher Überwindung. Er war von der Straße her vor Blicken geschützt und meinte, den Eingang der Schule unbemerkt erreichen zu können, wenn er vorsichtig von Baum zu Baum ging. Er hatte sich davon überzeugt, dass es drinnen keinen Wächter gab, erstens weil kein Licht brannte, weder neulich noch jetzt, und außerdem bieten Schulen, es sei denn, es gäbe besondere und außerordentliche Gründe, nichts, was einen Überfall lohnte. Er jedoch hatte besondere und außerordentliche Gründe, und deshalb war er dort, bewaffnet mit einem halben Kilo Schweinespeck, einem Tuch und einem Glasschneider, das war der Gegenstand, der nicht eingewickelt zu werden brauchte. Er musste jedoch genau überlegen, was nun zu tun sei. Durch den Vordereingang hineinzugehen war unvorsichtig, ein Nachbar aus einem der oberen Stockwerke auf der anderen

Straßenseite könnte sich daran erinnern, dass er den noch immer heftigen Regen beobachtet und jenen Mann gesehen hatte, der das Fenster der Schule einschlug, es gibt viele Menschen, die nicht einen Finger rühren würden, um die Ausführung einer Gewalttat zu verhindern, ganz im Gegenteil, sie würden den Vorhang fallen lassen, ins Bett zurückkehren und sich dabei sagen, Das geht mich nichts an, doch es gibt andere Menschen, die nur nicht die Welt retten, weil die Welt sich nicht retten lässt, diese würden sofort die Polizei alarmieren, auf den Balkon hinaustreten und rufen, Hilfe, Hilfe, ein Dieb, ein hartes Wort, das Sr. José nicht verdient, denn er ist höchstens ein Fälscher, aber das wissen nur wir. Ich gehe um das Gebäude herum, vielleicht ist es dort leichter, dachte Sr. José, und wahrscheinlich hat er recht, denn häufig sind die Hintereingänge der Gebäude ungepflegt, dort häuft sich altes Gerümpel, Kisten, die darauf warten, wieder verwendet zu werden, leere Farbeimer, zerbrochene Ziegel von einer Baustelle, alles, was man sich nur wünschen kann, um eine Leiter zu improvisieren, ein Fenster zu erreichen und dort einzusteigen. Und in der Tat fand Sr. José einige geeignete Gegenstände, aber sie standen alle unter einem Schuppendach an der Wand, sorgfältig gestapelt, wie es schien, wenn man hier und da entlangtastete, es würde viel Arbeit bedeuten, im Dunkeln das Beste auszuwählen und hervorzuholen, was für den Bau einer Pyramide notwendig war, auf der er hinaufklettern würde, Wenn ich zum Dach hinaufsteigen könnte, murmelte er, und der Gedanke war im Prinzip hervorragend, zumal es zwei Handbreit über der Stelle, wo das Schuppendach an die Wand stieß, ein Fenster gab, Selbst dann wird es nicht einfach sein, das Dach hat eine große Neigung, und bei diesem Regen wird es glatt sein und rutschig. Sr. José spürte, wie er den Mut verlor, so geht es einem, der keine Erfahrung mit Überfällen hat, der nicht in den Genuss der Unterweisung bei Bergsteigern gekommen ist, er hatte nicht einmal daran gedacht, sich vorher die Örtlichkeit anzusehen, er hätte neulich, als er merkte, dass das Tor nicht abgeschlossen war, die Gelegenheit nutzen können, aber es schien ihm so viel Glück auf einmal, dass er es lieber nicht herausfordern wollte. In seiner Tasche hatte er die kleine Lampe, die er im Personenstandsregister benutzt hatte, um die Karteikarten zu beleuchten, aber hier wollte er sie nicht einschalten, eine Gestalt mitten in der Dunkelheit, die mehr oder weniger unbemerkt bleiben kann, ist eine Sache, eine andere, eine ganz andere und viel schlimmere, ist ein Lichtkreis, der hin und her huscht und sich selbst preisgibt, Schaut her, da bin ich. Er fand Unterschlupf unter dem Schuppendach, hörte den Regen unermüdlich auf die Dachpfannen trommeln und wusste nicht, was tun. Auf dieser Seite standen Bäume, höher und belaubter als an der Vorderseite, wenn sich dahinter einige Gebäude verbargen, konnte er sie von dort, wo er war, nicht sehen, Also können sie auch mich nicht sehen, dachte Sr. José, und nachdem er noch einen Augenblick gezögert hatte, schaltete er die Taschenlampe ein und bewegte sie schnell hin und her. Er hatte sich nicht getäuscht, das Alteisenlager der Schule war sorgfältig geordnet und zusammengestellt, als seien es Maschinenteile, die ineinandergriffen. Er schaltete die Taschenlampe erneut ein, diesmal leuchtete er nach oben. Auf dem Gerümpel, getrennt vom Rest, wie ein hin und wieder benötigtes Stück, lag eine kleine Stehleiter. Aufgrund der unverhofften Entdeckung oder aber wegen einer plötzlichen unkontrollierten Erinnerung an die Höhen im Personenstandsregister wurde es Sr. José schummrig vor Augen, ein geläufiger, bildhafter Ausdruck im Volksmund, der eingängiger ist als das Wort Höhenangst, wofür der Volksmund nicht geboren wurde. Die Leiter war nicht lang genug, um bis an das Fenster zu reichen, doch mit ihr könnte er auf den Schuppen steigen, und von dort aus würde Gott wissen, wie es weiterging.

Derart angerufen, beschloss Gott, Sr. José bei seinem schwierigen Unterfangen zu helfen, was nicht außergewöhnlich ist, wenn wir die ungeheure Menge der Einbrecher bedenken, die, seit die Welt eine Welt ist, das Glück gehabt haben, von ihren Einbrüchen zurückzukehren, nicht nur mit Gütern versehen, sondern auch unversehrt, das heißt ohne göttliche Strafe. So wollte es also die Vorsehung, dass die gewellten Zementziegel, die das Dach des Schuppens bildeten, nicht nur aufgeraut waren, sondern an den unteren Kanten einen hervorstehenden Rand hatten, dessen Reiz als Schmuckelement der Designer in der Fabrik unvorsichtigerweise nicht hatte widerstehen können. Dank dieser Tatsache jedoch und ungeachtet der starken Neigung des Schuppendachs gelang es Sr. José, hier ein Fuß, dort eine Hand, sich seufzend, stöhnend, mit den Fingernägeln kratzend, die Spitzen seiner Schuhe abschabend, nach oben zu ziehen. Jetzt brauchte er nur noch hineinzugehen. Nun ist es an der Zeit, anzumerken, dass Sr. José als Bergsteiger und Einbrecher völlig unzeitgemäße Methoden anwandte, um nicht zu sagen altmodische, ja geradezu archaische. Irgendwann, er weiß nicht einmal, in welchem Buch oder in welcher Zeitung, hatte er gelesen, dass Schweinefett und ein Frotteetuch die notwendige Ergänzung zu einem Glasschneider bildeten, wann immer man vorhatte, in böswilliger Absicht durch ein Fenster zu steigen, und mit diesen ungewöhnlichen Hilfsmitteln hatte er sich in blindem Glauben ausgestattet. Selbstverständlich konnte er, um die Aufgabe abzukürzen, einen einfachen Fausthieb auf die Scheibe landen, aber er hatte befürchtet, als er diesen Einbruch plante, dass das unvermeidliche Zersplittern, das auf den Hieb folgen würde, die Nachbarschaft alarmieren könnte, und wenn es auch stimmte, dass das schlechte Wetter mit seinen natürlichen Geräuschen das Risiko verminderte, war es dennoch besser, sich strikt an die Disziplin dieser Methode zu halten. Also stellte er die Füße auf den vorspringenden Rand, stützte die Knie auf die rauen Betonplatten, und so machte sich Sr. José daran, die Scheibe mit einem Diamanten aufzuschneiden, ganz nah am Sims entlang. Dann trocknete er mit dem Tuch, keuchend vor Anstrengung in seiner unbequemen Lage, so gut er konnte das Glas, damit der erwünschte Effekt des Schweinefetts nicht beeinträchtigt würde, oder zumindest das, was davon übrig war, denn seine heftigen Anstrengungen, auf der schrägen Ebene hinaufzuklettern, hatten aus dem Päckchen eine unförmige klebrige Masse gemacht, mit Folgen für seine Wäsche und seine Kleidung, wie man sich vorstellen kann. Dennoch gelang es ihm, über die gesamte Scheibe eine reichlich dicke Fettschicht zu schmieren, auf die er dann möglichst sorgfältig das Handtuch klebte, das er nach tausend Verdrehungen endlich hatte aus der Manteltasche ziehen können. Jetzt musste er genau die Kraft des Fausthiebs berechnen, der nicht so schwach sein durfte, dass er ihn wiederholen müsste, jedoch auch nicht so stark, dass er die Scheibe hinter dem Handtuch gänzlich lösen würde. So drückte er mit der linken Hand den oberen Teil des Handtuchs gegen das Fenstersims, damit er nicht rutschte, schloss die rechte Faust, hob den Arm nach hinten und schlug mit einem trockenen Schlag zu, der glücklicherweise dumpf erklang wie der Schuss einer Waffe mit Schalldämpfer. Gleich der erste Versuch hatte geklappt, eine bemerkenswerte Leistung für einen Lehrling. Ein oder zwei Stücke der Scheibe fielen nach innen, nichts weiter, aber das war nicht wichtig, dort drin war ja niemand. Einige Sekunden lang blieb Sr. José trotz des Regens auf dem Schuppen liegen, um Kräfte zu sammeln und den Triumph zu genießen. Dann führte er, indem er sich vorbeugte, einen Arm durch die Öffnung, suchte und fand den Fenstergriff, mein Gott, wie schwierig ist doch das Dasein von Einbrechern, er öffnete beide Flügel, und dann, indem er sich am Fenstersims festhielt, gelang es ihm, mit der zaghaften Hilfe seiner Füße, die sich nicht mehr richtig abstützen konnten, sich hinaufzuziehen, erst mit einem Bein, dann mit dem anderen, um schließlich auf der anderen Seite sanft wie ein Blatt, das sich vom Zweig gelöst hat, niederzufallen.

Die Achtung vor der Realität der Fakten und die schlichte moralische Verpflichtung, nicht die Glaubwürdigkeit von jemandem zu strapazieren, der die Abenteuer einer solch unerhörten Suche als plausibel und logisch anzunehmen bereit ist, erfordern eine umgehende Richtigstellung, dass nämlich Sr. José nicht sanft von der Fensterbank heruntergefallen war wie ein Blatt, das sich vom Zweig gelöst hat. Im Gegenteil, was wirklich passierte, war, dass er hilflos hinunterfiel, so, wie ein ganzer Baum stürzen würde, wobei es so einfach gewesen wäre, langsam von seinem augenblicklichen Platz herabzurutschen, bis er mit den Füßen den Boden berührte. Der Sturz teilte ihm durch den harten Aufprall und die aufeinanderfolgenden schmerzhaften Stöße sogar mit, noch bevor seine Augen dies bestätigen konnten, dass der Ort, an dem er sich befand, wie eine Verlängerung des äußeren Schuppendachs war, oder wohl eher umgekehrt, beide Orte waren dazu bestimmt, ausrangierte Dinge zu verwahren, aber erst dieser Raum und dann, wenn kein Platz mehr war, der Schuppen draußen. Sr. José blieb einige Minuten sitzen, wartete, bis sein Atem sich wieder normalisierte und seine Arme und Beine nicht mehr zitterten. Dann schaltete er die Taschenlampe ein, wobei er darauf achtete, nur den Fußboden vor sich zu beleuchten, und sah, dass zwischen den Möbeln, die links und rechts übereinandergestapelt standen, ein Gang bis zur Tür frei geblieben war. Ihn beunruhigte der Gedanke, dass diese vielleicht geschlossen sein könnte, weil er sie dann ohne richtige Werkzeuge aufbrechen und also unwillkürlich Lärm verursachen müsste. Draußen regnete es immer noch, die gesamte Nachbarschaft schlief sicher schon, aber darauf können wir uns nicht vollständig verlassen, es gibt Menschen mit einem so leichten Schlaf, dass selbst das Summen eines Moskitos sie aufweckt, dann stehen sie auf, gehen in die Küche, um ein Glas Wasser zu trinken, schauen zufällig nach draußen und sehen ein rechteckiges schwarzes Loch in der Wand der Schule, vielleicht sagen sie etwas dazu, Wie wenig achtsam sind doch die von der Schule, bei solchem Wetter lassen sie das Fenster offen stehen, oder, Wenn ich mich richtig entsinne, war dieses Fenster dort geschlossen, es muss der Wind gewesen sein, niemand wird glauben, dass da drin ein Einbrecher ist, außerdem würden sie sich rundheraus irren, weil Sr. José, erinnern wir uns noch einmal daran, nicht hergekommen ist, um etwas zu stehlen. Gerade ist ihm der Gedanke gekommen, dass er das Fenster schließen müsste, damit man diesen Einbruch von außen nicht sieht, aber dann kommen ihm Zweifel, er fragt sich, ob es nicht besser ist, es so zu lassen, wie es ist, Sie werden denken, es war der Wind oder die Nachlässigkeit irgendeines Angestellten, wenn ich es jetzt schließe, würde man sofort sehen, dass die Scheibe fehlt, vor allem weil die Scheiben milchig sind, fast weiß. Im Vertrauen darauf, dass die übrige Welt ihren Verstand zu solch logischer Schlussfolgerung antreibt wie er selbst, beschloss Sr. José, das Fenster offen zu lassen, und krabbelte nun zwischen den Möbeln voran, bis er die Tür erreichte. Die nicht abgeschlossen war. Er atmete erleichtert auf, nun würde es keine weiteren Hindernisse mehr geben. Er brauchte jetzt einen bequemen Stuhl, noch besser ein Sofa, um den Rest der Nacht auszuruhen, wenn die Nerven es ihm erlaubten, könnte er sogar schlafen. Wie ein erfahrener Schachspieler hatte er sich die Züge überlegt, in Wirklichkeit ist es nicht besonders schwer, wenn man sich der unmittelbaren objektiven Ursachen einigermaßen sicher ist, die Bandbreite der möglichen und wahrscheinlichen Wirkungen zu bedenken, ihre Umwandlung in Gründe vorherzusehen, all dies würde aufeinanderfolgen, Wirkungen Ursachen Wirkungen und Ursachen Wirkungen Ursachen bis ins Unendliche, aber wir wissen schon, dass der Fall von Sr. José nicht so weit geht. Den Vorsichtigen wird es unvernünftig vorkommen, dass ein Amtsschreiber sich so in die Höhle des Löwen begibt und jetzt, als sei dies nicht gewagt genug, sogar noch in aller Ruhe den Rest der Nacht und den folgenden Tag hier verbringen möchte, mit dem Risiko, von jemandem in flagranti erwischt zu werden, der in Bezug auf offen stehende Fenster schärfere Schlussfolgerungen zieht als er. Man muss jedoch zugeben, dass es sehr viel unvernünftiger gewesen wäre, von Raum zu Raum zu gehen und das Licht einzuschalten. Ein offen stehendes Fenster und eingeschaltetes Licht in Verbindung zu bringen, wenn man weiß, dass die rechtmäßigen Benutzer eines Hauses oder einer Schule abwesend sind, dazu ist der Verstand jedes Menschen in der Lage, auch wenn er noch so wenig misstrauisch ist, jedenfalls ruft man dann die Polizei.

Sr. José spürte Schmerzen im ganzen Körper, wahrscheinlich hatte er sich die Knie aufgerissen, vielleicht bluteten sie, jedenfalls ließ das unangenehme Scheuern seiner Hose darauf schließen, außerdem war er nass und verschmutzt vom Kopf bis zu den Füßen. Er zog den tropfenden Mantel aus und dachte, Wenn es hier einen Innenraum gäbe, könnte ich das Licht einschalten, und ein Badezimmer, ein Bad, in dem ich mich waschen könnte, wenigstens die

Hände. Er tastete sich voran, öffnete und schloss Türen, fand das, was er suchte, erst ein kleines Zimmer ohne Fenster, mit Regalen, auf denen Schul- und Büromaterial lag, Bleistifte, Hefte, lose Blätter, Kugelschreiber, Radiergummi, Tintenfässer, Lineale, Geodreiecke, Rechenschieber, Winkelmesser, Zeichenzubehör, Klebstofftuben, Schachteln mit Heftklammern und anderes, was er nicht sah. Bei eingeschaltetem Licht konnte er schließlich das Unheil betrachten, das das Abenteuer angerichtet hatte. Die Verletzungen an den Knien schienen nicht so schlimm zu sein, wie er vermutet hatte, die Haut war nur aufgeschürft, wenn auch schmerzhaft. Am Tage, wenn er kein Licht mehr einschalten musste, würde er das suchen, was es in jeder Schule gibt, den weißen Schrank für die erste Hilfe, ein Desinfektionsmittel, Alkohol, Wasserstoffsuperoxid, Watte, eine Binde, die Kompresse, den Erste-Hilfe-Verband, so viel würde nicht einmal nötig sein. Dem Mantel würden diese Mittel nicht groß helfen, denn der war eine einzige Schweinerei, das Schweinefett hatte den Stoff imprägniert, Vielleicht kann ich das zum größten Teil mit Alkohol entfernen, dachte Sr. José. Dann machte er sich auf die Suche nach einem Badezimmer, und er hatte Glück, er brauchte nicht weit zu gehen, um eins zu finden, nach der Ordnung und Sauberkeit zu urteilen, wurde es von den Lehrern benutzt. Vor dem Fenster, das ebenfalls auf die Rückseite der Schule hinausging, waren außer den Milchglasscheiben, die hier offensichtlich noch notwendiger waren als in dem Abstellraum, durch den er hereingekommen war, von innen Fensterläden aus Holz angebracht, dank derer Sr. José endlich das Licht einschalten, sich waschen und sehen konnte, was er tat. Dann, als er wieder bei Kräften und einigermaßen sauber war, machte er sich auf die Suche nach einem Schlafplatz. Obwohl er zu seiner Schulzeit nie in einer solchen, derart ausgestatteten und geräumigen Schule gewesen war, wusste er, dass alle Schulen einen Direktor haben, dass alle Direktoren ihr Büro haben, dass all diese Büros ein Sofa haben, genau das, wonach sein Körper jetzt verlangte. So öffnete und schloss er also lauter Türen, blickte in die Räume, denen das Licht von draußen etwas Gespenstisches verlieh, wo die Tische der Schüler wie aneinandergereihte Gräber aussahen, wo das Lehrerpult wie ein dunkler Opferraum erschien und die Tafel der Ort, an dem für alle eine Rechnung aufgemacht wurde. An der Wand, als seien sie verschwommene Flecken, die die Zeit auf der Haut der Wesen und der Dinge zurücklässt, sah er die Karten vom Himmel, von der Welt und von den Ländern, die hydrographischen und orographischen Karten des menschlichen Wesens, die Kanalisation des Blutes, den Verdauungstrakt, die Anordnung der Muskeln, die Verbindung der Nerven, das Gerüst der Knochen, den Blasebalg der Lungen, das Labyrinth des Hirns, den Schnitt der Augen, die Geschlechtsteile. Die Unterrichtsräume lagen nebeneinander entlang der Flure, die um die Schule herumführten, überall atmete man den Geruch von Kreide ein, fast so alt wie der von Körpern, es gibt Menschen, die behaupten, dass Gott, bevor er sich daranmachte, den Lehm zu kneten, mit dem er sie später gestaltete, zunächst mit einem Stück Kreide den Mann und die Frau auf die Oberfläche der Nacht malte, von dort kommt uns die einzige Gewissheit, die wir haben, dass wir Staub waren, sind und sein werden und dass wir uns in einer so tiefen Nacht wie dieser verlieren werden. An einigen Stellen war die Dunkelheit so dicht, so vollständig, als hätte man sie in schwarze Tücher gehüllt, und an anderen Stellen schwebte der schillernde Widerschein eines Aquariums, etwas Phosphoreszierendes, ein bläuliches Licht, das nicht vom Licht der Straßenlaternen stammen konnte oder, wenn es von dort kam, sich verwandelte, nachdem es durch die Scheiben gefallen war. Er erinnerte sich an das blasse Licht, das ewig über dem Tisch des Amtsvorstehers hing, das von der Finsternis umgeben war und diese zu verschlingen schien, und Sr. José murmelte, Das Personenstandsregister ist anders, dann fügte er hinzu, als müsste er sich selbst antworten, Je größer der Unterschied ist, desto größer wird wahrscheinlich die Ähnlichkeit sein, und je größer die Ähnlichkeit ist, desto größer wird der Unterschied sein, in diesem Augenblick wusste er noch nicht, wie recht er hatte.

Auf diesem Stockwerk gab es nur Unterrichtsräume, das Büro des Direktors war sicher im Stockwerk darüber, abseits von den Stimmen, den lästigen Geräuschen, dem Tumult des Kommens und Gehens der Klassen. Über der Treppe war ein Oberlicht, wenn man die Treppe hinaufging, lief man von der Dunkelheit zum Licht, was unter diesen Umständen nichts anderes bedeutete, als dass wir schlicht und einfach sehen können, wohin wir den Fuß setzen. Der Zufall wollte es bei dieser neuen Suche, dass Sr. José, bevor er das Büro des Direktors fand, in das Sekretariat der Schule trat, einen Raum mit drei Fenstern, die zur Straße hin führten. Das Mobiliar war das übliche in Behörden dieser Art, es gab ein paar Schreibtische, eine entsprechende Anzahl von Stühlen, dann Schränke, Archive, Karteikästen, das Herz von Sr. José schlug höher, als er sie sah, genau danach hatte er gesucht, Karteikästen, Karteikarten, Register, Einträge, Notizen, die Geschichte der unbekannten Frau aus der Zeit, in der sie ein Kind und junges Mädchen gewesen war, in der Annahme, dass es nach dieser keine andere Schule in ihrem Leben gegeben hatte. Sr. José öffnete wahllos eine Karteischublade, doch das Licht, das von der Straße kam, reichte ihm nicht, um zu erkennen, welche Art von Einträgen die Karteikarten enthielten. Ich habe viel Zeit, dachte Sr. José, jetzt muss ich erst einmal schlafen. Er verließ das Sekretariat, und zwei Türen weiter fand er schließlich das Büro des Direktors. Verglichen mit der kargen Strenge des Personenstandsregisters war es nicht übertrieben, hier von Luxus zu sprechen. Der Fußboden war mit Teppich ausgelegt, vor dem Fenster hing ein Vorhang aus schwerem Stoff, der jetzt geschlossen war, der Schreibtisch in altem Stil war groß, der Sessel aus schwarzem Leder modern, all das nahm Sr. José wahr, weil er, als er die Tür öffnete und sich in völliger Dunkelheit befand, nicht zögerte und zunächst die Taschenlampe einschaltete, dann die Deckenlampe. Da er kein Licht von draußen eindringen sah, würde man von draußen auch das Licht hier drin nicht sehen. Der Schreibtischsessel des Direktors war bequem, dort könnte er schlafen, aber noch viel besser wäre das lange, breite dreisitzige Sofa, das barmherzig seine Arme auszubreiten schien, damit er sich hinlegen und seinen müden Körper dort ausruhen könnte. Sr. José sah auf die Uhr, es fehlten wenige Minuten bis drei Uhr. Als er sah, wie spät es war, er hatte nicht einmal bemerkt, wie die Zeit vergangen war, fühlte er sich plötzlich sehr müde, Ich kann nicht mehr, dachte er, und aus schierer nervöser Erschöpfung begann er zu schluchzen, brach in ein fast konvulsives Weinen aus, als sei er, wie er so dastand, wieder der kleine Junge aus den ersten Schuljahren, der einen Streich begangen hatte und zum Direktor gerufen wurde, um die verdiente Strafe zu erhalten. Er warf den nassen Mantel auf den Boden, nahm ein Tuch aus der Hosentasche und legte es sich auf die Augen, aber das Taschentuch war so nass wie der Rest, wie der ganze Mensch von Kopf bis Fuß, das bemerkte er erst jetzt, es war, als würde er vor Wasser triefen, als sei er nichts als ein ausgewrungener Lappen, ein verschmutzter Körper, ein verbitterter Geist und beide unglücklich, Was tue ich hier, fragte er sich, aber er wollte nicht antworten, er hatte Angst, dass der Grund, der ihn hierhergelockt hatte, derart aufgedeckt, ihm absurd, verrückt, wie etwas Wahnsinniges vorkäme. Plötzlich schüttelte es ihn, Wer weiß, vielleicht habe ich mich erkältet, sagte er laut, darauf nieste er zweimal, und dann, während er sich die Nase putzte, erinnerte er sich, den launischen Wegen eines Gedankens folgend, der geht, wohin er will, ohne Erklärungen abzugeben, an jene Filmschauspieler, die immer angezogen ins Wasser fallen oder völlig durchnässt sind von einem Unwetter und nie eine Lungenentzündung bekommen, nicht einmal eine einfache Erkältung, wie dies im wirklichen Leben jeden Tag geschieht, wenn es hochkommt, wickeln sie sich in eine Decke, um die nasse Kleidung herum, was ziemlich töricht wäre, wenn wir nicht wüssten, dass der Dreh gleich unterbrochen wird, damit der Schauspieler sich in seine Kammer begibt, ein warmes Bad nimmt und seinen Bademantel mit Monogramm anzieht. Sr. José zog sich nun die Schuhe aus, dann das Jackett und das Hemd, streifte die Hose ab, die er auf einen Garderobenständer hängte, jetzt brauchte er sich nur noch mit der Decke aus dem Film zuzudecken, ein Accessoire, das im Büro eines Schuldirektors nicht leicht zu finden war, es sei denn, der Direktor wäre ein älterer Herr, einer, dessen Knie bei längerem Sitzen kalt werden. Wieder einmal gelangte Sr. José mit seinem logischen Verstand zur richtigen Schlussfolgerung, die Decke war sorgfältig auf dem Kissen des Schreibtischsessels zusammengelegt. Sie war nicht groß, er konnte sich nicht vollständig damit zudecken, aber es war besser, als die ganze Nacht entblößt dazuliegen. Sr. José schaltete das Deckenlicht aus, folgte dem Schein der Taschenlampe, streckte sich seufzend auf dem Sofa aus und kringelte sich so zusammen, dass er ganz unter die Decke passte. Er zitterte noch immer, seine Unterwäsche, die er anbehalten hatte, war feucht, wahrscheinlich vom Schweiß, von der Anstrengung, der Regen konnte nicht so weit durchgedrungen sein. Er setzte sich auf, zog das Hemd und die Hose aus, auch die Strümpfe, dann wickelte er sich in die Decke, als wollte er daraus eine zweite Haut machen, und eingerollt wie eine Kellerassel ließ er sich in die Dunkelheit des Büros sinken, wartete auf ein wenig barmherzige Wärme, die ihn in barmherzigen Schlaf hinübertragen sollte. Doch beide ließen auf sich warten, abgewehrt von einem Gedanken, der ihm nicht aus dem Sinn gehen wollte, Und wenn jetzt jemand kommt, und wenn sie mich hier so finden, das heißt nackt, sie würden die Polizei rufen, ihm Handschellen anlegen, ihn nach seinem Namen fragen, nach Alter und Beruf, zuerst würde der Direktor der Schule kommen, dann der Chef des Personenstandsregisters, und die beiden würden ihn streng und verächtlich ansehen, Was tun Sie hier, würden sie fragen, und ihm würde die Stimme versagen, er könnte ihnen nicht erklären, dass er nach einer unbekannten Frau suchte, sie würden sicher alle in Gelächter ausbrechen und dann wieder fragen, Was suchen Sie hier, und sie würden nicht aufhören mit dem Fragen, bis er alles gestand, zum Beweis wiederholten sie ihre Frage im Traum immer wieder, bis der Morgen sich der Welt nahte und Sr. José den erschöpfenden Wachzustand verließ oder dieser ihn.

Er wachte spät auf, träumte, dass er wieder im Schuppen war, der Regen prasselte tosend auf ihn herab wie ein Wasserfall, und die unbekannte Frau saß in Gestalt einer Filmschauspielerin aus seiner Sammlung auf der Fensterbank, die Decke des Direktors zusammengelegt in ihrem Schoß, und wartete, dass er zu ihr hinaufkletterte, wobei sie bemerkte, Es wäre besser gewesen, du hättest am Haupttor geklopft, woraufhin er keuchend antwortete, Ich wusste nicht, dass du hier bist, und sie, Ich bin immer hier, ich gehe nie fort, und dann schien ihm, als beugte sie sich vor, um ihm hinaufzuhelfen, doch plötzlich verschwand sie und der Schuppen mit ihr, nur der Regen fiel weiter, fiel ohne Unterlass herab auf den Stuhl des Chefs des Personenstandsregisters, auf dem Sr. José sich selbst sitzen sah. Sein Kopf schmerzte etwas, aber die Erkältung hatte sich wohl nicht verschlimmert. Durch den Vorhangspalt drang ein feiner Streifen gräulichen Lichts, was entgegen seinem ersten Eindruck darauf hindeutete, dass die Vorhänge nicht ganz zugezogen waren. Niemand wird das bemerkt haben, dachte er, und er hatte recht, heller als alles andere leuchten die Sterne, und doch verliert sich der größte Teil des Lichts im Weltraum, und ein einfacher Nebel reicht aus, um vor unseren Augen das übermäßige Licht zu verbergen. Ein Nachbar von der anderen Straßenseite, selbst wenn er durch das Fenster gespäht hätte, um zu sehen, wie das Wetter war, würde denken, dass dieser sich zwischen den an der Fensterscheibe hinabrinnenden Tropfen hindurchschlängelnde Lichtfaden ein schillernder Reflex des Regens war. In die Decke eingewickelt, schob Sr. José die Vorhänge etwas beiseite, jetzt wollte er wissen, wie das Wetter war. In diesem Augenblick regnete es nicht, aber der Himmel war bedeckt durch eine einzige dunkle Wolke, die so niedrig hing, dass sie die Dächer wie eine riesige Tafel zu berühren schien. Besser so, dachte er, je weniger Leute auf der Straße sind, desto besser. Er befühlte die Kleider, die er abgelegt hatte, um festzustellen, ob er sie schon wieder anziehen konnte. Das Hemd, das Unterhemd, die Unterhose und die

Strümpfe waren einigermaßen trocken, die Hose noch lange nicht, auch das Jackett und der Mantel brauchten noch einige Stunden. Er zog alles an außer der Hose, um das Scheuern des durch die Feuchtigkeit steif gewordenen Stoffes auf den aufgeschürften Knien zu vermeiden, und machte sich auf die Suche nach dem Sanitätsraum. Der Logik nach müsste er sich im Erdgeschoss befinden, in der Nähe der Turnhalle und der Unfälle, die dort üblicherweise geschehen, neben dem Zaun zum Schulhof, wo die Schüler in den Pausen in mehr oder weniger rauen Spielen ihre Energien und, vor allem, ihre lernbedingte Angst und Langeweile austoben. Er hatte recht. Nachdem er die Wunden mit destilliertem Wasser ausgewaschen hatte, bestrich er sie mit einem Desinfizierungsmittel, das nach Jod roch, und verband sie sorgfältig mit derart vielen Mullbinden und Pflastern, dass es eher so aussah, als habe er sich Knieschützer angelegt. Dennoch war er imstande, die Knie so weit zu beugen, dass er laufen konnte. Er zog die Hose an und fühlte sich wie ein neuer Mensch, allerdings nicht so vollständig, dass er das allgemeine Unbehagen seines armen Körpers ganz vergessen hätte. Irgendetwas muss es hier gegen diese Erkältung und diesen Kopfschmerz geben, dachte er, und kurz darauf, nachdem er gefunden hatte, was er brauchte, hatte er schon zwei Tabletten im Magen. Er hatte keine Vorsichtsmaßnahmen ergreifen müssen, um von draußen nicht gesehen zu werden, da das Fenster des Sanitätsraumes wie zu erwarten ebenfalls Milchglasscheiben hatte, von jetzt ab müsste er jedoch aufpassen, wie er sich bewegte, nicht unachtsam sein, sich möglichst im hinteren Teil der Räume aufhalten, sich auf allen vieren vorwärtsbewegen, falls er sich einem Fenster nähern sollte, nun, er müsste sich verhalten, als hätte er in seinem Leben nie etwas anderes getan, als in Häuser einzubrechen. Ein plötzliches Brennen im Magen erinnerte ihn daran, dass es falsch gewesen war, die Tabletten zu nehmen, ohne etwas dazu zu essen, und sei es zum Beispiel einen Keks, Nun gut, und wo gibt es hier Kekse, fragte er sich, und wurde gewahr, dass er jetzt ein neues Problem zu lösen hatte, nämlich das Essensproblem, denn er konnte das Gebäude nicht verlassen, bevor es Nacht wurde, Und zwar stockdunkel, fügte er hinzu. Obwohl es sich um einen Menschen handelte, der, wie wir wissen, bezüglich seiner Ernährung leicht zufriedenzustellen war, müsste er mit irgendetwas den Appetit besänftigen, bis er nach Hause kam, Sr. José antwortete dem Bedürfnis jedoch mit folgenden stoischen Worten, Nun gut, ein Tag ist nicht viele Tage, man stirbt nicht gleich, wenn man einige Stunden ohne Essen zubringt. Er verließ den Sanitätsraum, und obwohl sich das Sekretariat, in dem er seine Suche fortsetzen würde, im zweiten Stock befand, beschloss er, aus schierer Neugier, sich im Erdgeschoss umzusehen. Auf Anhieb fand er die Turnhalle mit den Umkleideräumen, mit Klettergerüsten und anderen Apparaten, den Schwebebalken, den Kasten, die Ringe, das Pferd, das Trampolin, die Matten, zu seiner Zeit gab es in den Schulen solche Turngeräte nicht, er hätte sie sich für sich selbst auch nicht gewünscht, da er damals wie heute reichlich unsportlich war. Das Brennen im Magen wurde stärker, eine säuerliche Welle stieg in seinem Mund auf, sie brannte in seiner Kehle, wenn wenigstens sein Kopfschmerz wegginge, Und die Erkältung, wahrscheinlich habe ich Fieber, dachte er in dem Augenblick, in dem er eine weitere Tür öffnete. Es war, gesegnet sei die Neugier, der Speisesaal. Und nun waren Sr. Josés Gedanken beflügelt, er machte sich eilig auf die Suche nach Essen, Wenn es einen Speisesaal gibt, gibt es eine Küche, wenn es eine Küche gibt, brauchte er nicht weiter nachzudenken, da war die Küche mit ihrem Herd, den Kesseln und Töpfen, den Tellern und Gläsern, den Schränken und einem riesigen Kühlschrank. Dorthin wendete er sich, öffnete ihn weit, die Lebensmittel schienen besonders angestrahlt, ein weiteres Mal sei der Gott der Neugierigen gelobt und auch der der Einbrecher, in manchen Fällen ist er nicht weniger verdienstvoll. Eine Viertelstunde später war Sr. José endgültig ein neuer Mensch, an Leib und Seele wiederhergestellt, die Kleider waren fast trocken, die Knie verbunden, der Magen war mit etwas Nahrhafterem beschäftigt als zwei bitteren Tabletten gegen Erkältung. Gegen Mittag würde er in diese Küche zurückkehren, zu diesem menschenfreundlichen Kühlschrank, jetzt musste er erst einmal die Karteikästen im Sekretariat durchsehen, einen weiteren Schritt tun, ob einen großen oder einen kleinen, das würde er herausfinden, wenn er das Leben der unbekannten Frau erforschte, die sich vor dreißig Jahren als kleines Mädchen mit ernstem Blick und einem Pony bis zu den Augenbrauen auf jene Bank gesetzt hatte, um ihr Schulbrot mit Marmelade zu essen, vielleicht war sie traurig wegen des Kleckses, den sie auf das Blatt hatte fallen lassen, vielleicht war sie glücklich, weil ihre Patentante ihr eine Puppe versprochen hatte.

Das Schild auf der Schublade war deutlich, Schüler in alphabetischer Reihenfolge, andere Schubladen trugen andere Aufschriften, Schüler der ersten Klasse, Schüler der zweiten Klasse, Schüler der dritten Klasse und so fort bis zum letzten Schuljahr. Sr. José betrachtete mit berufsbedingtem Wohlgefallen, wie die Karteikarten der Schüler geordnet waren, leicht zugänglich über zwei zusammenlaufende, sich ergänzende Wege, einen allgemeinen und einen individuellen. Eine Schublade daneben enthielt die Karteikarten der Lehrer, wie er der Aufschrift entnehmen konnte,

Lehrer. Als Sr. José das Schild las, setzte sich sofort das Räderwerk seines effizienten, methodischen Denkapparats in Gang, Wenn, so dachte er, wie man logischerweise vermuten darf, die Lehrer in dieser Schublade diejenigen sind, die zurzeit unterrichten, dann beziehen sich die Karteikarten der Schüler aus simpler archivarischer Kohärenz heraus ebenfalls auf die derzeitigen Schüler, das heißt, die Karteikarten der Schüler von vor dreißig Jahren, wenn man nur diese Zeitspanne rechnete, konnten, für jedermann ersichtlich, niemals in diesem halben Dutzend Schubladen untergebracht sein, auch wenn die Karteikarten noch so dünn wären. Ohne die geringste Hoffnung, einfach zur Beruhigung seines Gewissens, öffnete Sr. José die Schublade, in der sich dem Alphabet nach die Karteikarte der unbekannten Frau befinden müsste. Dort war sie nicht. Er schloss die Schublade und blickte sich um, Es muss einen anderen Archivschrank mit den Karteikarten der Ehemaligen geben, sie können unmöglich vernichtet werden, wenn die Schüler die Schule beendet haben, das wäre ein Attentat auf die elementarsten Grundsätze des Archivierens. Wenn ein solcher Aktenschrank existierte, dann befand er sich nicht hier. Nervös und obwohl er ahnte, dass die Suche sinnlos war, öffnete er die Schränke und Schubladen der Schreibtische. Nichts. Seine Kopfschmerzen wurden nun stärker, als könne er die Enttäuschung nicht ertragen. Was nun, José, fragte er sich. Weitersuchen, antwortete er. Er verließ das Sekretariat und blickte den Flur hinauf und hinunter. Hier lagen keine Klassenzimmer, also mussten die Räume auf diesem Stockwerk, neben dem Büro des Direktors, für andere Zwecke bestimmt sein, ein Raum, wie er gleich sah, war das Lehrerzimmer, ein anderer diente als Abstellraum für offenbar schon ausrangiertes Schulmaterial, und die beiden übrigen enthielten endlich in Kästen auf großen Regalen angeordnet das, was das historische Archiv der Schule zu sein schien. Sr. José frohlockte, jedoch, dies ist der Vorteil derer, die in dieser Tätigkeit erfahren sind, oder, von der Warte der Hoffnung aus betrachtet, die sich gerade zerschlagen hatte, ein schmerzlicher Nachteil, reichten ihm wenige Minuten, um herauszufinden, dass auch hier nicht das lagerte, was er suchte, das Archiv enthielt allgemeine Vorgänge, die eingegangene Korrespondenz, Kopien der versandten Briefe, Statistiken, Aufstellungen über den Schulbesuch, graphische Darstellungen über Lernerfolge, Gesetzestexte. Er suchte ein weiteres Mal und noch einmal, ohne Ergebnis. Verzweifelt ging er auf den Flur hinaus, So viel Mühe für nichts, sagte er, und dann noch einmal, indem er sich zwang, der Logik zu folgen, Unmöglich, die verflixten Karteikarten müssen irgendwo sein, wenn die Leute hier die Korrespondenz von so vielen Jahren nicht vernichtet haben, eine Korrespondenz, die zu nichts mehr nütze ist, dann würden sie noch viel weniger die Kartei der Schüler vernichten, es sind ungemein wichtige Dokumente für die Biographien, es würde mich überhaupt nicht wundern, wenn einige von denen, die in meiner Sammlung sind, diese Schule besucht haben. Unter anderen Umständen wäre Sr. José vielleicht der Gedanke gekommen, dass es, in derselben Weise, wie er die Zeitungsausschnitte mit den Abschriften der Geburtsurkunden angereichert hatte, auch interessant wäre, nun die Dokumentation hinzuzufügen, die sich auf den Schulbesuch und die dortigen Leistungen bezog. Jedenfalls würde dies nie mehr sein als ein unmöglich zu verwirklichender Traum. Eine Sache war es, die Geburtsurkunden im Personenstandsregister griffbereit zu haben, und etwas anderes war es, in der Stadt herumzulaufen und in Schulen einzubrechen, nur um zu erfahren, ob Frau Soundso im vierten Schuljahr eine Fünf oder eine Zwei in Mathematik gehabt hatte und ob Herr X so ungehorsam gewesen war, wie er gerne in seinen Interviews behauptete. Und wenn er jedes Mal beim Betreten einer dieser Schulen so viel zu leiden hatte wie in dieser, dann sollte er sich lieber in die vier Wände seiner Wohnung zurückziehen und sich damit abfinden, dass er nur das von der Welt kennenlernte, was seine Hände ergreifen konnten, ohne die Wohnung zu verlassen, Wörter, Bilder, Illusionen.

Entschlossen, diesen Fall ein für alle Mal zu klären, betrat Sr. José erneut den Archivraum, Wenn auf dieser Welt noch Logik herrscht, dann müssen die Karteikarten hier sein, sagte er. Die Regale des ersten Raumes wurden Kasten für Kasten, Bündel für Bündel durchkämmt, wie man so sagt, ein Ausdruck, der wohl aus einer Zeit stammt, da sich die Menschen mit einem feinen Kamm, auch Läusekamm genannt, kämmen mussten, um das zu erwischen, was ein normaler Kamm entkommen ließ, doch die Suche brachte wieder kein Ergebnis, es gab keine Karteikarten. Das heißt, es gab sie schon, achtlos in einen großen Karton geworfen, aber nur die letzten fünf Jahre betreffend. Überzeugt, dass alle anderen Karteikarten schließlich doch vernichtet worden waren, zerrissen, in den Müll geworfen, wenn nicht gar verbrannt, betrat Sr. José nun ohne jede Hoffnung, mit der Gleichgültigkeit dessen, der nur noch eine sinnlose Pflicht zu erfüllen hat, den zweiten Raum. Seine Augen hatten jedoch, wenn dieser Ausdruck hier nicht völlig unangemessen ist, Erbarmen mit ihm, sosehr man auch danach suchen mag, man wird keine Erklärung dafür finden, dass sie ihm zwischen zwei Regalen eine schmale Tür zeigten, als sei von Anbeginn klar gewesen, dass sie sich dort befand. Sr. José glaubte sich am Ende seiner Arbeit angelangt, auf dem Gipfel seiner Bemühungen, in der Tat muss man zugeben, dass das Gegenteil eine unzulässige Härte des Schicksals darstellte, einen Grund muss das Volk haben, unermüdlich zu behaupten, dass das Pech, trotz aller Widrigkeiten des Lebens, nicht immer hinter der Tür liege, hinter dieser wenigstens muss es, wie in den alten Erzählungen, einen Schatz geben, wenn man auch, um dorthin zu gelangen, noch einen Drachen bezwingen muss. Dieser hier hat keine Lefzen, die vor Wut sabbern, er speit weder Rauch noch Feuer durch die Nüstern, er gibt kein erdbebenartiges Grollen von sich, er ist einfach ein Dunkel, das abwartet, dicht und schweigsam wie der Meeresgrund, es gibt Menschen, die für ihre Tapferkeit bekannt sind, aber nicht den Mut hätten, auch nur einen Schritt weiter zu gehen, einige würden entsetzt fliehen, aus lauter Angst, dass das schreckliche Tier ihnen mit seinen Klauen an die Kehle geht. Obgleich Sr. José nicht gerade ein Mensch war, den man als Beispiel oder Inbegriff von Tapferkeit bezeichnen konnte, hatte er doch nach so vielen Jahren im Zentralen Personenstandsregister Nacht, Schatten, Dunkel und Finsternis so gut kennengelernt, dass dies nun seine angeborene Furchtsamkeit aufwog und ihm ohne übermäßige Angst gestattete, auf der Suche nach einem Lichtschalter den Arm in den Kopf des Drachen zu stecken. Er fand den Schalter, drehte daran, jedoch ging kein Licht an. Er schlurfte über den Boden, um nicht zu stolpern, ging ein bisschen vorwärts, bis er mit dem Schienbein an eine harte Kante stieß. Er bückte sich, um das Hindernis abzutasten, und gerade als er merkte, dass es sich um eine Metallleiter handelte, fühlte er in der Tasche die Konturen der Lampe, die er inmitten so vieler widersprüchlicher Emotionen vergessen hatte. Vor ihm lag eine Wendeltreppe, die in eine noch dichtere Finsternis hinaufführte als jene, die an der Türschwelle herrschte, und die den Lichtkegel verschluckte, bevor er den Weg nach oben ausleuchten konnte. Die Treppe hat kein Geländer, genau das Falsche für jemanden, der so unter Höhenangst leidet, auf der fünften Stufe wird Sr. José, wenn er so weit kommt, das Gefühl für die wirkliche Höhe, in der er sich befindet, verlieren und spüren, dass er hilflos hinabfällt, und fallen. Aber so kam es nicht. Sr. José macht eine lächerliche Figur, doch das macht ihm nichts, nur er weiß, wie absurd und verrückt das ist, was er tut, niemand kann sehen, dass er sich an dieser Treppe hinaufzieht wie eine Eidechse, die noch nicht recht aus dem Winterschlaf erwacht ist, ängstlich an die Stufen geklammert, eine nach der anderen erklimmend, während sein Körper versucht, sich der nie enden wollenden Spiralenform der Treppe anzupassen, und wieder schmerzen die Knie schrecklich. Als Sr. Josés Hände schließlich die glatte Fläche des Dachbodens berührten, hatten seine körperlichen Kräfte schon längst die Schlacht gegen den entsetzten Verstand verloren, deshalb konnte er sich nicht gleich erheben, er blieb ausgestreckt auf dem Bauch liegen, sein Hemd und sein Gesicht im Staub auf dem Boden, seine Beine über den Stufen, wie viel muss ein Mensch doch erleiden, der die häusliche Ruhe verlassen hat, um sich in wahnwitzige Abenteuer zu stürzen.

Nach einigen Minuten, noch immer auf dem Bauch liegend, denn so dumm war er nicht, sich unvorsichtigerweise in der Dunkelheit aufzurichten, einen falschen Schritt zu riskieren und unweigerlich in den Abgrund zu stürzen, aus dem er gekommen war, gelang es Sr. José mit großer Anstrengung, mit einer Drehung des Körpers die Taschenlampe, die er in der Gesäßtasche verwahrt hatte, wieder herauszuziehen. Er schaltete sie ein und ließ das Licht vor sich über den Boden wandern. Dort lagen verstreut Papiere herum, Pappkartons, einige aufgerissen, alles voller Staub. Ein paar Meter weiter vorn erkannte er etwas, das ihm wie Stuhlbeine vorkam. Er hob den Lichtkegel leicht an, in der Tat war es ein Stuhl, er schien in gutem Zustand zu sein, der Sitz, die Lehne, und darüber hing von der niedrigen Decke eine Glühbirne ohne Lampenschirm, Wie im Personenstandsregister, dachte Sr. José. Er richtete den Lichtkegel auf die Wände ringsum, die Regale erschienen ihm wie flüchtige Gestalten, die um den ganzen Raum herumzuwandern schienen. Sie waren nicht hoch, das konnten sie auch nicht sein, wegen der Dachschräge, und waren über und über beladen mit Kästen und unförmigen Papierbündeln. Wo ist wohl der Lichtschalter, fragte sich Sr. José, und die Antwort war wie zu erwarten, Er ist unten und funktioniert nicht, Allein mit dieser Taschenlampe finde ich die Karteikarten, glaube ich, nicht, außerdem habe ich langsam den Eindruck, dass die Batterie zu Ende geht, Daran hättest du früher denken müssen, Vielleicht wurde hier noch ein Lichtschalter angebracht, Selbst wenn, haben wir ja gesehen, dass die Lampe kaputt ist, Das wissen wir nicht, Sonst wäre das Licht angegangen, Alles, was wir wissen, ist, dass wir den Lichtschalter betätigt haben und das Licht nicht anging, Ja eben, Das kann etwas anderes bedeuten, Was denn, Dass es unten keine Glühbirne gibt, Dann habe ich aber doch recht, diese hier ist kaputt, Nichts sagt uns, dass es nicht zwei Lichtschalter gibt und zwei Glühbirnen, eine auf der Treppe und eine auf dem Dachboden, die unten ist wohl kaputt, und von der oben wissen wir nichts, Na gut, wenn du so weit überlegt hast, dann such doch den Lichtschalter hier oben. Sr. José gab seine unbequeme Position auf und setzte sich auf den Fußboden, Ich werde dieses Gebäude in einem elenden Aufzug verlassen, dachte er und richtete den Lichtkegel auf die Wand neben dem Treppenaufgang, Wenn es ihn gibt, muss er hier sein. Er entdeckte ihn in genau dem Augenblick, da er zu der entmutigenden Schlussfolgerung gekommen war, dass der einzige Lichtschalter sich unten befand. Als er ziellos mit der freien Hand auf dem Boden herumtastete, um sich besser abzustützen, ging das Licht an der Decke an, der Lichtschalter, ein Knopf, war auf dem Fußboden installiert worden, damit er in Reichweite war, sobald man die Treppe heraufkam. Das gelbliche Licht der Glühbirne reichte kaum bis zur hintersten Wand, auf dem Boden waren keine Spuren von Schritten zu erkennen. Eingedenk der Karteikarten im unteren Stockwerk sagte Sr. José laut, Hier ist seit mindestens sechs Jahren niemand heraufgekommen. Als das Echo seiner Worte verklungen war, bemerkte Sr. José, dass auf dem Dachboden ein großes Schweigen herrschte, als enthielte das vorherige Schweigen ein noch größeres Schweigen, vielleicht weil die Holzwürmer ihre Wühlarbeiten unterbrochen hatten. Von der Decke hingen Spinnennetze, die schwarz waren vor Staub, die Bewohnerinnen mussten schon vor geraumer Zeit aus Mangel an Nahrung gestorben sein, es gab nichts, was auch nur eine verirrte Fliege hätte reizen können, zumal bei der geschlossenen Tür unten, und die Tapetenmotten, die Silberfischchen ebenso wie der Holzwurm im Gebälk hatten keine Veranlassung, die Zellulosegalerien, in denen sie lebten, gegen die Welt draußen einzutauschen. Sr. José erhob sich, vergebens versuchte er, den Staub aus Hose und Hemd zu klopfen, sein Gesicht sah aus wie das eines exzentrischen Clowns, mit einem großen Fleck auf einer Seite. Er setzte sich auf den Stuhl unter die Glühbirne und begann mit sich selbst zu sprechen, Denken wir einmal nach, sprach er, denken wir einmal nach, wenn also die alten Karteikarten hier sind, und alles weist darauf hin, dann ist es nicht sehr wahrscheinlich, dass ich jeweils alle zu einem Schüler finde, dass also die Karteikarten eines jeden Schülers alle zusammenliegen, sodass man auf einen Blick seine ganze Schullaufbahn nachvollziehen kann, viel eher ist anzunehmen, dass das Sekretariat am Ende jeden Schuljahres alle zu diesem Jahr gehörenden Karteikarten gebündelt und hierhergebracht hat, ich glaube nicht, dass man sich auch nur die Arbeit gemacht hat, sie in Kästen zu verwahren, oder vielleicht doch, das wird sich zeigen, ich hoffe, wenn es so war, haben sie wenigstens daran gedacht, außen das Jahr, auf das sich der Inhalt bezieht, zu notieren, auf die eine oder andere Weise ist dies nur eine Frage der Zeit und Geduld. Damit war er nicht viel weitergekommen, von Beginn seines Lebens an weiß Sr. José, dass er nur Zeit braucht, um Geduld zu üben, von Beginn an hofft er, dass der Geduld nicht die Zeit ausgeht. Er erhob sich, und getreu der Regel, dass es bei allen Suchoperationen am besten ist, immer an einem Ende anzufangen und sich systematisch und mit Disziplin voranzuarbeiten, ging er am äußersten Ende einer der Regalreihen zu Werke, entschlossen, nicht ein Papier auf dem anderen zu lassen, ohne es anzusehen, ohne festzustellen, ob zwischen dem unteren und dem oberen nicht noch ein anderes Papier versteckt war. Einen Kasten öffnen, ein Bündel aufschnüren, jede Bewegung, die er machte, ließ eine Staubwolke auffliegen, sodass er sich, um nicht zu ersticken, das Taschentuch vor Mund und Nase binden musste, eine Vorsichtsmaßnahme, die auch die Amtsschreiber immer dann befolgen sollten, wenn sie im Zentralen Personenstandsregister in das Archiv der Toten gingen. In wenigen Minuten waren seine Hände schwarz, das Taschentuch verlor das letzte bisschen Weiß, Sr. José war ein Bergmann geworden, der hoffte, tief unten in der Mine die reine Kohle eines Diamanten zu finden.

Die erste Karteikarte tauchte nach einer halben Stunde auf. Das Mädchen trug keinen Pony mehr, aber die Augen auf dieser Fotografie, auf der sie fünfzehn war, hatten noch immer den gleichen schmerzhaften, ernsten Ausdruck. Vorsichtig legte Sr. José die Karteikarte auf den Stuhl und suchte weiter. Er arbeitete wie in Trance, minutiös, fieberhaft, die Motten, erschrocken durch das Licht, huschten unter seinen Fingern weg, und allmählich, als würde er in den Überresten eines Grabes herumwühlen, legte sich ihm der Staub so fein auf die Haut, dass er in die Kleidung drang. Zu Beginn, wenn ihm ein Karteikartenbündel wichtig erschien, suchte er sofort, was ihn interessierte, dann hielt er sich länger bei Namen und Bildern auf, ohne Grund, einfach weil sie da waren und weil niemand mehr diesen Dachboden betreten würde, um den Staub zu entfernen, der sie bedeckte, Hunderte, Tausende von Gesichtern von Jungen und Mädchen, die in das Objektiv der Kamera schauten, die andere Seite der Welt, und warteten, sie wussten nicht, worauf. Im Personenstandsregister war das nicht so, im Personenstandsregister gab es nur Wörter, im Personenstandsregister konnte man nicht sehen, wie die Gesichter sich verändert hatten und weiter veränderten, während dies doch genau das Wichtigste war, das, was die Zeit änderte, und nicht der Name, der sich nie ändert. Als sich der Magen von Sr. José wieder meldete, lagen sieben Karteikarten auf dem Stuhl, zwei davon mit identischen Fotos, die Mutter hatte sicher gesagt, Nimm dieses, nimm das vom letzten Jahr mit, du brauchst nicht zum Fotografen zu gehen, und sie nahm das Foto mit, bedauerte, dass sie dieses Jahr kein neues machen konnte. Bevor er in die Küche hinabging, betrat Sr. José das Bad des Direktors, um sich die Hände zu waschen, und er war erstaunt, als er sich im Spiegel sah, denn in einem solchen Zustand hatte er sich sein Gesicht nicht vorgestellt, völlig verschmutzt, von Schweißrinnen zerfurcht, Das bin ja gar nicht ich, dachte er, und wahrscheinlich war er nie so sehr er selbst gewesen. Als er gegessen hatte, ging er so schnell zum Dachboden hinauf, wie seine Knie es ihm erlaubten, es fiel ihm ein, dass er seine Suche nicht ohne Licht beenden konnte, eine Überlegung, die bei diesem Regen durchaus zu beachten war. Wenn man annahm, dass sie das Jahr nicht wiederholt hatte, musste er nur noch fünf Karteikarten finden, und wenn er jetzt im Dunkel bliebe, wäre ein Teil seiner Bemühungen verloren, zumal er nicht in die Schule zurückkehren konnte. Absorbiert von der Arbeit, hatte er seinen Kopfschmerz und die Erkältung vergessen, und nun fühlte er sich plötzlich schlechter. Er lief erneut hinunter, um noch zwei Tabletten zu schlucken, ging hinauf, nahm alle seine Kräfte zusammen und setzte seine Arbeit fort. Der Tag neigte sich dem Ende zu, als er die letzte Karteikarte fand. Er schaltete das Licht auf dem Dachboden aus, schloss die Tür, und wie ein Schlafwandler zog er das Jackett und den Mantel an, reinigte sich, so gut er konnte, von den Spuren seines Ausflugs, setzte sich und wartete die Nacht ab.

Am folgenden Morgen, das Personenstandsregister hatte gerade erst geöffnet, die Angestellten saßen schon auf ihren Plätzen, öffnete Sr. José die Verbindungstür einen Spaltbreit, machte Psst, psst, um die Aufmerksamkeit des Kollegen Amtsschreibers, der am nächsten saß, auf sich zu lenken. Der Mann wandte den Kopf und sah ein geschwollenes Gesicht, das mit den Augen zwinkerte, Was wünschen Sie, fragte er leise, um niemanden zu stören, gab jedoch seinen Worten einen ironisch vorwurfsvollen Unterton, als würde das skandalöse Fehlen nun die Empörung ob Sr. Josés Verspätung rechtfertigen, Ich bin krank, sagte Sr. José, ich kann nicht zur Arbeit kommen. Der Kollege erhob sich widerwillig, tat drei Schritte auf den Amtssekretär seiner Reihe zu und informierte diesen, Entschuldigen Sie, Sr. José ist da drüben und sagt, dass er krank sei. Nun erhob sich der Amtssekretär, tat vier Schritte auf den entsprechenden Stellvertretenden Amtsvorsteher zu und informierte diesen, Entschuldigen Sie, der Amtsschreiber sagt, Sr. José behauptet, er sei krank. Bevor er die fünf Schritte tat, die ihn vom Schreibtisch des Amtsvorstehers trennten, erkundigte sich der Stellvertretende Amtsvorsteher nach der Art der Krankheit, Was haben Sie denn, fragte er, Ich bin erkältet, antwortete Sr. José, Eine Erkältung war noch nie ein Grund, der Arbeit fernzubleiben, Ich habe Fieber, Woher wissen Sie, dass Sie Fieber haben, Ich habe ein Thermometer benutzt, Ein paar

Zehntel Grad über der Normaltemperatur, Nein, ich habe neununddreißig, Bei einer einfachen Erkältung hat man nie so hohes Fieber, Dann habe ich vielleicht eine Grippe, Oder eine Lungenentzündung, Das fehlte mir noch, Ich stelle nur eine Vermutung an, was Ihnen fehlen könnte, Entschuldigen Sie, war nicht so gemeint, Und wie ist es dazu gekommen, Ich glaube, es kommt von dem vielen Regen, Für Unvorsichtigkeit muss man bezahlen, Sie haben recht, Krankheiten, die man sich aus Gründen zugezogen hat, die außerhalb des Dienstes liegen, dürfen nicht berücksichtigt werden, Ich war tatsächlich nicht im Dienst, Ich werde dem Chef Bescheid sagen, Ja gut, Schließen Sie die Tür nicht, es kann sein, dass er Ihnen noch ein paar Anweisungen geben möchte, Ja gut. Der Amtsvorsteher gab keine Anweisungen, er beschränkte sich lediglich darauf, über die gebeugten Köpfe der Angestellten hinwegzuschauen und mit der Hand eine kurze Geste zu machen, als würde er den Fall für nicht sonderlich wichtig erachten oder als wollte er die Aufmerksamkeit, die er ihm zu widmen gedachte, auf später verschieben, auf diese Entfernung war Sr. José nicht in der Lage, den Unterschied zu erkennen, vorausgesetzt, seine geröteten, geschwollenen Augen konnten überhaupt so weit sehen. Jedenfalls, wahrscheinlich eingeschüchtert durch den Blick, öffnete Sr. José, ohne sich dessen bewusst zu sein, die Tür etwas weiter und zeigte sich in voller Gestalt dem Zentralen Personenstandsregister in einem alten Morgenrock über dem Schlafanzug, die Füße in ausgetretenen Pantoffeln, abgezehrt wie jemand, den eine scheußliche Erkältung erwischt hat oder eine böswillige Grippe oder eine tödliche Lungenentzündung, man kann nie wissen, so oft im Leben ist aus einer sanften Brise ein zerstörerischer Hurrikan geworden. Der Stellvertretende Amtsvorsteher ging auf ihn zu, um ihm zu sagen, dass ihn heute oder morgen der Amtsarzt aufsuchen würde, gleich darauf sprach er jedoch, o Wunder, Worte aus, die kein niederer Angestellter des Zentralen Personenstandsregisters, er oder irgendein anderer, jemals das Glück gehabt hatten zu hören, Der Chef wünscht Ihnen gute Besserung, und der Stellvertretende Amtsvorsteher schien selbst nicht zu glauben, was er da sagte. Sr. José, so verblüfft er war, besaß noch die Geistesgegenwart, zum Amtsvorsteher hinüberzusehen, um ihm für diesen unerwarteten Wunsch zu danken, der aber hatte den Kopf gesenkt, als sei er ganz in seine Arbeit vertieft, was, so wie wir die Arbeitsgewohnheiten dieses Personenstandsregisters kennen, mehr als zweifelhaft ist. Sr. José schloss langsam die Tür und legte sich, zitternd vor Erregung und Fieber, ins Bett.

Es war nicht nur der Regen, der ihn durchnässt hatte, als er auf dem Schuppendach ausrutschte und sich Zutritt zur Schule verschaffte. Als er, bei Einbruch der Nacht, endlich durch das Fenster geklettert war und auf der Straße stand, konnte er sich nicht vorstellen, der Ärmste, was ihn erwartete. Die mehr als mühevollen Umstände seines Einstiegs, vor allem jedoch der Staub, der sich im Archiv des Dachbodens angesammelt hatte, hatten ihn von Kopf bis Fuß in einen unbeschreiblichen Zustand versetzt, Gesicht und Haar waren schwarz verschmiert, die Hände wie rußige Stümpfe, ganz zu schweigen von der Kleidung, der Regenmantel, ein einziger Lappen, war fettgetränkt, die Hosen sahen aus, als seien sie auf Teer herumgerutscht, das Hemd schien zur Reinigung eines Schornsteins voller jahrhundertealtem Ruß gedient zu haben, jeder Landstreicher, und lebte er in noch so großer Armut, hätte die Straße mit mehr Würde betreten. Als Sr. José, es hatte nun aufgehört zu regnen, zwei Blocks von der Schule entfernt ein Taxi anhielt, um nach Hause zu fahren, geschah, was geschehen musste, als der Fahrer diese schwarze Gestalt plötzlich aus den Tiefen der Nacht auftauchen sah, erschrak er und trat aufs Gas, und das war nicht das einzige Mal, drei Taxis, denen Sr. José danach ein Zeichen machte, verschwanden um die Ecke, als sei der Teufel hinter ihnen her. Sr. José gab auf und ging zu Fuß nach Hause, er traute sich nicht einmal mehr, jetzt einen Bus zu besteigen, nur Geduld, eine weitere Anstrengung, die zu den anderen hinzukam, er konnte sich kaum mehr fortbewegen, aber das Schlimmste war, dass der Regen bald darauf wieder einsetzte und den ganzen endlosen Weg über nicht mehr aufhörte, Straßen, Bürgersteige, Plätze und Alleen, durch eine Stadt, die wie verlassen dalag, und der Mann allein, triefend vor Nässe, ohne einen Regenschirm, der ihn vor dem Schlimmsten hätte schützen können, es versteht sich, dass man zu einem Einbruch keinen Regenschirm mitnimmt, es ist wie im Krieg, man könnte sich ja unterstellen und auf eine Pause des Himmels warten, aber es lohnt nicht, denn er kann nicht noch nasser werden, als er schon ist. Als Sr. José zu Hause ankam, war der einzige einigermaßen trockene Teil seiner Kleidung eine Manteltasche auf der linken Innenseite, in die er die Karteikarten des unbekannten Mädchens aus der Schule gesteckt hatte, die ganze Zeit hatte er die rechte Hand darübergehalten, um sie vor dem Regen zu schützen, wer ihn so sah, musste denken, vor allem mit diesem leidenden Gesicht, das er zur Schau trug, dass er etwas am Herzen hatte. Zähneklappernd zog er sich aus und fragte sich ratlos, wie er das Problem der Reinigung der auf dem Boden angehäuften Kleider angehen sollte, er hatte nicht so viele Anzüge, Schuhe, Strümpfe und Hemden, dass er dies alles auf einmal hätte in die Reinigung geben können, als wäre er ein Mann von Wohlstand, einfach die ganze Kleidung, bestimmt würde ihm eines der Wäschestücke fehlen, wenn er sich am nächsten Morgen mit dem kleidete, was ihm noch blieb. Er beschloss, sich darum erst später zu sorgen, jetzt ging es darum, den Körper von der Schweinerei zu reinigen, am schlimmsten war, dass der Boiler nicht richtig funktionierte, das Wasser kam entweder kochend oder eiskalt heraus, wenn er nur daran dachte, schüttelte es ihn, dann, als wollte er sich selbst davon überzeugen, murmelte er, Vielleicht tut es der Erkältung gut, erst heißes, dann kaltes Wasser, das habe ich gehört. Er betrat den winzigen Raum, der ihm als Badezimmer diente, betrachtete sich im Spiegel und musste den erschrockenen Taxifahrern recht geben, an ihrer Stelle hätte er das Gleiche getan, er wäre auch vor dieser Erscheinung mit den tiefliegenden Augen und diesem Mund, aus dessen Winkeln schwarzer Speichel herablief, geflohen. Diesmal benahm sich der Boiler nicht schlecht, zweimal, zu Beginn, verpasste er ihm eiskaltes Wasser, dann war es angenehm lauwarm, zwischendurch hin und wieder glühend heiß, das half, den Schmutz zu lösen. Als er das Bad verließ, fühlte sich Sr. José gestärkt und wie neu, aber sobald er sich ins Bett gelegt hatte, kehrte das Zittern zurück, da dachte er daran, die Schublade des Nachttischs zu öffnen, in der er ein Thermometer aufbewahrte, das kurz darauf neununddreißig anzeigte, Wenn es mir morgen so geht wie jetzt, kann ich nicht zur Arbeit. War es das Fieber oder die Erschöpfung oder beides, es beunruhigte ihn nicht, und der ungewöhnliche Gedanke, bei der Arbeit zu fehlen, kam ihm keineswegs seltsam vor, in diesem Augenblick schien Sr. José nicht Sr. José zu sein, oder es waren zwei, die sich im Bett befanden, die Decke bis zur Nase hochgezogen, ein Sr. José, der jegliches Verantwortungsbewusstsein verloren hatte, ein anderer Sr. José, für den dies alles vollkommen unwichtig geworden war. Bei eingeschaltetem Licht schlummerte er einige Minuten vor sich hin, plötzlich wachte er auf, weil er träumte, dass die Karteikarten auf der Treppe des Dachbodens zurückgeblieben waren, er sie dort absichtlich hatte liegen lassen, als wäre es sein einziges Ziel bei diesem ganzen Abenteuer gewesen, sie zu suchen und zu finden. Dann träumte er jedoch auch, dass jemand den Dachboden betrat, nachdem er ihn verlassen hatte, den kleinen Stapel der dreizehn Karteikarten sah und fragte, Was hat das zu bedeuten. Etwas benommen erhob er sich, um sie zu holen, er hatte sie auf den Tisch gelegt, als er die Taschen seines Jacketts geleert hatte, und legte sich wieder ins Bett. Die Karteikarten waren voller schwarzer Spuren, einige trugen ganz deutlich seine Fingerabdrücke, er würde sie morgen säubern, um jegliche Identifizierungsmöglichkeit zu verhindern, Wie dumm, dachte er, alles, was wir berühren, trägt unsere Fingerabdrücke, ich werde diese abwischen und andere hinterlassen, der Unterschied ist, dass die einen sichtbar sind und die anderen nicht. Er schloss die Augen und fiel erneut in leichten Schlaf, die Hand, die mühsam die Karteikarten gehalten hatte, fiel auf die Decke, einige glitten zu Boden, da lagen sie, Fotos eines Mädchens in verschiedenen Altersstufen, vom Mädchen bis zur jungen Frau, unerlaubt hierhergebracht, niemand hatte das Recht, sich dieser Bilder zu bemächtigen, die ihm nicht gehörten, es sei denn, sie wurden ihm angeboten, das Foto eines Menschen in der Tasche zu tragen ist so, als würde man ein Stück seiner Seele mit sich tragen. Jetzt war der Traum, den Sr. José hatte, ein anderer, doch er wachte nicht davon auf, er sah sich selbst die Fingerabdrücke abwischen, die er in der Schule hinterlassen hatte, sie waren überall, am Fenster, durch das er eingestiegen war, im Sanitätsraum, auf dem

Schreibtisch, im Büro des Direktors, im Speisesaal, in der Küche, im Archivraum, über die auf dem Dachboden, so glaubte er, brauchte er sich keine Gedanken zu machen, den würde niemand mehr betreten und fragen, Was hat das zu bedeuten, das Dumme war, dass die Hände, während sie sichtbare Spuren beseitigten, unsichtbare hinterließen, sollte der Direktor der Schule der Polizei den Einbruch melden und es zu einer Untersuchung kommen, würde Sr. José ins Gefängnis wandern, so sicher wie zwei und zwei vier ist, man stelle sich Schmach und Schande vor, die für immer den Ruf des Zentralen Personenstandsregisters beflecken würden. Mitten in der Nacht wachte Sr. José glühend vor Fieber auf, er schien zu delirieren, sagte, Ich habe nichts gestohlen, ich habe nichts gestohlen, und es stimmte, wenn man es recht betrachtete, hatte er nichts gestohlen, da konnte der Direktor noch so sehr suchen und nachforschen, Untersuchungen, Abstimmungen und Übereinstimmungen anstellen, eine Sache nach der anderen abhaken, er käme immer wieder zu demselben Schluss, Diebstahl, was man gemeinhin Diebstahl nennt, lag nicht vor, doch wird ohne Zweifel die Küchenbeauftragte kommen und sagen, es fehlte Essen im Kühlschrank, aber angenommen, dies war das einzige Delikt, Mundraub ist nach einer mehr oder minder allgemeinen Auffassung kein Raub, dem würde sogar der Direktor beipflichten, die Polizei hat aus Prinzip dazu eine andere Meinung, aber jetzt wird ihr nichts anderes übrigbleiben, als mit der Bemerkung davonzugehen, Das hat irgendwas zu bedeuten, niemand bricht in ein Haus ein, nur um dort zu frühstücken. Da jedenfalls die formale, schriftlich abgegebene Erklärung des Direktors dahingehend lautete, dass nichts von Wert oder auch nichts Wertloses in der Schule fehlte, beschlossen die Polizisten daraufhin, keine Fingerabdrücke zu nehmen, wie es die Routine verlangte, Wir haben schon genug Arbeit, sagte der Leiter der Untersuchung. Trotz dieser beruhigenden Worte konnte Sr. José den Rest der Nacht nicht mehr schlafen, aus Angst, dass der Traum sich wiederholte und die Polizei mit Lupen und Pülverchen zurückkehrte.

Er hat nichts im Haus, um dieses Fieber aufzuhalten, und der Arzt würde sicher erst nachmittags kommen, vielleicht nicht einmal heute, er wird kein Medikament bei sich haben und lediglich ein für solche Fälle der Erkältung und Grippe übliches Rezept ausstellen. Die schmutzige Kleidung liegt noch auf einem Haufen mitten im Raum, Sr. José betrachtet sie vom Bett aus, leicht verblüfft, als würde sie nicht ihm gehören, nur ein Rest gesunden Menschenverstands hindert ihn daran, zu fragen, Wer hat sich eigentlich hier ausgezogen, und es war ebendieser Menschenverstand, der ihn schließlich zwang, an die persönlichen wie auch beruflichen Schwierigkeiten zu denken, in die er geriete, wenn auf einmal ein Kollege durch die Tür käme, um sich auf Geheiß des Chefs oder auf eigene Initiative nach seinem Befinden zu erkundigen, und sich vor diesem Dreckhaufen sähe. Als er sich erhob, fühlte er sich, als hätte man ihn plötzlich ganz nach oben auf die Leiter geworfen, aber dieser Schwindel war nicht wie sonst, er kam vom Fieber und sicher zum Teil auch von der Schwäche, denn was er in der Schule gegessen hatte, es schien zwar jedes Mal ausreichend, hatte lediglich zur Beruhigung seiner Nerven und nicht so sehr zu seiner Ernährung beigetragen. Mit einiger Mühe, sich an der Wand abstützend, gelangte er zu einem Stuhl und setzte sich. Er wartete, bis sein Kopf wieder klar war, um darüber nachzudenken, wo er diese dreckige Kleidung am besten verstecken könnte, im Badezimmer nicht, die Ärzte müssen sich immer vor dem Weggehen die Hände waschen, unter dem Bett war es unmöglich, es war eins dieser alten, hohen Bettgestelle, ohne sich zu bücken würde jeder sofort die Lumpen darunter entdecken, im Schrank der Berühmtheiten war kein Platz, und es wäre auch kein angemessener Ort, bedauerlicherweise funktionierte Sr. Josés Kopf noch immer nicht sonderlich gut, obwohl ihm nicht mehr schwindelte, der einzige Platz, an dem die schmutzige Wäsche offensichtlich vor Indiskretionen geschützt wäre, war der Ort, an dem sie lag, wenn sie sauber war, das heißt hinter dem Vorhang, der eine Nische bedeckte, die Sr. José als Schrank benutzte, der Kollege und auch der Arzt müssten sehr schlecht erzogen sein, wenn sie ihre Nase dahinein steckten. Zufrieden mit sich, nach derart reiflicher Überlegung diese unter anderen Umständen doch so einfache Lösung gefunden zu haben, schob Sr. José die Wäsche mit dem Fuß unter den Vorhang, um seinen Schlafanzug nicht zu beschmutzen. Auf dem Boden blieb ein großer feuchter Fleck zurück, der einige Stunden brauchen würde, um ganz zu verdunsten, wenn jemand vorher hereinkäme und Fragen stellte, würde er erklären, dass er aus Versehen Wasser verschüttet hätte oder dass auf dem Fußboden ein Fleck gewesen sei, den er zu reinigen versucht hatte. Sr. Josés Magen bat ihn, seit er aufgestanden war, um die Liebenswürdigkeit einer Tasse Kaffee mit Milch, eines Kekses, einer Scheibe Brot mit Butter, irgendetwas, das den plötzlich erwachten Appetit beschwichtigen konnte, nun, da die Sorge um das unmittelbare Los der Wäsche vorüber war. Das Brot war hart und trocken, es war kaum mehr Butter da, die Milch war ausgegangen, es gab nur noch Kaffee von mittelmäßiger Qualität, man kann sich denken, dass ein Mann, den keine Frau so gerngehabt hat, dass sie bereit gewesen wäre, mit ihm in diesem Kabuff zu leben, dass ein solcher Mann, von ganz wenigen Ausnahmen abgesehen, die in dieser Geschichte keinen Platz haben, nie etwas anderes sein würde als ein armer Teufel, es ist seltsam, dass man immer armer Teufel sagt und nicht armer Gott, besonders wenn man das Pech hat, ein so linkisches Wesen zu sein wie dieser hier, wohlgemerkt sprachen wir von dem Menschen, nicht von irgendeinem Gott. Trotz des spärlichen, trostlosen Mahls fühlte sich Sr. José noch in der Lage, sich zu rasieren, und danach meinte er, so viel besser auszusehen, dass er schließlich zum Spiegel sagte, Ich glaube, mein Fieber ist gesunken. Dies wiederum führte ihn zu der Erwägung, ob es nicht gut und klug wäre, sich freiwillig der Arbeit zu stellen, mit einem halben Dutzend Schritten wäre er dort drinnen, Der Dienst im Personenstandsregister geht über alles, das wären seine Worte, der Amtsvorsteher würde ihm sicher in Anbetracht der Kälte verzeihen, dass er nicht pflichtgemäß über die Straße hereingekommen war, und würde vielleicht sogar in der Personalakte von Sr. José diesen Beweis seines gesunden Menschenverstandes und seines Diensteifers vermerken. Das dachte er, tat es aber nicht. Der ganze Körper schmerzte ihn, als hätte man ihn durchgewalkt, geschlagen und geschüttelt, seine Muskeln schmerzten, seine Glieder schmerzten, und das nicht nur wegen der vielen Anstrengungen, die er als Kletterer und Einbrecher unternommen hatte, jedermann hätte bemerkt, dass dies Schmerzen anderer Art waren. Was ich habe, ist eine Grippe, schloss er.

Er hatte sich gerade ins Bett gelegt, als er es an der Tür, die in das Personenstandsregister führte, klopfen hörte, es war vielleicht ein wohlwollender Kollege, der das christliche Gebot, die Kranken und Gefangenen zu besuchen, ernst nahm, nein, ein Kollege konnte es nicht sein, die Mittagspause war noch weit weg, und Werke der Barmherzigkeit gab es nur außerhalb der Dienstzeit, Herein, sagte er, es ist nicht abgeschlossen, die Tür öffnete sich, und im Türrahmen stand der Stellvertretende Amtsvorsteher, dem er seine Krankheit gemeldet hatte, Der Chef lässt fragen, ob Sie irgendein Medikament nehmen, solange der Arzt nicht da war, Nein, ich habe nichts dergleichen im Haus, Dann sind hier ein paar Pillen, Vielen Dank, wenn es Ihnen nichts ausmacht, damit ich nicht aufstehen muss, bezahle ich Ihnen später, was ich Ihnen schulde, Das war eine Anordnung vom Chef, den Chef fragt man nicht, was man ihm schuldet, Das weiß ich, entschuldigen Sie, Es wäre vernünftig, gleich eine Tablette zu nehmen, und der Stellvertretende Amtsvorsteher trat ein, ohne eine Antwort abzuwarten, Nun gut, vielen Dank, Sie sind sehr gütig, Sr. José konnte ihm nicht den Zugang verwehren und sagen, Halt, bleiben Sie draußen, das hier ist ein Privathaus, erstens weil man so nicht mit einem Vorgesetzten spricht und zweitens weil es weder in der mündlichen Überlieferung noch schriftlich in den Annalen des Personenstandsregisters einen Hinweis gab, dass sich jemals ein Chef so weit für die Gesundheit eines Amtsschreibers interessiert hätte, dass er ihm Tabletten überbringen ließ. Der Stellvertretende Amtsvorsteher war selbst verblüfft ob dieser Neuerung, aus eigener Initiative hätte er dies nie getan, jedenfalls orientierte er sich schnell wie jemand, der genau wusste, wozu er gekommen war, und alle Winkel der Wohnung kannte, was nicht verwundert, da er vor den städtischen Umstrukturierungen im Viertel in einem Haus wie diesem gewohnt hatte. Zuerst bemerkte er den großen feuchten Fleck auf dem Boden, Was ist das, irgendetwas undicht, fragte er, Sr. José war versucht, dies zu bestätigen, um keine weiteren Erklärungen abgeben zu müssen, dann zog er es jedoch vor, von einem Versehen zu sprechen, wie er es sich zurechtgelegt hatte, es fehlte noch, dass der Klempner in die Wohnung kam und dann dem Amtsvorsteher einen Bericht ablieferte, in dem er erklärte, dass die Rohre, obwohl schon alt, keinerlei Verantwortung für den feuchten Fleck trugen. Der Stellvertretende Amtsvorsteher kam nun mit einem Glas Wasser und der Tablette, und da er als Krankenpfleger auftrat, waren seine sonst autoritären Gesichtszüge etwas sanfter, nahmen plötzlich jedoch ihre gewohnte Strenge an, betont durch einen Ausdruck gekränkten Erstaunens, als er sich dem Bett näherte und die Karteikarten des unbekannten Mädchens aus der Schule auf dem Nachttisch sah. Im selben Augenblick bemerkte Sr. José das Befremden des anderen, und es war, als bräche die ganze Welt zusammen. Sein Gehirn sandte sofort den Armmuskeln auf dieser Seite einen Befehl, Nimm das dort weg, du Dummkopf, doch mit derselben Geschwindigkeit, einem elektrischen Impuls nach dem andern, korrigierte es sich sozusagen wie jemand, der seine eigene Dummheit erkennt, Bitte fass sie nicht an, lass dir nichts anmerken. Mit einer Gewandtheit, die man in einem solchen Zustand körperlicher und geistiger Erschöpfung, der ersten bekannten Folge einer Grippe, nie von ihm erwartet hätte, setzte sich Sr. José im Bett auf und versuchte so zu tun, als wollte er der Besorgnis des Stellvertretenden Amtsvorstehers Folge leisten, streckte einen Arm aus, um die Tablette entgegenzunehmen, führte sie zum Mund, ebenso das Wasser, um sie durch die geschwollene und beklommene Kehle zu spülen, während er gleichzeitig, die Tatsache nutzend, dass die Matratze, auf der er lag, sich auf Höhe des Nachttischs befand, die Karteikarten mit dem Ellbogen des anderen Arms bedeckte und dann den Unterarm mit der geöffneten Handfläche nach vorn fallen ließ, als wollte er dem Stellvertretenden Amtsvorsteher bedeuten, bis hierher und nicht weiter. Zu seinem Glück war ein Foto auf die Karteikarte geklebt, das war der bemerkenswerteste Unterschied zwischen den Karteikarten aus der Schule und denen, die Leben und Geburt verzeichneten, es fehlte gerade noch, dass das Zentrale Personenstandsregister jedes Jahr ein Foto der eingeschriebenen Lebenden erhielt, und wer sagt, jedes Jahr, könnte sagen, jeden Monat oder jede Woche oder jeden Tag oder eine Fotografie pro Stunde, mein Gott, wie die Zeit vergeht und welche Arbeit das bedeuten würde, wie viele Amtsschreiber müssten dafür angestellt werden, ein Foto jede Minute, jede Sekunde, die Mengen an Klebe, der Verschleiß an Scheren, die sorgfältige Auswahl des Personals, damit jene Träumer ausgeschlossen würden, die ewig auf ein Bild starrten wie Blödsinnige, die eine Wolke vorbeiziehen sehen. Das Gesicht des Stellvertretenden Amtsvorstehers nahm einen Ausdruck seiner schlechtesten Tage an, wenn die Papiere sich auf allen Schreibtischen stapelten und der Chef ihn rief, um ihn zu fragen, ob er wirklich sicher sei, dass er seine Pflicht erfüllte. Dank des Fotos vermutete er nicht, dass die Karteikarten auf dem Nachttisch des Untergebenen zum Personenstandsregister gehörten, aber die Eile, mit der Sr. José sie bedeckt hatte, und noch dazu, als täte er dies zufällig oder gedankenlos, schien ihm verdächtig. Der feuchte Fleck auf dem Fußboden hatte ihn bereits misstrauisch gemacht, jetzt waren es ein paar Karteikarten unbekannter Herkunft mit dem aufgeklebten Foto eines Kindes, so viel hatte er noch erkennen können. Er konnte die Karteikarten nicht zählen, sie lagen aufeinander, aber vom Stapel her zu urteilen waren es nicht weniger als zehn, Zehn Karteikarten mit Fotos eines Kindes, wie seltsam, was hat das hier zu suchen, dachte er argwöhnisch, und noch mehr Verdacht hätte er geschöpft, wenn er gewusst hätte, dass die

Karteikarten schließlich alle zu ein und derselben Person gehörten und dass die Fotos der beiden letzten schon Fotos eines jungen Mädchens waren, mit einem ernsten, aber sympathischen Gesicht. Der Stellvertretende Amtsvorsteher legte die Schachtel mit den Tabletten auf den Nachttisch und zog sich zurück. Als er ging, blickte er noch einmal zurück und sah den Untergebenen weiterhin mit dem Ellbogen die Karteikarten bedecken, Ich muss mit dem Chef sprechen, sagte er zu sich. Kaum hatte er die Tür geschlossen, schob Sr. José mit einer brüsken Bewegung, als hätte er Angst, bei einem Vergehen ertappt zu werden, die Karteikarten unter die Matratze. Es war niemand da, der ihm hätte sagen können, dass es zu spät war, und er wollte auch gar nicht darüber nachdenken.

Es ist eine Grippe, sagte der Arzt, Sie sind drei Tage krankgeschrieben. Schwindlig im Kopf, schwankend auf den Beinen, hatte Sr. José sich aus dem Bett erhoben, um die Tür zu öffnen, Entschuldigen Sie, dass ich Sie draußen habe warten lassen, Herr Doktor, das kommt davon, dass ich alleine lebe, der Arzt trat brummend ein, Grässliches Wetter, er klappte den tropfenden Regenschirm zu und ließ ihn am Eingang stehen, Also was haben Sie, fragte er, als Sr. José sich zähneklappernd wieder unter das Betttuch legte, und ohne eine Antwort abzuwarten, sagte er, Grippe. Er fühlte seinen Puls, bat ihn, den Mund zu öffnen, hielt ihm schnell das Stethoskop an die Brust und an den Rücken, Grippe, sagte er wieder, Sie haben großes Glück, es hätte eine Lungenentzündung sein können, aber es ist Grippe, Sie werden drei Tage krankgeschrieben sein, so viel zum Anfang, danach werden wir sehen. Er hatte sich gerade an den Tisch gesetzt, um das Rezept auszustellen, als sich die Verbindungstür zum Personenstandsregister öffnete, sie war nicht verschlossen, und der Chef erschien, Guten Tag, Herr Doktor, Sagen Sie lieber schlechter Tag, Herr Amtsvorsteher, ein guter Tag wäre es, wenn ich jetzt in meiner schön geheizten Praxis säße, statt bei diesem miserablen Wetter durch die Straßen zu laufen, Wie geht es unserem Kranken, fragte der Amtsvorsteher, und der Arzt antwortete, Ich habe ihn für drei Tage krankgeschrieben, es ist nur eine Grippe. In diesem Augenblick war es nicht nur eine Grippe. Bis zur Nase zugedeckt zitterte Sr. José, als hätte er Schüttelfrost, und zwar so stark, dass das Eisenbett, in dem er lag, wackelte, jedoch war das Schlottern nicht zu unterdrücken, es kam nicht vom Fieber, sondern von einer Art Panik, von einem völlig verwirrten Geist, Der Chef hier, dachte er, der Chef hier in meiner Wohnung, der Chef, der ihn fragte, Wie fühlen Sie sich, Besser, Haben Sie die Tabletten genommen, die ich Ihnen geschickt habe, Ja, Haben sie gewirkt, Ja, Dann werden Sie nicht mehr die nehmen, sondern das Medikament, das der Arzt Ihnen verschrieben hat, Ja, Es sei denn, es ist dasselbe, lassen Sie mich sehen, ja, es ist dasselbe, es kommen nur noch ein paar Spritzen dazu, ich kümmere mich darum. Sr. José konnte kaum glauben, dass der Mensch, der vor ihm stand, das Rezept zusammenfaltete und es sorgfältig in seiner Tasche verwahrte, dass dies wirklich der Chef des Personenstandsregisters war. Der Chef, den er kaum kannte, würde sich nie auf diese Weise verhalten, er würde nicht persönlich kommen und sich für seinen Gesundheitszustand interessieren, und anzunehmen, dass er selber sich um den Kauf der Medikamente eines Amtsschreibers kümmerte, war einfach absurd. Nun, er wird einen Krankenpfleger brauchen, der ihm die Injektionen gibt, sagte der Arzt und überließ dieses Problem dem, der bereit war, es zu lösen, nicht dem armen Teufel mit Grippe, der abgemagert dalag, mit einem gräulichen Bart, als sei diese sichtlich ungemütliche Wohnung nicht genug, dieser feuchte Fleck auf dem Fußboden, der ganz danach aussah, als stamme er von einer defekten Kanalisation, wie viel trostloses Leben könnte ein Arzt berichten, wäre da nicht das Berufsgeheimnis, Ich verbiete Ihnen, in diesem Zustand auf die Straße zu gehen, fügte er hinzu, Ich kümmere mich um alles, Herr Doktor, sagte der Amtsvorsteher, ich werde den Krankenpfleger der Behörde anrufen, er kauft die Medikamente und wird herkommen, um die Injektionen zu verabreichen, Es gibt nicht mehr viele Vorgesetzte wie Sie, sagte der Arzt. Sr. José nickte schwach mit dem Kopf, es war das Höchste, wozu er in der Lage war, gehorsam und pflichtbewusst, ja, das war er immer gewesen, und mit einem gewissen paradoxen Stolz darauf, aber nicht kriecherisch und unterwürfig, er würde zum Beispiel nie so törichte Schmeicheleien von sich geben wie, Er ist der beste Chef der Behörde, es gibt nicht seinesgleichen auf der ganzen Welt, er ist unnachahmlich, Trotz meiner Höhenangst steige ich für ihn sogar auf die verflixte Leiter. Sr. José hat jetzt andere Sorgen, andere Bedenken, dass der Chef hoffentlich gleich geht, dass er sich vor dem Arzt zurückzieht, er zittert bei der Vorstellung, mit ihm allein zu bleiben, den fatalen Fragen ausgeliefert, Was bedeutet der feuchte Fleck, Welche Karteikarten haben da auf dem Nachttisch gelegen, Woher haben Sie sie, Wo haben Sie sie versteckt, Wer ist auf dem Foto. Er schloss die Augen, machte ein Gesicht unerträglichen Leidens, Lasst mich zufrieden in meinem Schmerzensbett, schien er zu flehen, doch plötzlich öffnete er entsetzt die Augen, der Arzt hatte gesagt, Ich gehe jetzt also, rufen Sie mich, wenn es Ihnen schlechter geht, auf jeden Fall können wir einigermaßen beruhigt sein, es ist keine Lungenentzündung, Ich werde Sie auf dem Laufenden halten, Herr Doktor, sagte der Amtsvorsteher, während er den Arzt hinausgeleitete, Sr. José schloss die Augen wieder, er hörte die Tür zuschlagen, Jetzt, dachte er. Die festen Schritte des Chefs kamen auf das Bett zu, hielten inne, Jetzt schaut er mich sicher an, Sr. José wusste nicht weiter, er könnte so tun, als sei er eingeschlafen, langsam eingeschlafen, wie ein müder Kranker einschläft, aber das Flattern seiner Augenlider hätte ihn schon verraten, er könnte auch einfach einen bedauernswerten Laut aus der Kehle aufsteigen lassen, einen herzzerreißenden, aber eine simple Grippe geht nicht so weit, nur ein Einfaltspinsel würde sich täuschen lassen, nicht dieser Amtsvorsteher, der das Reich des Sichtbaren und Unsichtbaren in- und auswendig kannte. Er öffnete die Augen, und da stand er, zwei Schritte vor dem Bett, mit einem ausdruckslosen Gesicht, beobachtete ihn einfach. Nun kam Sr. José ein vermeintlich rettender Gedanke, er müsste sich beredsam und überschwänglich für die Fürsorge des Personenstandsregisters bedanken, vielleicht könnte er auf diese Weise die Fragen abwenden, doch gerade als er den abgedroschenen Satz aussprechen wollte, Ich weiß gar nicht, wie ich Ihnen danken soll, drehte der Chef sich um, und im selben Augenblick sagte er einen Satz, einen einfachen Satz, Passen Sie auf sich auf, sagte er in einem Ton, der freundlich herablassend und gebieterisch zugleich war, nur die besten Chefs sind in der Lage, auf harmonische Weise so widersprüchliche Gefühle miteinander zu verbinden, deswegen werden sie von ihren Untergebenen verehrt. Sr. José versuchte wenigstens Vielen Dank zu sagen, aber der Chef war schon hinausgegangen und hatte sanft die Tür hinter sich geschlossen, wie sich das bei einem Krankenzimmer gehört. Sr. José hat Kopfschmerzen, aber der Kopfschmerz ist fast nichts, verglichen mit dem inneren Aufruhr. Sr. José befindet sich in einem derartigen Zustand der Verwirrung, dass seine erste Regung, nachdem der Amtsvorsteher gegangen ist, darin besteht, mit der Hand unter die Matratze zu fahren, um sich zu vergewissern, dass die Karteikarten noch dort sind. Gegen alle Vernunft richtete sich seine zweite Regung, aufzustehen, um den Schlüssel in der Verbindungstür zur Behörde zweimal herumzudrehen, wie jemand, der verzweifelt einen Riegel vorzuschieben versucht, nachdem man sein Haus ausgeraubt hat. Sich wieder hinzulegen war die vierte Regung, die dritte war, zunächst innezuhalten, Und wenn der Chef nun wieder zurückkehrt, in diesem Fall wäre es, um jeden Verdacht zu vermeiden, klüger, die Tür nicht abzuschließen. Wie Sr. José es auch drehte und wendete, er befand sich ganz unzweifelhaft in einer Zwickmühle.

Als der Krankenpfleger kam, war es schon Abend. Den Anordnungen des Amtsvorstehers folgend brachte er die Tabletten mit und die Ampullen, die der Arzt verschrieben hatte, aber zur Überraschung von Sr. José brachte er auch ein Päckchen mit, das er vorsichtig auf den Tisch stellte, wobei er sagte, Es ist noch warm, ich hoffe, ich habe nichts verschüttet, was bedeutete, dass Essen darin war, wie die folgenden Worte bestätigen sollten, Bedienen Sie sich, bevor es kalt wird, aber zunächst einmal unsere kleine Spritze. Nun, Sr. José mochte Spritzen nicht, am wenigsten in die Vene des Arms, da musste er immer den Blick abwenden, deshalb war er so froh, als der Krankenpfleger ihm sagte, der Stich erfolge in das Gesäß, dieser Krankenpfleger war ein wohlerzogener Mensch, aus einer anderen Zeit, er hatte sich daran gewöhnt, den Begriff Gesäß statt Hintern zu verwenden, um das Feingefühl der Damen nicht zu verletzen, und hatte schon fast die geläufige Bezeichnung vergessen, er benutzte das Wort Gesäß selbst dann, wenn es sich um Patienten handelte, für die das Wort Hintern nur eine lächerliche sprachliche Umschreibung war und die die gröbere Variante Arsch vorzogen. Das unerwartete Auftauchen des Essens und die Erleichterung darüber, dass man ihn nicht in den Arm pikste, hatten Sr. Josés Widerstand gebrochen, oder er dachte einfach nicht daran, oder noch einfacher, er hatte bisher noch nicht bemerkt, dass seine Schlafanzughosen auf der Höhe der Knie Blutflecken aufwiesen, eine Folge seiner nächtlichen Wagnisse als Schulkletterer. Der Krankenpfleger hielt schon die Spritze in die Luft, und statt zu sagen, Drehen Sie sich um, fragte er, Was ist das denn, und Sr. José, durch diese Lektion des Lebens zum entschiedenen Vorteil von Spritzen in den Arm bekehrt, antwortete instinktiv, Ich bin hingefallen, Mann, Sie haben aber auch Pech, und dann holen Sie sich noch eine Grippe, haben Sie ein Glück, dass Sie so einen Chef haben, also drehen Sie sich her, danach schaue ich mir mal diese Knie an. Geschwächt an Körper, Seele und Willenskraft, angespannt bis auf den letzten Nerv, wäre Sr. José um ein Haar in Weinen ausgebrochen wie ein Kind, als er den Stich der Spritze spürte und das langsame schmerzliche Eindringen der Flüssigkeit in den Muskel, Ich bin ein einziger Haufen Elend, dachte er, und das war er, ein armes menschliches Geschöpf mit Fieber, auf einem ärmlichen Bett, in einem ärmlichen Haus, die schmutzige Wäsche eines Deliktes versteckt und ein feuchter Fleck auf dem Fußboden, der überhaupt nicht trocknen will. Legen Sie sich auf den Rücken, schauen wir uns diese Verletzung mal an, sagte der Krankenpfleger, und Sr. José gehorchte seufzend und hustend und drehte sich mühsam um, und jetzt, den Kopf nach vorn geneigt, schaut er zu, wie der Krankenpfleger seine Hosenbeine hochkrempelt, sie bis über das Knie hinaufrollt, wie er Wasserstoffsuperoxid auf den Verband drauftr äufelt und ihn langsam mit äußerster Sorgfalt abnimmt, zum Glück ist er ein erstklassiger Vertreter seiner Zunft, der kleine Handkoffer, den er mitgebracht hat, ist eine perfekte Erste-Hilfe-Station, er hat Mittel für alles. Für fast alles. Angesichts der Verletzungen setzte er eine Miene auf wie jemand, der Sr. José seine Erklärung, er sei hingefallen, nicht abnehmen wollte, seine Erfahrung mit Abschürfungen und Quetschungen veranlasste ihn zu einem Kommentar von unbewusstem Scharfsinn, O Mann, es sieht ja aus, als hätten Sie Ihre Knie an einer Wand entlanggeschabt, Ich habe Ihnen schon gesagt, dass ich hingefallen bin, Haben Sie es dem Chef erzählt, Das hat nichts mit dem Dienst zu tun, man kann doch hinfallen, ohne es seinen Vorgesetzten mitzuteilen, Außer wenn der Krankenpfleger, der für eine Spritze gerufen wurde, zusätzlich einen Verband anlegen muss, Worum ich nicht gebeten habe, Das stimmt, darum haben Sie nicht gebeten, aber wenn Sie morgen zum Beispiel eine schwere Infektion hätten, die durch diese Verletzung hervorgerufen wird, wen träfe dann die Schuld wegen fahrlässigen Handelns und mangelnder Professionalität, dann bin ich dran, und außerdem will der Chef alles wissen, es ist seine Art, so zu tun, als sei nichts von Bedeutung, Ich werde es ihm morgen sagen, Das rate ich Ihnen auch inständigst, so wird der Bericht bestätigt werden, Welcher Bericht, Meiner, Ich weiß nicht, welche Bedeutung ein paar simple Wunden haben können, dass sie in einem Bericht erwähnt werden müssen, Auch die einfachste Wunde ist bedeutend, Meine werden, nachdem sie verheilt sind, ein paar unbedeutende Narben hinterlassen, die mit der Zeit verschwinden, Ja, auf dem Körper vernarben die Wunden, aber im Bericht bleiben sie immer offen, sie schließen sich nicht und verschwinden nicht, Das verstehe ich nicht, Wie lange arbeiten Sie schon im Personenstandsregister, Es werden sechsundzwanzig Jahre, Wie viele Chefs haben Sie bisher kennengelernt, Mit diesem drei, Anscheinend ist Ihnen nie etwas aufgefallen, Was denn, Anscheinend haben Sie nie etwas bemerkt, Ich verstehe nicht, worauf Sie hinauswollen, Stimmt es, oder stimmt es nicht, dass die Amtsvorsteher wenig Arbeit haben, Das stimmt, alle Welt spricht darüber, Also, dann sollten Sie wissen, dass ihre Hauptbeschäftigung in den vielen freien Stunden, die sie genießen, während die Angestellten arbeiten, die ist, Informationen über ihre Untergebenen zu sammeln, alle möglichen Informationen, das tun sie, seit das Zentrale Personenstandsregister existiert, einer wie der andere, schon immer. Der Schauder, der Sr. José überlief, blieb dem Krankenpfleger nicht verborgen, Es hat Sie geschüttelt, Ja, es hat mich geschüttelt, Damit Sie eine deutlichere Vorstellung von dem haben, was ich Ihnen erzähle, sogar dieses Schütteln müsste in meinem Bericht stehen, Wird es aber nicht, In der Tat, das wird es nicht, Ich kann mir denken, warum, Ja, warum, Weil Sie dann schreiben müssten, dass ich erschauderte, als Sie mir erzählt haben, dass die Chefs Informationen über die Angestellten des Personenstandsregisters sammeln, und der Chef würde dann gerne wissen, warum Sie diese Unterhaltung mit mir geführt haben, und auch, woher ein Krankenpfleger Kenntnis einer so vertraulichen Angelegenheit hat, so vertraulich, dass ich in fünfundzwanzig Jahren Dienst im Personenstandsregister nie davon gehört habe, Ein Krankenpfleger hat viel von einem Vertrauten, obgleich sehr viel weniger als die Ärzte, Wollen Sie damit andeuten, dass der Chef Ihnen Geheimnisse anvertraut, Weder tut er dies, noch wollte ich andeuten, dass er es tut, ich erhalte einfach Anordnungen, Also müssen Sie sie nur befolgen, Da irren Sie sich, ich muss sehr viel mehr tun, als sie zu befolgen, ich muss sie interpretieren, Warum, Weil es im Allgemeinen zwischen dem, was er anordnet, und dem, was er möchte, einen Unterschied gibt, Wenn er Ihnen aufgetragen hat, herzukommen, um mir eine Spritze zu geben, Das ist der äußere Anschein, Und was haben Sie in diesem Fall gesehen außer dem äußeren Anschein, Sie können sich gar nicht vorstellen, wie viele Dinge man entdeckt, wenn man ein paar

Wunden betrachtet, Dass Sie diese gesehen haben, war reiner Zufall, Sie müssen immer mit dem reinen Zufall rechnen, das ist sehr hilfreich, Was haben Sie also an meinen Wunden entdeckt, Dass Sie mit den Knien an einer Wand entlanggeschürft sind, Ich bin hingefallen, Ja das haben Sie mir schon gesagt, Eine Information wie diese, wenn man vermutet, dass sie stimmt, würde dem Chef nicht sehr viel bringen, Ob es ihm was bringt oder nicht, das geht mich nichts an, ich beschränke mich darauf, die Berichte abzugeben, Über die Grippe, die ich mir geholt habe, war er schon informiert, Aber nicht über die Wunden an den Knien, Und über den feuchten Fleck auf dem Boden auch, Aber nicht über das Erschaudern, Wenn Sie hier nichts mehr zu tun haben, möchte ich Sie bitten zu gehen, ich bin müde, ich muss schlafen, Sie müssen erst essen, vergessen Sie das nicht, hoffentlich ist Ihr Essen durch diese Unterhaltung nicht ganz kalt geworden, Ein liegender Körper hält viel Hunger aus, Aber nicht den ganzen Hunger, Hat der Chef Ihnen aufgetragen, mir Essen zu bringen, Kennen Sie sonst jemand, der das hätte tun wollen, Ja, wenn die Person wüsste, wo ich lebe, Wer ist diese Person, Eine ältere Frau, die in einem Erdgeschoss wohnt, Wunden an den Knien, ein plötzlicher unerklärlicher Schauder, eine alte Frau in einem Erdgeschoss, Rechts, Das wäre der wichtigste Bericht meines Lebens, wenn ich ihn schreiben würde, Also werden Sie ihn nicht schreiben, Doch, ich werde ihn schreiben, aber nur um darüber zu informieren, dass ich Ihnen eine Spritze in die linke Gesäßhälfte gegeben habe, Vielen Dank, dass Sie meine Wunden behandelt haben, Von allem, was ich gelernt habe, beherrsche ich das am besten. Nachdem der Krankenpfleger hinausgegangen war, blieb Sr. José noch einige Minuten liegen, ohne sich zu bewegen, um seine Kraft und seine Gelassenheit wiederzufinden. Das Gespräch war schwierig gewesen, voller Fallstricke und falscher Türen, die sich bei jedem Schritt auftaten, der kleinste Ausrutscher hätte ihn zu einem vollständigen Geständnis bewegen können, wenn er nicht besonders aufmerksam auf die vielfältigen Bedeutungen der Wörter geachtet hätte, die er vorsichtig aussprach, vor allem jene, die nur einen einzigen Sinn zu haben scheinen, mit ihnen muss man besonders vorsichtig sein. Im Gegensatz zur allgemeinen Überzeugung sind Sinn und Bedeutung niemals ein und dasselbe, die Bedeutung verweilt sofort, sie ist direkt, wörtlich, explizit, in sich selbst geschlossen, einstimmig sozusagen, während der Sinn nicht stillhalten kann, er brodelt voller zweiter, dritter und vierter Bedeutungen, strahlt in verschiedene Richtungen aus, die sich teilen und unterteilen in Zweige und kleinste Äste, bis sie sich aus den Augen verlieren, der Sinn eines jeden Wortes ist einem Stern ähnlich, wenn er lebendige Lichtfluten ins All schleudert, kosmische Winde, magnetische Störungen, Ängste.

Schließlich stieg Sr. José aus dem Bett, schob die Füße in die Pantoffeln, zog den Bademantel an, der ihm in kalten Nächten auch als zusätzliche Decke diente. Obwohl der Hunger ihn plagte, öffnete er die Tür, um die Behörde zu betrachten. Er nahm eine seltsame Unverfrorenheit in sich wahr, den Eindruck längerer Abwesenheit, als seien viele Tage vergangen, seit er zum letzten Mal dort gewesen war. Nichts hatte sich jedoch geändert, da war die lange Theke, an der sich die Menschen mit Gesuchen und Anträgen anstellten, darunter die Schubladen, in denen die Karteikarten der Lebenden steckten, dann die acht Tische der Amtsschreiber, die vier der Amtssekretäre, die zwei der Stellvertretenden Amtsvorsteher, der große Schreibtisch des Chefs mit dem eingeschalteten Licht, das hoch oben darüberhing, die riesigen Regale, die bis zur Decke reichten, das versteinerte Dunkel dort hinten, wo die Toten lagen. Obgleich niemand im Personenstandsregister war, schloss Sr. José die Tür ab. Dank der neuen Verbände, die der Krankenpfleger ihm an den Knien angelegt hatte, konnte er besser laufen, er fühlte keinen Druck auf den Wunden. Er setzte sich an den Tisch und öffnete das Paket, es gab zwei übereinandergestellte Töpfe, der obere enthielt Suppe, der untere Kartoffeln und Fleisch, alles noch lauwarm. Er aß begierig die Suppe, dann ohne Eile das Fleisch und die Kartoffeln. Habe ich ein Glück, dass der Chef so ist, wie er ist, murmelte er, und er erinnerte sich an die Worte des Krankenpflegers, wenn er nicht wäre, würde ich hier vor Hunger und Einsamkeit umkommen, wie ein Hund, der sich verlaufen hat. Nun, ich habe wirklich Glück gehabt, wiederholte er, als müsste er sich selbst von dem überzeugen, was er gerade gesagt hatte. Gestärkt legte er sich, nachdem er in den kleinen Raum gegangen war, der ihm als Badezimmer diente, ins Bett. Er war gerade dabei, einzuschlafen, als er sich an das Heft mit den Notizen erinnerte, in dem er die ersten Schritte seiner Suche festgehalten hatte. Ich schreibe morgen, doch dieses neue Bedürfnis war fast so stark wie das nach Essen, deshalb holte er das Heft. Dann, im Bett sitzend, im Bademantel, die Schlafanzugjacke bis zum Hals hinauf zugeknöpft, unter die Decken gekuschelt, setzte er seinen Bericht fort. Der Chef sagte, Wenn Sie nicht krank sind, wie erklären Sie sich dann die schlechte Arbeit, die Sie in den letzten Tagen geleistet haben, Ich weiß nicht, vielleicht weil ich schlecht geschlafen habe. Mit Hilfe des Fiebers schrieb er in die Nacht hinein weiter.

Nicht drei Tage, sondern eine Woche brauchte Sr. José, bis das Fieber zurückging und der Husten nachließ. Der Krankenpfleger kam jeden Tag, um ihm eine Spritze zu geben und Essen zu bringen, der Arzt jeden zweiten Tag, aber dieser außerordentliche Eifer, wir beziehen uns auf den des Arztes, sollte uns nicht zu vorschnellen Urteilen über die angebliche Effizienz des öffentlichen Gesundheitswesens und der ärztlichen Versorgung zu Hause verleiten, denn sie war schlicht und einfach eine Folge des nachdrücklichen Befehls des Chefs des Personenstandsregisters, Herr Doktor, behandeln Sie mir diesen Mann gut, so als würden Sie mich behandeln, es ist wichtig. Der Arzt konnte den Grund für solch offensichtliche, ihm nahegelegte Begünstigung nicht nachvollziehen, viel weniger noch die mangelnde Objektivität in der Einschätzung dieses Falles, denn er kannte das Haus des Amtsvorstehers von einigen ärztlichen Besuchen her, seine komfortable, zivilisierte Lebensart, eine Innenwelt, die jeglicher Ähnlichkeit mit der schäbigen Hütte dieses Sr. José entbehrte, der stets schlecht rasiert war und nicht einmal Laken zum Wechseln zu haben schien. Nun, Laken hatte Sr. José schon, so arm war er nicht, aber aus Gründen, die nur er kannte, wies er trocken das Angebot des Krankenpflegers zurück, die Laken auszuwechseln, die nach Schweiß und Fieber stanken, und die Matratze zu lüften, In weniger als fünf Minuten habe ich Ihnen ein frisches Bett gemacht, Schon gut, bemühen Sie sich nicht, Na, was denn, das ist doch Teil meiner Arbeit, Ich habe Ihnen schon gesagt, dass ich mich so wohlfühle. Sr. José konnte niemandem sagen, dass er zwischen der Matratze und der Unterlage die Karteikarten aus der Schule von einer unbekannten Frau versteckt hatte und ein Heft mit Notizen über seinen Einbruch in die Schule, die sie als Kind und junges Mädchen besucht hatte. Sie woanders aufzubewahren, zwischen den Mappen mit Ausschnitten berühmter Menschen, würde zwar zunächst die Schwierigkeit beheben, doch das Gefühl, mit dem eigenen Körper ein Geheimnis zu verteidigen, war zu stark und sogar erregend, als dass Sr. José darauf verzichtet hätte. Um nicht noch einmal den Fall mit dem Krankenpfleger diskutieren zu müssen, oder mit dem Arzt, der, obwohl er keinerlei Kommentare abgab, schon einen vorwurfsvollen Blick auf die verknitterten Laken geworfen und über den Geruch, den sie ausströmten, ostentativ die Nase gerümpft hatte, raffte Sr. José sich eines Nachts auf und wechselte selbst die Betttücher. Damit weder der Arzt noch der Krankenpfleger auch nur den kleinsten Vorwand fänden, um erneut auf die Sache zurückzukommen und, wer weiß, dem Amtsvorsteher von der unverbesserlichen Schlamperei des Amtsschreibers zu berichten, begab er sich ins Badezimmer, rasierte sich, wusch sich, so gut er konnte, dann zauberte er aus einer Schublade einen alten, aber sauberen Schlafanzug hervor und legte sich wieder ins Bett. Derart zufrieden und wiederhergestellt, fühlte er sich wie jemand, der mit sich selbst spielt, und so beschloss er, die hygienischen Verrichtungen und Maßnahmen, denen er sich gerade unterzogen hatte, genaustens, mit allen Details, in seinem Notizheft festzuhalten. Es war die Gesundheit, die zurückkehren wollte, wie der Arzt nicht versäumte dem Amtsvorsteher mitzuteilen, Der Mann ist geheilt, in zwei Tagen wird er ohne Risiko eines Rückfalls zum Dienst zurückkehren können. Der Amtsvorsteher sagte nur, Sehr gut, aber etwas zerstreut, als dächte er an etwas anderes.

Sr. José war wieder gesund, aber er hatte viel Gewicht verloren, trotz des Brotes und des Aufschnitts, die der Krankenpfleger ihm regelmäßig brachte, zwar nur einmal am Tag, jedoch zur Ernährung eines erwachsenen Körpers, der keinerlei Anstrengungen ausgesetzt ist, in mehr als ausreichender Menge. Man muss jedoch bedenken, welch zermürbende Wirkung das Fieber und das Schwitzen auf die Fettreserven ausübte, besonders, da, wie in diesem Fall, nicht viele vorhanden waren. Im Zentralen Personenstandsregister schätzte man Beobachtungen persönlicher Art nicht sehr, am wenigsten solche, die mit dem Gesundheitszustand zu tun hatten, deshalb waren die Abmagerung und das schlechte Aussehen von Sr. José nicht Gegenstand irgendeines Kommentars vonseiten der Kollegen und Vorgesetzten, das heißt eines mündlichen Kommentars, waren doch die Blicke vielsagend genug, gleichsam ein Ausdruck verächtlichen Mitleids, den andere Menschen, die die Gewohnheiten der Behörde nicht kannten, fälschlicherweise als diskrete, schweigsame Zurückhaltung interpretiert hätten. Damit deutlich wurde, wie sehr er darüber besorgt war, dem Dienst so viele Tage ferngeblieben zu sein, war Sr. José der Erste, der sich morgens vor die Tür der Behörde stellte und auf die Ankunft des Stellvertretenden Amtsvorstehers wartete, dem Jüngsten im Personenstandsregister, der damit beauftragt war, die Tür zu öffnen, ebenso wie er damit beauftragt war, sie nachmittags abzuschließen. Der Originalschlüssel, das Kunstwerk eines alten barocken Schmieds und konkretes Symbol der Autorität, von dem der Schlüssel des Stellvertretenden Amtsvorstehers nur eine einfache, subalterne Kopie war, befand sich im Besitz des Amtsvorstehers, der ihn offensichtlich nie benutzte, entweder wegen seines Gewichtes und der komplizierten Verzierungen, die seinen Transport unbequem machten, oder weil er laut einem ungeschriebenen Protokoll der Hierarchien, das seit unvordenklichen Zeiten galt, als Letzter das Gebäude zu betreten hatte. Wenn nicht der Fall von Sr. José und der unbekannten Frau unsere ganze Aufmerksamkeit in Anspruch nehmen würde, wäre es wirklich lohnenswert, eines der vielen Geheimnisse des Personenstandsregisters zu ergründen, nämlich warum die Angestellten trotz der Verkehrsstaus, die die Stadt heimsuchten, immer in derselben Reihenfolge am Arbeitsplatz eintrafen, erst die Amtsschreiber, unabhängig von Dienstjahren, dann der Stellvertretende Amtsvorsteher, der die Tür öffnet, danach die Amtssekretäre, die dem ältesten Stellvertretenden Amtsvorsteher den Vortritt lassen, und schließlich der Amtsvorsteher selbst, der eintrifft, wann er einzutreffen hat, und niemandem Rechenschaft schuldig ist. Auf jeden Fall bleibt diese Tatsache hier festgehalten.

Das Gefühl verächtlichen Mitleids, das Sr. José wie gesagt bei seiner Rückkehr zur Arbeit entgegenschlug, hielt bis zum Eintritt des Amtsvorstehers eine halbe Stunde nach Dienstbeginn an und wurde gleich darauf durch ein Gefühl des Neides ersetzt, was schließlich verständlich war, sich jedoch glücklicherweise nicht in Worten oder Taten manifestierte. Da wir die menschliche Seele kennen, uns allerdings nicht rühmen können, alles zu wissen, war nichts anderes zu erwarten. In diesen Tagen hatte sich schon durch Hintertüren und Gemunkel in den Ecken der Behörde die Nachricht verbreitet, dass der Chef sich auf ungewöhnliche Weise wegen der Grippe von Sr. José besorgt gezeigt hatte und sogar so weit gegangen war, ihm durch den Krankenpfleger Essen zu schicken, ihn außerdem sogar wenigstens einmal besucht hatte, und das während der Dienstzeit, vor den Augen aller, man wusste nur nicht, ob er diesen Besuch wiederholt hatte. Man kann sich also leicht die stumme Empörung der Angestellten, ohne Unterschied ihres Dienstgrads, ausmalen, als der Amtsvorsteher, noch bevor er sich auf seinen Platz begab, neben Sr. José innehielt und ihn fragte, ob er schon vollständig von seiner Krankheit genesen sei. Die Empörung war umso größer, als dies nun zum zweiten Mal geschah, denn alle hatten noch jenen nicht allzu fernen Tag frisch im Gedächtnis, an dem der Chef Sr. José gefragt hatte, ob es ihm mit seiner Schlaflosigkeit bessergehe, als sei die Schlaflosigkeit von Sr. José für das reibungslose Funktionieren des Personenstandsregisters eine Frage von Leben und Tod. Sie konnten kaum glauben, was sie da hörten, die Angestellten wurden Zeugen eines Gesprächs von Gleich zu Gleich, absurd von jeglichem Standpunkt aus betrachtet, in dem Sr. José sich für die Güte des Chefs bedankte und sich sogar offen auf das Essen bezog, was im strengen Klima der Behörde gezwungenermaßen wie eine Grobheit klingen musste, wie eine Obszönität, und der Chef erklärte, dass er ihn doch nicht dem unglücklichen Schicksal jener hatte überlassen können, die allein leben, ohne dass ihnen wenigstens jemand einen Topf Suppe bringt und ihnen das Bett macht, Die Einsamkeit, Sr. José, erklärte der Amtsvorsteher feierlich, war noch nie eine gute Gesellschaft, große Traurigkeit, die großen Versuchungen und die großen Fehler kommen fast immer daher, dass man allein ist im Leben, ohne einen klugen Freund, den man um Rat bitten kann, wenn einen etwas über das Alltägliche hinaus beunruhigt, Ich, traurig, ich glaube nicht, dass ich das bin, was man wirklich traurig nennt, antwortete Sr. José, vielleicht bin ich von Natur aus etwas melancholisch, aber das ist kein Fehler, und was die Versuchungen angeht, nun gut, dazu muss ich sagen, dass weder mein Alter noch die Situation mich dazu neigen lassen, das heißt, weder suche ich sie, noch suchen sie mich, Und die Fehler, Beziehen Sie sich auf die Fehler im Dienst, Ich beziehe mich auf Fehler im Allgemeinen, die Fehler im Dienst, die hat früher oder später der Dienst hervorgerufen, und der Dienst wird damit fertigwerden, Ich habe nie jemandem etwas getan, jedenfalls nicht bewusst, das ist alles, was ich Ihnen sagen kann, Und Fehler gegen sich selbst, Ich habe sicher viele begangen, vielleicht bin ich deshalb allein, Um weitere Fehler zu begehen, Nur die der Einsamkeit. Sr. José, der sich, wie es seine Pflicht war, erhoben hatte, als der Chef sich näherte, fühlte plötzlich seine Beine schwach werden, und eine Hitzewelle durchfuhr seinen Körper. Er erbleichte, seine Hände suchten angstvoll nach einem Halt am Tisch, aber dieser Halt war nicht ausreichend, Sr. José musste sich hinsetzen, und er murmelte, Entschuldigen Sie bitte, Entschuldigen Sie. Der Amtsvorsteher sah ihn einige Sekunden lang mit einem undurchdringlichen Ausdruck an und ging dann an seinen Platz. Er rief den Stellvertretenden Amtsvorsteher zu sich, der für Sr. Josés Flügel zuständig war, gab ihm leise einen Befehl und fügte vernehmbar hinzu, Nicht über den üblichen Amtsweg, was bedeutete, dass die Instruktionen, die der Stellvertretende Amtsvorsteher soeben, einen Amtsschreiber betreffend, erhalten hatte, gegen alle Regeln, Gewohnheiten und Traditionen von ihm selbst ausgeführt werden sollten. Schon vorher, als der Amtsvorsteher ebendiesem Stellvertretenden Amtsvorsteher aufgetragen hatte, Sr. José die Tabletten zu bringen, war die Hierarchie außer Kraft gesetzt worden, aber diesen Bruch hätte man noch durch den Zweifel rechtfertigen können, ob der betreffende Amtssekretär fähig sei, die Aufgabe zufriedenstellend auszuführen, die nicht so sehr darin bestand, einem Kranken Tabletten gegen die Grippe zu bringen, sondern vielmehr darin, einen Blick auf die Wohnung zu werfen und anschließend darüber zu berichten. Ein Amtssekretär würde sich angesichts des winterlichen Wetters nicht sonderlich über den feuchten Fleck auf dem Boden wundern, und da er wahrscheinlich nicht groß auf die Karteikarten achten würde, die auf dem Nachttisch lagen, würde er in die Behörde zurückkehren, zufrieden, seine Pflicht erfüllt zu haben, und dem Chef mitteilen, Alles in Ordnung. Man muss jedoch einräumen, dass die zwei Stellvertretenden Amtsvorsteher, und dieser im Besonderen, da er unmittelbarer beteiligt war, bemerkt hatten, dass das Vorgehen des Amtsvorstehers von einer Absicht getragen wurde, von einer Strategie, von einem zentralen Gedanken. Sie konnten sich nicht vorstellen, worin dieser Gedanke bestand und was seine Absicht war, doch ihre Erfahrung und die Kenntnis der Person des Chefs sagten ihnen, dass alle Worte und alle seine Taten in dieser Angelegenheit notwendigerweise auf ein Ziel ausgerichtet waren und dass Sr. José, durch eigenes Zutun oder durch Umstände des Zufalls auf den Weg dorthin gebracht, entweder nichts als ein unbewusstes nützliches Instrument oder selbst die in jeder Hinsicht unerwartete, überraschende Ursache dafür war. Derart entgegengesetzte Überlegungen, derart widersprüchliche Gefühle führten dazu, dass der Befehl durch den Ton, in dem er dann Sr. José überbracht wurde, mehr einem Gefallen ähnelte, den der Amtsvorsteher ihm gegenüber aussprechen ließ, als der deutlichen, unmissverständlichen Anweisung, die er in Wahrheit gegeben hatte, Sr. José, sagte der

Stellvertretende Amtsvorsteher, der Chef ist der Meinung, dass Ihr Gesundheitszustand noch nicht gut genug ist, um zur Arbeit zu kommen, man denke nur an die Ohnmacht eben, Das war keine Ohnmacht, ich habe das Bewusstsein nicht verloren, es war nur eine vorübergehende Schwäche, Schwäche oder Ohnmacht, vorübergehend oder anhaltend, das Personenstandsregister möchte, dass Sie ganz gesund werden, Ich werde möglichst im Sitzen arbeiten, in wenigen Tagen werde ich wie vorher sein, Der Chef denkt, dass es besser für Sie wäre, um einen kleinen Urlaub zu bitten, nicht zwanzig Tage auf einmal, natürlich nicht, aber vielleicht zehn, zehn Tage zum Ausruhen, mit guter Ernährung, Sie ruhen sich aus mit kleinen Spaziergängen durch die Stadt, draußen sind die Gärten, die Parks, und das Wetter ist schöner geworden, also eine wirkliche Rekonvaleszenz, und wenn Sie dann wieder zurückkommen, werden wir Sie nicht wiedererkennen. Sr. José sah den Stellvertretenden Amtsvorsteher entsetzt an, in Wahrheit war das keine Unterhaltung, die man mit einem Amtsschreiber führen sollte, es lag geradezu etwas Unanständiges in dieser Rede. Offensichtlich wollte der Chef, dass er in Urlaub ging, was an sich schon merkwürdig war, und obendrein sprach daraus eine ungewöhnliche, übermäßige Besorgnis um seine Gesundheit. Nichts von alldem entsprach den Verhaltensgewohnheiten im Personenstandsregister, wo Urlaubspläne stets millimetergenau berechnet wurden, damit nach Erwägung vielfältiger Faktoren, deren einige nur dem Chef bekannt waren, eine gerechte Verteilung der Zeit, die der jährlichen Muße vorbehalten war, ereicht wurde. Dass der Chef den bereits für das laufende Jahr ausgearbeiteten Plan überging und einen Amtsschreiber einfach nach Hause schickte, war noch nie da gewesen. Sr. José war verwirrt, man sah es seinem Gesicht an. Er spürte die verblüfften Blicke der Kollegen im Rücken, bemerkte die wachsende Ungeduld des Stellvertretenden Amtsvorstehers angesichts dessen, was ihm als eine unbegründete Unentschlossenheit erscheinen musste, und er wollte gerade sagen, Jawohl, wie jemand, der einfach einem Befehl gehorcht, als sich plötzlich seine Miene aufhellte, denn er hatte gerade begriffen, was zehn Tage Freiheit bedeuten könnten, zehn Tage, um Nachforschungen anzustellen, ohne der Fron des Dienstes unterworfen zu sein, der festgesetzten Arbeitszeit, was heißt hier Parks, Gärten, Rekonvaleszenz, dem Himmel sei Dank für den Erfinder der Grippe, also sagte Sr. José lächelnd, Aber ja doch, er hätte etwas diskreter in seinem Ausdruck sein müssen, man weiß nie, was ein Stellvertretender Amtsvorsteher dem Chef erzählen kann, Meiner Meinung nach reagierte er auf eine merkwürdige Weise, zunächst vermittelte er mir den Eindruck, dass er nicht verstanden habe oder nicht genau verstanden hatte, was ich ihm sagte, dann jedoch, als habe er den ersten Preis im Lotto gewonnen, schien er nicht einmal mehr derselbe zu sein, Ist Ihnen bekannt, ob er spielt, Ich glaube nicht, es war nur so ein Ausdruck, Dann wird der Grund ein anderer gewesen sein. Sr. José sagte nun zum Stellvertretenden Amtsvorsteher, Diese Tage kommen mir wirklich sehr gelegen, ich muss dem Herrn Amtsvorsteher danken, Ich werde ihm Ihren Dank übermitteln, Vielleicht sollte ich es persönlich tun, Sie wissen sehr wohl, dass dies nicht üblich ist, Dennoch, wenn ich angesichts dieses außergewöhnlichen Falles, nachdem Sr. José diese bürokratisch gesehen durchaus zutreffenden Worte ausgesprochen hatte, blickte er zum Amtsvorsteher hinüber, ohne zu erwarten, dass dieser in seine Richtung schaute, und noch viel weniger, dass er die ganze Unterhaltung verfolgt hatte, was der Chef ihm gerade zweifelsohne mit einer abwehrenden, zugleich widerwilligen und herrischen Geste bedeuten wollte, Sparen Sie sich lächerliche Danksagungen, stellen Sie diesen Antrag und gehen Sie.

Zu Hause galt Sr. Josés erste Sorge der Wäsche, die er in der Nische versteckt hatte, die ihm als Kleiderschrank diente. Wenn sie vorher schmutzig gewesen war, hatte sie sich jetzt in einen Dreckklumpen verwandelt, stank säuerlich, vermischt mit einem muffigen Geruch, an den Falten zeigte sich grünlicher Schimmel, man stelle sich vor, ein feuchtes Bündel, ein Jackett, das Hemd, die Hosen, die Strümpfe, die Unterwäsche, alles in einen Regenmantel gehüllt, der vor einigen Tagen tropfnass gewesen war, wie das alles nach einer Woche aussehen musste. Er stopfte die Wäsche einfach in einen großen Plastiksack, vergewisserte sich, dass die Karteikarten und sein Heft mit den Notizen zwischen der Matratze und der Unterlage steckten, am Kopfende das Heft, am Fußende die Karteikarten, er prüfte nach, ob die Verbindungstür zum Personenstandsregister abgeschlossen war, und ging schließlich müde, doch ruhigen Gemüts zur nächsten Reinigung, bei der er Kunde war, wenn auch nicht einer der häufigsten. Die Angestellte konnte oder wollte einen vorwurfsvollen Blick nicht unterdrücken, als sie den Inhalt des Beutels ausleerte und auf der Theke verteilte, Entschuldigen Sie, aber das sieht ja aus, als hätte jemand es in Schlamm eingeweicht, Sie haben fast richtig geraten, sagte Sr. José, und da er lügen musste, beschloss er, dabei auf die Logik des Möglichen zu achten, Vor zwei Wochen wollte ich Ihnen diese Wäsche zum Reinigen bringen, dann ist mir plötzlich der Beutel kaputtgegangen, und alles fiel auf den Boden, genau an einer Stelle, wo alles voller Schlamm war wegen Straßenarbeiten, erinnern Sie sich, dass es damals stark regnete, Und warum haben Sie die Wäsche nicht danach hergebracht, Ich musste mit Grippe ins Bett, es wäre riskant gewesen, die Wohnung zu verlassen, ich hätte eine Lungenentzündung bekommen können, Das wird Sie jetzt aber teuer zu stehen kommen, wir müssen es zweimal in die Maschine stecken, und selbst dann, Nur Geduld, Und diese Hose, schauen Sie sich an, in welchem Zustand diese Hose ist, ich weiß wirklich nicht, ob Sie möchten, dass ich sie reinige, sehen Sie sich die Knie an, man möchte fast meinen, dass Sie damit an einer Wand entlanggerutscht sind. Sr. José hatte nicht bemerkt, wie erbärmlich seine arme Hose durch die Kletterei aussah, auf der Höhe der Knie war sie aufgescheuert, in einem der Beine war ein kleiner Riss, für einen Menschen wie ihn, der so schlecht mit Kleidung ausgestattet war, bedeutete dies einen ernsthaften Schaden. Kann man da nichts machen, Man müsste sie zum Kunststopfen geben, Ich kenne aber niemanden, Wir können uns darum kümmern, aber Sie sollten wissen, dass das nicht billig sein wird, die Kunststopferinnen lassen sich gut bezahlen, Dann ist es wohl besser, wenn ich auf diese Hose verzichte, Oder Sie setzen einen Flicken drauf, Nein, geflickt nur, wenn ich sie noch zu Hause anziehen will, ich könnte sie niemals zur Arbeit tragen, Natürlich nicht, Ich bin Angestellter des Zentralen Personenstandsregisters, Ach so, Sie sind Angestellter des Personenstandsregisters, sagte die Frau von der Reinigung mit einem plötzlich respektvollen Unterton in der Stimme, den Sr. José lieber überhörte, er bereute schon, dass er sich dazu hatte hinreißen lassen, zum ersten Mal zu sagen, wo er arbeitete, ein Spezialist in nächtlichen Einbrüchen würde nie hergehen und Spuren hinterlassen, stellen wir uns vor, dass diese Frau von der Reinigung mit einem Verkäufer aus dem Eisenwarenladen verheiratet ist, in dem Sr. José den Glasschneider gekauft hatte, oder mit einem von der Metzgerei, wo er den Speck gekauft hatte, und dass es dann in einem dieser belanglosen Gespräche, mit denen sich Männer und Frauen den Abend vertreiben, gerade gelegen kommt, kleine Episoden aus dem Arbeitsalltag zu erzählen, andere Kriminelle sind durch sehr viel Geringeres im Gefängnis gelandet, während sie sich frei von jedem Verdacht glaubten. Auf jeden Fall schien von dieser Seite keine Gefahr zu drohen, es sei denn, es verbarg sich eine abscheuliche denunziatorische Absicht dahinter, als die Angestellte mit einem sympathischen Lächeln zu ihm sagte, dass sie dieses Mal einen Sonderpreis machen und dass die Reinigung die Rechnung für das Kunststopfen übernehmen würde, eine besondere Aufmerksamkeit unsererseits, da Sie Angestellter des Personenstandsregisters sind. Sr. José bedankte sich wohlerzogen, jedoch nicht überschwänglich, und ging hinaus. Er war unzufrieden. Er war dabei, zu viele Spuren in der Stadt zu hinterlassen, er sprach mit zu vielen Menschen, das war nicht die Art Nachforschung, die er sich vorgestellt hatte, um die Wahrheit zu sagen, hatte er sich gar nichts vorgestellt, die Idee war ihm erst jetzt gekommen, die Idee, die unbekannte Frau zu suchen und zu finden, ohne dass irgendjemand hinter seine Aktivitäten käme, als handle es ich um die Suche eines unsichtbaren Wesens nach einem anderen. Statt dieses geschlossenen Geheimnisses, dieses absoluten Mysteriums, gab es schon zwei Menschen, die wussten, was er vorhatte, die Frau des eifersüchtigen Mannes und die ältere Frau vom Erdgeschoss rechts, und das war für sich schon eine Gefahr, zum Beispiel wenn wir uns vorstellen, dass eine von ihnen, mit dem lobenswerten Vorsatz, bei der Suche zu helfen, wie es einem guten Bürger entspricht, während seiner Abwesenheit im

Personenstandsregister auftauchte, Ich möchte gerne mit Sr. José sprechen, Sr. José ist nicht im Dienst, er ist in Urlaub gegangen, Ach, wie schade, ich habe eine wichtige Information über die Person, die er sucht, Was für eine Information, welche Person, Sr. José wollte sich lieber nicht vorstellen, was danach käme, den Rest der Unterhaltung zwischen der Frau des eifersüchtigen Mannes und dem Amtssekretär, Ich habe unter einer losen Diele in meinem Zimmer ein Tagebuch gefunden, Ein Journal, Nein, ein Tagebuch, so eins, wie es bestimmte Menschen gerne führen, ich habe auch eines gehabt, vor meiner Heirat, Und was haben wir mit diesem Fall zu tun, hier im Personenstandsregister interessiert uns nur, wann die Menschen geboren werden und wann sie sterben, Vielleicht ist das Tagebuch, das ich gefunden habe, von einem Verwandten der Person, die Sr. José die ganze Zeit gesucht hat, Ich bin nicht darüber informiert, dass Sr. José irgendjemanden sucht, jedenfalls hat diese Angelegenheit nichts mit dem Personenstandsregister zu tun, das Personenstandsregister beschäftigt sich nicht mit dem Privatleben seiner Angestellten, Es geht nicht um das Privatleben, mir hat Sr. José gesagt, dass er im Namen der Behörde gekommen sei, Warten Sie, ich werde den Stellvertretenden Amtsvorsteher rufen, aber als der Stellvertretende Amtsvorsteher sich der Theke näherte, wollte die ältere Frau vom Erdgeschoss rechts sich gerade zurückziehen, das Leben hatte sie gelehrt, dass die beste Art, die eigenen Geheimnisse zu wahren, immer noch die war, die Geheimnisse anderer zu achten, Wenn Sr. José vom Urlaub zurückkehrt, sagen Sie ihm doch bitte, dass die alte Frau vom Erdgeschoss rechts hier war, Wollen Sie nicht Ihren Namen hinterlassen, Das ist nicht nötig, er weiß, um wen es sich handelt. Sr. José konnte erleichtert aufatmen, die Frau vom Erdgeschoss rechts war die Diskretion in Person, sie würde dem Stellvertretenden Amtsvorsteher nie sagen, dass sie gerade einen Brief von ihrer Patentochter erhalten hatte, Die Grippe hat meinen Kopf verwirrt, dachte er, das sind unmögliche Phantasien, es gibt keine versteckten Tagebücher unter dem Fußboden, und jetzt, nach einem Schweigen von so vielen Jahren, würde sie nicht daran denken, ihrer Patentante einen Brief zu schreiben, nur gut, dass die Alte so klug war, nicht zu sagen, wie sie heißt, dem Personenstandsregister würde es reichen, an diesem Ende den Faden aufzunehmen, um in kurzer Zeit alles aufzudecken, die Abschrift der Karteikarten, die Fälschung der Amtsvollmacht, für die Behörde wäre das so einfach, wie lose Puzzleteile nach einer vorliegenden Zeichnung zusammenzufügen. Also ging Sr. José nun nach Hause, an diesem ersten Tag wollte er den Ratschlägen, die der Stellvertretende Amtsvorsteher ihm erteilt hatte, nicht folgen, im Garten spazieren zu gehen, das bleiche Rekonvaleszentengesicht in die wohltuende Sonne zu halten, mit einem Wort, Kräfte wiederzuerlangen, die das Fieber verbraucht hatte. Er musste entscheiden, welche Schritte er ab jetzt unternehmen sollte, aber vor allem musste er eine bange Ahnung zerstreuen. Er hatte sein kleines Haus verlassen, dem Personenstandsregister ausgeliefert, angelehnt an die zyklopische Wand, als würde es schon fast von ihr verschlungen. Ein Rest Fieber musste noch in seinem schwindligen Kopf geblieben sein, dass er plötzlich glaubte, genau dies sei mit den anderen Häusern der Angestellten geschehen, alle seien vom Personenstandsregister verschlungen worden, das auf diese Weise seine Mauern verstärkte. Sr. José ging schneller, wenn er vor seinem Haus ankam und es verschwunden wäre und mit ihm die Karteikarten und das Heft mit den Notizen, ein solches Unglück wollte er sich gar nicht ausmalen, denn so wären die Bemühungen von Wochen auf ein Nichts reduziert und die Gefahren sinnlos gewesen, die er durchgestanden hatte. Neugierige Menschen wären dort, die ihn fragen würden, ob er bei dieser Katastrophe etwas Wertvolles verloren hatte, und er würde antworten, Ja, einige Papiere, und sie würden erneut fragen, Aktien, Obligationen, Wertpapiere, nur an so etwas denken gemeine Menschen, die keinen geistigen Horizont haben, ihre Gedanken richten sich auf materielle Interessen und Gewinne, und er würde wieder sagen, Ja, aber insgeheim jenen Begriffen eine andere Bedeutung geben, die Aktien wären seine Aktivitäten, es gäbe Obligationen, die er übernommen, und Wechsel, die er eingelöst hatte.

Das Haus stand noch, aber es wirkte viel kleiner, oder das Personenstandsregister war in den letzten Stunden größer geworden. Sr. José trat ein, zog den Kopf ein, er brauchte sich jedoch nicht zu bücken, der Türsturz zur Straße hin war so hoch wie immer, und soweit man sehen konnte, hatte er weder durch seine Aktivitäten noch durch Wechsel und Obligationen an Körpergröße zugenommen. Er horchte an der Verbindungstür, nicht weil er erwartete, von der anderen Seite irgendwelche Stimmen zu hören, im Personenstandsregister war es üblich, schweigend zu arbeiten, sondern eher, um einen vagen Verdacht zu beschwichtigen, der ihn beschäftigte, seit der Chef ihm aufgetragen hatte, Urlaub zu nehmen. Dann hob er die Matratze vom Bett hoch, nahm die Karteikarten heraus und ordnete sie nach Datum auf dem Tisch, vom frühesten bis zum jüngsten, drei kleine Rechtecke aus Karton, eine Abfolge von Gesichtern, von einem kleinen Mädchen bis zu einem größeren Mädchen, vom Beginn der Adoleszenz bis zur fast erwachsenen Frau. In diesen Jahren war die Familie dreimal umgezogen, doch niemals so weit weg, dass es notwendig gewesen wäre, die Schule zu wechseln. Er brauchte keine ausgeklügelten Aktionspläne zu entwerfen, das Einzige, was Sr. José jetzt machen konnte, war, die Adresse aufzusuchen, die auf der letzten Karteikarte stand.

Am nächsten Morgen fuhr er hin, beschloss aber, nicht hinaufzugehen und die derzeitigen Bewohner und die anderen Mieter des Gebäudes zu fragen, ob sie das Mädchen auf dem Foto gekannt hatten. Sehr wahrscheinlich würden sie ihm antworten, dass sie sie nicht kannten, dass sie erst seit kurzem dort wohnten oder sich nicht an sie erinnerten, Verstehen Sie, die Menschen kommen und gehen, ich erinnere mich wirklich an nichts, was diese Familie angeht, es lohnt nicht, sich den Kopf zu zerbrechen, und wenn jemand sagte, dass er sich vage an etwas erinnerte, würde er sicher gleich darauf hinzufügen, dass seine Beziehungen nur die üblichen unter wohlerzogenen Menschen gewesen waren, Haben Sie sie nicht wiedergesehen, würde Sr. José noch fragen, Nein, nachdem sie fortgezogen sind, habe ich sie nie wiedergesehen, Wie schade, Ich habe alles gesagt, was ich weiß, es tut mir leid, dass ich dem Personenstandsregister nicht behilflicher sein konnte. Das Glück, gleich zu Beginn die eine Frau im Erdgeschoss rechts getroffen zu haben, die so gut informiert, so nah an den ursprünglichen Quellen des Falls war, konnte nicht zweimal eintreten, erst sehr viel später, als nichts von dem, was hier berichtet wird, noch von Bedeutung war, sollte Sr. José entdecken, dass dasselbe Glück ihm auch hier auf wunderbare Weise geneigt gewesen war, ihm die katastrophalsten Folgen erspart hatte. Er wusste nicht, dass einer der Bewohner des Gebäudes, durch eine teuflische Fügung, einer der Stellvertretenden Amtsvorsteher des Personenstandsregisters war, man kann sich die schreckliche Szene leicht vorstellen, unser vertrauensseliger Sr. José klopft an die Tür, zeigt die Karteikarte, vielleicht sogar die gefälschte Amtsvollmacht, und die Frau, die ihm geöffnet hat, sagt hinterhältig, Kommen Sie etwas später wieder, wenn mein Mann zu Hause ist, für diese Dinge ist er zuständig, und Sr. José würde voller Hoffnung zurückkehren und sich einem zornigen Stellvertretenden Amtsvorsteher gegenübersehen, der ihn auf der Stelle verhaften würde, im ureigensten Sinne, nicht im übertragenen, das Reglement des Zentralen Personenstandsregisters gestattet weder Leichtsinn noch Improvisation, und das Schlimmste ist, dass wir die Regeln gar nicht alle kennen. Als hätte sein Schutzengel ihm eindringlich ins Ohr geflüstert, hatte er für dieses Mal beschlossen, seine Nachforschungen in den umliegenden Geschäften anzustellen, und sich damit vor dem größten Missgeschick seiner langen Angestelltenlaufbahn bewahrt. Er begnügte sich also damit, die Fenster des Hauses zu betrachten, in dem die unbekannte Frau in ihrer Jugend gelebt hatte, und um ganz in die Haut eines authentischen Detektivs zu schlüpfen, stellte er sich vor, wie sie mit ihrer Schultasche herauskam, zur Bushaltestelle lief und dort wartete, es lohnte nicht, ihr auf dem Fuß zu folgen, Sr. José wusste genau, wohin sie sich wandte, er hatte zuverlässige Beweise zwischen der Matratze und der Unterlage aufgehoben. Eine Viertelstunde später kam der Vater heraus, er geht in die entgegengesetzte Richtung, deshalb begleitet er die Tochter nicht auf dem Schulweg, es sei denn, dass dieser Vater und diese Tochter einfach nicht gerne zusammengehen und dies als Vorwand nehmen, oder nicht einmal das, eher wird es eine Art stillschweigendes Abkommen zwischen den beiden gewesen sein, um zu vermeiden, dass die Nachbarn die beiderseitige Gleichgültigkeit bemerken. Jetzt braucht Sr. José nur noch mit etwas Geduld darauf zu warten, dass die Mutter, wie es in den Familien Brauch ist, einkaufen geht, dann wird er wissen, wo er seine Nachforschungen am besten anstellt, im nächsten Geschäft, drei Gebäude weiter, befindet sich eine Apotheke, aber Sr. José zweifelt gleich beim Eintreten, ob er eine brauchbare Information mitnehmen wird, der Angestellte ist ein junger Mann und auch noch nicht lange in diesem Geschäft, er selbst sagt, Ich kenne sie nicht, ich bin erst seit zwei Jahren hier. So schnell wird Sr. José nicht aufgeben, er hat, zusätzlich zu seiner Lebenserfahrung, genügend Zeitungen und Zeitschriften gelesen, um zu wissen, dass derlei Untersuchungen, auf die herkömmliche Art betrieben, viel Arbeit bedeuten, nämlich laufen und wieder laufen, durch Straßen und über Bürgersteige, Treppen hinaufgehen, an Türen klopfen, Treppen hinuntergehen, tausendmal dieselben Fragen stellen, immer die gleichen Antworten, fast immer in reserviertem Tonfall, Ich kenne sie nicht, ich habe noch nie von dieser Person gehört, und selten genug kommt, wie jetzt, ein älterer Apotheker heraus, der die Unterhaltung mitgehört hat, ein ausgesprochen neugieriger Mensch, und fragt, Was wünschen Sie, Ich suche eine Person, antwortete Sr. José und griff mit der Hand in den Mantel, um seine Amtsvollmacht hervorzuholen. Er hielt jedoch inne, eine plötzliche Unruhe hielt ihn zurück, dieses Mal war es nicht das Werk irgendeines Schutzengels, der ihn die Hand langsam aus der Tasche zurückziehen ließ, sondern der Blick des Apothekers, ein Blick, der mehr einem Stilett glich, ein bohrender Blick, überraschend in diesem faltigen Gesicht mit diesen weißen Haaren, ein solcher Blick schüchterte selbst das unbefangenste

Geschöpf ein, wahrscheinlich wird deshalb die Neugier des Apothekers nie befriedigt, je mehr er wissen möchte, desto weniger erfährt er. So ging es auch Sr. José. Er zeigte die falsche Amtsvollmacht gar nicht erst, sagte nicht, er komme vom Personenstandsregister, sondern zog aus der anderen Tasche nur die letzte Schulkarteikarte des Mädchens heraus, die er glücklicherweise mitgebracht hatte, Unsere Schule muss diese Frau wegen eines Diploms finden, das sie nie im Sekretariat abgeholt hat, Sr. José registrierte mit Vergnügen, fast mit Begeisterung, wie ungeahnt erfinderisch er sein konnte, er war sich seiner selbst so sicher, dass er sich durch die Frage des Apothekers nicht verwirren ließ, Und nach so vielen Jahren noch suchen Sie nach ihr, Es kann sein, dass es sie nicht interessiert, antwortete er, aber es ist die Pflicht der Schule, alles zu tun, damit das Diplom übergeben wird, Und die ganze Zeit über hat man darauf gewartet, dass sie auftaucht, Um die Wahrheit zu sagen, die Behörde hat es nicht bemerkt, da ist uns ein bedauerliches Versäumnis unterlaufen, ein bürokratisches Versehen sozusagen, aber es ist nie zu spät, um einen Fehler auszubügeln, Wenn die Frau schon gestorben ist, ist es allerdings zu spät, Wir haben Grund zur Annahme, dass sie noch lebt, Warum, Wir haben nun das Einwohnermeldeamt befragt, Sr. José war vorsichtig genug, nicht die Bezeichnung Personenstandsregister zu verwenden, zu seinem Glück, denn so vermied er wenigstens in diesem Augenblick, dass der Apotheker sich an den Stellvertretenden Amtsvorsteher erinnerte, ein Kunde, der drei Häuser weiter wohnte. Zum zweiten Mal hatte Sr. José seinen Kopf aus der Schlinge gezogen. Gewiss, der Stellvertretende Amtsvorsteher betrat nur höchst selten die Apotheke, denn derlei Besorgungen, wie übrigens auch alle anderen, mit Ausnahme der Präservative, die der Stellvertretende Amtsvorsteher aus moralischen Bedenken in einem anderen Viertel kaufte, erledigte seine Frau, deshalb ist eine Unterhaltung zwischen dem Apotheker und ihm nur schwer vorstellbar, wobei jedoch ein anderer Dialog denkbar wäre, der Apotheker sagt zur Frau des Stellvertretenden Amtsvorstehers, Es war ein Angestellter der Schule hier, der eine Person suchte, die einmal in dem Haus gelebt hat, in dem Sie wohnen, an einem gewissen Punkt sprach er davon, dass sie im Einwohnermeldeamt angefragt hätten, erst nachdem er gegangen war, kam es mir sonderbar vor, dass er Einwohnermeldeamt und nicht Personenstandsregister gesagt hat, es schien, als verberge er etwas, in einem bestimmten Augenblick fuhr er mit der Hand in die Innentasche seines Mantels, als wolle er etwas zeigen, besann sich dann jedoch und tat es nicht, nahm stattdessen aus einer anderen Tasche die Karteikarte, mit Einträgen einer Schule, ich habe mir inzwischen den Kopf zermartert und überlegt, was das bedeuten könnte, ich glaube, Sie sollten mit Ihrem Mann reden, man kann nie wissen, wo doch so viel Gesindel auf dieser Welt herumläuft, Vielleicht ist es ja derselbe Mann, der vorgestern auf dem Bürgersteig stand und zu unseren Fenstern hinaufschaute, Ein Mann mittleren Alters, ein bisschen jünger als ich, jemand, der so aussieht, als sei er vor kurzem krank gewesen, Ja, genau der, Das sag ich doch, mein Gefühl hat mich noch nie getäuscht, der muss erst noch geboren werden, der mich übers Ohr haut, Schade, dass er nicht an meine Tür geklopft hat, ich hätte ihn gebeten, nachmittags wiederzukommen, wenn mein Mann schon zu Hause ist, dann wüssten wir, wer der Mensch war und was er wollte, Ich werde achtgeben, falls er zurückkommt und hier wieder auftaucht, Und ich werde diese Geschichte unbedingt meinem Mann erzählen. Und das tat sie, doch sie erzählte sie nicht ganz, ohne es zu wollen, ließ sie bei ihrem Bericht ein wichtiges Detail aus, vielleicht das wichtigste überhaupt, sie sagte nicht, dass der Mann, der um das Haus schlich, so ausgesehen hatte, als sei er vor kurzem krank gewesen. An die Verbindung von Ursache und Wirkung gewöhnt, denn daraus besteht im Wesentlichen das Kräftesystem, das von Anbeginn der Zeiten das Personenstandsregister bestimmt hat, dort, wo alles miteinander verbunden war, ist, und weiterhin sein wird, das, was noch lebt, mit dem, was schon tot ist, das, was im Sterben liegt, mit dem, was geboren wird, alle Wesen mit allen Wesen, alle Dinge mit allen Dingen, selbst wenn es den Anschein hat, als würden jene und diese nicht mehr miteinander zu tun haben als das, was sie auf den ersten Blick trennt, so hätte sich der scharfsinnige Stellvertretende Amtsvorsteher mit Sicherheit an Sr. José erinnert, jenen Amtsschreiber, der sich in letzter Zeit angesichts der unerklärlichen Großmut des Chefs so seltsam verhalten hatte. Von dort war es nur ein Schritt, den Anfang des Knäuels zu finden und schließlich das ganze Knäuel zu entwirren. Dazu wird es jedoch nicht kommen, denn man wird Sr. José in dieser Gegend nicht wiedersehen. Von den zehn Läden verschiedener Geschäftszweige, die er betrat, um Fragen zu stellen, die Apotheke eingeschlossen, fand er nur in dreien jemanden, der behauptete, sich an das Mädchen und die Eltern zu erinnern, das Foto auf der Karteikarte half der Erinnerung auf die Sprünge, wenn es sie nicht einfach ersetzte, es ist sehr wahrscheinlich, dass die befragten Menschen nur freundlich sein und den Mann nicht enttäuschen wollten, der aussah, als habe er sich noch nicht von einer Grippe erholt, und ihnen von einem zwanzig Jahre alten Abschlusszeugnis erzählte, das nicht ausgehändigt worden war. Als Sr. José nach Hause kam, war er erschöpft und mutlos, der erste Anlauf seiner neuen Untersuchungsphase hatte ihm keinen neuen Weg gewiesen, auf dem er fortfahren könnte, ganz im Gegenteil, vor ihm schien sich eine unüberwindliche Mauer aufgebaut zu haben. Der arme Mann warf sich aufs Bett und fragte sich selbst, warum er nicht das tat, was der Apotheker ihm mit kaum verhohlenem Sarkasmus geraten hatte, Ich an Ihrer Stelle hätte das Problem längst gelöst, Wie, hatte Sr. José gefragt, Indem ich im Telefonbuch nachschlage, in diesen modernen Zeiten ist das der einfachste Weg, jemanden zu finden, Vielen Dank für diesen Vorschlag, aber das haben wir schon getan, antwortete Sr. José, der Name der Frau steht nicht drin, er glaubte, damit hätte er dem Apotheker den Mund gestopft, aber der holte noch einmal aus, Wenn es so ist, dann gehen Sie zum Finanzamt, das Finanzamt weiß alles über jeden. Sr. José blickte den Spielverderber an, versuchte seine Verwirrung zu verbergen, daran hat die Frau vom Erdgeschoss rechts nicht gedacht, dann murmelte er schließlich, Das ist eine gute Idee, das werde ich dem Direktor sagen. Er verließ die Apotheke wütend auf sich selbst, als hätte er im letzten Augenblick nicht genug Geistesgegenwart bewiesen, um auf eine Beleidigung zu reagieren, und wollte ohne weitere Fragen nach Hause gehen, aber dann dachte er entmutigt, Der Wein ist serviert, nun muss er getrunken werden, nicht wie schon einmal jemand gesagt hat, So gehe dieser Kelch an mir vorüber, ihr wollt mich nur töten. Das zweite Geschäft war eine Drogerie, das dritte eine Metzgerei, das vierte ein Schreibwarenladen, das fünfte ein Geschäft mit Elektroartikeln, das sechste ein Lebensmittelladen, was eben in den Stadtvierteln so üblich ist, bis zum zehnten Geschäft, er hatte Glück, nach dem Apotheker wies ihn niemand mehr auf das Finanzamt oder das

Telefonbuch hin. Jetzt liegt Sr. José auf dem Rücken, hat die Hände unter dem Kopf verschränkt, schaut an die Decke und fragt, Was kann ich von hier aus tun, und die Decke antwortete ihm, Nichts, dass du nun die letzte Adresse von ihr kennst, das heißt die letzte Wohnung aus ihrer Schulzeit, hat dich für deine Suche auf keine weitere Spur gebracht, natürlich kannst du immer noch die früheren Wohnungen ablaufen, aber es wäre Zeitverschwendung, wenn diese Geschäftsleute in der Straße, die vom Datum her die jüngsten sind, dir nicht geholfen haben, wie könnten dir die anderen helfen, Also meinst du, ich sollte aufgeben, Wahrscheinlich gibt es keinen anderen Ausweg, es sei denn, du entscheidest dich, beim Finanzamt zu fragen, das kann nicht schwer sein mit dieser Amtsvollmacht, die du hast, außerdem sind sie Beamte wie du, Die Amtsvollmacht ist gefälscht, In der Tat, es wäre besser, wenn du sie nicht benutzt, ich möchte nicht in deiner Haut stecken, wenn sie dich eines Tages in flagranti ertappen, Du könntest gar nicht in meiner Haut stecken, du bist nichts als eine Stuckdecke, Ja, aber das, was du von mir siehst, ist auch eine Haut, übrigens ist die Haut alles, was wir die anderen von uns sehen lassen wollen, darunter wissen selbst wir nicht, wer wir sind, Ich werde die Amtsvollmacht verstecken, An deiner Stelle würde ich sie zerreißen oder verbrennen, Ich werde sie bei den Papieren des Bischofs aufheben, dort, wo ich sie hingetan hatte, Du musst es ja wissen, Ich mag den Ton nicht, in dem du das sagst, das klingt wie ein schlechtes Omen, Die Weisheit der Decken ist unbegrenzt, Wenn du eine weise Decke bist, dann gib mir eine Eingebung, Schau mich weiter an, manchmal hilft das.

Die Eingebung, die die Decke Sr. José gegeben hatte, war, den Urlaub zu unterbrechen und zu seiner Arbeit zurückzukehren, Du sagst dem Chef, dass du schon ausreichend Kräfte gesammelt hast und jetzt darum bittest, die verbleibenden Tage für eine andere Gelegenheit aufzusparen, zum Beispiel für den Fall, dass du doch noch eine Weise findest, aus dem Loch herauszusteigen, in das du dich begeben hast und wo alle Türen verschlossen sind, ohne eine wegweisende Spur, Der Chef wird es seltsam finden, dass ein Angestellter sich zum Dienst meldet, ohne dazu verpflichtet und ohne gerufen worden zu sein, Du hast in letzter Zeit viel seltsamere Dinge getan, Ich habe in Frieden gelebt vor dieser verrückten Idee, mich auf die Suche nach einer Frau zu begeben, die nicht einmal weiß, dass es mich gibt, Aber du weißt, dass sie existiert, das ist das Problem, Es wäre besser, ein für alle Mal aufzugeben, Kann sein, kann sein, jedenfalls denk daran, dass nicht nur die Weisheit der Decken unbegrenzt ist, auch die Überraschungen des Lebens sind es, Was willst du denn mit so einem abgestandenen Satz sagen, Dass die Tage aufeinanderfolgen und sich nicht wiederholen, Das ist noch abgestandener, sag mir nicht, dass aus solchen Gemeinplätzen die Weisheit der Decken besteht, entgegnete Sr. José verächtlich, Du weißt überhaupt nichts vom Leben, wenn du glaubst, dass es noch mehr zu wissen gilt, antwortete die Decke und schwieg. Sr. José stand auf, versteckte die Amtsvollmacht im Schrank, zwischen den Papieren des Bischofs, dann holte er sein Heft mit den Notizen und machte sich daran, über die vergebliche Suche des Vormittags zu berichten, dabei betonte er besonders die unsympathische Art des Apothekers und seinen stechenden Blick. Am Ende seines Berichtes schrieb er, als sei dies sein Einfall gewesen, Ich glaube, es ist besser, zum Dienst zurückzukehren. Als er sein Heft unter der Matratze verstaute, fiel ihm ein, dass er noch nicht zu Mittag gegessen hatte, sein Kopf sagte es ihm, nicht der Magen, wenn die Menschen eine Zeitlang das Essen vernachlässigen, hören sie schließlich nicht mehr auf den Hunger, wenn er sich meldet. Wenn Sr. José seinen Urlaub fortsetzte, würde es ihm nichts ausmachen, sich für den Rest des Tages ins Bett zu legen, ohne Mittagessen, ohne Abendbrot, wenn möglich die ganze Nacht über zu schlafen oder sich in die freiwillige Lethargie dessen zu flüchten, der beschlossen hat, den unangenehmen Tatsachen des Lebens den Rücken zuzuwenden. Doch er musste seinen Körper ernähren, um am nächsten Tag arbeiten zu können, er wollte auf keinen Fall wieder vor Schwäche in Schweiß ausbrechen, dazu dieses lächerliche Schwindelgefühl erleben, und das alles vor dem gespielten Mitleid der Kollegen und der Ungeduld seiner Vorgesetzten. Er schlug zwei Eier auf, gab ein paar Scheiben Wurst hinzu, eine gute Prise grobes Salz, gab Öl in eine Pfanne, wartete, bis sie richtig heiß wurde, das war das Einzige, was er zubereiten konnte, ansonsten begnügte er sich damit, Büchsen zu öffnen. Er aß das Omelett langsam, in geometrisch geschnittenen Häppchen, damit es möglichst ergiebig war, nur um die Zeit zu vertreiben, nicht um das Essen mehr zu genießen. Und er wollte keinesfalls nachdenken. Der imaginäre metaphysische Dialog mit der Decke hatte vor allem dazu gedient, die völlige Verwirrung seines Geistes zu übertünchen, das Gefühl von Panik, das ihn bei der Vorstellung überfallen hatte, nichts mehr im Leben zu tun zu haben, wenn, und er hatte Grund, dies zu befürchten, die Suche nach der unbekannten Frau zu Ende war. Er hatte einen Kloß im Hals wie als Kind, wenn man ihn beschimpfte und ihn zum Weinen bringen wollte und er sich dagegen wehrte, bis doch schließlich die Tränen kamen, wie auch jetzt. Er schob den Teller von sich, ließ den Kopf auf die überkreuzten Arme fallen und weinte hemmungslos, zumindest war diesmal niemand da, der ihn auslachte. Das ist einer der Fälle, in denen die Decken nichts machen können, um bedrängten Menschen zu helfen, sie müssen sich darauf beschränken, dort oben darauf zu warten, dass der Sturm vorüberzieht, dass die Seele sich erleichtert, der Körper ermattet. So geschah es mit Sr. José. Nach einigen Minuten fühlte er sich schon besser, trocknete sich brüsk die Tränen mit dem Hemdärmel und wusch Teller und Besteck ab. Er hatte den ganzen Nachmittag vor sich und nichts zu tun. Er überlegte, ob er die Frau im Erdgeschoss rechts besuchen sollte, um ihr mehr oder weniger zu erzählen, was geschehen war, aber dann dachte er, es lohnte nicht, sie hatte alles gesagt, was sie wusste, und vielleicht würde sie ihn dann endlich fragen, warum zum Teufel das Personenstandsregister sich so viel Arbeit machte wegen eines einzigen Menschen, einer Frau ohne Bedeutung, es wäre schamlos und falsch, ihr zu antworten, außerdem eine ausgemachte Dummheit, dass wir vor dem Zentralen Personenstandsregister alle gleich sind, so wie die Sonne für alle da ist, wenn sie aufgeht, es gibt Dinge, die man einem älteren Menschen lieber nicht sagt, wenn man nicht ausgelacht werden will. Sr. José ging in einem Winkel des Hauses einen Packen alte Zeitschriften und Zeitungen holen, aus denen er schon Nachrichten und Fotos ausgeschnitten hatte, vielleicht hatte er das eine oder andere Interessante übersehen, oder vielleicht war die Rede von jemandem, der auf dem schwierigen Weg zum Ruhm als vielversprechend vorgestellt wurde. Sr. José kehrte zu seiner Sammlung zurück.

Von allen war der Amtsvorsteher am wenigsten überrascht. Da er wie üblich eingetreten war, als alle schon auf ihrem Platz saßen und arbeiteten, hielt er drei Sekunden neben dem Tisch von Sr. José inne, sagte jedoch kein Wort. Sr. José erwartete sogleich ein Verhör über die Gründe für seine vorgezogene Rückkehr zum Dienst, aber der Chef beschränkte sich darauf, die Erklärungen anzuhören, die ihm unmittelbar vom Stellvertretenden Amtsvorsteher des Flügels vorgetragen wurden, den er darauf mit einer trockenen Geste der rechten Hand entließ, wobei er Zeige- und Mittelfinger aufeinanderlegte und die anderen Finger etwas zurückbog, was dem Gestencode des Personenstandsregisters zufolge bedeutete, dass er nicht geneigt war, noch ein weiteres Wort über diesen Fall zu hören. Sr. José, zunächst verwirrt, weil er erwartet hatte, befragt zu werden, und dann erleichtert, weil man ihn in Ruhe gelassen hatte, versuchte seine Gedanken zu ordnen, sich ganz auf die Arbeit zu konzentrieren, die der Amtssekretär ihm auf den Tisch gelegt hatte, etwa zwanzig Geburtsurkunden, deren Angaben anschließend auf die Karteikarten übertragen werden mussten, die dann an der Theke in die Karteikästen einsortiert wurden, in der richtigen alphabetischen Reihenfolge. Es war eine einfache, aber verantwortungsvolle Arbeit, die für Sr. José, der noch schwach auf den Beinen und im Kopf war, zumindest den Vorteil hatte, dass er sie sitzend ausführen konnte. Die Fehler der Abschreiber sind die, welche am wenigsten zu entschuldigen sind, sie brauchen uns nicht zu sagen, Ich habe nicht aufgepasst, im Gegenteil, wenn man dies zugibt, gesteht man, an etwas anderes gedacht zu haben, statt die Aufmerksamkeit auf Namen und Daten zu richten, die von größter Bedeutung sind, wie im vorliegenden Fall, und die der tatsächlichen Existenz die legale Existenz verleihen. Vor allem der Name des Menschen, der geboren wurde. Ein einfacher Fehler bei der Übertragung, das Vertauschen des Anfangsbuchstabens eines Nachnamens zum Beispiel, würde bedeuten, dass die Karteikarte nicht an der für sie vorgesehenen Stelle eingeordnet würde, womöglich sogar sehr viel weiter weg, was im Zentralen Personenstandsregister unweigerlich geschähe, da es dort viele Namen gibt, um nicht zu sagen alle. Wenn sich der Amtsschreiber, der in vergangener Zeit den Namen von Sr. José auf einer Karteikarte eingetragen hatte, aufgrund der an Zufall grenzenden Ähnlichkeit in der Aussprache geirrt und Xosé geschrieben hätte, dann hätte man die verirrte Karteikarte endlos suchen können, um nun einen der drei üblichen Vermerke einzutragen, Heirat, Scheidung, Tod, zwei davon mehr oder weniger vermeidbar, einer niemals. Deshalb überträgt Sr. José nun mit besonderer Sorgfalt Buchstabe für Buchstabe die ihm anvertraute Bestätigung des Lebens der Neugeborenen, er hat schon sechzehn Geburtsurkunden ausgefüllt, jetzt nimmt er die siebzehnte, er bereitet die Karteikarte vor, und plötzlich zittert seine Hand, es wird ihm schwarz vor Augen, seine Stirn bedeckt sich mit Schweiß. Der Name eines Individuums weiblichen Geschlechts vor ihm ist in fast allem identisch mit dem der unbekannten Frau, nur der letzte Nachname unterscheidet sich, und selbst da ist der erste Buchstabe derselbe. Also muss die Karteikarte mit diesem Namen höchtwahrscheinlich gleich hinter der anderen archiviert werden, deshalb stand Sr. José auf, ungeduldig wie jemand, der eine ersehnte bevorstehende Begegnung kaum abwarten kann, und kaum dass er alles auf die Karteikarte übertragen hatte, lief er zu dem entsprechenden Karteikasten, strich mit den Fingern aufgeregt über die Karten, suchte und fand die Stelle. Der Eintrag der unbekannten Frau war nicht da. Unvermeidlich blitzte sofort in Sr. Josés Kopf auf, Sie ist gestorben. Denn Sr. José muss wissen, dass eine nicht vorhandene Karteikarte im Karteikasten unweigerlich den Tod ihres Namensträgers bedeutet, unzählig sind die Karten, die er selbst in fünfundzwanzig Jahren als Angestellter hier herausgenommen und in das Archiv der Toten hinübergetragen hat, aber jetzt weigert er sich, zu akzeptieren, dass dies der Grund für das Verschwinden ist, irgendein nachlässiger, unfähiger Kollege hat die Karteikarte nicht an die richtige Stelle gesteckt, vielleicht steht sie ein wenig weiter vorn oder ein wenig weiter hinten, Sr. José möchte sich aus Verzweiflung selbst täuschen, niemals in so unendlich vielen Jahrhunderten des Personenstandsregisters ist eine einzige Karte in dieser Kartei an falscher Stelle gewesen, es gibt nur eine Hypothese, eine einzige, dass die Frau noch am Leben ist und dass ihre Karteikarte nur vorübergehend bei einem der Amtsschreiber liegt für irgendeinen neuen Eintrag, Vielleicht hat sie wieder geheiratet, dachte Sr. José, und für einen Augenblick beschwichtigte der unerwartete Zorn über diesen Gedanken den Aufruhr in ihm. Ohne recht zu wissen, was er tat, steckte Sr. José dann die Karteikarte, auf die er die Daten der Geburtsurkunde übertragen hatte, an die Stelle, an der etwas verschwunden war, und mit zitternden Beinen kehrte er an seinen Tisch zurück. Er konnte die Kollegen nicht fragen, ob sie zufällig die Karteikarte der Frau hatten, er konnte nicht um ihre Tische herumgehen und verstohlen die Papiere ansehen, an denen sie gerade arbeiteten, er konnte gar nichts tun, außer den Karteikasten im Auge zu behalten, um zu sehen, ob irgendjemand das kleine Rechteck aus Karton an seinen Platz zurückstellte, das durch einen Irrturn oder aus einem weniger üblichen Grund als dem Tod abhandengekommen war. Die Stunden verstrichen, der Morgen wich dem Nachmittag, Sr. José konnte zu Mittag kaum etwas essen, irgendetwas hatte er wohl in der Kehle, dass er immer so leicht diese Beklemmung, diesen Druck und diese Angst verspürte. Den ganzen Tag über ging kein Kollege an den Karteikasten, keine verirrte Karteikarte fand den Weg zurück, die unbekannte Frau war tot.

An diesem Abend ging Sr. José zurück in die Behörde. Er nahm eine Taschenlampe mit und ein Knäuel mit hundert Metern fester Schnur. Die Taschenlampe hatte eine neue Batterie, die mehrere Stunden ununterbrochen halten würde, aber Sr. José, mehr als gewarnt durch die Schwierigkeiten, die er bei seinem gefährlichen Abenteuer mit der Kletterei und dem Diebstahl in der Schule hatte überwinden müssen, hatte gelernt, dass man im Leben nicht vorsichtig genug sein kann, besonders wenn man den geraden Weg der Redlichkeit verlässt, um die krummen Pfade des Verbrechens einzuschlagen. Falls nun die winzige Birne durchbrennen oder die sie schützende, das Licht verstärkende Linse sich aus dem Rahmen lösen sollte, falls die Taschenlampe mit der Batterie und der Birne vollständig intakt in ein Loch fiele und er sie nicht herausholen könnte, weder mit dem Arm noch mit einem Haken, wird Sr. José, der sich nicht traut, den richtigen Ariadnefaden zu verwenden, der für alle Fälle zusammen mit einer starken Taschenlampe in der nie abgeschlossenen Schreibtischschublade des Chefs bereitliegt, stattdessen ein einfaches Knäuel Schnur verwenden, das er in der Drogerie gekauft hat, und das wird auch seinen Zweck erfüllen, es wird ihn in die Welt der Lebenden zurückführen, ihn, der sich in diesem Augenblick darauf vorbereitet, das Reich der Toten zu betreten. Als Angestellter des Personenstandsregisters hatte Sr. José Zugang zu allen Dokumenten in der Behörde, die übrigens, es wäre nicht einmal nötig, dies zu wiederholen, ebendie Substanz seiner Arbeit ausmachen, daher mag es seltsam erscheinen, dass Sr. José, als er das Fehlen der Karteikarte bemerkte, nicht einfach dem zuständigen Amtssekretär mitteilte, Ich werde hinübergehen und die Karteikarte einer Frau suchen, die gestorben ist. Es wäre nicht ausreichend, dies anzukündigen, er müsste es verwaltungstechnisch und bürokratisch einleuchtend begründen, der Amtssekretär würde ihn natürlich fragen, Wozu brauchen Sie die, und Sr. José könnte ihm nicht antworten, Um sicher zu sein, dass sie wirklich tot ist, wo käme das Personenstandsregister hin, wenn es anfinge, derart neugierigen Fragen nachzugehen, die nicht nur morbide sind, sondern auch unproduktiv. Schlimmstenfalls würde Sr. José auf dieser nächtlichen Expedition die Papiere der unbekannten Frau nicht in dem Chaos finden, das im Archiv der Toten herrscht. Da es sich im Prinzip um einen kürzlichen Todesfall handelt, müssten sich die Papiere natürlich an der Stelle befinden, die gemeinhin als Eingang bezeichnet wird, doch hier beginnt das Problem, denn es ist unmöglich, genau zu bestimmen, wo sich der Eingang des Archivs der Toten befindet. Zu einfach wäre der Hinweis, den hartnäckige Optimisten stets geben, dass der Bereich der Toten selbstverständlich dort beginnt, wo der Bereich der Lebenden aufhört, und umgekehrt, und vielleicht dass sich in der Welt dort draußen die Dinge in gewisser Weise so abspielen, wenn man bedenkt, außerordentliche Ereignisse ausgenommen, jedenfalls so außerordentliche wie zum Beispiel Naturkatastrophen oder kriegerische Auseinandersetzungen, dass es nicht üblich ist, auf den Straßen die Toten mit den Lebenden vermischt zu sehen. Nun kann dies aus strukturellen Gründen, und nicht nur aus diesen, im Personenstandsregister durchaus geschehen. Es kann geschehen, und es geschieht. Wir hatten zuvor schon einmal erklärt, dass es bisweilen, wenn der Stau, der durch den ständigen, unaufhaltsamen Zustrom der Toten entsteht und den Angestellten den Durchgang durch die Korridore verwehrt und folglich jedwede Recherche von Dokumenten erschwert, keine andere Abhilfe gibt, als die hintere Wand abzureißen und sie einige Meter weiter vorn wieder aufzubauen. Durch eine ungewollte Nachlässigkeit unsererseits haben wir jedoch versäumt, zwei üble Auswirkungen dieses Staus zu erwähnen. Erstens ist es in der Zeit, in der sich die Wand im Bau befindet, unvermeidlich, dass die Karteikarten und die Akten der kürzlich Verstorbenen aus Mangel an geeignetem Platz im hinteren Teil des Gebäudes jenem Teil gefährlich nahe kommen, ihn gar streifen, in dem die Akten der Lebenden am äußersten Ende der Regale liegen, woraus sich eine Reihe delikater Verwirrungen zwischen noch Lebenden und den schon Verstorbenen ergibt. Zweitens, wenn die Wand hochgezogen und das Dach verlängert ist, wenn die Archivierung der Toten schließlich wieder in geordneten Bahnen verläuft, wird dieselbe Verwirrung, des Grenzbereichs sozusagen, den Transport der toten Eindringlinge, wenn diese Bezeichnung erlaubt ist, in die Finsternis des hinteren Gebäudeteils unmöglich machen oder zumindest in hohem Maße beeinträchtigen. Zu diesen nicht geringfügigen Unannehmlichkeiten kommt der Umstand, dass die beiden jüngsten Amtsschreiber, ohne Kenntnis des Chefs und der Kollegen, keinerlei Bedenken haben, hin und wieder, sei es aufgrund mangelnder Ausbildung, sei es aufgrund schwerwiegender Defizite in ihrem ethischen Verständnis, irgendwo einen Toten abzulegen, ohne sich die Mühe zu machen und nach hinten zu gehen, um einen freien Platz für ihn zu suchen. Wenn dieses Mal das Glück nicht auf Sr. Josés Seite ist, wenn ihn der Zufall nicht begünstigt, wird das Abenteuer des Einbruchs in der Schule, obwohl es riskant war, verglichen mit dem, was ihn hier erwartet, nur ein Spaziergang gewesen sein.

Man kann sich fragen, wozu eine so lange Schnur von hundert Metern Sr. José dienen soll, wenn die Länge des Personenstandsregisters trotz der fortlaufenden Erweiterungen noch nicht über achtzig Meter hinausreicht. Ein solcher Zweifel passt zu Menschen, die meinen, dass man im Leben nur vorsichtig einer geraden Linie zu folgen braucht, dass man immer auf dem kürzesten Weg von einem Ort zum anderen gelangen kann, vielleicht glauben sogar einige Menschen draußen, ihnen sei dies gelungen, doch hier, wo die Lebenden und die Toten sich denselben Raum teilen, muss man bisweilen viele Runden drehen, um einen von diesen zu finden, muss man Berge von Bündeln, Stapel von Akten, Packen von Karteikarten, das Dickicht alter Überreste umgehen, um durch finstere Gänge voranzukommen, zwischen Wänden mit schmutziger Tapete, die sich hoch oben berühren, es sind Meter und Meter Schnur, die ausgerollt und zurückgelassen werden müssen wie eine gewundene, feine Spur im Staub, es gibt keine andere Möglichkeit herauszufinden, wo man noch hindurchgehen muss, es gibt keine andere Möglichkeit, den Weg zurück zu finden. Sr. José hatte ein Ende der Schnur um das Bein am Schreibtisch des Chefs gebunden, er tat dies nicht aus Mangel an Respekt, sondern um einige Meter zu sparen, das andere Ende band er an seinen Knöchel, und hinter sich auf dem Boden ließ er das Knäuel liegen, das sich bei jedem Schritt weiter entrollte, und so ging er durch einen der mittleren Korridore des Archivs der Lebenden. Er plant, die Suche im hinteren Teil zu beginnen, dort, wo die Akte und die Karteikarte der unbekannten Frau sein müssen, obwohl es aus den bereits dargelegten Gründen wenig wahrscheinlich ist, dass die Archivierung auf korrekte Weise erfolgte. Als Angestellter, der aus einer anderen Zeit stammt, erzogen nach den Methoden und der Disziplin von früher, wäre es dem strengen Wesen von Sr. José zuwider, die Verantwortungslosigkeit der jüngeren Generationen mitzutragen, indem er die Suche dort beginnt, wo nur durch einen vorsätzlichen und empörenden Verstoß gegen die grundsätzlichen Archivierungsregeln ein Toter hätte deponiert werden können. Er weiß, dass die größte Schwierigkeit, mit der er es zu tun haben wird, der Mangel an Licht ist. Vom Schreibtisch des Chefs abgesehen, über dem wie immer die trübe Lampe brennt, liegt das ganze Personenstandsregister im Dunkeln, eingetaucht in dichte Finsternis. Andere Lampen im Gebäude einzuschalten, so blässlich sie auch sind, wäre zu riskant, ein aufmerksamer Polizist auf seiner Runde durch das Viertel, ebenso ein guter Bürger, einer von denen, die sich um die Sicherheit ihrer Gemeinde sorgen, könnte die diffuse Helligkeit durch die hohen Fenster wahrnehmen und sofort Alarm schlagen. Sr. José hat also zu seiner Unterstützung nur den schwachen Lichtkreis vor sich, der im Takt seiner Schritte, aber auch weil seine Hand zittert, die die Taschenlampe hält, hin und her schwankt. Es ist ein großer Unterschied, ob man während der normalen Dienstzeit das Archiv der Toten betritt, in Anwesenheit der Kollegen dort hinten, die, obgleich wenig solidarisch, wie man gesehen hat, im Falle einer wirklichen Gefahr oder einer unüberwindlichen Nervenkrise immer herbeieilen würden, zumal wenn der Chef es befiehlt, Gehen Sie hin und sehen Sie nach, was mit dem dort los ist, oder ob man das Abenteuer mitten in einer schwarzen Nacht allein unternimmt, in diese Katakomben der Menschheit hineingeht, umgeben von Namen, vom Rascheln des Papiers oder Murmeln der Stimmen, wer kann das schon unterscheiden.

Sr. José ist am Ende der Regale der Lebenden angekommen und sucht nun einen Durchgang zum hinteren Teil des Personenstandsregisters, im Prinzip und gemäß der eigentlichen Raumaufteilung müsste er entlang der Mittellinie verlaufen, die den rechteckigen Grundriss in zwei gleiche Teile unterteilt, aber die einstürzenden Aktenberge, die immer nachgeben, auch wenn man sie noch so sehr befestigt, haben den ursprünglich direkten und schnellen Zugang in ein kompliziertes Netz aus schmalen Wegen und Gängen verwandelt, in dem alle Augenblicke Hindernisse und Sackgassen auftauchen. Untertags und wenn alle Lichter eingeschaltet sind, ist es noch relativ leicht für den Rechercheur, sich in der richtigen Richtung zu bewegen, er muss nur aufpassen, wachsam sein, den Wegen folgen, auf denen am wenigsten Staub zu sehen ist, ein Signal, dass dort häufig jemand entlanggeht, und trotz einiger Schrecken und einiger besorgniserregender Verzögerungen hat es bis heute nicht einen einzigen Fall eines Angestellten gegeben, der von einer solchen Expedition nicht zurückgekehrt wäre. Doch ist dem Licht der Taschenlampe nicht zu trauen, es scheint auf eigene Rechnung Schatten zu werfen, Sr. José hätte, da er es nicht wagte, die Taschenlampe des Amtsvorstehers zu benutzen, eines dieser modernen, besonders starken Geräte kaufen müssen, die bis zum Ende der Welt leuchten. Sicher quält ihn die Angst, sich zu verlaufen, nicht zu sehr, in gewisser Weise beruhigt die ständige Spannung der Schnur an seinem Knöchel, doch während er hier entlanggeht und dann dort herum, wickelt er sich ein wie in einen Kokon, dann wird er keinen einzigen Schritt mehr tun können, muss zurückgehen und von vorn anfangen. Einige Male musste er dies schon aus einem anderem Grund tun, als die zu dünne Schnur sich zwischen den Papierbündeln verhedderte und an den Ecken festhing, und da ging es weder vor noch zurück. Angesichts all dieser Probleme und Verwicklungen versteht man, dass er nur sehr langsam vorankommt und dass es Sr. José wenig nützt, die Topographie des Ortes zu kennen, umso weniger, als jetzt ein riesiger Stapel Akten herabfällt, der bis auf Mannshöhe einen Weg versperrt, der der richtige zu sein scheint, eine dichte Staubwolke steigt auf, und darin flattern aufgeschreckte Motten herum, die im Lichtkegel der Taschenlampe wie durchsichtig wirken. Sr. José hasst dieses Viehzeug, das auf den ersten Blick als Schmuck in die Welt gesetzt worden zu sein scheint, ebenso wie er Silberfischchen hasst, die hier auch im Übermaß vorhanden sind, diese Viecher sind nämlich alle schuld an so viel zerstörten Erinnerungen, an so viel Kindern ohne Eltern, an so viel Erbe, das in die gierigen Hände des Staates gefallen ist, da ein legaler Nachweis fehlte, auch wenn jemand noch so sehr schwor, dass das Beweisdokument von diesem Viehzeug, das die Behörde heimsucht, aufgefressen, befleckt, angenagt und verschlungen worden war, aus schierer Menschlichkeit müsste das berücksichtigt werden, unglücklicherweise gibt es niemanden, der den Bevollmächtigten der Witwen und Waisen davon überzeugt, dass er zu ihren Gunsten sprechen müsste, was er nicht tut, Entweder das Papier taucht auf, oder es gibt kein Erbe. Was das Rattengesindel angeht, lohnt es nicht, über dessen Zerstörungswut zu sprechen, jedenfalls haben diese Nagetiere, trotz der zahlreichen Schäden, die sie verursachen, auch ihre positive Seite, wenn es sie nicht gäbe, wäre das Personenstandsregister schon aus allen Nähten geplatzt oder hätte die doppelte Länge. Ein unbefangener Beobachter wäre verwundert darüber, dass sich die Rattenkolonien hier nicht bis zum völligen Verschlingen der Archive vermehrt haben, vor allem wenn man bedenkt, dass eine hundertprozentig wirksame Desinfektion unmöglich ist. Wenn es auch Zweifel an ihrer Stichhaltigkeit gibt, muss die Erklärung im Mangel an Wasser oder ausreichender Feuchtigkeit liegen, denn da die Tiere der trockenen Atmosphäre in dieser Umgebung, in die sie sich freiwillig begeben haben oder vom Pech verschlagen wurden, ausgesetzt sind, hat dies zu einem notorischen Muskelschwund der Genitalien und damit zu äußerst negativen Folgen für die Kopulationsfähigkeit geführt. Diesem Erklärungsversuch setzen andere wiederum entgegen, dass Muskeln überhaupt nichts mit der Sache zu tun haben, das heißt, die Kontroverse dauert an.

Unterdessen hatte Sr. José, von Staub bedeckt, mit schweren Spinnennetzen im Haar und auf den Schultern, den freien Raum zwischen den letzten archivierten Papieren und der Rückwand erreicht, sie waren nur noch durch etwa drei Meter getrennt und bildeten einen unregelmäßigen Korridor, der mit jedem Tag enger wurde und die beiden Seitenwände miteinander verbindet. Die Dunkelheit ist an dieser Stelle vollkommen. Das schwache Licht von draußen, das noch durch die Schmutzschicht hindurchzudringen vermag, die von innen und außen die Seitenfenster bedeckt, vor allem die letzten auf jeder Seite, die am nächsten sind, dringt wegen der aufeinandergestapelten zusammengebundenen Dokumente, die fast bis an die Decke reichen, nicht hierher durch. Was die Rückwand angeht, ist sie unerklärlicherweise vollkommen blind, das heißt, es gibt nicht einmal ein simples Bullauge, das hier bei dem schwachen Licht der Taschenlampe hilfreich wäre. Unverständlich ist der Eigensinn der Architektenvereinigung, die sich unter einem wenig überzeugenden ästhetischen Vorwand geweigert hatte, den historischen Plan zu verändern und den Einbau von Fenstern in die Wand zu gestatten, wenn es erforderlich war, sie weiter nach vorn zu verlegen, obgleich selbst ein Laie erkennt, dass dies schlichtweg funktional und notwendig wäre. Die müssten jetzt hier sein, murmelte Sr. José, dann wüssten sie, wie umständlich das hier ist. Die Papierstöße zu beiden Seiten des Mittelgangs erreichen unterschiedliche Höhen, die Karteikarte und die Akte der unbekannten Frau können hier irgendwo sein, mit größerer Wahrscheinlichkeit sind sie wohl in einem der Stapel weiter unten zu finden, wenn der Amtsschreiber, der hier einsortieren sollte, dem Gesetz der geringsten Mühen gefolgt ist. Unglücklicherweise fehlen in dieser unserer desorientierten Menschheit verquere Geister nicht, sodass es nicht verwunderlich wäre, wenn der Angestellte, der herkam, um die Akte und die Karteikarte der unbekannten Frau abzulegen, sollte sie tatsächlich hierhergekommen sein, den boshaften Einfall gehabt hätte, einfach so, die für diese Tätigkeit bereitstehende riesige Leiter ausgerechnet an den höchsten Papierstapel anzulegen und den Vorgang ganz oben zu verwahren. So sind die Dinge dieser Welt.

Mit Methode, ohne Hast, es schien sogar, als erinnerte er sich an Gesten und Bewegungen der Nacht, die er im Dachgeschoss der Schule verbracht hatte, als die unbekannte Frau vielleicht noch am Leben war, begann Sr. José seine Suche. Hier lag viel weniger Staub auf den Papieren, was leicht nachvollziehbar ist, wenn man bedenkt, dass nicht ein einziger Tag vergeht, ohne dass Akten und Karteikarten verstorbener Personen hergebracht werden, was, phantasievoll, doch auch geschmacklos ausgedrückt, das Gleiche wäre, als würde man sagen, dass ganz hinten im Zentralen Personenstandsregister die Toten immer sauber sind. Nur hoch oben, wo die Papiere, wie schon gesagt, fast an die Decke stoßen, legt sich der mit der Zeit durchgesiebte Staub in aller Ruhe auf den Staub, den die Zeit durchgesiebt hat, sodass man die Aktendeckel, die obenauf liegen, kräftig schütteln und abwischen muss, wenn man wissen möchte, wen sie betreffen. Sollte Sr. José weiter unten nicht das finden, was er sucht, wird er sich erneut opfern und die Leiter hinaufsteigen müssen, aber diesmal braucht er nicht mehr als eine Minute dort oben zu hocken, er wird nicht einmal Zeit haben für Schwindelanfälle, mit einem Blick wird der Lichtkegel der Taschenlampe ihm zeigen, ob dort in den letzten Tagen eine Akte abgelegt worden ist. Wenn man den Tod der unbekannten Frau mit hoher Wahrscheinlichkeit in einem relativ begrenzten Zeitraum ansiedelt, der in etwa, so glaubt Sr. José, einem der beiden Zeiträume entspricht, in denen er nicht im Dienst war, erst die Woche der Grippe und darauf der sehr kurze Urlaub, dann kann das Durchsuchen jedes dieser Stapel einigermaßen schnell vor sich gehen, und selbst wenn der Tod der Frau vorher eingetreten ist, gleich nach dem denkwürdigen Tag, an dem die Karteikarte in den Händen von Sr. José landete, selbst dann wäre die vergangene Zeit nicht so lang, dass der Vorgang jetzt unter einer großen Zahl anderer Dokumente abgelegt wäre. Dieses wiederholte Überdenken der Situation, dieses unaufhörliche Nachsinnen, diese detaillierten Erwägungen über Hell und Dunkel, über das Direkte und das Labyrinthische, über das Saubere und das Schmutzige, all dies geschieht, so wie es hier berichtet wird, im Kopf von Sr. José. Der offenbar übertriebene Zeitaufwand, der hier betrieben wird, um es zu erklären oder, präziser gesagt, wiederzugeben, ist die unvermeidliche Folge nicht nur der Komplexität von Grund und Gehalt der erwähnten Phänomene, sondern auch der sehr eigenen Art der Gedankengänge unseres Amtsschreibers. Der jetzt auf eine harte Probe gestellt wird. Während er den schmalen Gang entlanggeht, der, wie gesagt, durch die Dokumentenstöße und die Rückwand gebildet wird, ist Sr. José Schritt für Schritt einer der Seitenwände näher gekommen. Im Prinzip, abstrakt gesagt, würde niemand daran denken, einen Korridor wie diesen mit seiner komfortablen Breite von fast drei Metern als eng zu bezeichnen, wenn man jedoch diese Dimensionen ins Verhältnis setzt zu der Länge des Korridors, der, das sei noch einmal gesagt, von Giebel zu Giebel reicht, dann müssen wir uns fragen, warum Sr. José, von dem wir wissen, dass er zu ernsthaften psychologischen Störungen wie Schwindelanfällen und Schlaflosigkeit neigt, in diesem geschlossenen, erdrückenden Raum nicht schon einen heftigen Anfall von Klaustrophobie erlitten hat. Vielleicht findet man eben darin eine Erklärung, dass die Dunkelheit ihn die Grenzen dieses Raumes nicht wahrnehmen lässt, die sowohl hier als auch dort sein können, und dass er, kaum erkennbar, die vertraute und beruhigende Menge von Papier vor sich hat. Sr. José war noch nie so lange hier gewesen, normalerweise kommt man an, legt die Dokumente eines abgeschlossenen Lebens ab und kehrt umgehend zur Sicherheit des Schreibtisches zurück, und obgleich er sich seit Betreten des Archivs der Toten dem beunruhigenden Eindruck nicht entziehen konnte, dass außer ihm noch jemand da war, schrieb er dies doch der diffusen Angst vor dem Dunklen und Unbekannten zu, auf die selbst der mutigste Mensch ein allzu menschliches Recht hat. Angst, was man Angst nennt, hatte Sr. José nicht bis zu dem Augenblick, an dem er das Ende des Korridors erreichte und sich der Wand gegenübersah. Er hatte sich gebückt, um ein paar Papiere durchzusehen, die auf den Boden gefallen waren, es hätten ja die der unbekannten Frau sein können, zufällig von einem gleichgültigen Angestellten dorthin geworfen, und plötzlich, bevor er noch Zeit hatte, sie sich anzusehen, war Sr. José nicht mehr der Amtsschreiber des Zentralen Personenstandsregisters, er war nicht mehr fünfzig Jahre alt, jetzt ist er ein kleiner José, der gerade in die Schule gekommen ist, er ist das Kind, das nachts nicht schlafen wollte, weil es immer denselben Albtraum hatte, ja, das ist er, dieser Winkel an der Wand, diese geschlossene Mauer, dieses Gefängnis und jenseits, auf der anderen Seite des Korridors, verborgen in der Finsternis, nichts als ein einfacher kleiner Stein. Ein kleiner Stein, der langsam wuchs, den er jetzt nicht mit seinen Augen wahrnehmen konnte, den aber das Gedächtnis der geträumten Träume ihn sehen ließ, ein Stein, der größer wurde und sich bewegte, als sei er lebendig, ein Stein, der sich zur Seite und nach oben hin ausdehnte, der an der Wand hinaufstieg und sich auf ihn zuwälzte, in sich selbst eingerollt, als sei es kein Stein, sondern Schlamm, kein Schlamm, sondern dickes Blut. Das Kind wachte schreiend aus dem Albtraum auf, wenn der dreckige Klumpen seine Füße berührte, wenn die Angst es würgte und fast erdrückte, aber Sr. José, der Ärmste, kann nicht von einem Traum aufwachen, der nicht mehr seiner ist. An die Wand gedrückt wie ein verschreckter Hund richtet er mit zitternder Hand den Lichtkegel auf das andere Ende des Korridors, das Licht reicht jedoch nicht so weit, nur den halben Weg entlang, mehr oder weniger bis dort, wo sich der Übergang zum Archiv der Lebenden befindet. Er denkt, wenn er schnell läuft, kann er dem vorrückenden Stein entkommen, aber die Angst sagt ihm, Sei vorsichtig, woher willst du wissen, dass er nicht auf dich wartet, du wirst geradewegs in die Höhle des Löwen geraten. Im Traum war das Vorrücken des Steines begleitet von einer seltsamen Musik, die aus der Luft zu kommen schien, doch herrscht hier absolute Stille, so vollkommen und dicht, dass sie Sr. Josés Atem verschluckt, genau wie die Finsternis das Licht der Taschenlampe. Das sie jetzt gerade vollständig verschlungen hat. Es war, als sei die Dunkelheit plötzlich vorgedrungen, um sich wie ein Saugnapf auf das Gesicht von Sr. José zu heften. Der Albtraum hatte jedoch aufgehört. Für das Kind, da soll einer die menschliche Seele verstehen, bedeutete die Tatsache, dass es die Wände des Gefängnisses nicht sehen konnte, die nahen und die fernen, dass sie nicht mehr da waren, es war, als hätte der Raum sich geweitet, sei frei, bis ins Unendliche, als seien die Wände nicht mehr als das leblose Mineral, aus dem sie gemacht sind, als sei das Wasser nur der Grund für den Schlamm, als liefe das Blut nur durch die Venen, aber nicht außerhalb von ihnen. Jetzt ist es nicht mehr der Albtraum seiner Kindheit, der Sr. José erschreckt, was ihn vor Angst lähmt, ist erneut der Gedanke, dass er in dieser Ecke sterben könnte, so wie er sich damals, es ist schon so lange her, vorgestellt hatte, er könnte von der Leiter fallen, tot daliegen, ohne Papiere inmitten der Papiere der Toten, erdrückt von der Finsternis, von einer Lawine, die gleich von oben herabrollen wird, und morgen wird man ihn entdecken, Sr. José fehlt im Dienst, wo ist er nur, Er wird schon auftauchen, und wenn ein Kollege andere Akten und andere Karteikarten ablegen kommt, wird er ihn dort finden, dem Licht einer besseren Taschenlampe als dieser ausgesetzt, die ihm so schlecht gedient hat, als er sie am meisten brauchte. Minuten vergingen, die vergehen mussten, damit Sr. José allmählich eine Stimme in sich vernahm, Hör zu, bis jetzt, wenn man die Angst außer Acht lässt, ist dir doch nichts zugestoßen, da bist du und sitzt unversehrt, sicher, die Taschenlampe ist dir ausgegangen, aber wozu brauchst du eine Taschenlampe, du hast doch die Schnur an deinem Knöchel festgebunden und am anderen Ende an das Tischbein des Schreibtisches vom Chef, du bist sicher wie ein Kind, das bei der Geburt noch an der Nabelschnur in der Gebärmutter seiner Mutter hängt. Der Chef ist zwar nicht deine Mutter und auch nicht dein Vater, aber na ja, die Beziehungen zwischen den Menschen hier sind komplex, du musst einfach bedenken, dass die Albträume der Kindheit nie wahr werden und Träume noch viel weniger, das mit dem Stein war wirklich schrecklich, aber du hast sicher eine wissenschaftliche Erklärung dafür, wie auch dafür, dass du träumtest, du würdest über die Höfe hinwegfliegen, hoch hinauf- und dann mit offenen Armen hinunterschweben, erinnerst du dich, das war ein Zeichen dafür, dass du am Wachsen warst, auch der Stein hatte vielleicht seine Funktion, wenn man die Erfahrung des Schreckens machen muss, dann lieber früher als später, außerdem solltest du doch wirklich wissen, dass diese Toten nicht echt sind, es ist eine makabre Übertreibung, dies ein Archiv der Toten zu nennen, wenn die Papiere, die du in der Hand hältst, die der unbekannten Frau sind, dann sind es eben Papiere und keine Knochen, es sind Papiere und nicht verfaultes Fleisch, das ist das Wunder, das dein Personenstandsregister vollbracht hat, Leben und Tod einfach in Papier zu verwandeln, sicher wolltest du gerne diese Frau treffen, aber du bist nicht rechtzeitig gekommen, nicht einmal das hast du geschafft, oder wenigstens wolltest du es und wolltest es nicht, du hast Zweifel gehabt zwischen dem Wunsch und der Angst, wie es so vielen Menschen geht, schließlich hättest du nur zum Finanzamt zu gehen brauchen, es gab ja Leute, die dir das geraten haben, es ist zu Ende, am besten ist es, sie jetzt da zu lassen, es gibt keine Zeit mehr für sie, und das Ende deiner Zeit wird auch kommen. An die wacklige Wand gelehnt, die durch die Akten gebildet wurde, erhob Sr. José sich langsam, mit großer Vorsicht, damit nichts auf ihn fiel. Die Stimme, die ihm diese Rede gehalten hatte, sagte ihm nun Folgendes, Hab keine Angst, die Dunkelheit, in der du hier steckst, ist nicht größer als die in deinem Körper, es sind zwei Dunkelheiten, getrennt durch eine Haut, ich wette, daran hast du noch nie gedacht, du trägst die ganze Zeit eine Dunkelheit durch die Gegend, und das erschrickt dich nicht, vor kurzem fehlte nicht viel und du hättest aufgeschrien, nur weil du dir einige Gefahren vorgestellt, nur weil du an einen Albtraum gedacht hast, den du hattest, als du klein warst, mein Teurer, du musst mit der Dunkelheit von draußen leben lernen, wie du leben gelernt hast mit der Dunkelheit innen, jetzt erheb dich bitte endlich, steck die Taschenlampe in die Tasche, die nützt dir gar nichts, verstau die Papiere, wenn du sie schon unbedingt mitnehmen willst, zwischen Mantel und Hemd oder zwischen Hemd und Haut, wie es dir am sichersten erscheint, nimm die Schnur fest in die Hand, wickel sie auf, während du läufst, damit sie sich nicht um deine Füße verheddert, und jetzt los, sei kein Feigling, das wäre das Schlimmste überhaupt. Leicht mit der Schulter an der Wand aus Papier entlangstreifend, wagte Sr. José zwei zaghafte Schritte nach vorn. Das Dunkel öffnete sich wie schwarzes Wasser und schloss sich hinter ihm mit dem nächsten Schritt, noch einen, fünf Meter Schnur wurden schon vom Boden aufgehoben und aufgerollt, Sr. José hätte gut eine dritte Hand gebrauchen können, die vor ihm hertastete, aber es ist ganz einfach, er braucht nur beide Hände auf Stirnhöhe zu heben, eine rollt die Schnur, auf die andere wird gerollt, das ist das Prinzip der Haspel. Sr. José ist fast heraus aus dem Korridor, einige Schritte noch, und er ist sicher vor einem neuen Angriff des Steins aus dem Albtraum, er spürt einen Widerstand in der Schnur, aber das ist ein gutes Zeichen, es bedeutet, dass sie am Fußboden festhängt, an der Ecke des Durchgangs zum Archiv der Lebenden. Auf dem ganzen Rückweg, als würde sie jemand von oben auf ihn herabwerfen, fielen Sr. José seltsamerweise Papiere über Papiere auf den Kopf, langsam eines und noch eines und noch eines wie ein Abschied. Und als er endlich am Schreibtisch des Chefs ankam, noch bevor er die Schnur losmachte, zog er unter seinem Hemd die Akte hervor, die er vom Boden aufgehoben hatte, und als er sie öffnete und sah, dass sie zu der unbekannten Frau gehörte, war er dermaßen erregt, dass er nicht hörte, wie die Tür des Personenstandsregisters zuschlug, als sei gerade jemand hinausgegangen.

Dass die psychologische Zeit nicht der mathematischen entspricht, hatte Sr. José ebenso gelernt, wie er in seinem Leben einige andere Kenntnisse von unterschiedlichem Nutzen erworben hatte, in erster Linie natürlich dank seiner eigenen Erfahrungen, ist er doch kein Mensch, der, obwohl er nie etwas anderes gewesen ist als ein Amtsschreiber, durch die Welt spaziert, nur um anderen zuzuschauen, er ist auch beeinflusst worden von Büchern und Zeitschriften wissenschaftlichen Charakters, die je nach Gemütslage vertrauenswürdig oder glaubwürdig erscheinen, teils auch von populären, introspektiven fiktionalen Werken, in denen das Thema mit anderen Mitteln und einer Prise Phantasie ebenfalls abgehandelt wird. Bei keiner früheren Gelegenheit jedoch hatte er objektiv und greifbar den physischen Eindruck gehabt, gleich einer Kontraktion der Muskeln, dass es unmöglich war, diese Zeit zu messen, die wir die Zeit der Seele nennen könnten, wie in jenem Augenblick, als er, bereits zu Hause, noch einmal das Todesdatum der unbekannten Frau ansah und es in dem Zeitraum anzusiedeln versuchte, der vergangen war, seit er mit der Suche nach ihr begonnen hatte. Auf die Frage, Was haben Sie an dem Tag gemacht, könnte er praktisch sofort eine Antwort geben, er brauchte lediglich in seinem Kalender nachzuschauen, sich nur als Sr. José, den Angestellten des Personenstandsregisters, zu begreifen, der wegen Krankheit nicht im Dienst war, An diesem Tag war ich im Bett, mit

Grippe, ich war nicht bei der Arbeit, würde er sagen, aber wenn man ihm dann sagte, Stellen Sie nun die Beziehung zu Ihren Ermittlungen her, und sagen mir, wann das war, dann müsste er schon in dem Heft mit den Notizen, das er unter der Matratze versteckt hatte, nachsehen, Es war zwei Tage nach meinem Einbruch in die Schule, würde er antworten. Wenn in der Tat das Todesdatum auf der Karteikarte mit ihrem Namen stimmte, dann war die unbekannte Frau zwei Tage nach der bedauerlichen Episode gestorben, die einen bis dahin unbescholtenen Sr. José zu einem Delinquenten gemacht hatte, aber diese überkreuzten Feststellungen, des Amtsschreibers und des Ermittlers sowie des Ermittlers und des Amtsschreibers, waren allem Anschein nach mehr als ausreichend, um die psychologische Zeit des einen mit der mathematischen Zeit des anderen in Einklang zu bringen, befreiten jedoch den einen wie den anderen nicht vom Eindruck einer schwindelerregenden Verwirrung. Sr. José befindet sich nicht am oberen Ende einer überaus hohen Leiter, schaut hinunter und beobachtet, wie die Stufen immer kleiner werden, bis sie auf einen Punkt zusammengeschrumpft sind, der den Fußboden berührt, es ist, als sei sein Körper, statt sich als eine Einheit zu begreifen, während dieser vergangenen Tage, während der psychologischen oder subjektiven Zeitspanne, nicht der mathematischen oder realen, aufgeteilt gewesen und als würde er sich mit ihr zusammenziehen und ausdehnen. Ich bin wirklich absurd, schalt Sr. José sich selbst, der Tag hatte schon vierundzwanzig Stunden, als entschieden wurde, dass er sie haben sollte, die Stunde hatte und hat immer sechzig Minuten gehabt, die sechzig Sekunden einer Minute stammen aus der Ewigkeit, wenn eine Uhr nachgeht oder vorgeht, ist es nicht ein Fehler der Zeit, sondern des Uhrwerks, was ich also offenbar habe, ist ein defektes Uhrwerk. Bei dem Gedanken lächelte er schwach, Wenn es nicht an der Maschine der realen Zeit liegt, und meines Wissens tut es das nicht, sondern an der psychologischen Mechanik, die sie misst, dann müsste ich einen Psychologen aufsuchen, der mir die Unruhe repariert. Er lächelte wieder, dann wurde er ernst, Der Fall lässt sich leichter lösen, das heißt, er ist schon auf natürlichem Wege gelöst worden, die Frau ist tot, da kann man nichts mehr machen, ich werde die Akte und die Karteikarte aufheben, wenn ich eine konkrete Erinnerung an dieses Abenteuer behalten möchte, für das Zentrale Personenstandsregister wird es so sein, als sei diese Person nie geboren, wahrscheinlich wird niemand diese Papiere je brauchen, ich kann sie auch irgendwo im Archiv der Toten ablegen, gleich am Eingang, bei den Ältesten, hier oder dort, das ist gleich, die Geschichte ist gleich für alle, man wird geboren und stirbt, wen wird es jetzt interessieren, wer das war, ihre Eltern, wenn sie an ihr hingen, werden sie eine Zeitlang beweinen, dann weniger, und schließlich werden sie aufhören, so ist das, dem Mann, von dem sie sich hat scheiden lassen, wird es egal sein, sie hätte ja eine andere Beziehung haben können, mit jemand zusammenleben, oder vielleicht war sie kurz davor, sich wieder zu verheiraten, aber das wäre die Geschichte einer Zukunft, die nicht mehr gelebt werden kann, es gibt niemanden auf der Welt, den dieser seltsame Fall der unbekannten Frau interessiert. Vor sich hatte er die Akte und die Karteikarte, auch die dreizehn Karteikarten aus der Schule, derselbe Name dreizehn Mal wiederholt, zwölf verschiedene Aufnahmen desselben Gesichts, eine davon doppelt, aber sie alle waren schon in der Vergangenheit gestorben, bevor die Frau starb, zu der diese Fotos später geworden waren, alte Fotos täuschen sehr, sie geben uns die Illusion, dass wir auf ihnen lebendig sind, den Menschen, den wir anschauen, gibt es schon nicht mehr, und wenn er uns sehen könnte, würde er sich in uns nicht mehr wiedererkennen, Wer ist das, der mich da so mitleidvoll anschaut, würde er sagen. Dann erinnerte sich Sr. José plötzlich daran, dass es noch ein weiteres Foto gab, jenes nämlich, das die Frau vom Erdgeschoss rechts ihm gegeben hatte. Unverhofft hatte er nun die Antwort auf die Frage gefunden, wen der seltsame Fall der unbekannten Frau interessieren könnte.

Sr. José wartete nicht bis Samstag. Am nächsten Tag, sobald das Personenstandsregister geschlossen hatte, ging er zur Reinigung, um die Wäsche abzuholen, die er dort abgegeben hatte. Zerstreut hörte er die gewissenhafte Angestellte reden, die ihm sagte, Schauen Sie sich dieses Kunststopfen gut an, schauen Sie, fahren Sie mit dem Finger darüber, und sagen Sie mir, ob Sie etwas merken, es ist, als sei nie etwas gewesen, so pflegen Menschen zu sprechen, die sich mit dem Anschein begnügen. Sr. José bezahlte, nahm das Paket unter den Arm und ging nach Hause, um sich umzuziehen. Er wollte die Frau vom Erdgeschoss besuchen und dafür sauber und adrett aussehen, nicht nur die perfekte Arbeit der Kunststopferin, die wirklich lobenswert war, nutzen, sondern auch die scharfe Bügelfalte in der Hose und das blendend gestärkte Hemd sowie die wunderbar wiederhergestellte Krawatte. Er wollte gerade hinausgehen, als ihm ein flüchtiger Gedanke durch den Kopf schoss, der, soweit man weiß, das einzig denkende Organ im Dienste des Körpers ist, Und wenn die Frau vom Erdgeschoss rechts auch gestorben ist, in der Tat schien sie nicht vor Gesundheit zu strotzen, und außerdem braucht man, um zu sterben, nur lebendig zu sein, noch dazu in ihrem Alter, er stellte sich vor, wie er auf die Klingel drückte, einmal, noch einmal, und nach einer

Weile hörte man dann die Tür im Erdgeschoss links aufgehen, und eine Frau kam heraus und sagte, verärgert über den Lärm, Geben Sie sich keine Mühe, da ist niemand, Ist sie ausgegangen, Sie ist tot, Tot, Ja, genau, Und wann war das, Vor vierzehn Tagen, und wer sind Sie, Ich bin vom Zentralen Personenstandsregister, Also dann scheint Ihr Amt aber nicht gut zu funktionieren, Sie sind vom Personenstandsregister und wissen nicht, dass sie gestorben ist. Sr. José nannte sich selbst einen Besessenen, aber er wollte den Fall lieber gleich hier und jetzt bereinigen, statt die schlechte Laune der Frau vom Erdgeschoss links ertragen zu müssen, er würde ins Personenstandsregister gehen und in weniger als einer Minute die Kartei konsultiert haben, um diese Zeit mussten die beiden Putzfrauen ihre Arbeit schon beendet haben, sie brauchten sowieso nicht viel Zeit, sie beschränkten sich immer darauf, die Papierkörbe zu leeren, den Boden bis zum Regal hinter dem Schreibtisch des Chefs ein bisschen zu fegen und zu wischen, es ist unmöglich, sie davon zu überzeugen, im Guten wie im Bösen, weiter nach hinten zu gehen, sie haben Angst, sie sagen beide, nur über meine Leiche, auch sie gehören zu denen, die sich mit dem Anschein begnügen, was soll man da machen. Nachdem er sich auf der Karteikarte der unbekannten Frau den Namen der Frau vom Erdgeschoss rechts angesehen hatte, ihrer Taufpatin, öffnete Sr. José die Tür ganz vorsichtig und spähte hinaus. Wie er vorausgesehen hatte, waren die Putzfrauen nicht mehr da, er trat ein, ging schnell zum Archiv, suchte den Namen, Hier ist er, sagte er und atmete erleichtert auf. Er kehrte nach Hause zurück, machte sich fertig und ging. Um den Bus zu nehmen, der ihn bis kurz vor die Wohnung der Frau vom Erdgeschoss rechts bringen würde, musste er zum Platz vor dem Personenstandsregister gehen, dort war die Haltestelle.

Obwohl es schon spät war, lag noch viel von dem Tageslicht über der Stadt, das sich am Himmel gehalten hatte, erst in etwa zwanzig Minuten würden die Straßenlaternen eingeschaltet werden. Sr. José wartete mit einigen anderen auf den Bus, sehr wahrscheinlich würde er nicht in den ersten einsteigen können, der kam. Und genau so war es. Aber bald darauf kam ein zweiter Bus, und der war nicht voll. Sr. José stieg ein, noch rechtzeitig, um einen Fensterplatz zu ergattern. Er blickte hinaus und sah, wie das verschwommene Licht draußen durch einen ungewöhnlichen optischen Effekt die Fassaden der Gebäude in einen rötlichen Ton tauchte, als würde die Sonne in diesem Augenblick für jede einzelne von ihnen aufgehen. Da lag es, das Personenstandsregister, mit seiner uralten Tür und den drei Stufen aus schwarzem Stein, die hinaufführten, den fünf hohen, schmalen Fenstern an der Vorderfront, das ganze Gebäude wirkte wie eine in der Zeit stehengebliebene Ruine, als hätte man es mumifiziert, statt es zu restaurieren, als sein Zustand dies erforderte. Irgendeine Stockung im Verkehr hinderte den Bus daran, abzufahren. Sr. José war nervös, er wollte nicht zu spät zum Haus der Frau vom Erdgeschoss rechts kommen. Trotz des Gesprächs, das sie geführt hatten, das so intensiv und offen gewesen war, trotz gewisser Vertraulichkeiten, die sie ausgetauscht hatten, einige davon unerwartet bei Menschen, die sich gerade kennengelernt haben, waren sie sich nicht so nahe gekommen, dass er zu ungelegener Zeit an ihre Tür klopfen konnte. Sr. José sah noch einmal auf den Platz, das Licht hatte sich nun verändert, die Fassade des Personenstandsregisters war schnell grau geworden, aber es war ein leuchtendes Grau, das zu vibrieren schien, zu beben, und da sah er, gerade als der Bus losfuhr und sich langsam auf die Fahrbahn begab, einen großen, korpulenten Mann, der die Stufen zum Personenstandsregister hinaufging, die Tür öffnete und eintrat. Der Chef, murmelte Sr. José, was tut er wohl um diese Zeit in der Behörde. Von einer plötzlichen, unerklärlichen Panik ergriffen, erhob er sich brüsk von seinem Sitz, machte eine Bewegung, als wolle er aussteigen, überraschte und verärgerte damit den Fahrgast neben ihm und setzte sich dann wieder, über sich selbst verärgert. Er merkte, dass sein erster Impuls war, nach Hause zu laufen, als müsste er seine Wohnung vor einer Gefahr schützen, was unverkennbar eine absurde Logik barg. Ein Einbrecher, wenn man jetzt ebenso absurderweise annahm, der Chef sei einer, würde nicht durch die Tür des Personenstandsregisters gehen, um in sein Haus zu gelangen. Aber es grenzte ans Absurde, dass der Chef nach der Dienstzeit noch einmal in die Behörde zurückkehrte, wo ihn, wie in diesem Bericht bereits an anderer Stelle erklärt, keinerlei Arbeit erwartete, dafür kann Sr. José die Hand ins Feuer legen. Anzunehmen, dass der Leiter des Personenstandsregisters Überstunden macht, wäre mehr oder weniger so, als wollte man sich einen quadratischen Kreis vorstellen. Der Bus hatte den Platz schon verlassen, und Sr. José dachte weiter darüber nach, welche tiefen Gründe ihn dazu veranlasst hatten, so verwirrt zu reagieren. Schließlich führte er sein Verhalten darauf zurück, dass er sich daran gewöhnt hatte, seit einigen Jahren der einzige nächtliche Bewohner des Gebäudekomplexes zu sein, den das Personenstandsregister bildete, sein Haus eingeschlossen, wenn dieses den Namen Gebäude ebenfalls verdiente, ohne Zweifel ja im strengen sprachlichen Sinn, denn Gebäude ist alles, was gebaut worden ist, doch objektiv gesehen war die Bezeichnung unangemessen im Vergleich zur architektonischen Würde, die das Wort, vor allem wenn wir es aussprechen, auszustrahlen scheint. Den Chef beim Betreten der Behörde zu sehen beeindruckte in gleicher Weise, dachte er nun, wie wenn er ihn bei seiner Rückkehr zu Hause auf seinem Stuhl vorfände. Die relative Entspannung, die Sr. José diese Vorstellung brachte, das heißt, ohne die andauernden und moralisch hinderlichen Überlegungen in Betracht zu ziehen, die physische und konkrete Unmöglichkeit, die es für den Chef des Personenstandsregisters darstellte, in die privaten Räume seines Angestellten vorzudringen, so weit, dass er sich dort auf einen Stuhl setzen konnte, verflog sofort, als er sich an die Karteikarten aus der Schule von der unbekannten Frau erinnerte und sich fragte, ob er sie unter der Matratze verwahrt hatte oder aus Nachlässigkeit auf dem Tisch hatte liegen lassen. Selbst wenn sein Haus so sicher wäre wie der Tresor einer Bank, mit Geheimschlössern und besonderer Sicherung von Fußboden, Decke und Wänden, hätten die Karteikarten niemals, aber auch niemals sichtbar liegen bleiben dürfen. Dass niemand dort war, um sie zu sehen, reichte nicht als Entschuldigung für die so schwerwiegende Nachlässigkeit, die er begangen hatte, wissen wir denn, unwissend, wie wir sind, wie weit schon der Fortschritt der Technik reicht, so wie die unsichtbaren Funkwellen Töne und Bilder durch die Luft und den Wind hindurchgetragen, dabei Berge und Flüsse übersprungen, Ozeane und Wüsten überquert haben, wäre es auch nichts Außerordentliches, wenn schon Lesewellen und Fotowellen entdeckt oder erfunden wären oder morgen entdeckt würden, Wellen, die durch die Wände dringen, etwas registrieren und nach draußen Taten, Geheimnisse und Schandflecken unseres Lebens übermitteln, die wir vor Indiskretionen sicher glaubten. Sie unter einer Matratze zu verstecken, die Taten, die Geheimnisse und die Schandflecken, ist immer noch die sicherste Art, etwas zu verdunkeln, besonders wenn wir bedenken, dass es für die Gewohnheiten von heute immer schwieriger wird, die Gewohnheiten von gestern zu verstehen. Und wenn diese Lesewelle und diese Fotowelle auch noch so schlau sind, die Nase zwischen eine Matratze und eine Auflage zu stecken ist etwas, das ihnen nie in den Kopf kommen würde.

Es ist bekannt, dass unsere Gedanken, beunruhigende oder vergnügliche und andere, die weder das eine noch das andere sind, früher oder später müde werden und sich langweilen, man muss der Zeit nur Zeit geben, man sollte sie einfach dem gemächlichen Herumwandern überlassen, das ihnen eigen ist, keine neue Überlegung in das Feuer werfen, die irritierend oder polemisch wäre, und vor allem äußerst vorsichtig sein und nicht jedes Mal intervenieren, wenn sich vor einem Gedanken, der sich ohnehin gern ablenken möchte, eine attraktive Gabelung auftut, ein Abzweig, eine Umleitung. Man kann auch intervenieren, aber dann, um den Gedanken behutsam von hinten anzustoßen, vor allem wenn es einer von denen ist, die einen belästigen, als wollte man ihm einen Rat geben, Geh nicht da lang, du bist schon auf dem richtigen Weg. Genau das tat Sr. José, als ihm dieser verrückte Gedanke kam und er über die Foto- und Lesewellen phantasierte, und so überließ er sich ganz seiner Phantasie, die ihm die eindringenden Wellen zeigte, die das ganze Zimmer nach den Karteikarten absuchten, die schließlich doch nicht auf dem Tisch liegen geblieben waren, verblüfft und beschämt, da sie den erhaltenen Befehl nicht ausgeführt hatten, Ihr wisst schon, entweder ihr findet die Karteikarten, lest und fotografiert sie, oder wir kehren zur klassischen Spionage zurück. Sr. José musste noch an den Chef denken, aber es war nur ein versprengter Gedanke, der einfach dazu da war, eine annehmbare Erklärung dafür zu finden, dass der Chef außerhalb der Dienstzeit in die Behörde zurückgekehrt war, Er hat etwas vergessen, das er brauchte, es kann keinen anderen Grund geben. Ohne es zu bemerken, wiederholte er laut den letzten Teil des Satzes, Es kann keinen anderen Grund geben, und zum zweiten Mal rief er damit das Misstrauen des Fahrgasts neben ihm hervor, dessen Gedanken, da er jetzt den Platz wechselte, sofort klar und deutlich waren, Dieser Kerl ist verrückt, wir vermuten, dass er in diesen oder ähnlichen Worten dachte. Sr. José bemerkte den Rückzug seines Sitznachbarn gar nicht, ohne Überleitung beschäftigte er sich nun mit der Frau vom Erdgeschoss rechts, er hatte sie schon vor sich, auf der Türschwelle, Erinnern Sie sich an mich, ich bin vom Personenstandsregister, Ja ich erinnere mich gut, Ich bin gekommen wegen des Falles neulich, Haben Sie meine Patentochter gefunden, Nein, habe ich nicht, oder besser gesagt doch, das heißt, nun, ich will sagen, ich würde gerne kurz mit Ihnen sprechen, wenn es Ihnen nichts ausmacht und Sie einen Moment Zeit haben, Kommen Sie herein, ich habe Ihnen auch etwas zu sagen. Das waren die Sätze mit mehr oder weniger Wörtern, die Sr. José und die Frau vom Erdgeschoss rechts in dem Augenblick wechselten, als sie öffnete und den Mann sah, Ach, Sie sind es, rief sie aus, er brauchte also gar nicht zu fragen, Erinnern Sie sich an mich, ich bin Sr. José vom Personenstandsregister, dennoch konnte er nicht widerstehen und stellte die Frage, so fortwährend und dringlich und auch fordernd scheint unser Bedürfnis zu sein, in der Welt herumzulaufen und zu sagen, wer wir sind, selbst wenn wir gerade gehört haben, Ach, Sie sind es, als kennte man uns, wenn man uns erkannt hat, und als gäbe es nichts weiter über uns zu wissen oder als sei das wenige, was noch übrig ist, die Mühe nicht wert, eine neue Frage zu stellen.

In dem kleinen Wohnzimmer hatte sich nichts verändert, der Stuhl, auf dem Sr. José beim ersten Mal gesessen hatte, stand noch an derselben Stelle, in demselben Abstand zum Tisch, die Gardinen hingen noch genauso, sie warfen dieselben Falten, und die Frau machte auch die gleiche Geste, als sie ihre Hände in den Schoß legte, die rechte auf die linke, nur das Licht von der Decke schien ein wenig blasser, als würde die Lampe langsam erlöschen. Sr. José fragte, Also, wie ist es Ihnen seit meinem Besuch ergangen, und machte sich gleich Vorwürfe, dass er so unsensibel war, schlimmer noch, dass er sich erneut so dumm anstellte, er musste doch eigentlich wissen, dass man die elementaren Umgangsformen nicht immer buchstabengetreu befolgen musste, man hatte auch die Umstände zu bedenken, in jedem einzelnen Fall abzuwägen, stellen wir uns vor, dass die Frau ihm nun mit einem breiten Lächeln antwortet, Glücklicherweise sehr gut, ich bin gesund, es geht mir bestens, ich fühle mich hervorragend, seit langem habe ich mich nicht mehr so kräftig gefühlt, und er ihr dann rücksichtslos entgegnet, Nun, dann sollten Sie wissen, dass Ihre Patentochter gestorben ist, was sagen Sie nun. Doch die Frau beantwortete seine Frage nicht, sie zog nur gleichgültig die Schultern hoch, und dann sagte sie, Stellen Sie sich vor, ein paar Tage lang habe ich überlegt, ob ich Sie im Personenstandsregister anrufen soll, dann habe ich diesen Gedanken verworfen, ich dachte, früher oder später würden Sie mich wieder besuchen, Nur gut, dass Sie beschlossen haben, nicht anzurufen, der Amtsvorsteher mag es nicht, wenn wir Anrufe erhalten, er behauptet, das schade der Arbeit, Ich verstehe, aber das wäre ja leicht zu lösen, ich brauchte ihm nur direkt die Information mitzuteilen, die ich hatte, er brauchte Sie gar nicht holen zu lassen. Sr. Josés Stirn bedeckte sich plötzlich mit kaltem Schweiß. Gerade war ihm klar geworden, dass er wochenlang, ohne sich der Gefahr und Bedrohung bewusst zu sein, einer möglichen Katastrophe ausgesetzt gewesen war, nämlich dass die Unregelmäßigkeiten seines beruflichen Gebarens öffentlich geworden wären, sein fortdauernder und mutwilliger Verstoß gegen die ehrwürdigen Gesetze der Pflichterfüllung des Zentralen Personenstandsregisters, deren Kapitel, Artikel, Paragraphen und Absätze, auch wenn sie komplex waren, vor allem aufgrund der archaischen Sprache, die Erfahrung von Jahrhunderten auf neun praktische Wörter reduziert hatte, Misch dich nicht in Angelegenheiten, die dich nichts angehen. Einen Augenblick lang empfand Sr. José blinden Hass auf die Frau, die vor ihm saß, im Geiste beschimpfte er sie, nannte sie Schabracke, dumme Ziege, Vogelscheuche, und wie einer, der sich einfach nicht anders von einem heftigen und unerwarteten Schock erholen kann, hätte er ihr beinah gesagt, Ach, so ist das, dann sieh zu, wie du damit fertigwirst, deine kleine Patentochter, die vom Foto, hat den Löffel abgegeben. Die Frau fragte, Fühlen Sie sich nicht wohl, Sr. José, möchten Sie ein Glas Wasser, Es geht mir gut, machen Sie sich keine Sorgen, antwortete er und schämte sich seiner boshaften Anwandlung, Ich mache Ihnen einen Tee, Das ist nicht nötig, vielen Dank, ich will Sie nicht belästigen, inzwischen fühlte Sr. José sich schon nutzloser und niedriger als der Staub auf der Straße, die Frau vom Erdgeschoss hatte das Wohnzimmer verlassen, er hörte, wie sie mit Geschirr in der Küche hantierte, einige Minuten verstrichen, erst muss man das Wasser kochen, Sr. José erinnert sich, dass er das irgendwo gelesen hat, wahrscheinlich in einer der Zeitschriften, aus denen er die Fotos von berühmten Persönlichkeiten herausschneidet, dass der Tee mit Wasser aufgebrüht werden muss, das gekocht haben muss, aber nicht mehr kochen soll, er wäre mit einem Glas frischen Wassers zufrieden gewesen, aber diese Infusion wird ihm sehr guttun, jeder weiß, dass es nichts Besseres gibt als eine Tasse Tee, um einen daniederliegenden Geist zu beleben, das sagen alle Handbücher, die vom Orient ebenso wie die vom Okzident. Die Dame des Hauses erschien mit einem Tablett, sie brachte auch einen kleinen Teller mit Keksen zusätzlich zur Kanne, den Tassen und dem Zuckerfässchen, Ich habe Sie gar nicht gefragt, ob Sie Tee mögen, ich dachte nur, dass er in diesem Augenblick besser ist als Kaffee, sagte sie, Ich trinke gern Tee, sehr gern, Möchten Sie Zucker, Nein, ich nehme nie welchen, plötzlich wurde er blass, er brach in Schweiß aus, er glaubte, sich rechtfertigen zu müssen, Das werden noch die Reste einer Grippe sein, die ich eingefangen habe, Na, wenn ich angerufen hätte, dann hätte ich Sie gewiss nicht im Personenstandsregister angetroffen, ich hätte Ihrem Chef sagen müssen, was ich von Ihnen wollte. Nun aber trat ihm auch der Schweiß auf die Handflächen, doch es war ein Glück, dass die Tasse auf dem Tisch stand, hätte er sie in diesem Augenblick in der Hand gehalten, wäre das Porzellan auf dem Boden zerschellt, oder der heiße Tee hätte sich über die Beine des bedrängten Amtsschreibers ergossen, mit den offensichtlichen Folgen einer sofortigen Verbrennung und darauf folgender Rückkehr der Hose in die Reinigung. Sr. José nahm einen Keks vom Teller, biss langsam, ohne Appetit, hinein, verbarg hinter dem Kauen, wie schwer es ihm fiel, die Wörter zu formulieren, und stellte nun endlich eine Frage, Und welche Information wollten Sie mir geben. Die Frau trank ein wenig von dem Tee, streckte die Hand zögernd nach dem Teller mit den Keksen aus, hielt dann jedoch inne. Sie sagte, Können Sie sich erinnern, was ich Ihnen am Ende Ihres Besuches vorgeschlagen hatte, als Sie schon gehen wollten, dass Sie im Telefonbuch unter dem Namen meiner Patentochter nachsehen sollten, Ja, ich erinnere mich, aber ich zog es vor, Ihrem Rat nicht zu folgen, Warum nicht, Das ist sehr schwer zu erklären, Sie haben sicher Ihre Gründe gehabt, Gründe für das anzugeben, was man tut oder unterlässt, ist das Allerleichteste, wenn wir bemerken, dass wir keine haben oder keine ausreichenden, dann versuchen wir, welche zu erfinden, im Fall Ihrer Patentochter zum Beispiel könnte ich jetzt erklären, dass ich es vorzog, den längeren und komplizierteren Weg zu wählen, Und ist dieser Grund nun, frage ich, echt oder erfunden, Einigen wir uns darauf, dass es so viel Wahrheit wie Lüge darin gibt, Und was ist daran Lüge, Dass ich den Ihnen angegebenen Grund als die ganze Wahrheit dargestellt habe, Und so ist es nicht, Nein, weil ich den Grund verschwiegen habe, warum ich jenen Weg vorgezogen habe und nicht den anderen, direkten, Langweilt Sie die Routine Ihrer Arbeit, Das könnte ein weiterer Grund sein, Wie weit sind Sie mit Ihren Nachforschungen, Erzählen Sie mir erst, was bei Ihnen vorgefallen ist, tun wir so, als sei ich im Personenstandsregister, als Sie anrufen wollen, und dem Chef macht es nichts aus, dass seine Angestellten ans Telefon geholt werden. Die Frau führte erneut die Tasse an die Lippen, stellte sie auf die Untertasse, ohne das geringste Geräusch, und sagte, während sie ihre Hände wieder in den Schoß legte, erneut die rechte Hand auf die linke, Ich habe das getan, was ich Ihnen gesagt habe, Sie haben sie angerufen, Ja, Haben Sie mit ihr gesprochen, Ja, Wann war das, Einige Tage nachdem Sie hier waren, ich konnte den Erinnerungen nicht widerstehen, ich konnte nicht einmal richtig schlafen, Und was geschah dann, Wir haben uns unterhalten, Sie war sicher überrascht, Nein, es kam mir nicht so vor, Aber es wäre nur natürlich, nach so vielen Jahren der Trennung und des Schweigens, Man sieht, dass Sie wenig von Frauen verstehen, vor allem wenn sie unglücklich sind, Sie war unglücklich, Es brauchte nicht lange, bis wir weinten, als seien wir durch ein Band aus Tränen aneinandergebunden, Und dann, hat sie Ihnen irgendetwas aus ihrem Leben erzählt, Wer, Sie Ihnen, Fast nichts, dass sie geheiratet hatte, aber jetzt geschieden sei, Das wussten wir schon von der Karteikarte, Wir haben dann vereinbart, dass sie mich so bald wie möglich besuchen würde, Und ist sie gekommen, Bis heute nicht, Was soll das bedeuten, Einfach, dass sie nicht gekommen ist, Und sie hat auch nicht angerufen, Nein, sie hat nicht einmal angerufen, Wie lange ist das her, Etwa zwei Wochen, Mehr oder weniger, Weniger, ich glaube, eher weniger, Und Sie, was haben Sie gemacht, Zu Beginn dachte ich, dass sie es sich anders überlegt hat, dass sie einfach eine alte Bekanntschaft nicht wieder aufnehmen wollte, sie wollte keine Vertraulichkeiten zwischen uns, jene Tränen waren ein Augenblick der Schwäche gewesen und sonst nichts, das gibt es ja häufig, es gibt Gelegenheiten im Leben, bei denen wir uns gehenlassen, da sind wir in der Lage, unsere Schmerzen sogar dem erstbesten Unbekannten zu erzählen, der vor uns auftaucht, erinnern Sie sich, als Sie hier waren, Ja, ich erinnere mich, und ich kann Ihnen nie genug danken für Ihr Vertrauen, Glauben Sie nicht, dass es Vertrauen war, es war nur Verzweiflung, Wie auch immer, ich verspreche Ihnen, dass Sie es nicht bereuen werden, da können Sie sicher sein, ich bin ein diskreter Mensch, Ja, ich bin sicher, dass ich es nicht bereuen werde, Danke, Doch ist mir inzwischen im Grunde alles gleichgültig geworden, und deshalb bin ich sicher, dass ich es nicht bereuen werde, Ach. Von einem solchen Ausruf zu einer direkten Frage überzugehen wie, Und was haben Sie dann getan, war nicht leicht, das brauchte Zeit und Taktgefühl, deshalb schwieg Sr. José in Erwartung dessen, was kommen würde. Als wäre auch ihr dies bewusst, fragte die Frau, Möchten Sie noch Tee, er stimmte zu, Ja bitte, und reichte ihr die Tasse. Danach sagte die Frau, Vor einigen Tagen habe ich bei ihr angerufen, Und dann, Es ist niemand rangegangen, da war ein Anrufbeantworter, Haben Sie nur einmal angerufen, Am ersten Tag ja, aber in den folgenden Tagen habe ich es öfter und zu verschiedenen Zeiten versucht, ich habe morgens, nachmittags und auch nach dem Abendessen angerufen, sogar um Mitternacht, Und nichts, Nichts, ich dachte, dass sie vielleicht verreist sei, Hatte Sie Ihnen gesagt, wo sie arbeitete, Nein. Die Unterhaltung konnte nicht länger um das unergründliche schwarze Loch kreisen, das die Wahrheit verbarg, es nähert sich der Augenblick, da Sr. José sagt, Ihre Patentochter ist gestorben, ich hätte es Ihnen gleich bei meinem Eintreten sagen sollen, und die Frau wird es ihm sofort vorwerfen, Warum haben Sie mir das nicht gleich gesagt, warum haben Sie all diese Fragen gestellt, wenn Sie schon wussten, dass sie tot ist, und er wird nicht lügen können und sagen, dass er geschwiegen hat, um sie nicht unvermittelt, rücksichtslos mit dieser schmerzhaften Nachricht zu überrumpeln, in Wahrheit war der einzige Grund für diesen langsamen Dialog ihr Satz zu Beginn gewesen, Auch ich habe Ihnen etwas zu erzählen, in diesem Augenblick fehlte Sr. José die resignierte Gelassenheit, die ihn die Versuchung hätte zurückweisen lassen, dieses kleine sinnlose Etwas aufzugreifen, was immer es sei, es fehlte ihm die resignierte Gelassenheit zu sagen, Es lohnt nicht, sie ist gestorben. Es war, als könnte das, was die Frau aus dem Erdgeschoss ihm noch sagen wollte, wer weiß was, die Zeit zurückdrehen und im letzten Augenblick die unbekannte Frau dem Tod entreißen. Müde, mit dem einzigen Wunsch, jetzt für ein paar Sekunden noch das Unvermeidliche aufzuhalten, fragte Sr. José, Sind Sie nicht auf den Gedanken gekommen, sie zu besuchen, die Nachbarn zu fragen, ob sie sie gesehen haben, Natürlich habe ich daran gedacht, aber ich habe es nicht getan, Warum, Weil es eine Einmischung bedeuten würde, und das würde ihr nicht gefallen, Aber Sie haben angerufen, Das ist etwas anderes. Es herrschte Schweigen, dann veränderte sich der Gesichtsausdruck der Frau, er wurde forschend, und Sr. José bemerkte, dass sie ihn schließlich fragen würde, welche Punkte in Verbindung mit dem Fall ihn heute zu ihr geführt hatten, ob darüber gesprochen worden sei und wann, ob das Problem mit dem Personenstandsregister gelöst worden sei und wie, Ich bedaure, Ihnen mitteilen zu müssen, dass Ihre Patentochter gestorben ist, sagte Sr. José schnell. Die Frau riss die Augen auf, hob die Hände aus dem Schoß an den Mund, Was, Ihre Patentochter, ich habe gesagt, dass Ihre Patentochter gestorben ist, Woher wissen Sie das, fragte die Frau unvermittelt, Dafür ist das Personenstandsregister da, sagte Sr. José und zuckte leicht mit den Schultern, als wollte er hinzufügen, Es ist nicht meine Schuld, Wann ist sie gestorben, Ich habe die Karteikarte hier, wenn Sie sie sehen wollen. Die Frau streckte die Hand aus, führte die Karte an die Augen, dann weiter weg, wobei sie murmelte, Meine Brille, aber sie ging sie nicht holen, sie wusste, dass sie ihr nichts nützen würde, auch wenn sie es wollte, wäre sie nicht in der Lage, zu lesen, was da stand, die Tränen verschleierten die Wörter. Sr. José sagte, Es tut mir sehr leid. Die Frau verließ das Wohnzimmer, blieb eine Weile draußen, als sie zurückkehrte, wischte sie sich die Augen mit einem Taschentuch. Sie setzte sich, schenkte sich erneut Tee ein, und dann fragte sie, Sind Sie nur hergekommen, um mich über den Tod meiner Patentochter zu informieren, Ja, Das war sehr aufmerksam von Ihnen, Ich habe einfach gedacht, dass es meine Pflicht sei, Warum, Weil ich mich in Ihrer Schuld fühlte, Warum, Weil Sie mich so nett empfangen und mit mir gesprochen haben, wie Sie mir geholfen haben, wie Sie mir auf meine Fragen geantwortet haben, Jetzt, wo die Arbeit, mit der man Sie beauftragt hat, aufgrund dieser Umstände erledigt ist, brauchen Sie sich ja nicht mehr darum zu bemühen, meine arme Patentochter zu suchen, In der Tat, Wer weiß, vielleicht hat man Ihnen im Personenstandsregister schon aufgetragen, eine andere Person zu suchen, Nein, Fälle wie dieser sind selten, Das ist das Gute am Tod, mit ihm hört alles auf, Nicht immer ist es so, denn gleich darauf beginnt der Krieg zwischen den Erben, der Kampf um das Teilen, die Erbschaftssteuer, die bezahlt werden muss, Ich habe mich auf den Menschen bezogen, der gestorben ist, Was das angeht, haben Sie recht, es ist alles vorbei, Seltsam, Sie haben mir nie gesagt, warum das Personenstandsregister auf der Suche nach meiner Patentochter war, was waren die Gründe für ein so großes Interesse, Wie Sie schon gesagt haben, der Tod löst alle Probleme, Dann gab es also ein Problem, welches denn, Es lohnt nicht, darüber zu sprechen, jetzt ist der Fall ohne Bedeutung, Welcher Fall, Bitte fragen Sie nicht nach, das ist vertraulich, schnitt Sr. José ihr verzweifelt das Wort ab. Die Frau stellte abrupt die Tasse auf die Untertasse und sagte, dem Besucher direkt in die Augen schauend, Wir haben hier zusammengesessen, Sie und ich, neulich und heute, einer, der immer die Wahrheit gesagt hat, und ein anderer, der von Anfang an gelogen hat, Weder habe ich gelogen, noch lüge ich, Sie müssen zugeben, dass ich die ganze Zeit frei und klar und offen mit Ihnen gesprochen habe, dass Ihnen nie der Gedanke kommen konnte, dass es auch nur eine einzige Lüge in meinen Worten gab, Ja, das gebe ich zu, Dann gibt es in diesem Raum einen Lügner, und ich bin sicher, dass es ihn gibt, und das bin nicht ich, Ich bin kein Lügner, Ich glaube nicht, dass Sie das von Natur aus sind, aber Sie kamen und logen, als Sie das erste Mal eintraten, und seitdem haben Sie nur gelogen, Sie können das nicht verstehen, Ich verstehe genug, um nicht zu glauben, dass das Personenstandsregister Ihnen jemals aufgetragen hat, meine Patentochter zu suchen, Sie irren sich, ich versichere Ihnen, dass es so war, Gut, wenn Sie mir nichts mehr zu sagen haben, wenn das Ihr letztes Wort ist, dann verlassen Sie sofort meine Wohnung, jetzt, jetzt gleich, die beiden letzten Wörter wurden fast geschrien, und die Frau weinte nun, Sr. José erhob sich, tat einen Schritt auf die Tür zu, dann setzte er sich wieder hin, Verzeihen Sie mir, weinen Sie nicht, ich werde Ihnen alles erzählen.

Als ich zu Ende gesprochen hatte, fragte sie mich, Und nun, Was gedenken Sie zu tun, Nichts, sagte ich, Werden Sie zu Ihren berühmten Menschen zurückkehren, Ich weiß es nicht, vielleicht, mit irgendetwas muss ich ja meine Zeit verbringen, ich schwieg eine Weile, um nachzudenken, und sagte dann, Nein, nein ich glaube nicht, Warum, Wenn ich es recht bedenke, dann ist deren Leben immer gleich, es gibt nie eine Abwechslung, sie treten auf, sie reden, sie zeigen sich, sie lächeln, sie sind ständig dabei, anzukommen oder abzufahren, Wie jeder von uns, Ich nicht, Sie und ich und alle zeigen uns auch da draußen, auch wir reden, wir verlassen unser Zuhause und kehren zurück, manchmal lächeln wir sogar, der Unterschied ist nur, dass uns niemand beachtet, Wir können ja auch nicht alle berühmt sein, Ein Glück für Sie, stellen Sie sich Ihre Sammlung vom Ausmaß des Personenstandsregisters vor, Sie müsste viel größer sein, das Personenstandsregister interessiert nur, wann wir geboren sind, wann wir sterben, und wenig mehr, ob wir uns verheiratet haben, ob wir uns haben scheiden lassen, ob wir verwitwet sind, ob wir wieder geheiratet haben, dem Personenstandsregister ist es gleichgültig, ob wir inmitten von alldem glücklich oder unglücklich gewesen sind, Glück oder Unglück sind wie berühmte Menschen, sie kommen und gehen, das Schlimmste am Personenstandsregister ist, dass es nicht wissen will, wer wir sind, für die Behörde sind wir nicht mehr als ein

Stück Papier mit ein paar Namen und einigen Daten, Wie die Karteikarte von meiner Patentochter, Oder Ihre oder meine, Was würden Sie tun, wenn Sie sie gefunden hätten, Ich weiß es nicht, vielleicht hätte ich mit ihr gesprochen, vielleicht nicht, darüber habe ich nie nachgedacht, Und haben Sie mal überlegt, dass Sie in diesem Augenblick, wenn Sie sie endlich vor sich hätten, so viel von ihr wüssten wie an dem Tag, an dem Sie die Entscheidung getroffen haben, sie zu suchen, das heißt, nichts, wenn Sie wissen wollten, wer sie wirklich war, müssten Sie damit beginnen, sie erneut zu suchen, und von dort an wäre es sehr viel schwieriger, wenn sie im Gegensatz zu den berühmten Menschen, die sich gerne zeigen, zum Beispiel nicht wollte, dass man sie findet, So ist es, Da sie aber tot ist, können Sie sie ja weitersuchen, ihr ist es inzwischen gleich, Ich verstehe nicht, Trotz so vieler Bemühungen ist es Ihnen bisher nur gelungen herauszufinden, dass sie zur Schule ging, übrigens die Schule, die ich Ihnen genannt hatte, Ich habe Fotos, Fotos sind auch Papier, Wir können sie aufteilen, Und wir würden glauben, dass wir meine Patentochter aufteilen, ein Teil für Sie, ein Teil für mich, Man kann nichts mehr tun, sagte ich, als ich glaubte, der Fall sei abgeschlossen, doch sie fragte mich, Warum sprechen Sie nicht mit den Eltern, mit dem Exmann, Wozu, Um etwas mehr über sie zu erfahren, wie sie gelebt hat, was sie machte, Der Mann wird sicher nicht darüber reden wollen, Schnee von gestern kühlt nicht mehr, Sicher aber die Eltern, Eltern weigern sich nie, über ihre Kinder zu sprechen, auch wenn sie tot sind, das habe ich jedenfalls erfahren, Wenn ich vorher nicht hingegangen bin, dann werde ich auch jetzt nicht hingehen, vorher konnte ich Ihnen wenigstens noch sagen, ich käme auf Geheiß des Personenstandsregisters, Woran ist meine Patentochter denn gestorben, Das weiß ich nicht,

Wie ist das möglich, der Tod muss doch in Ihrer Behörde registriert sein, Auf der Karteikarte tragen wir nur das Datum des Todes ein, nicht den Grund, Aber es gibt doch sicher einen Totenschein, die Ärzte sind per Gesetz verpflichtet, den Tod zu bescheinigen, sie werden sich nicht einfach darauf beschränkt haben zu sagen, Sie ist tot, als sie gestorben ist, Bei den Papieren, die ich im Archiv der Toten gefunden habe, gab es keinen Totenschein, Warum nicht, Ich weiß es nicht, vielleicht ist er auf dem Weg herausgefallen, als die Akte abgelegt wurde, oder ich habe ihn fallen lassen, er ist jedenfalls verloren, es wäre so, als wollte man eine Stecknadel in einem Heuhaufen suchen, Sie können sich gar nicht vorstellen, wie es dort aussieht, Nach allem, was Sie mir erzählt haben, kann ich es mir vorstellen, Nein, das können Sie nicht, das ist unmöglich, nur wenn man dort ist, Wenn das so ist, dann haben Sie ja einen guten Grund, mit den Eltern zu sprechen, sagen Sie ihnen, dass der Totenschein bedauerlicherweise im Personenstandsregister abhandengekommen ist und dass Sie die Akte wieder vervollständigen müssen, sonst wird der Chef Sie bestrafen, zeigen Sie sich bescheiden und besorgt, fragen Sie, wer der Arzt war, der sie behandelt hat, wo sie gestorben ist und an welcher Krankheit, ob zu Hause oder im Krankenhaus, fragen Sie das alles, Sie haben doch die Amtsvollmacht dabei, vermute ich, Ja, aber sie ist gefälscht, vergessen Sie das nicht, Sie haben mich getäuscht, und genauso werden Sie auch die Eltern täuschen können, wenn es kein Leben ohne Lügen gibt, ist auch bei diesem Tod eine Täuschung möglich, Wenn Sie Angestellte des Personenstandsregisters wären, wüssten Sie, dass es nicht möglich ist, den Tod zu täuschen. Sie muss gedacht haben, dass es sich nicht lohnte, mir zu antworten, und darin hatte sie völlig recht, denn das, was ich gesagt hatte, war nichts als ein hohler Satz, der Eindruck machen will, einer von denen, die tiefgründig scheinen und nichts aussagen. Wir schwiegen für gute zwei Minuten, sie betrachtete mich vorwurfsvoll, als hätte ich ihr ein feierliches Versprechen gegeben und mich im letzten Augenblick zurückgezogen. Ich wusste nicht, wohin mit mir, ich wollte gerne guten Abend sagen und fortgehen, aber das wäre eine dumme Grobheit gewesen, eine Taktlosigkeit, die die arme Frau nicht verdiente, ein Verhalten, das mir in Wahrheit nicht entspricht, ich bin so erzogen worden, es stimmt, dass ich mich nicht daran erinnern kann, als Kind Tee getrunken zu haben, aber das Resultat ist dasselbe. Ich überlegte, dass es das Beste wäre, ihren Vorschlag anzunehmen, eine neue Suche in entgegengesetzter Richtung zur ersten zu beginnen, das heißt vom Tod zum Leben, als sie sagte, Kümmern Sie sich nicht drum, das sind Ungereimtheiten aus meinem Kopf, wenn man alt wird und merkt, dass die Zeit abläuft, dann bildet man sich ein, man habe ein Mittel gegen alle Übel der Welt in der Hand, und verzweifelt, weil niemand einen beachtet, Ich habe solche Gedanken nie gehabt, Na, auch Sie werden noch so weit kommen, Sie sind noch sehr jung, Ich und jung, ich bin schon zweiundfünfzig, Na, dann stehen Sie doch in der Blüte Ihrer Jahre, Spotten Sie nicht, Erst ab siebzig werden Sie weise, aber dann nützt es Ihnen nichts mehr, weder Ihnen noch irgendjemandem. Da mir noch viel fehlt, um dieses Alter zu erreichen, wusste ich nicht, ob ich ihr zustimmen sollte oder nicht, deshalb hielt ich es für besser, zu schweigen. Jetzt könnte ich mich ja verabschieden, ich sagte, Ich belästige Sie nicht weiter, ich danke Ihnen für Ihre Geduld und Ihre Freundlichkeit, und ich bitte Sie, mich zu entschuldigen, der Grund für all das war meine Verrücktheit, so etwas Absurdes ist noch nie da gewesen, da haben Sie friedlich in Ihrer Wohnung gelebt, und ich bin unter irgendwelchen Vorwänden hergekommen, mit erschwindelten Geschichten, ich erröte vor Scham, wenn ich an bestimmte Fragen denke, die ich Ihnen gestellt habe, Ganz im Gegenteil, anders, als Sie gerade behauptet haben, lebte ich hier überhaupt nicht friedlich, ich war allein, und Ihnen einige traurige Dinge aus meinem Leben erzählt zu haben war, als hätte ich mir eine Last von der Seele geredet, Wenn Sie so denken, nur gut, Ja, so denke ich, und ich möchte Sie nicht fortgehen lassen, ohne eine Bitte an Sie zu richten, Ja, gern, wenn ich Ihnen den Wunsch erfüllen kann, Es gibt niemanden, der das besser könnte, und meine Bitte ist sehr einfach, kommen Sie mich hin und wieder besuchen, wenn Sie daran denken und Lust dazu haben, auch wenn wir nicht von meiner Patentochter sprechen, Ich werde Sie gerne besuchen kommen, Es wird immer eine Tasse Kaffee oder Tee auf Sie warten, Das ist schon ein guter Grund, herzukommen, aber es fehlt auch nicht an anderen, Danke, und schauen Sie, ich sage Ihnen noch einmal, dass Sie meinen Vorschlag nicht beachten sollen, schließlich ist er so verrückt, wie Ihrer war, Ich werde darüber nachdenken. Ich küsste ihre Hand wie beim ersten Mal, aber dann geschah etwas, das ich nicht erwartet hatte, sie hielt meine Hand fest und führte sie an ihre Lippen. Noch nie in meinem Leben hatte eine Frau das getan, es war wie ein Schock in meiner Seele, ein Beben in meinem Herzen, und noch jetzt, es ist schon früh am Morgen, nachdem so viele Stunden verstrichen sind, während ich die Ereignisse dieses Tages in mein Notizheft eintrage, schaue ich auf meine rechte Hand und empfinde sie anders, obwohl ich nicht sagen könnte, worin der Unterschied besteht, es muss etwas von innen sein, nicht von außen. Sr. José hörte auf zu schreiben, legte den Bleistift hin, steckte vorsichtig die Schulkarteikarten der unbekannten Frau in sein Heft, sie waren nun doch auf dem Tisch liegen geblieben, und schob das Ganze tief unten zwischen Matratze und Auflage. Dann wärmte er den Eintopf auf, der vom Mittagessen übrig geblieben war, und setzte sich hin zum Essen. Die Stille war beinahe vollkommen, man konnte kaum die wenigen Autos hören, die noch durch die Stadt fuhren. Deutlicher war ein gedämpfter Ton zu vernehmen, der an- und abschwoll wie ein ferner Blasebalg, aber daran war Sr. José gewöhnt, es war der Atem des Personenstandsregisters. Er ging ins Bett, doch er war nicht müde. Er dachte an die Ereignisse des Tages, seine Verwirrung und Überraschung, als er den Chef zu einer ungewöhnlichen Zeit die Behörde betreten sah, die angeregte Diskussion mit der Frau vom Erdgeschoss rechts, die er dem Sinn nach in seinem Notizheft festgehalten hatte, jedoch nicht der Form nach, was man versteht und entschuldigt, denn das Gedächtnis ist empfindsam und lässt sich nicht gerne bei Versäumnissen ertappen, es hat die Neigung, Lücken mit eigens geschaffenen, natürlich falschen Realitäten aufzufüllen, die aber mehr oder weniger nahe an den Ereignissen liegen, von denen es nur eine vage Erinnerung hat, gleich dem, was übrig ist, wenn ein Schatten vorüberzieht. Sr. José schien es, als sei er noch zu keinem Schluss gekommen über das, was geschehen war, als müsste er noch eine Entscheidung treffen, oder die letzten Worte, die er der Frau im Erdgeschoss gesagt hatte, Ich werde darüber nachdenken, wären nur ein leeres Versprechen, solche, wie man sie immer in Gesprächen äußert und deren Einhaltung niemand erwartet. Sr. José wollte endlich einschlafen, als plötzlich aus wer weiß welchen Tiefen, wie das Ende eines neuen Ariadnefadens, die ersehnte Lösung auftauchte, Am Samstag gehe ich auf den Friedhof, sagte er laut. Vor Aufregung setzte er sich im Bett auf, aber die ruhige Stimme des gesunden Menschenverstandes riet ihm, Da du nun entschieden hast, was du tun willst, leg dich hin und schlaf, sei nicht kindisch, du willst doch wohl nicht um diese Zeit mitten in der Nacht über die Friedhofsmauer springen, wie man so sagt. Gehorsam ließ sich Sr. José zwischen die Betttücher gleiten, deckte sich bis zur Nase zu, aber eine Minute noch blieb er mit offenen Augen liegen und dachte, Ich werde nicht schlafen können. In der zweiten Minute war er schon eingeschlafen.

Er wachte spät auf, kurz bevor das Personenstandsregister öffnete, er hatte nicht einmal mehr Zeit, sich zu rasieren, zog sich hastig an und rannte überstürzt fort, seinem Alter und seiner Lebensart gar nicht angemessen. Alle Angestellten, von den Amtsschreibern bis zu den beiden Stellvertretenden Amtsvorstehern, saßen bereits, die Augen starr auf die Uhr an der Wand gerichtet, und warteten darauf, dass der Minutenzeiger exakt auf die Ziffer Zwölf umsprang. Sr. José wandte sich dem Amtssekretär seiner Seite zu, dem er als Erstes Rechenschaft abzulegen hatte, und bat um Entschuldigung für die Verspätung, Ich habe schlecht geschlafen, rechtfertigte er sich, obwohl er aus der Erfahrung vieler Jahre wusste, dass eine solche Erklärung nichts nutzte, Setzen Sie sich, war die trockene Antwort, die er vernahm. Als kurz darauf der Minutenzeiger von der Wartezeit zur Arbeitszeit vorrückte, war Sr. José, behindert durch seine Schnürsenkel, die er vergessen hatte zuzubinden, noch immer nicht an seinem Platz, ein Umstand, den der Amtssekretär, der diese ungehörige Tatsache im Tagesprotokoll festhielt, kühl beobachtete. Es verging mehr als eine Stunde, bis der Amtsvorsteher eintraf. Er trat mit einem verhaltenen, fast düsteren Gesichtsausdruck ein, der die Angestellten in Furcht versetzte, auf den ersten Blick hätte man meinen können, auch er habe schlecht geschlafen, doch kam er wie immer gepflegt und vorschriftsmäßig rasiert, ohne eine Falte im Anzug oder ein verirrtes Haar. Er verharrte einen Augenblick am Tisch von Sr. José, sah ihn streng an, ohne ein Wort. Eingeschüchtert hob Sr. José die Hand ans Kinn, eine Geste, die bei Männern instinktiv zu sein scheint, um sich an seinen Bart zu fassen und zu sehen, ob er gewachsen war, hielt aber auf halbem Wege inne, als könnte er auf diese Weise die für alle sichtbare, unverzeihlich nachlässige Aufmachung vertuschen. Der Tadel, so dachten alle, würde nicht auf sich warten lassen. Der Amtsvorsteher ging zu seinem Schreibtisch, setzte sich und rief die beiden Stellvertretenden Amtsvorsteher. Zunächst dachten alle, es stünde wirklich schlecht für Sr. José, denn sonst hätte der Chef nicht die beiden Untergebenen zu sich gerufen, er wollte sicher deren Meinung zu einer schwerwiegenden Sanktion hören, die er zu verhängen beabsichtigte, Seine Geduld ist erschöpft, dachten die Amtsschreiber schadenfroh, die in letzter Zeit empört waren über die unverdient bevorzugte Behandlung, die Sr. José vonseiten des Chefs genossen hatte, Wurde aber auch Zeit, dachten sie bei sich. Doch dann merkten sie, dass der Wind aus einer anderen Richtung wehte. Während einer der Stellvertretenden Amtsvorsteher die Anweisung gab, alle Amtssekretäre und Amtsschreiber sollten sich zum Amtsvorsteher hinwenden, ging der andere um die Theke herum und schloss die Eingangstür, nachdem er draußen ein Schild angebracht hatte, auf dem stand, Aus dienstlichen Gründen geschlossen. Was soll das wohl heißen, fragten sich die Angestellten, auch die Stellvertretenden Amtsvorsteher, die so viel wussten wie die anderen, oder nur ein wenig mehr, nur, dass der Chef ihnen gesagt hatte, er würde sprechen. Das Erste, was er sagte, war, Setzen Sie sich. Die Anweisung erging von den Stellvertretenden Amtsvorstehern zu den Amtssekretären, von den Amtssekretären zu den Amtsschreibern, man hörte das unvermeidliche Scharren von Stühlen, die gerückt wurden, nun mit dem Rücken zu den entsprechenden Schreibtischen, aber das alles geschah schnell, in weniger als einer Minute herrschte im Zentralen Personenstandsregister absolute Stille. Keine Fliege war zu hören, obwohl man weiß, dass es sie gibt, einige an sicherem Ort, andere im Todeskampf in den schmutzigen Spinnweben an der Decke. Der Amtsvorsteher erhob sich langsam, und mit der gleichen Langsamkeit streifte sein Blick die Angestellten, einen nach dem anderen, als sähe er sie zum ersten Mal oder als versuchte er, sie nach langer Abwesenheit wiederzuerkennen, seltsamerweise war sein Ausdruck nicht mehr finster, oder doch in einem anderen Sinne, als quäle ihn ein moralischer Schmerz. Dann sprach er, Meine Herren, in meiner Eigenschaft als Chef dieses Zentralen Personenstandsregisters, als Letzter im Dienst einer langen Reihe von Amtsvorstehern, die historisch mit der Verwahrung des ältesten existierenden Dokuments in unseren Archiven begann, und auch in Ausübung der Kompetenzen, die mir zugesprochen wurden und dem Beispiel meiner Vorgänger folgend, habe ich mit äußerster Gewissenhaftigkeit die Gesetze, die den Dienstablauf regeln, befolgt und darauf geachtet, dass sie befolgt wurden, ohne dabei jedoch die Tradition, die mir jeden Augenblick gegenwärtig ist, zu vergessen. Ich bin mir der Wandlungen der Zeit bewusst, der Notwendigkeit einer fortwährenden Aktualisierung von Methoden und Vorgehensweisen im gesellschaftlichen Leben, aber ich verstehe auch, wie es jene verstanden haben, die vor mir dieses Personenstandsregister leiteten, dass die Wahrung des Geistes, eines Geistes, den ich Kontinuität und organische Selbsterkenntnis nenne, Vorrang haben muss vor jeglicher anderen Erwägung, da wir sonst dem Zusammenbruch des moralischen Gebäudes beiwohnen, das wir hier weiterhin als erste und letzte Verwahrer von Leben und Tod repräsentieren. Sicher werden einige protestieren, weil sie im Personenstandsregister nicht eine einzige Schreibmaschine sehen, ganz zu schweigen von noch moderneren Instrumenten, oder weil Schränke und Regale hier noch aus richtigem Holz sind, weil die Angestellten ihre Feder ins Tintenfass tauchen und Löschpapier benutzen müssen, sicher glauben einige, wir seien auf lächerliche Weise in der Geschichte stehengeblieben, und verlangen von der Regierung die umgehende Einführung fortgeschrittener Technologien in unsere Arbeit, doch wenn es so ist, dass Regeln und Gesetze jederzeit geändert und ersetzt werden können, so kann dies nicht auf die Tradition übertragen werden, die als solche in ihrer Gesamtheit wie ihrem Sinne nach unveränderlich ist. Niemand wird in die Vergangenheit reisen, um eine Tradition, die aus der Zeit geboren und von der Zeit genährt und aufrechterhalten wurde, zu ändern. Niemand wird uns sagen wollen, dass das Existierende nicht existiert hat, niemand wird wie ein Kind Geschehenes ungeschehen machen wollen. Und wer das täte, würde seine Zeit vergeuden. Dies ist das Fundament, auf das sich unser Verstand und unsere Kraft gründen, dies ist die Mauer, hinter der wir bis heute unsere Identität und unsere Autonomie haben verteidigen können. So sind wir fortgefahren. Und so würden wir weiter fortfahren, wenn uns nicht neue Überlegungen die Notwendigkeit neuer Wege aufzeigten.

Bis hierher enthielt die Rede des Chefs noch keine Neuigkeit, obwohl man zum ersten Mal im Zentralen Pesonenstandsregister etwas vernahm, was einer feierlichen Prinzipienerklärung gleichkam. Die einheitliche Mentalität der Angestellten bildete sich vor allem in der Ausübung des Dienstes heraus, die in der ersten Zeit mit Strenge und Präzision geregelt worden war, hatte jedoch in den letzten Generationen, vielleicht aufgrund historischer Ermüdung der Institution, auch zu schweren und fortgesetzten Nachlässigkeiten geführt, die selbst im Lichte einer wohlwollenden Beurteilung tadelnswert sind. Aufgestört in ihrem abgestumpften Bewusstsein, dachten die Angestellten, dies sei das zentrale Thema der unerwarteten Ansprache, doch sie merkten bald, dass sie sich getäuscht hatten. Hätten sie nämlich etwas aufmerksamer auf den Gesichtsausdruck des Amtsvorstehers geachtet, hätten sie schnell begriffen, dass seine Rede nicht disziplinarischen Charakters war, dass er keine allgemeine Zurechtweisung verkünden wollte, in diesem Fall würden seine Worte wie trockene Schläge klingen und sein ganzes Gesicht verächtliche Indifferenz ausstrahlen. Nein, es gab keines dieser Anzeichen in der Haltung des Chefs, nur den Ausdruck eines Menschen, der gewohnt ist, immer zu siegen, und sich zum ersten Mal in seinem Leben einer Macht gegenübersieht, die höher ist als seine. Und einige wenige, besonders die Stellvertretenden Amtsvorsteher und ein Amtssekretär, in dem Glauben, der letzte Satz ließe auf die unmittelbar bevorstehende Einführung von Modernisierungen schließen, die außerhalb der Mauern des Personenstandsregisters längst erfolgt waren, bemerkten ebenfalls bald, leicht verwirrt, dass sie sich getäuscht hatten. Der Amtsvorsteher fuhr fort, Täuschen Sie sich jedoch nicht, indem Sie glauben, dass die Überlegungen, auf die ich mich hier beziehe, uns einfach veranlassten, den modernen Erfindungen unsere Tore zu öffnen, dazu brauchte man nicht nachzudenken, es würde genügen, einen

Techniker dieses Bereiches zu rufen, und in vierundzwanzig Stunden hätten wir das Haus voll mit allen möglichen Apparaten. Sosehr es mich schmerzt, dies zu erklären, und so empörend es Ihnen auch erscheinen mag, worauf meine Überlegungen zu meinem eigenen Erstaunen abzielen, ist gerade einer der grundlegenden Aspekte der Tradition des Personenstandsregisters, das heißt die räumliche Aufteilung der Lebenden und der Toten, ihre obligatorische Trennung nicht nur in unterschiedliche Archive, sondern auch in verschiedene Bereiche des Gebäudes. Es erhob sich ein Raunen, als seien die kollektiven Gedanken der erstaunten Angestellten hörbar geworden, etwas anderes konnte es nicht sein, zumal niemand von ihnen es gewagt hätte, ein Wort auszusprechen. Ich verstehe, dass Sie dies verwirrt, fuhr der Amtsvorsteher fort, weil ich selbst mich einer Ketzerei bezichtigte, als mir der Gedanke kam, schlimmer noch, mich einer Schmähung des Andenkens all jener schuldig fühlte, die vor mir diese Führungsposition innehatten, und auch all jener, die dort gearbeitet haben, wo Sie jetzt arbeiten, doch die unwiderstehliche Kraft des Offensichtlichen zwang mich, dem Gewicht der Tradition entgegenzutreten, einer Tradition, die ich mein ganzes Leben als unverrückbar betrachtet hatte. Diese Erkenntnis der Tatsachen habe ich weder dem Zufall noch einer plötzlichen Offenbarung zu verdanken. Zwei Mal, seit ich Chef des Personenstandsregisters bin, habe ich warnende Hinweise erhalten, denen ich keine besondere Bedeutung beimaß, außer dass ich in einer Weise darauf reagierte, die ich mich nicht scheue als primitiv zu bezeichnen, die jedoch, heute verstehe ich das, den Weg bereiteten, sodass ich mit offenem Geist einen dritten und kürzlich erfolgten Hinweis aufnahm, über den ich aus Gründen, die geheim bleiben sollen, bei dieser Gelegenheit nicht sprechen werde. Der erste Fall, an den sich gewiss alle erinnern werden, war der Vorschlag eines meiner hier anwesenden Stellvertretenden Amtsvorsteher, die Anordnung der Archive der Toten umzukehren, das heißt weiter entfernt die ältesten und näher die kürzlich Verstorbenen. Aufgrund des erhöhten Arbeitsaufwandes, den eine solche Veränderung bedeutet, und eingedenk der Tatsache, dass wir nicht über viel Personal verfügen, war dieser Vorschlag unmöglich zu verwirklichen, und das ließ ich den Vortragenden sofort spüren, jedoch in Worten, die ich gerne vergessen würde und von denen ich vor allem hoffe, dass er sie vergessen kann. Der angesprochene Stellvertretende Amtsvorsteher errötete vor Genugtuung, sah hinter sich, um sich zu zeigen, und den Blick wieder auf den Vorgesetzten gerichtet, nickte er leicht mit dem Kopf, als wollte er damit andeuten, Wenn du doch mehr auf das merken würdest, was man dir sagt. Der Amtsvorsteher fuhr fort, Ich habe damals nicht verstanden, dass hinter einer Idee, die mir absurd erschien und dies von einem operationalen Standpunkt aus betrachtet auch tatsächlich war, eine absolut revolutionäre Absicht stand, eine unfreiwillige, unbewusste Intuition, das stimmt, aber deshalb doch nicht weniger wirkungsvoll. Natürlich konnte man vom Kopf eines Stellvertretenden Amtsvorstehers nicht viel mehr erwarten, doch als Amtsvorsteher war ich verpflichtet, sowohl kraft des mir übertragenen Amtes als auch aus Gründen der Erfahrung, sofort zu erfassen, was diese offenbar flüchtige Idee verbarg. Diesmal schaute der Stellvertretende Amtsvorsteher nicht nach hinten, und wenn er vor Ärger errötete, dann bemerkte dies niemand, weil er den Kopf gesenkt hatte. Der Amtsvorsteher machte eine Pause, seufzte tief und fuhr dann fort, Der zweite Fall war der jenes Heraldikforschers, der im Archiv der Toten verschwand und erst eine Woche später entdeckt wurde, als er fast am Ende war und wir schon alle Hoffnung verloren hatten, ihn lebend aufzufinden. Da es sich um eine Episode von so allgemeinem Charakter handelte, ich glaube nicht, dass es irgendjemanden gibt, der sich nicht zumindest einmal im Leben dort draußen verirrt hat, habe ich mich darauf beschränkt, die notwendigen Vorsichtsmaßnahmen zu ergreifen, und eine Dienstanweisung erlassen, die den Gebrauch des Ariadnefadens zur Pflicht macht, eine klassische und, wenn Sie mir diese Bemerkung gestatten, ironische Bezeichnung für die Schnur, die ich in meiner Schublade verwahre. Dass diese Maßnahme richtig war, bezeugt die Tatsache, dass seitdem kein weiterer Fall, auch nichts Vergleichbares, vorgekommen ist. Man kann sich nun fragen, welche Schlussfolgerungen ich nach dem Ihnen Mitgeteilten aus dem Fall des verirrten Heraldikforschers hätte ziehen müssen, und ich sage Ihnen in aller Bescheidenheit, dass ich, wären in letzter Zeit nicht gewisse andere Dinge geschehen und hätten diese nicht gewisse andere Erwägungen in mir angestoßen, nie begriffen hätte, welche doppelte Absurdität darin liegt, die Toten von den Lebenden zu trennen. Erstens ist es absurd unter dem archivarischen Gesichtspunkt, wenn man bedenkt, dass die einfachste Art, die Toten zu finden, die ist, sie dort zu suchen, wo auch die Lebenden sind, denn diese haben wir, da sie Lebende sind, ständig vor Augen, doch ist es zweitens ebenso absurd unter dem Gesichtspunkt der Bewahrung des Gedächtnisses, denn wenn die Toten nicht mitten unter den Lebenden sind, werden sie früher oder später vergessen, und dann, wenn Sie mir diesen vulgären Ausdruck verzeihen, wird es eine Heidenarbeit sein, sie aufzufinden, wenn wir sie brauchen, was früher oder später immer der Fall sein wird. Für alle, die mir hier zuhören, ohne

Unterschied ihrer Dienstgrade oder ihrer persönlichen Umstände, muss klar sein, dass ich einzig von Belangen dieses Personenstandsregisters gesprochen habe und nicht von der Welt draußen, wo man, aus Gründen, die mit der körperlichen Hygiene und geistigen Gesundheit der Lebenden zu tun haben, die Toten beerdigt. Aber ich wage zu behaupten, dass ebendiese Notwendigkeit der körperlichen Hygiene und der geistigen Gesundheit bestimmen muss, dass wir vom Zentralen Personenstandsregister, die wir die Papiere über Leben und Tod beschriften und ablegen, in einem einzigen Archiv, das wir einfach historisches Archiv nennen werden, die Toten und die Lebenden vereinen und sie so untrennbar an dieser Stelle zusammenführen, da dort draußen Gesetz, Brauch und Angst dies nicht zulassen. Ich werde also eine Dienstanweisung erlassen, in der Folgendes aufgeführt wird, erstens dass von diesem Tag an die Toten an der Stelle im Archiv verbleiben werden, die sie zu Lebzeiten eingenommen haben, zweitens dass wir Akte für Akte, Dokument für Dokument, von den kürzlich Verstorbenen bis zu den ältesten Todesfällen, dazu übergehen, die Reintegration der Toten der Vergangenheit in das Archiv zu bewerkstelligen, das nun das gegenwärtige Archiv aller sein wird. Ich weiß, dass der zweite Punkt Jahrzehnte in Anspruch nehmen wird, dass wir nicht mehr am Leben sein werden und wahrscheinlich auch nicht mehr die nächste Generation, wenn die Papiere des letzten Toten, in Fetzen zerfallen, von Motten zerfressen und vergilbt vom Staub der Jahrhunderte, in die Welt zurückkehren, aus der sie durch eine letzte und unnötige Gewaltanwendung entfernt worden waren. So wie der endgültige Tod die letzte Frucht des Willens zum Vergessen ist, so kann der Wille zur Erinnerung uns helfen, fortdauernd das Leben zu verlängern. Sie könnten vielleicht, wenn ich eine Antwort von Ihnen erwartete, scheinbar spitzfindig argumentieren, dass ein solches Fortbestehen denen nichts mehr nützt, die schon gestorben sind. Das wäre das Argument derer, die nicht weiter als bis zur Nasenspitze sehen können. In einem solchen Fall, vorausgesetzt, ich erachte es für notwendig zu antworten, müsste ich Ihnen erklären, dass ich hier nur vom Leben gesprochen habe und nicht vom Tod, und wenn Sie das vorher noch nicht begriffen haben, sind Sie überhaupt nicht fähig, irgendetwas zu begreifen. Der ehrerbietige Ton des letzten Teils der Rede wurde plötzlich auf brutale Weise durch den Sarkasmus der letzten Worte erschüttert. Der Amtsvorsteher war nun wieder ganz der Chef, den sie kannten, herrisch und ironisch, unerbittlich in seinem Urteil, rigoros in der Disziplin, wie er gleich darauf deutlich werden ließ, Nur in Ihrem Interesse, nicht in meinem, sollte ich Sie nun noch darauf hinweisen, dass der schlimmste Fehler in Ihrem Leben der wäre, es als ein Anzeichen persönlicher Schwäche oder verminderter offizieller Autorität zu betrachten, dass ich mit offenem Herzen und Geist zu Ihnen gesprochen habe. Wenn ich mich nicht darauf beschränkt habe, einfach ohne Erklärungen, wie es mir zustünde, die Reintegration oder Zusammenlegung der Archive anzuordnen, dann nur, weil ich Ihnen die tiefliegenden Gründe der Entscheidung begreiflich machen wollte, die ich getroffen habe, und weil ich wünsche, dass die Arbeit, die Sie erwartet, mit dem Geist derer ausgeführt wird, die fühlen, dass sie etwas aufbauen, und nicht mit der bürokratischen Entfremdung derer, denen man befohlen hat, Papiere zu Papieren abzulegen. Die Disziplin in diesem Personenstandsregister wird die sein, die sie immer war, keine Ablenkung, keine Zerstreuung, kein Wort, das nicht unmittelbar mit dem Dienst zu tun hat, niemand kommt außerhalb der Öffnungszeiten herein, kein Anzeichen von Nachlässigkeit im persönlichen Verhalten, weder im Umgang noch in der Aufmachung. Sr. José dachte, Das ist bestimmt auf mich gemünzt, weil ich nicht rasiert bin, aber er machte sich weiter keine Sorgen, es war sehr wahrscheinlich, dass es bei dieser Anspielung bleiben würde, auf jeden Fall senkte er den Kopf langsam wie ein Schüler, der keine Hausaufgaben gemacht hat und nicht an die Tafel gerufen werden möchte. Die Rede schien am Ende angelangt zu sein, aber niemand rührte sich, es musste der Befehl abgewartet werden, zur Arbeit zurückzukehren, deshalb schreckten alle auf, als der Amtsvorsteher in einem schneidenden, barschen Ton rief, Sr. José. Der so Gerufene erhob sich rasch, Was will er wohl von mir, und dachte nicht mehr, dass der Grund für den jähen Aufruf vielleicht der Bart sein könnte, etwas viel Schwerwiegenderes als eine einfache Zurechtweisung stand offenbar bevor, das jedenfalls kündigte ihm der strenge Gesichtsausdruck des Chefs an, das schrie plötzlich eine schreckliche Angst in seinem Kopf, als er ihn auf sich zukommen sah und er vor ihm innehielt, Sr. José kann kaum atmen, er wartet auf das erste Wort wie ein zum Tode Verurteilter auf das Fallen des Beils, auf das Strecken des Seils oder die Salve des Erschießungskommandos, und da sagte der Chef, Dieser Bart. Dann drehte er sich um, gab dem Stellvertretenden Amtsvorsteher ein Zeichen, wieder mit der Arbeit zu beginnen. Nun bemerkte man auf seinem Gesicht eine gewisse Gelassenheit, den Ausdruck einer seltsamen Ruhe, als sei auch er am Ende eines Tages angelangt. Niemand wird derlei Eindrücke mit Sr. José diskutieren, erstens damit sein Kopf sich nicht noch mehr mit Phantasien füllt und zweitens weil die Anweisung klar ist, Kein Wort, das nicht unmittelbar mit dem Dienst zu tun hat.

Man betritt den Friedhof durch ein altes Gebäude, dessen Vorderseite ein Zwilling der Fassade des Zentralen Personenstandsregisters ist. Es hat die gleichen drei Stufen aus schwarzem Stein, die gleiche alte Tür in der Mitte, die gleichen fünf schmalen Fenster darüber. Gäbe es nicht noch das große Tor mit den zwei Flügeln seitlich der Vorderfront, wäre der einzig bemerkenswerte Unterschied das Schild über der Eingangstür, ebenfalls in Emaille, auf dem Zentralfriedhof steht. Das Tor ist seit vielen Jahren geschlossen, seit klar war, dass der Zugang hier unpassierbar geworden war und in keiner Weise mehr dem Zweck diente, zu dem er bestimmt war, das heißt, nicht nur den Verstorbenen, sondern auch ihren Begleitern bequemen Durchlass zu gewähren, ebenso wie den Besuchern, die später kämen. Wie alle Friedhöfe dieser oder irgendeiner anderen Welt fing auch dieser winzig an, eine kleine Parzelle an der Peripherie dessen, was erst der Beginn einer Stadt war, den offenen Feldern zugewandt, doch später, mit den Jahren, wie es sich unseligerweise ergeben musste, wuchs er weiter und immer weiter, bis er zu der riesigen Nekropolis wurde, die er heute ist. Zu Beginn war er vollständig von Mauern umgeben, und dann, im Lauf der Generationen, wenn es dort drin zu eng zu werden begann und die ordnungsgemäße Unterbringung der Toten in Mitleidenschaft gezogen wurde wie auch die angemessene Mobilität der Lebenden, tat man dasselbe wie im Personenstandsregister, man riss die Mauern ab und baute etwas weiter neue auf. Eines Tages, es ist schon etwa vierhundert Jahre her, dass dies geschah, hatte der damalige Kurator des Friedhofs die Idee, diesen nach allen Seiten hin zu öffnen, ausgenommen die zur Straße hin gerichtete Seite, mit dem Hinweis, dies sei die einzige Möglichkeit, die emotionalen Bande zwischen denen drinnen und denen draußen wiederzubeleben, die zu dieser Zeit schon stark verkümmert waren, wie jeder hätte feststellen können, der sich den desolaten Zustand der Gräber angesehen hätte, besonders der ältesten. Obgleich die Mauern auf positive Weise der Hygiene und dem Anstand dienten, fand er, dass sie schließlich die perverse Wirkung hatten, dem Vergessen Flügel zu verleihen, was übrigens niemanden weiter verwundern dürfte, denn im Volksmund heißt es, seit die Welt eine Welt ist, dass das Herz nicht empfindet, was das Auge nicht sieht. Wir haben viele Gründe anzunehmen, dass der Chef des Personenstandsregisters nur aus internen Motiven zu der Entscheidung veranlasst wurde, gegen Tradition und Routine die Archive der Toten und der Lebenden miteinander zu vereinen und so die menschliche Gesellschaft in den Bereich der Dokumentation, die seiner Befugnis untersteht, zu reintegrieren. Deshalb erscheint es uns schwer verständlich, dass nicht umgehend die Lektion eines bescheidenen, einfachen Friedhofskurators angenommen wurde, der, wie in seinem Beruf und damals zu seiner Zeit üblich, zweifellos nicht sonderlich gebildet, doch von revolutionären Eingebungen war und auf dessen Grab, was wir voller Trauer festhalten, kein würdiger Grabstein als Hinweis für die Nachkommen steht. Ganz im Gegenteil fallen sie seit vier Jahrhunderten mit Flüchen, Beschimpfungen, Verleumdungen und anderen Unflätigkeiten über das Andenken des unglücklichen

Erneuerers her, der für die jetzige katastrophale und chaotische Situation der Nekropolis verantwortlich gemacht wird, vor allem weil der Zentralfriedhof nicht nur rundherum keine Mauern hat, sondern weil ausgeschlossen ist, dass er jemals wieder welche haben wird. Werden wir deutlicher. Oben wurde gesagt, der Friedhof wuchs nicht bewirkt durch die Gunst einer ihm innewohnenden Fähigkeit, sich auszubreiten, als hätten die Toten, dieses makabre Beispiel sei gestattet, unvorsichtigerweise weitere Tote hervorgebracht, sondern nur, weil die Stadt an Einwohnern und damit auch an Ausdehnung zunahm. Als der Zentralfriedhof noch von Mauern umgeben war, geschah mehr als einmal in aufeinanderfolgenden Zeiträumen das, was später in der bürokratischen Sprache der Stadt mit Ausbruch demographischer Expansion bezeichnet werden sollte. Allmählich wurden die ausladenden Felder hinter dem Friedhof bevölkert, es entstanden kleine Flecken, Dörfer, Siedlungen, zweite Wohnsitze, die ihrerseits weiterwuchsen, hier und dort berührten sie einander, doch dazwischen blieben noch freie Räume, bestellte Felder oder Wälder oder Weiden oder Buschland. Dorthin dehnte sich der Zentralfriedhof aus, als die Mauern abgerissen wurden. Wie eine Überschwemmung, die die tiefere Wasserstandsanzeige übersteigt, schlängelte er sich durch die Täler, zog sich dann langsam an den Hängen hinauf, so gewannen die Gräber an Terrain, oft mit großem Schaden für die Landwirtschaft, wenn die Eigentümer, durch diese Belagerung gezwungen, kein anderes Mittel fanden, als ihr Feld zu verkaufen, ein anderes Mal umringte er Obstgärten, Erntefelder, Tennen und Schlachthöfe, immer in Sichtweite der Dörfer und oft sozusagen Tür an Tür. Aus der Luft betrachtet erscheint der Zentralfriedhof wie ein riesiger liegender Baum mit einem kurzen, dicken Stamm, der im Kern aus Gräbern besteht, davon gehen vier kräftige Zweige ab, nahe dem Ursprung, die sich dann jedoch in fortlaufende Gabelungen erstrecken und weiter verzweigen, als das Auge reicht, und so, mit den Worten eines schöpferischen Dichters gesprochen, eine üppige Laubkrone bilden, in der Leben und Tod sich vermengen, wie sich auch in den wirklichen Bäumen das Laub und die Vögel vermengen. Das ist der Grund, warum sich das Tor des Zentralfriedhofs nicht mehr dafür eignet, Trauerzüge hindurchzulassen. Es wird nur hin und wieder geöffnet, wenn ein Erforscher alter Steine, der vor Ort einen Grabstein aus der frühesten Zeit untersucht hat, um Erlaubnis bittet, einen Abguss davon zu machen, was die Verwendung von Material wie Gips, Werg und Draht zur Folge hat sowie, nicht selten zur Ergänzung, feine, detaillierte Fotografien, für die Scheinwerfer, Reflektoren, Batterien, Lichtmesser, Schirme und andere Gegenstände vonnöten sind, in welchem Fall es nicht gestattet ist, das eine oder das andere durch die kleine Tür zu transportieren, die das Gebäude von innen mit dem Friedhof verbindet, damit nicht die Arbeit der Verwaltung gestört wird.

Trotz dieser erschöpfenden Anhäufung von Details, die vielleicht als unbedeutend angesehen werden, als sähe man nun, wenn wir zu botanischen Vergleichen zurückkehren wollen, den Wald vor lauter Bäumen nicht, ist es sehr wohl möglich, dass jemand, der diesem Bericht aufmerksam und wachsam folgt und nicht den Sinn für normatives Denken verloren hat, ein Erbe gedanklicher Prozesse, die vor allem durch die aus Kenntnissen erworbene Logik bestimmt wurden, ist es also sehr wohl möglich, dass ein solcher Zuhörer sich zum radikalen Gegner der Existenz und noch mehr der Verbreitung von Friedhöfen erklärt, die derart unreglementiert und ausufernd sind wie dieser, der inzwischen fast

Schulter an Schulter durch Orte spaziert, die die Lebenden sich zu ihrem ausschließlichen Nutzen geschaffen haben, das heißt Häuser, Straßen, Plätze, Gärten und andere öffentliche Orte, Theater und Kinos, Cafés und Restaurants, Krankenhäuser, Irrenanstalten, Polizeidienststellen, Kinderspielplätze, Sportplätze, Gelände für Märkte und Ausstellungen, Parkplätze, große Supermärkte, kleine Läden, Querstraßen, Gassen, Alleen. Obwohl es unvermeidlich ist, dass der Zentralfriedhof in symbiotischer Harmonie mit der Entwicklung der Stadt und der Zunahme der Bevölkerung ständig weiterwächst, herrscht die Ansicht vor, dass der für die ewige Ruhe bestimmte Raum sich weiterhin in einem abgegrenzten Gebiet bewegen und auch strikten Regeln unterworfen sein müsste. Ein gemeines Viereck, umgeben von hohen Mauern, ohne Schmuck oder irgendwelchen phantasievollen architektonischen Zierrat wäre mehr als ausreichend anstelle dieser Art maßloser Krake, in Wahrheit mehr Krake als Baum, auch wenn dies noch so sehr die poetische Vorstellungskraft schmerzt, die ihre acht, sechzehn, zweiunddreißig, vierundsechzig Tentakel ausstreckt, als wollte sie schließlich die ganze Welt vereinnahmen. Und dass es in zivilisierten Ländern Brauch ist und von Vorteil, wie die Erfahrung bestätigt, die Toten für einige Jahre unter der Erde zu belassen, im Allgemeinen fünf, an deren Ende, außer im Falle wundersamer Unvergänglichkeit, man das wenige herausnehmen wird, das von der Zersetzung durch Kalk und die Verdauung der Würmer übrig geblieben ist, um Platz zu machen für neue Bewohner. In zivilisierten Ländern gibt es diese Praxis der dauerhaften Plätze nicht, diese Vorstellung, dass man ein Grab auf immer und ewig für unantastbar hält, als könnte, da das Leben nicht endgültig ist, der Tod es sein. Die Folgen liegen auf der Hand, dieses untaugliche Tor, die Anarchie des internen Verkehrs, die immer größer werdenden Runden, die die Trauerzüge um den Zentralfriedhof in Kauf nehmen müssen, bevor sie an irgendeinem Ende der vierundsechzig Tentakel der Krake an ihr Ziel gelangen, das sie nie erreichen würden, wenn sie nicht einen Führer dabeihätten. Obwohl die entsprechende Information aufgrund eines bedauerlichen Versäumnisses nicht an geeigneter Stelle erfolgte, trägt der Zentralfriedhof, ebenso wie das Zentrale Personenstandsregister, die ungeschriebene Devise Alle Namen, wobei man zugeben muss, dass diese zwei Wörter auf das Personenstandsregister in der Tat passen wie ein Handschuh, denn dort befinden sich wirklich alle Namen, sowohl die der Toten als auch die der Lebenden, während man sich auf dem Friedhof, seiner eigenen Natur nach letztes Ziel und letzter Aufenthaltsort, mit den Namen der Verstorbenen begnügen muss. Dieser mathematische Beweis reicht jedoch nicht, um die Kuratoren des Zentralfriedhofs zum Schweigen zu bringen, denn angesichts der offensichtlichen numerischen Unterlegenheit, wie sie das nennen, pflegen sie mit den Schultern zu zucken und zu sagen, Mit Zeit und Geduld werden alle hierherkommen, wenn man die Sache genau betrachtet, ist das Zentrale Personenstandsregister nichts als ein Zubringer für den Zentralfriedhof. Es erübrigt sich zu sagen, dass es einen Affront bedeutet, das Personenstandsregister einen Zubringer zu nennen. Ungeachtet dieser Rivalitäten, dieses beruflichen Wettstreits, sind die Beziehungen zwischen den Angestellten des Personenstandsregisters und des Friedhofs eindeutig freundschaftlich und von gegenseitigem Respekt getragen, denn im Grunde, abgesehen von der institutionellen Zusammenarbeit, zu der sie durch die formale Gemeinsamkeit und die verwandten Ziele ihrer entsprechenden Statuten gezwungen sind, wissen sie, dass sie an zwei Enden desselben Weinbergs graben, eines Weinbergs, der sich Leben nennt und zwischen dem Nichts und dem Nichts liegt.

Nicht zum ersten Mal tauchte Sr. José auf dem Zentralfriedhof auf. Die bürokratische Notwendigkeit, einige Fakten zu verifizieren, die Klarstellung von Diskrepanzen, das Gegenüberstellen von Daten, die Aufklärung von Unstimmigkeiten verpflichten die Angestellten des Personenstandsregisters mit gewisser Regelmäßigkeit, sich dorthin zu begeben, es sind fast immer die Amtsschreiber, weniger die Amtssekretäre und nie, versteht sich, die Stellvertretenden Amtsvorsteher oder der Amtsvorsteher selbst. Auch die Amtsschreiber und ganz selten die Amtssekretäre des Zentralfriedhofs kommen aus ähnlichen Gründen zum Personenstandsregister, auch dort werden sie mit gleicher Freundlichkeit empfangen, mit der hier Sr. José begrüßt wird. So wie die Vorderfront ist auch das Innere des Gebäudes eine außerordentlich getreue Nachbildung des Personenstandsregisters, wobei allenfalls festzustellen ist, dass die Angestellten des Zentralfriedhofs zu sagen pflegen, das Zentrale Personenstandsregister sei eine Nachbildung des Zentralfriedhofs, obendrein, wenn man das Fehlen des Tores bedenkt, unvollständig, worauf die vom Personenstandsregister antworten, Was ist das schon für ein Tor, es ist doch immer geschlossen. Wie dem auch sei, hier findet man die gleiche lange Theke, auf der gesamten Länge des riesigen Saales, die gleichen sehr hohen Regale, die gleiche Aufteilung des Personals in einem Dreieck mit acht Amtsschreibern in der ersten Reihe, den vier Amtssekretären dahinter, dann den Stellvertretenden Kuratoren, so heißen sie hier und nicht Stellvertretende Amtsvorsteher, so wie der Kurator an der Spitze nicht der Amtsvorsteher ist, sondern Kurator. Jedoch bilden die Büroangestellten nicht das einzige Personal des Friedhofs. Auf zwei langen Bänken sitzen zu beiden Seiten der Eingangstür gegenüber der Theke die Führer. Es gibt Leute, die sie noch immer grob Totengräber nennen wie in früheren Zeiten, doch ihre Berufsbezeichnung lautet nun im offiziellen Bulletin der Stadt Friedhofsführer, was bei näherer Betrachtung und im Gegensatz zu dem, was man glauben könnte, nicht dem wohlmeinenden Euphemismus entspricht, mit dem man die schmerzhafte Grausamkeit einer Schaufel zu verbergen sucht, die ein viereckiges Loch in die Erde gräbt, sondern eher der korrekten Umschreibung einer Funktion, die sich nicht darauf beschränkt, den Toten in die Tiefe hinabzulassen, denn er wird auch über die Oberfläche geleitet. Diese Männer, die paarweise arbeiten, warten dort schweigend auf die Trauerzüge und setzen sich dann, versehen mit dem entsprechenden Dokument, das von einem für den Toten zuständigen Amtsschreiber ausgefüllt wird, in einen der Dienstwagen, die auf dem Parkplatz warten und auf deren Rückseite in Leuchtschrift ein Schild blinkt, Bitte folgen, wie dies auf den Flughäfen üblich ist, jedenfalls in diesem Punkt hat der Kurator des Zentralfriedhofs recht, wenn er versichert, dass man hier in der modernen Technologie weiter fortgeschritten sei als im Zentralen Personenstandsregister, wo die Tradition immer noch vorsieht, die Feder in das Tintenfass einzutauchen. Wirklich, wenn man den Leichenwagen und seine Begleiter sieht, die gehorsam den Führern durch die gepflegten Straßen der Stadt und über die ungepflegten Wege der Umgebung folgen, mit dem Licht, das sie bis zu dem Ort bringt, an dem sich das Grab befindet, Bitte folgen, Bitte folgen, Bitte folgen, muss man zugeben, dass die Veränderungen in der Welt nicht immer zum Schlechtesten bestellt sind. Und obwohl diese Kleinigkeit für das Gesamtverständnis dieses Berichtes nicht von besonderer Bedeutung ist, so bietet es sich doch an, zu erklären, dass einer der hervorstechendsten Charakterzüge dieser Führer in ihrem Glauben liegt, die Welt werde tatsächlich von einem höheren Gedanken regiert, der ständig aufmerksam auf die Bedürfnisse der Menschen achtet, denn sonst, so argumentieren sie, wären die Autos nicht gerade zu einem Zeitpunkt erfunden worden, als es notwendig wurde, das heißt, als der Zentralfriedhof so ausladend geworden war, dass es ein wahrhafter Kalvarienberg gewesen wäre, den Toten mit traditionellen Mitteln zu seinem Golgatha zu bringen, sei es mit Holz und Strick oder dem zweirädrigen Karren. Wenn man ihnen freundlich bedeutet, sie sollten behutsamer sein in ihrer Wortwahl, denn Golgatha und Kalvarienberg seien ein und dieselbe Sache und es habe keinen Sinn, Begriffe zu verwenden, die den Schmerz ankündigen, wenn es um den Transport eines Menschen geht, der keine Schmerzen mehr erleiden muss, dann antworten sie uns gewiss und erwiesenermaßen, nicht gerade wohlerzogen, jeder wisse über sich selbst Bescheid und nur Gott über alle.

Also trat Sr. José ein und ging direkt auf die Theke zu, warf im Vorübergehen einen kühlen Blick auf die dort sitzenden Führer, denen er nicht gewogen war, weil durch sie der Friedhof mehr Personal zählte. Da er im Haus bekannt war, brauchte er seine Identifizierungskarte nicht vorzuzeigen, die ihn als Angestellten des Personenstandsregisters auswies, und was die berühmte Amtsvollmacht anging, war es ihm nicht einmal in den Kopf gekommen, sie mitzubringen, wobei selbst der unerfahrenste aller Amtsschreiber ohnehin mit einem einzigen Blick bemerkt hätte, dass es sich hier von der ersten bis zur letzten Zeile um eine Fälschung handelte. Von den acht Angestellten, die hinter der Theke standen, wählte Sr. José den einen aus, der ihm am besten gefiel, einen Mann, etwas älter als er selbst, mit einer abwesenden Art wie jemand, der nicht mehr viel vom Leben erwartet. Wie die anderen, ganz gleich an welchem Tag, hatte er ihn immer dort angetroffen. Zu Beginn hatte er gedacht, dass die Angestellten des Friedhofs weder einmal die Woche ausruhen konnten noch Urlaub hatten, dass sie jeden Tag des Jahres arbeiteten, bis jemand ihm sagte, dem sei nicht so, denn es gebe eine Gruppe von Zeitangestellten, die sonntags arbeiteten, wir befinden uns nicht mehr in der Zeit der Sklaverei, Sr. José. Selbstredend wünschten sich die Angestellten des Zentralfriedhofs seit langem, besagte Zeitarbeiter kämen auch am Samstagnachmittag zur Arbeit, aber aus Gründen des Budgets wurde diese Forderung nicht erhört, und es nützte dem Friedhofspersonal wenig, das Beispiel des Zentralen Personenstandsregisters anzuführen, wo samstags nur vormittags gearbeitet wurde, denn einem sibyllinischen Bescheid von oben zufolge, der diesen Antrag zurückwies, können die Lebenden warten, die Toten nicht. Auf jeden Fall war es außergewöhnlich, dass ein Angestellter des Personenstandsregisters ausgerechnet an einem Samstagnachmittag dienstlich dort erschien, da man doch vermutete, er würde seine Freizeit am Wochenende mit der Familie verbringen, auf einem Ausflug aufs Land, oder sich mit Tätigkeiten zu Hause beschäftigen, die man so lange aufhebt, bis man Zeit hat, oder einfach ausruhen oder sich vielleicht noch fragen, wozu nützt die Freizeit, wenn wir nicht wissen, was wir damit anfangen sollen. Um Unannehmlichkeiten zu vermeiden, die leicht peinlich werden könnten, hatte sich Sr. José zur Vorsicht bereits eine Erklärung zurechtgelegt, um sie dem möglicherweise neugierigen Gesprächspartner zu geben, Dies ist ein außerordentlicher, sehr dringender Fall, mein Stellvertretender Amtsvorsteher braucht diese Information gleich am Montagmorgen, deshalb bat er mich, heute in meiner Freizeit zum Zentralfriedhof zu kommen, Na gut, dann sagen Sie, worum geht es denn, Es ist sehr einfach, wir wollten nur wissen, wann diese Frau beerdigt wurde. Der Mann nahm die Karteikarte in die Hand, die Sr. José ihm reichte, schrieb den Namen und das Todesdatum auf ein Papier und fragte den zuständigen Amtssekretär. Sr. José verstand nicht, was sie sprachen, hier wie im Personenstandsregister kann man nur ganz leise sprechen, in diesem Fall muss man auch die Entfernung in Betracht ziehen, aber er sah, wie der andere bestätigend mit dem Kopf nickte, und nach der Bewegung der Lippen zu urteilen, gab es keinen Zweifel darüber, was er gesagt hatte, Sie können ihn informieren. Der Mann ging an die Kartei unter der Theke, in der sich die Karteikarten derer befanden, die in den letzten fünfzig Jahren gestorben waren, die anderen füllen die hohen Regale, die bis in das Innere des Gebäudes reichen, er zog eine der Schubladen auf, fand die Karteikarte der Frau, schrieb das entsprechende Datum auf das Papier und kehrte zu Sr. José zurück, Hier haben Sie es, sagte er und fügte hinzu, als glaubte er, diese Information könnte nützlich sein, Sie ist bei den Selbstmördern. Sr. José fühlte ein plötzliches Zucken am Mageneingang, das ist mehr oder weniger der Ort, an dem es einem Artikel zufolge, den er einmal in einer wissenschaftlichen Zeitschrift gelesen hatte, eine Art Nervenstern mit vielen Spitzen gibt, einen Verbindungspunkt, der ausstrahlt und Solarplexus genannt wird, es gelang ihm jedoch, seine Überraschung hinter vorgetäuschter Gleichgültigkeit zu verbergen, die Todesursache musste notwendigerweise auf dem verlorengegangenen

Totenschein stehen, den er nie gesehen hatte, doch konnte er als Angestellter des Personenstandsregisters, der immer wieder mit Aufträgen zum Friedhof gekommen war, nicht zugeben, dass er ihn nicht kannte. Sorgfältig faltete er das Papier zusammen und verwahrte es in seiner Brieftasche, bedankte sich bei dem Informanten und vergaß nicht hinzuzufügen, von Gleich zu Gleich sozusagen, denn sie waren beide nicht mehr als Amtsschreiber, dass er zu seiner Verfügung stünde für alles, was er vom Personenstandsregister brauchte und was in seiner Reichweite sei. Als er schon zwei Schritte auf die Tür zu getan hatte, kehrte er zurück, Jetzt ist mir ein Gedanke gekommen, ich werde den Nachmittag ein wenig nutzen, um einen kleinen Rundgang über den Friedhof zu machen, wenn man mir gestatten würde, von hier hineinzugehen, bräuchte ich nicht außenherum zu laufen, Warten Sie, ich werde fragen, sagte der Amtsschreiber. Er trug die Bitte dem Amtssekretär vor, mit dem er vorher gesprochen hatte, dieser aber, statt zu antworten, erhob sich und ging zum Stellvertretenden Kurator auf seiner Seite. Obwohl die Entfernung größer war, konnte Sr. José an der Kopfbewegung und den Lippen ablesen, dass man ihm gestatten würde, die innere Tür zu benutzen. Der Amtsschreiber kam nicht gleich zur Theke zurück, sondern öffnete erst einen Schrank, entnahm ihm eine große Pappe, die er unter einen Deckel auf eine Maschine legte, an der einige farbige Lampen aufleuchteten, drückte auf einen Knopf, man hörte das Geräusch eines Mechanismus, es gingen andere Lichter an, und dann kam durch einen kleinen Seitenschlitz ein Blatt Papier heraus. Der Amtsschreiber legte die Pappe wieder in den Schrank und ging schließlich zur Theke zurück, Es ist besser, wenn Sie eine Landkarte mitnehmen, wir haben schon Fälle gehabt, in denen Menschen sich verlaufen haben, und dann ist es sehr schwierig, sie wiederzufinden, die Führer müssen sich mit ihren Autos auf die Suche nach ihnen begeben, und das stört den Dienst, draußen warten unterdessen all die Bestattungsunternehmen, Die Menschen geraten leicht in Panik, sie brauchen nur immer in gerader Linie in einer Richtung zu laufen, irgendwo werden sie schon ankommen, im Archiv der Toten im Personenstandsregister ist das schwierig, da gibt es keine geraden Linien, In der Theorie, da haben Sie recht, aber die geraden Linien hier sind wie die Labyrinthe der Korridore, sie brechen ständig ab, wechseln dauernd die Richtung, man geht um ein Grab herum, und plötzlich weiß man nicht mehr, wo man ist, Dort in meinem Personenstandsregister, pflegen wir den Ariadnefaden zu benutzen, und er versagt nie, Es gab auch eine Zeit, in der wir ihn benutzt haben, aber er hat nur kurze Zeit gehalten, der Faden wurde mehrmals durchgeschnitten, und wir haben nie erfahren, wer das getan hat, noch aus welchen Gründen, Die Toten waren es mit Sicherheit nicht, Wer weiß, Die Menschen, die sich verirrt haben, waren Leute ohne Tatkraft, sie hätten sich von der Sonne leiten lassen können, Vielleicht hat das auch einer getan und nur Pech gehabt, dass an dem Tag der Himmel bedeckt war, Im Personenstandsregister haben wir solche Maschinen nicht, Nun, ich sage Ihnen, dass sie sehr nützlich sind bei der Arbeit. Die Unterhaltung konnte nicht länger weitergehen, der Amtssekretär hatte schon zweimal hinübergeschaut und beim zweiten Mal mit gerunzelter Stirn, es war nun Sr. José, der leise bemerkte, Ihr Amtssekretär hat schon zweimal herübergesehen, ich möchte nicht, dass Sie meinetwegen Schwierigkeiten bekommen, Ich werde Ihnen nur den Ort anstreichen, wo die Frau begraben ist, achten Sie auf das äußerste Ende dieses Zweiges hier, diese gewellte Linie hier ist ein

Bach, der zurzeit noch als Grenze dient, das Grab befindet sich hier hinten, Sie können es anhand der Nummer finden, Und des Namens, Ja, wenn es den schon hat, aber vor allem zählen die Nummern, die Namen hätten auf der Karte keinen Platz, dann bräuchte man eine, so groß wie die Welt, Maßstab eins zu eins, Ja, eins zu eins, und selbst dann gäbe es Überlappungen, Ist diese auf dem neuesten Stand, Wir aktualisieren sie jeden Tag, Und jetzt sagen Sie mir, was hat Sie denn bewogen zu glauben, dass ich das Grab dieser Frau sehen möchte, Nichts, vielleicht weil ich an Ihrer Stelle das Gleiche getan hätte, Warum, Um sicher zu sein, Dass sie gestorben ist, Nein, sicher zu sein, dass sie gelebt hat. Der Amtssekretär schaute zum dritten Mal herüber, machte eine Bewegung, als wolle er aufstehen, tat es dann aber doch nicht, Sr. José verabschiedete sich eilig von dem Amtsschreiber, Danke, vielen Dank, sagte er und neigte gleichzeitig leicht den Kopf zum Kurator hin, eine Autorität, der gegenüber man immer seine Reverenz erweisen muss, so als würde man dem Himmel danken, selbst wenn er bedeckt ist, mit dem bedeutenden Unterschied, dass man in diesem Fall den Kopf nicht neigt, sondern erhebt.

Der älteste Teil des Zentralfriedhofs, der sich einige Dutzend Meter weit hinter dem Verwaltungsgebäude erstreckte, war jener, den die Archäologen für ihre Nachforschungen bevorzugten. Die uralten Steine, darunter einige von der Zeit so verwittert, dass man nur ein paar schwache Striche darauf erkennen konnte, die ebenso Überreste von Buchstaben sein konnten wie das Ergebnis eines abgerutschten, ungeschickten Meißels, waren noch immer Gegenstand heftigster Diskussionen und Polemiken, und da in den meisten Fällen die Hoffnung, herausfinden zu können, wer darunter begraben lag, ein für alle Mal verloren war, diskutierte man nur, als eine lebenswichtige Frage, die wahrscheinliche Datierung der Gräber. Nur unbedeutende Abweichungen wie lächerliche hundert Jahre vor oder zurück waren der Grund für endlose Kontroversen, sowohl in der Öffentlichkeit als auch im akademischen Bereich, die fast immer nicht nur zum Abbruch persönlicher Beziehungen, sondern auch zu einigen tödlichen Feindschaften führten. Die Lage, wenn dies möglich ist, verschlechterte sich noch, als Historiker und Kunstkritiker auftauchten und ihren Senf in dieser Sache dazugaben, denn wenn es immerhin noch relativ einfach war, sich als Archäologenverband über ein weitgefasstes Konzept darüber zu einigen, was antik bedeutete, das von allen akzeptiert werden konnte, indem man die Daten für später zurückstellte, war nun jedoch die Frage nach dem Schönen und dem Wahren etwas, das die Männer und Frauen der Ästhetik und der Geschichte jeweils auf ihre Weise beantworteten, wobei es nicht selten vorkam, dass ein Kritiker nur deshalb plötzlich seine Meinung änderte, weil ein anderer Kritiker gerade seine Meinung geändert hatte und diese jetzt mit der seinen übereinstimmte. Im Verlauf der Jahrhunderte war der unbeschreibliche Frieden des Zentralfriedhofs mit seinen wildbewachsenen Abschnitten, seinen Blumen, seinen Kletterpflanzen, mit seinem dichten Gebüsch, den Girlanden und Bordüren, den Brennnesseln und Disteln, den mächtigen Bäumen, deren Wurzeln oft die Grabsteine sprengten und überraschte Gebeine ans Sonnenlicht brachten, Ziel und Zeuge heftiger Wortkriege und der einen oder anderen handfesten Auseinandersetzung gewesen. Immer wenn sich Vorfälle dieser Art ereigneten, wies der Kurator die verfügbaren Führer an, die gelehrten Streithähne auseinanderzubringen, und bisweilen ging es so weit, dass er selbst, wenn eine Situation dies unbedingt erforderte, in Fleisch und Blut erschien, um die Kampfhähne ironisch daran zu erinnern, dass es nicht lohnte, sich die Haare über Nichtigkeiten in diesem Leben zu zerraufen, da sie doch früher oder später alle kahl dortselbst vereint wären. Wie der Chef des Zentralen Personenstandsregisters pflegte auch der Kurator des Zentralfriedhofs glanzvoll den Sarkasmus, was die Annahme bestätigt, dieser Charakterzug werde für unentbehrlich gehalten, um die entsprechenden hohen Funktionen einzunehmen, abgesehen von den selbstverständlich umfassenden praktischen und theoretischen Kenntnissen in der Technik des Archivierens. In einem Punkt jedoch sind sich Historiker, Kunstkritiker und Archäologen einig, darin nämlich, dass der Zentralfriedhof offensichtlich ein perfekter Katalog ist, ein Schaukasten, eine Zusammenfassung aller Stile, vor allem aus Architektur, Bildhauerei und Dekoration, und daher ein Inventarium aller bis heute existierenden Arten, zu sehen, zu sein und zu wohnen, von der ersten elementaren Zeichnung des Profils eines menschlichen Körpers, das später mit einem Meißel in den nackten Stein gehauen wurde, bis zum verchromten Stahl, reflektierenden Platten, Synthetikfasern, Spiegelfensterflächen, die heutzutage einfach überall verwendet werden.

Die ersten Grabmonumente waren Dolmen, Kromlechs und Menhire, dann tauchten, wie auf einer großen aufgeschlagenen Seite, ein Relief, Nischen auf, Altäre, Tabernakel, Kübel aus Granit, Urnen aus Marmor, glatte und gemeißelte Grabplatten, dorische, ionische, korinthische und kombinierte Säulen, Karyatiden, Friese, der Akanthus, das Gebälk und die Giebel, falsche Gewölbe, echte Gewölbe und auch Mauerteile, die aus übereinandergelegten Ziegeln errichtet worden waren, bogenförmige Krümmungen zyklopischer Mauern, Luken, Rosetten, Wasserspeier, große Fenster,

Tympana, Zinnen, Steinplatten, Streben, Pfeiler, Pilaster, liegende Statuen, die Männer mit Helm darstellen, mit Schwert und Rüstung, Kapitelle mit Geschichten und ohne Geschichten, Granatäpfel, Lilien, Immergrün, Glockentürme, Kuppeln, liegende Statuen, die Frauen mit geschnürten Brüsten darstellen, Gemälde, Bögen, treue liegende Hunde, Watschenkinder, Gabenträgerinnen, Klageweiber, die den Mantel über den Kopf gezogen haben, Obelisken, Zinnen, Gewölberispen, bunte Fenster, Tribünen, Kanzeln, Balkone und noch mehr Tympana, Kapitelle, Bögen, Engel mit ausgebreiteten Flügeln, Engel mit hängenden Flügeln, Medaillons, leere Urnen oder Urnen mit künstlichen Flammen aus Stein oder einem schmachtenden herabhängenden Trauerflor, Melancholie, Tränen, majestätische Männer, makellose Frauen, liebliche Kinder, in blühendem Alter dahingerafft, Greise und Greisinnen, die schon nichts mehr zu erwarten hatten, ganze Kreuze und zerbrochene Kreuze, Treppen, Nägel, Dornenkronen, Lanzen, rätselhafte Triangel, hier und da eine einzelne Taube aus Marmor und dann richtige Taubenschwärme, die über dem heiligen Ort kreisten. Und Stille. Eine Stille, die nur hin und wieder unterbrochen wurde durch die gelegentlichen Schritte eines seufzenden Liebhabers der Einsamkeit, den eine plötzliche Trauer aus der lärmenden Umgebung hierhergeführt hat, wo man noch Weinen am Rande eines Grabes hört, auf dem frische Blumensträuße hinterlassen werden, die noch feucht sind von ihrem eigenen Saft, und so wird sozusagen das eigene Herz der Zeit durchschritten, diese dreitausend Jahre von Gräbern aller Formen, Wesen und Arten, vereint durch dieselbe Verlassenheit, dieselbe Einsamkeit, denn die Schmerzen, die einmal hieraus geboren wurden, sind schon zu alt, als dass sie noch Erben hätten. Sr. José, der sich nach der Landkarte richtete, jedoch hin und wieder bedauerte, dass er keinen Kompass dabeihatte, geht auf die Abteilung der Selbstmörder zu, wo die Frau der Karteikarte begraben ist, aber jetzt geht er langsamer, weniger entschlossen, hin und wieder hält er an und betrachtet ein kleines architektonisches Detail, das überzogen ist von Flechten oder gezeichnet vom Regen, einige Klageweiber, schweigsam zwischen zwei Schreien, einige feierliche Niederlegungen, hieratische Faltenwürfe, oder er buchstabiert mit Mühe eine Inschrift, deren Zeichen ihn beim Vorübergehen angezogen haben, man wird seit der ersten Zeile leicht verstehen, dass er so lange für das Entziffern braucht, denn obwohl dieser Angestellte im Personenstandsregister einige Male Pergamente hat prüfen müssen, die etwa aus jener Zeit stammen, ist er nicht bewandert in alten Schriften und deshalb nie mehr als ein Amtsschreiber geworden. Oben auf einem kleinen, runden Hügel im Schatten eines Obelisken, der einmal ein geodätischer Messpunkt war, schaut Sr. José sich um, so weit sein Blick reicht, und er sieht nichts als Gräber, die sich über das Gelände hinauf- und hinabziehen, manchmal an einem steilen Abhang entlang, dann wieder über die Ebenen hinaus, Es sind Millionen, murmelte er, dann denkt er an die riesige Menge Platz, die man hätte sparen können, wenn die Toten im Stehen begraben worden wären, Seite an Seite, dicht beieinander, wie ein Heer in Habachtstellung, und jeder hätte als einziges Zeichen seiner Anwesenheit dort einen Steinwürfel auf dem Kopf, auf dessen fünf sichtbaren Seiten die wichtigsten Daten aus dem Leben des Verstorbenen eingemeißelt wären, fünf Steinquadrate wie fünf Seiten, Resümee eines ganzen Buches, das nicht hatte geschrieben werden können. Fast den Horizont berührend, weit, weit weg, sieht Sr. José Lichter, die sich langsam fortbewegen, wie gelbe Blitze gehen sie in regelmäßigen Abständen an und aus, es sind die Autos der Führer, die die Leute hinter sich rufen, Bitte folgen, Bitte folgen, einer hält plötzlich an, das Licht erlischt, das heißt, er ist schon an seinem Ziel angekommen. Sr. José sah, wie hoch die Sonne stand, dann auf die Uhr, es wird spät, er wird schnell gehen müssen, wenn er noch vor der Dämmerung zur Frau der Karteikarte kommen möchte. Er betrachtete die Landkarte, strich mit dem Zeigefinger darüber, um in etwa den Weg nachzuzeichnen, den er vom Verwaltungsgebäude bis zu dem Punkt zurückgelegt hatte, an dem er sich jetzt befand, er verglich, er schaute, wie viel ihm noch fehlte, und wollte fast den Mut verlieren. In gerader Linie, nach dem Maßstab zu urteilen, wären es noch etwa fünf Kilometer, doch die gerade durchgezogene Linie auf dem Zentralfriedhof hält nie lange an, das wurde schon gesagt, diesen fünf Kilometern Luftlinie muss man noch etwa weitere zwei hinzufügen, oder sogar drei, wenn man über das Gelände geht. Sr. José berechnete die Zeit und die Kraft, die ihm noch in den Beinen blieb, er hörte die Stimme der Vorsicht, die ihm riet, er solle den Besuch am Grab der unbekannten Frau mit mehr Ruhe auf einen anderen Tag verschieben, zumal er nun schon wusste, wo sie lag, und jedes Taxi oder ein Linienbus ihn dorthin bringen könnte, außen um den Friedhof fahrend, bis in die Nähe dieser Stelle, wie es viele Familien tun, wenn sie einen ihrer Lieben beweinen kommen und neue Blumen in die Krüge stellen oder das Wasser erneuern, vor allem im Sommer. Sr. José schwankte nun unschlüssig hin und her, als er sich an sein Abenteuer in der Schule erinnerte, jene düstere Regennacht, jener steile, glatte Hang, in den sich das Dach des Schuppens verwandelt hatte, und dann die angstvolle Suche im Gebäudeinneren, er von Fuß bis Kopf verschmutzt, mit aufgeschürften Knien, die sich schmerzhaft an der Hose rieben, und wie er es dank seiner Hartnäckigkeit und Klugheit geschafft hatte, seine eigene Angst zu besiegen und die tausend Schwierigkeiten zu überwinden, die sich ihm in den Weg stellten, bis er schließlich den geheimnisvollen Dachboden entdeckte und hinaufstieg, in dem er eine noch erschreckendere Dunkelheit erlebt hatte als im Archiv der Toten. Wer so viel gewagt hatte, hat jetzt nicht das Recht, vor den Anstrengungen eines Fußmarsches zurückzuscheuen, und sei er noch so lang, besonders da er dies im hellen Licht der Sonne tat, die, wie wir wissen, Freund aller Helden ist. Wenn die Schatten der Dämmerung ihn erreichten, bevor er zum Grab der unbekannten Frau hatte gelangen können, wenn die Nacht ihm den Weg abschnitt und dort ihre unsichtbaren Dämonen aussandte, ihn daran hinderte, weiterzugehen, dann könnte er den Anbruch des neuen Tages abwarten und sich auf eine dieser vermoosten Steinplatten zu einem Engel aus traurigem Stein legen, der seinen Schlaf bewachte. Oder unter dem Schutz eines Bogens wie jenem dort drüben, dachte Sr. José, aber dann fiel ihm ein, dass er weiter vorn sicher keine Bögen mehr finden würde. Dank kommender Generationen und dank der konsequenten Entwicklung des Bauwesens wird es nicht lange dauern, bis man eine weniger aufwendige Methode erfindet, eine Wand zu stützen, in der Tat sind die Früchte des Fortschritts auf einem Zentralfriedhof für die Forscher oder einfach Neugierige sichtbarer, es gibt sogar Leute, die behaupten, ein Friedhof sei so etwas wie eine Bibliothek, wo der Platz der Bücher von den Bestatteten eingenommen wird, in Wahrheit ist dies gleichgültig, man kann so viel von diesen lernen wie von jenen. Sr. José blickte zurück, von dort, wo er stand, konnte er über den Monumenten der Gräber nur den fernen Dachfirst des Verwaltungsgebäudes erkennen, Ich hätte nicht gedacht, dass ich schon so weit weg bin, murmelte er, und nach dieser Bemerkung, als wollte er, um eine Entscheidung zu treffen, nur seine eigene Stimme hören, setzte er seinen Weg fort.

Als er schließlich zur Abteilung der Selbstmörder kam, der Himmel zeigte schon das noch helle Grau der Dämmerung, glaubte er, sich in der Richtung geirrt zu haben oder die Landkarte sei ungenau. Vor sich sah er ein großes Feld mit unzähligen Bäumen, fast ein Wald, auf dem die Gräber, wenn nicht die schlecht sichtbaren Grabsteine gewesen wären, eher aussahen wie natürliche Pflanzenbüschel. Von hier aus konnte man den Bach nicht sehen, aber man hörte das leise Rauschen über die Steine, und in der Luft, die wie grünes Kristall war, schwebte eine Frische, die nicht nur von der ersten Stunde der Dämmerung herrührte. Da es erst vor kurzem, vor so wenigen Tagen ausgehoben worden war, musste das Grab der unbekannten Frau gezwungenermaßen an der äußersten Grenze des belegten Terrains liegen, die Frage war jetzt nur, in welcher Richtung. Sr. José hielt es für das Beste, um sich nicht zu verirren, zu dem kleinen Wasserlauf zu gehen und dann seinem Ufer zu folgen, bis er die letzten Gräber fände. Der Schatten der Bäume bedeckte ihn gleich, als sei die Nacht plötzlich hereingebrochen. Ich sollte Angst haben, murmelte Sr. José, inmitten dieser Ruhe, zwischen diesen Gräbern, mit diesen Bäumen um mich herum, und trotzdem fühle ich mich so ruhig, als sei ich bei mir zu Hause, mich schmerzen nur die Beine von dem vielen Laufen, hier ist der Bach, wenn ich Angst hätte, könnte ich jetzt gleich gehen, ich bräuchte nur hinüberzugehen, mir nur die Schuhe auszuziehen, die Hosenbeine hochzukrempeln, die Schuhe über die Schultern zu hängen und hindurchzulaufen, das Wasser würde mir nicht einmal bis zu den Knien reichen, in kürzester Zeit wäre ich unter den Lebenden, bei den Lichtern dort drüben, die gerade angegangen sind. Eine halbe Stunde später erreichte Sr. José das äußere Ende des Feldes, als der Mond, fast Vollmond, fast rund, gerade am Horizont aufstieg. Hier hatten die Gräber noch keine behauenen Steine mit Namen oder irgendeinem Schmuck, sie konnten nur durch die weißen Nummern identifiziert werden, die auf schwarzen Schildern standen und am Kopfende steckten wie schwebende Schmetterlinge. Der Mondschein breitete sich allmählich über dem Feld aus, schien langsam durch die Bäume hindurch wie ein vertrautes, wohlmeinendes Gespenst. Auf einer Lichtung fand Sr. José das, was er suchte. Er nahm nicht das Papier aus der Tasche, das der Amtsschreiber des Friedhofs ihm gegeben hatte, er hatte keinerlei Anstrengung unternommen, die Nummer im Gedächtnis zu behalten, aber er wusste sie, als er sie brauchte, und jetzt hatte er sie vor sich, vollständig beleuchtet, als sei sie mit phosphoreszierender Farbe aufgemalt. Hier ist es, sagte er.

Sr. José fror in der Nacht. Nachdem er diesen redundanten, unsinnigen Satz gesagt hatte, Hier ist es, wusste er nicht mehr, was er nun tun sollte. Gewiss, nach vielen aufwendigen Bemühungen war es ihm endlich gelungen, die unbekannte Frau zu finden, oder besser gesagt den Ort, an dem sie lag, sieben Handbreit unter der Erde, die ihn noch trug, doch er dachte bei sich, es wäre eigentlich ganz natürlich, Angst zu haben, eingeschüchtert zu sein von dem Ort, der Stunde, dem Rauschen der Bäume im geheimnisvollen Mondschein und besonders dem seltsamen Friedhof, der ihn umgab, eine Versammlung von Selbstmördern, eine Ansammlung von Schweigen, das von einem Augenblick zum anderen in Schreien ausbrechen kann, Wir sind gekommen, bevor unsere Zeit um war, unser eigener Wille hat uns hergebracht, was er aber in sich wahrnahm, ähnelte vielmehr einer Unentschiedenheit, einem Zweifel, als sei seine Suche, während er glaubte, am Ende von allem angelangt zu sein, noch nicht zu Ende, als sei die Tatsache, dass er hergekommen war, nichts als ein Übergang, nicht bedeutender als die Wohnung der alten Frau vom Erdgeschoss rechts oder die Schule oder die Apotheke, in die er gegangen war, um Fragen zu stellen, oder das Archiv im Personenstandsregister, wo die Papiere der Toten aufbewahrt wurden. Dieser Eindruck war so stark, dass er nun, als wollte er sich selbst überzeugen, murmelte, Sie ist tot, ich kann nichts mehr tun, gegen den Tod kann man nichts mehr tun. Er war viele Stunden über den Zentralfriedhof gelaufen, war durch Zeiten, Epochen und Dynastien geschritten, durch Königreiche, Kaiserreiche und Republiken, durch Kriege und Epidemien, vorbei an unzähligen einzelnen Toden, angefangen bei dem ersten Schmerz der Menschheit bis zu dieser Frau, die sich vor wenigen Tagen das Leben genommen hatte, also sollte Sr. José wirklich wissen, dass man gegen den Tod nichts tun kann. Auf seinem Weg, der von so vielen Toten gesäumt war, hatte sich keiner erhoben, als er ihn vorbeigehen hörte, keiner hatte ihn gebeten, ihm zu helfen, den zerstreuten Staub des Fleisches um die losgelösten Gebeine zu versammeln, niemand hatte ihn gebeten, Hauche meinen Augen den Atem des Lebens ein, sie wissen sehr wohl, dass man gegen den Tod nichts tun kann, sie wissen es, alle wissen wir es, aber da dies so ist, woher kommt die Angst, die Sr. José die Kehle zuschnürt, woher diese Unruhe seines Geistes, als hätte er feige mittendrin eine Arbeit verlassen und wüsste jetzt nicht, wie er mit Anstand wieder dorthin zurückkehren soll. Auf der anderen Seite des Baches, nicht weit entfernt, sind einige Häuser mit erleuchteten Fenstern zu sehen, die schwachen Lichtkegel der Straßenlaternen des Vororts, der vorbeihuschende Scheinwerfer eines Autos auf der Straße. Und weiter vorn, nur etwa dreißig Schritte entfernt, wie nicht anders zu erwarten, verbindet eine kleine Brücke die beiden Ufer des Baches miteinander, also braucht Sr. José nicht die Schuhe auszuziehen und die Hosenbeine hochzukrempeln, wenn er ans andere Ufer will. Unter normalen Umständen hätte er dies schon längst getan, umso mehr, als wir ihn nicht als einen Menschen von besonderem Mut kennen, den man braucht, um nachts auf einem Friedhof ungerührt zu bleiben, mit einem Toten unter den Füßen und bei einem Mondschein, der die Schatten tanzen lässt. Die Umstände sind jedoch so und nicht anders, hier geht es nicht um Mut oder Feigheit, hier geht es um Tod und Leben, deshalb wird Sr. José, obwohl er weiß, dass er noch oft in dieser Nacht Angst haben wird, obwohl er weiß, dass ihn die Seufzer des Windes erschrecken werden, dass im Morgengrauen die Kälte vom Himmel herabfallen und sich mit der von der Erde aufsteigenden Kälte vereinen wird, setzt sich Sr. José nun unter einen Baum, lässt sich im Schutz seines Stammes nieder. Er stülpt den Kragen seines Jacketts hoch, kauert sich, so gut er kann, zusammen, um die Körperwärme zu halten, überkreuzt die Arme, steckt die Hände unter die Achseln und wartet auf den Tag. Er spürt, wie sein Magen um Essen bittet, aber es ist nicht wichtig, noch nie ist jemand gestorben, nur weil er den Abstand zwischen zwei Mahlzeiten vergrößert hat, es sei denn, die zweite ließ so lange auf sich warten, dass keine Zeit mehr war, sie einzunehmen. Sr. José möchte wissen, ob wirklich alles zu Ende ist oder ob ihm im Gegenteil noch etwas geblieben ist, was er vergessen hat zu tun, oder, noch wichtiger, ob er an irgendetwas nicht gedacht hat, was am Ende entscheidend wäre für dieses seltsame Abenteuer, in das der Zufall ihn gestürzt hat. Er hatte die unbekannte Frau überall gesucht und sie hier unter jenem kleinen Erdhügel gefunden, den die Wildkräuter bald bedecken werden, wenn nicht vorher der Steinmetz den Hügel einebnet, um einen Marmorstein mit der üblichen Inschrift, dem ersten und dem letzten Datum und dem Namen aufzustellen, es kann auch sein, dass die Familie für ihre Toten lieber einen rechteckigen Rahmen anlegen lässt, in den zum Schmuck Rasen gesät wird, eine Lösung, die den zweifachen Vorteil hat, dass sie nicht so teuer ist und den Insekten über der Erde als Zuflucht dient. Die Frau ist also hier, alle Wege der Welt haben sich für sie versperrt, sie hat den Weg zurückgelegt, den sie zurücklegen musste, und hat angehalten, wo sie wollte, Punkt, jedoch kann Sr. José sich nicht von einer fixen Idee frei machen, nämlich dass niemand, nur er, den letzten Stein, der auf dem Brett geblieben ist, wird bewegen können, den entscheidenden Stein, jenen, der dem Spiel seinen wirklichen Sinn gibt, wenn er in der richtigen Richtung bewegt wird, mit dem Risiko, dass bis in alle Ewigkeit eine Pattsituation bestehen bleibt, wenn er es nicht tut. Er weiß nicht, welcher magische Zug dies sein wird, wenn er beschlossen hat, die Nacht hier zu verbringen, so nicht, weil er hoffte, das Schweigen würde ihm etwas ins Ohr flüstern oder das Mondlicht ihm freundlicherweise zwischen den Schatten der Bäume etwas aufzeigen, es ist, als sei er auf einen Hügel gestiegen, um die Landschaften jenseits zu erreichen, und würde nun der Regung widerstehen, ins Tal zurückzukehren, solange er nicht fühlt, dass in seinen erstaunten Augen keine Weiten mehr Platz finden.

Der Baum, an den Sr. José sich angelehnt hat, ist ein alter Olivenbaum, dessen Früchte die Menschen aus dem Vorort noch immer ernten, obwohl der Olivenhain inzwischen zu einem Friedhof geworden ist. In seinem hohen Alter hat der Stamm sich auf einer Seite geöffnet wie eine Wiege, die hochkant aufgestellt wurde, um weniger Platz einzunehmen, und dort nickt Sr. José hin und wieder ein, und dort wacht er plötzlich durch einen Windstoß auf, der ihm ins Gesicht gefahren ist, oder durch das Schweigen und die stehende Luft, die so dicht geworden sind, dass sein kaum entschlafener Geist nun von den Schreien einer Welt träumt, die ins Nichts hinübergleitet. An einem bestimmten Punkt setzte Sr. José, wie jemand, der beschlossen hat, den Biss eines Hundes mit dem Haar desselben Hundes zu heilen, seine Phantasie ein und malte sich alle klassischen Schrecken aus, die diesem Ort angemessen wären, an dem er sich befand, Prozessionen verdammter, in weiße Betttücher gehüllter Seelen, Totentänze von Skeletten, deren Gebeine rhythmisch klappern, die unheimliche Gestalt des Todes, der mit einer blutigen Sichel über den Boden harkt, damit die Toten sich damit abfinden, tot zu bleiben, da jedoch nichts dergleichen in der Wirklichkeit geschah, denn es war nur ein Werk der Phantasie, überkam Sr. José allmählich ein ungeheurer innerer Friede, der nur ab und zu durch unbesonnene, vorbeihuschende Irrlichter gestört wurde, die jeden Menschen an den Rand einer Nervenkrise hätten bringen können, auch wenn er noch so sehr die elementaren Voraussetzungen organischer Chemie kennt. Der schüchterne Sr. José zeigt hier viel Mut, den man nach all der Verwirrung und den Ängsten, die wir ihn haben durchmachen sehen, nicht von ihm erwartet hätte, was einmal mehr beweist, dass der Geist in äußerster Bedrängnis das wirkliche Maß seiner Größe zeigt. Kurz vor Morgengrauen, schon weit weg von allen Schrecken und behaglich an die sanfte Wärme des Baumes gelehnt, der ihn umarmte, schlief Sr. José mit bemerkenswerter Ruhe ein, während die Welt um ihn herum langsam aus den böswilligen Schatten der Nacht und den zweideutigen Helligkeiten eines sich verabschiedenden Mondscheins auftauchte. Als Sr. José die Augen öffnete, war es schon hell. Er war starr vor Kälte, die freundliche pflanzliche Umarmung war wohl nicht mehr als ein weiterer trügerischer Traum gewesen, es sei denn, der Baum, der nun seine Pflicht der Gastfreundschaft, die allen Olivenbäumen von Natur aus obliegt, als erfüllt ansah, hätte ihn vor der Zeit losgelassen und sitzenlassen, ohne Schutz gegen die Kälte des feinen Nebels, der über dem Friedhof hing. Sr. José erhob sich mit Mühe, er fühlte, wie all seine Gelenke schmerzten, und stolperte auf die Sonne zu, gleichzeitig schlug er kräftig mit den Armen, um sich aufzuwärmen. Neben dem Grab der unbekannten Frau stand, am feuchten Gras knabbernd, ein weißes Schaf. In seiner Nähe weideten hier und da andere Schafe. Ein alter Mann mit einem Hirtenstab in der Hand kam auf Sr. José zu. Es begleitete ihn ein gemeiner Hund, weder groß noch klein, der keine feindlichen Signale aussandte, jedoch aufmerksam eines Befehls seines Herrchens harrte. Erwartungsvoll hielt der Mann auf der anderen Seite des Grabes inne, als glaubte er, man sei ihm eine Erklärung schuldig, ohne dass er danach fragen musste, und Sr. José sagte, Guten Tag, worauf der andere antwortete, Guten Tag, Ein schöner Morgen, Nicht schlecht, Ich bin eingeschlafen, sagte Sr. José dann, Ach, Sie sind eingeschlafen, sagte der Mann in einem zweifelnden Ton, Ich bin hergekommen, um das Grab eines befreundeten Menschen zu sehen, ich habe mich hingesetzt, um unter diesem Olivenbaum auszuruhen, und bin eingeschlafen, Sie haben die Nacht hier verbracht, Ja, Es ist das erste Mal, dass ich hier um diese Zeit jemanden antreffe, wenn ich die Schafe auf die Weide bringe, Und sonst tagsüber nicht, fragte Sr. José, Das käme schlecht an, es wäre ein Mangel an Respekt, wenn ich die Schafe mitten durch die Beerdigungen laufen ließe oder sie ihren Kot verteilten, während die Menschen, die sich an ihre Lieben erinnern möchten, hier herumlaufen und beten und weinen, und außerdem möchten die Führer nicht belästigt werden, wenn sie die Gräber öffnen, deshalb habe ich keine andere Wahl und bringe ihnen ab und zu einen Käse, damit sie sich nicht beim Kurator beklagen, Da der Zentralfriedhof nach allen Seiten hin ein offenes Feld ist, kann doch jedermann herkommen, und wer Mann sagt, sagt auch Tier, es wundert mich, dass ich vom Verwaltungsgebäude bis hierher nicht einen einzigen Hund oder eine Katze gesehen habe, Hunde und streunende Katzen haben uns gerade noch gefehlt, Ich habe keinen einzigen gesehen, Sie sind all diese Kilometer zu Fuß gelaufen, Ja, Sie hätten mit dem Linienbus, dem Taxi oder mit Ihrem Auto kommen können, falls Sie eins haben, Ich wusste nicht, wo das Grab ist, deshalb musste ich mich zuerst bei der Verwaltung informieren, und dann, da es ein so schöner Tag war, beschloss ich herzulaufen, Es ist aber seltsam, dass man Ihnen nicht gesagt hat, Sie sollten außen herumgehen, wie das immer geschieht, Ich habe sie gebeten, mich dort durchzulassen, und sie haben es erlaubt, Sind Sie Archäologe, Nein, Historiker, Auch nicht, Kunstkritiker, Ach wo, Heraldikforscher, Also bitte, Dann verstehe ich nicht, warum Sie diesen ganzen Weg zurückgelegt haben, und auch nicht, wie Sie mitten zwischen diesen Gräbern schlafen konnten, ich bin an diese Landschaft gewöhnt, und ich würde nach Sonnenuntergang nicht eine Minute bleiben, So war es aber, ich habe mich hingesetzt und bin eingeschlafen, Sie haben Mut, Nein, habe ich nicht, Sie haben den Menschen entdeckt, den Sie suchten, Ja, hier ist es, gleich zu Ihren Füßen, Ein Mann oder eine Frau, Eine Frau, Das Grab hat noch keinen Namen, Ich vermute, dass die Familie sich um den Grabstein kümmert, Ich habe beobachtet, dass die Familien der Selbstmörder mehr als andere diese elementare Pflicht vernachlässigen, vielleicht empfinden sie Reue, sie denken wohl, sie seien schuld, Schon möglich, Wenn wir uns nicht von irgendwoher kennen, warum beantworten Sie dann alle Fragen, die ich Ihnen stelle, das Natürlichste wäre doch, wenn Sie mir sagten, Ihr Leben geht mich nichts an, Das ist meine Art, ich antworte immer, wenn man mich fragt, Sie sind ein Untergebener, ein Untertan, gewohnt, Befehle zu empfangen, ein Bote, Ich bin ein Amtsschreiber des Zentralen Personenstandsregisters, Dann kommen Sie ja gerade recht, um die Wahrheit über das Feld der Selbstmörder zu erfahren, aber erst müssen Sie mir feierlich schwören, dass Sie niemandem je das Geheimnis verraten werden, Ich schwöre bei dem Heiligsten in meinem Leben, Und was ist für Sie hier und jetzt das Heiligste in Ihrem Leben, Das weiß ich nicht, Alles, Oder nichts, Sie müssen gestehen, dass das ein etwas vager Schwur wäre, Ich kenne keinen besseren, Schwören Sie doch bei Ihrer Ehre, früher war das der sicherste Schwur, Nun gut, ich werde bei meiner Ehre schwören, aber hören Sie, der Chef des Personenstandsregisters würde sich kaputtlachen, wenn er hörte, dass einer seiner Amtsschreiber bei seiner Ehre schwört, Zwischen einem Schafhirten und einem Amtsschreiber ist so ein Schwur ernsthaft genug, ein Schwur, der nicht zum Lachen verführt, also werden wir ihn beibehalten, Und was ist nun die Wahrheit über das Feld der Selbstmörder, fragte Sr. José, Dass an diesem Ort nicht alles ist, was es scheint, Es ist ein Friedhof, der Zentralfriedhof, Es ist ein Labyrinth, Labyrinthe kann man von außen betrachten, Nicht alle, dieses gehört zu den unsichtbaren, Das verstehe ich nicht, Zum Beispiel der Mensch, der hier liegt, sagte der Schäfer und berührte mit der Spitze seines Stocks den Erdhügel, ist nicht der, den Sie meinen, Plötzlich schwankte der Boden unter Sr. Josés Füßen, der letzte Stein auf dem Brett, seine letzte Gewissheit, die unbekannte Frau, die er endlich gefunden hatte, war gerade abhandengekommen, Heißt das, dass diese Nummer falsch ist, fragte er zitternd, Eine Zahl ist eine Zahl, eine Zahl trügt nie, antwortete der Schäfer, wenn man diese von hier wegnähme und woandershin stellte, selbst ans Ende der Welt, wäre sie immer noch dieselbe Zahl, Das verstehe ich nicht, Das kommt noch, Bitte, mein Kopf ist ganz durcheinander, Keine der Leichen, die hier begraben sind, entspricht dem Namen, den man auf dem Marmorschild liest, Das glaube ich nicht, Ich sage es Ihnen doch, Und die Zahlen, Sie sind alle ausgetauscht, Warum, Weil jemand sie auswechselt, bevor die Steine mit den Namen gebracht und aufgestellt werden, Und wer ist das, Ich, Aber das ist ein Verbrechen, protestierte Sr. José empört, Es gibt kein Gesetz, das dies so bezeichnet, Ich werde Sie jetzt sofort der Friedhofsverwaltung melden, Denken Sie an das, was Sie geschworen haben, Ich nehme meinen Schwur zurück, in dieser Lage gilt er nicht, Es kann immer das gute Wort auf das schlechte folgen, doch weder das eine noch das andere kann zurückgenommen werden, ein Wort ist ein Wort, ein Schwur ist ein Schwur, Der Tod ist heilig, Das Leben ist heilig, Herr Amtsschreiber, wenigstens sagt man so, Aber es muss doch im Namen der Würde ein Minimum an Achtung geben vor dem, der gestorben ist, die Menschen, die sich an ihre Verwandten und Freunde erinnern, über sie nachdenken oder beten, kommen her, stellen Blumen hin oder weinen vor einem geliebten Namen, und dann, dank der Boshaftigkeit eines Schafhirten, ist der wirkliche Name dessen, der dort liegt, ein anderer, die verehrten sterblichen Überreste sind nicht die, die man vermutet, und so ist der Tod eine Farce, Ich glaube nicht, dass man jemand mehr achten kann, als um ihn zu weinen, obwohl man ihn nicht kennengelernt hat, Aber der Tod, Was, Der Tod muss doch geachtet werden, Gern würde ich von Ihnen wissen, worin Ihrer Meinung nach die Achtung vor dem Tod besteht, Vor allem darin, ihn nicht zu entweihen, Den Tod an sich kann man nicht entweihen, Sie wissen sehr gut, dass ich von Toten spreche, nicht vom Tod an sich, Sagen Sie mir, wo Sie hier das leiseste Anzeichen einer Entweihung finden, Die Namen auszutauschen ist nicht gerade eine geringfügige Entweihung, Ich verstehe, dass ein Amtsschreiber des Zentralen Personenstandsregisters so über Namen denkt. Der Schäfer unterbrach sich, machte dem Hund ein Zeichen, er solle ein Schaf einholen, das sich verlaufen hatte, dann fuhr er fort, Ich habe Ihnen noch nicht gesagt, warum ich begonnen habe, die Schilder mit den Nummern der Gräber auszuwechseln, Ich bezweifle, dass mich das interessiert, Ich bezweifle, dass es Sie nicht interessiert, Na, sagen Sie schon, Wenn es stimmt, und davon bin ich überzeugt, dass die Menschen sich das Leben nehmen, weil sie nicht gefunden werden möchten, dann sind diese hier dank dessen, was Sie die Boshaftigkeit eines Schafhirten genannt haben, endgültig frei von Belästigungen, in der Tat wäre nicht einmal ich selbst, auch wenn ich es wollte, in der Lage, mich an die richtigen Stellen zu erinnern, das Einzige, was ich weiß, ist das, was mir durch den Kopf geht, wenn ich an einem dieser Grabsteine mit dem vollständigen Namen und den dazugehörigen Geburts- und Todesdaten vorbeigehe, Was denken Sie, Dass es möglich ist, die Lüge nicht zu sehen, selbst wenn wir sie vor Augen haben. Schon lange hatte der Nebel sich verzogen, man konnte jetzt erkennen, wie groß die Herde war. Der Schäfer schwang den Stock über dem Kopf, ein Befehl an den Hund, die Herde zusammenzutreiben. Da sagte der Schäfer, Es ist Zeit, dass ich mit den Schafen davonziehe, sonst tauchen die Führer langsam auf, ich sehe schon die Lichter von zwei Wagen, aber sie kommen nicht hierher, Ich bleibe noch, sagte Sr. José, Denken Sie wirklich daran, mich anzuzeigen, fragte der Schäfer, Ich bin ein Mann des Wortes, was ich geschworen habe, ist geschworen, umso mehr, als die Ihnen mit Sicherheit raten würden zu schweigen, Warum, Stellen Sie sich vor, wie viel Arbeit das wäre, all diese Leute auszugraben und zu identifizieren, viele sind nichts mehr als

Staub unter Staub. Die Schafe waren schon zusammengetrieben, das eine oder andere kam noch dazu, hüpfte geschickt über die Weide, um dem Hund zu entfliehen und sich den anderen zuzugesellen. Der Schäfer fragte, Waren Sie ein Freund oder Verwandter des Menschen, den Sie hier besucht haben, Ich habe sie nicht einmal gekannt, Und trotzdem haben Sie sie hier gesucht, Weil ich sie nicht kannte, habe ich sie gesucht, Sehen Sie, wie recht ich hatte, als ich Ihnen sagte, es gäbe keine größere Achtung als die, um einen Menschen zu weinen, den man nicht kennengelernt hat, Adieu, Wer weiß, vielleicht treffen wir uns einmal wieder, Das glaube ich nicht, Man kann nie wissen, Wer sind Sie, Ich bin der Hirte dieser Schafe, Nichts weiter, Nichts weiter. Ein Licht blinkte in der Ferne, Der kommt hierher, sagte Sr. José, Sieht so aus, sagte der Schäfer. Mit dem Hund vorneweg bewegte sich die Herde nun auf die Brücke zu. Bevor er hinter den Bäumen am anderen Ufer verschwand, drehte der Schäfer sich um und winkte zum Abschied. Auch Sr. José hob den Arm. Jetzt konnte man das blinkende Licht des Führerwagens besser erkennen. Hin und wieder verschwand es, verdeckt durch die Unebenheiten des Geländes oder die ungleichförmigen Bauten auf dem Friedhof, die Türme, die Obelisken, die Pyramiden, dann tauchte es heller und näher wieder auf, kam schnell heran, ein deutliches Zeichen dafür, dass es nicht viele Begleiter hatte. Als Sr. José zum Hirten gesagt hatte, Ich bleibe noch, dann deswegen, weil er nur einige Minuten allein sein wollte, bevor er sich auf den Rückweg machte. Er wollte einfach nur ein wenig über sich selbst nachdenken, das Ausmaß seiner Enttäuschung ergründen, sie annehmen, im Geiste Ruhe finden und ein für alle Mal sagen können, Es ist zu Ende, doch jetzt kam ihm ein anderer Gedanke. Er näherte sich einem der Gräber wie jemand, der eindringlich nachdenkt über die unvermeidliche Ungewissheit der Existenz, die Leere aller Träume und aller Hoffnung, die absolute Zerbrechlichkeit weltlichen und göttlichen Ruhms. Er war so in Gedanken versunken, dass er offensichtlich nicht einmal die Ankunft der Führer und eines halben Dutzends Menschen oder mehr wahrgenommen hatte, die den Trauerzug begleiteten. Er rührte sich die ganze Zeit nicht, während das Grab geöffnet, der Sarg hinabgelassen, das Loch wieder zugeschüttet wurde und der übliche kleine Hügel aus der Erde entstand, die übrig geblieben war. Er rührte sich nicht, als einer der Führer am Kopfende das schwarze Metallschild mit der weißen Nummer des Grabes in die Erde steckte. Er rührte sich nicht, als das Auto der Führer und der Bestattungswagen sich entfernten, er rührte sich nicht während der knappen zwei Minuten, die die Begleiter sich noch am Fuß des Grabes vorbehalten hatten, um sinnlose Worte zu wechseln, die eine oder andere Träne zu trocknen, er rührte sich nicht, als die beiden Fahrzeuge, in denen sie gekommen waren, sich in Bewegung setzten und über die Brücke fuhren. Er rührte sich nicht, bis er alleine war. Dann nahm er die Zahl, die der unbekannten Frau entsprach, und steckte sie auf das neue Grab. Dann nahm er dessen Zahl und stellte sie auf das andere Grab. Der Austausch war vollbracht, die Wahrheit war zur Lüge geworden. Es kann außerdem sein, dass der Schäfer morgen, wenn er ein neues Grab vorfindet, ohne zu wissen, dass eine falsche Zahl darauf steht, sie wieder am Grab der unbekannten Frau einsteckt, eine ironische Hypothese, in der die Lüge sich selbst zu wiederholen scheint und damit wieder zur Wahrheit würde. Das Werk des Zufalls ist unbegrenzt. Sr. José ging nach Hause. Auf dem Weg betrat er ein Café. Er trank einen Kaffee mit Milch und aß einen Toast. Er konnte den Hunger nicht länger aushalten.

Entschlossen, den versäumten Schlaf nachzuholen, legte sich Sr. José ins Bett, kaum dass er zu Hause angelangt war, aber es waren noch keine zwei Stunden vergangen, und er wachte wieder auf. Er hatte einen seltsamen, rätselhaften Traum, er hatte sich selbst mitten auf dem Friedhof gesehen, inmitten einer so großen Herde von Schafen, dass man kaum die Hügel der Gräber sehen konnte, und jedes trug eine Zahl auf dem Kopf, die sich ständig änderte, aber da sie alle gleich waren, konnte man nicht sehen, ob die Schafe ständig die Zahl wechselten oder ob die Zahlen ständig die Schafe wechselten. Man hörte eine Stimme, die schrie, Hier bin ich, hier bin ich, sie konnte nicht von den Schafen kommen, denn die sprachen schon seit langem nicht mehr, sie konnte auch nicht aus den Gräbern kommen, denn es gibt keine Erinnerung daran, dass diese jemals gesprochen hätten, und dennoch rief die Stimme immer weiter, Hier bin ich, hier bin ich, Sr. José schaute in die Richtung und sah nur die erhobenen Mäuler der Tiere, dann erklangen dieselben Wörter hinter ihm oder rechts oder links, Hier bin ich, hier bin ich, er drehte sich rasch um, konnte aber nicht sehen, woher sie kamen. Sr. José quälte sich, er wollte aufwachen und konnte nicht, der Traum ging weiter, jetzt war es der Schäfer, der mit dem Hund auftauchte, da dachte Sr. José, Es gibt nichts, was dieser Schäfer nicht wüsste, er wird mir sagen, von wem diese Stimme kommt, aber der Schäfer sprach nicht, er schwang nur den Stock über dem Kopf, der Hund trieb die Schafe zusammen und drängte sie auf eine Brücke zu, über die lautlos Autos fuhren mit Schildern, auf denen Lampen an- und ausgingen und auf denen stand, Bitte folgen, Bitte folgen, Bitte folgen, dann verschwand die Herde plötzlich, es verschwand der Hund, es verschwand der Schäfer, es blieb nur der mit Nummern bedeckte Boden des Friedhofs zurück, jenen Nummern, die vorher auf den Köpfen der Schafe gewesen waren, doch da sie jetzt alle an den Enden zusammengefügt waren zu einer ununterbrochenen Spirale, deren Mittelpunkt er selbst war, konnte man nicht erkennen, wo die eine Nummer anfing und die andere aufhörte. Verängstigt, in Schweiß gebadet, wachte Sr. José auf und sagte, Hier bin ich. Seine Augen waren noch geschlossen, er war halb bei Bewusstsein, wiederholte aber zweimal laut, Hier bin ich, hier bin ich, dann öffnete er die Augen und betrachtete den dürftigen Raum, in dem er seit so vielen Jahren lebte, er sah die niedrige Decke mit dem rissigen Stuck, den Fußboden mit den verbogenen Dielen, den Tisch und die zwei Stühle mitten im Wohnzimmer, wenn ein solcher Name überhaupt eine Bedeutung hat an einem Ort wie diesem, den Schrank, in dem er seine Aufzeichnungen verwahrte, und die Bilder der Berühmtheiten, den Durchgang zur Küche, die Nische, die als Bad diente, und da sagte er, Ich muss einen Weg finden, mich von dieser Verrücktheit zu befreien, er bezog sich offensichtlich auf die Frau, die ihm nun für immer unbekannt bleiben würde, die Wohnung, die ärmste, hatte keine Schuld, es war nur eine traurige Wohnung. Aus Angst, der Traum könnte zurückkehren, versuchte Sr. José, nicht wieder einzuschlafen. Er lag auf dem Rücken, betrachtete die Decke, wartete darauf, dass diese ihn etwas fragte, Warum schaust du mich an, aber die Decke beachtete ihn nicht, beobachtete ihn nur, ohne ihren Ausdruck zu verändern. Sr. José gab es auf, von dort Hilfe zu erwarten, er musste das Problem alleine lösen, und das Beste wäre immer noch, sich davon zu überzeugen, dass es überhaupt kein Problem gab, Mit dem Tier stirbt auch das Gift, ein nicht gerade ehrerbietiges Sprichwort, das ihm nun entfuhr, die unbekannte Frau ein giftiges Tier zu nennen und dabei für einen Moment zu vergessen, dass es Gifte gibt, die so langsam wirken, dass sie erst spürbar werden, wenn wir uns nicht mehr an ihre Herkunft erinnern. Dann fiel er in sich zusammen und murmelte, Vorsicht, der Tod ist oft ein langsames Gift, dann fragte er sich, Wann und warum hatte sie begonnen zu sterben. In diesem Augenblick nahm die Decke, ohne direkten oder indirekten Bezug zu dem, was sie gerade gehört hatte, Abstand von ihrer Gleichgültigkeit, um ihn zu erinnern, Es gibt mindestens drei Menschen, mit denen du nicht gesprochen hast, Wer sind sie, fragte Sr. José, Die Eltern und der Exmann, Wirklich keine schlechte Idee, mit ihren Eltern zu sprechen, am Anfang habe ich auch daran gedacht, aber ich habe es dann verschoben, Entweder tust du es jetzt oder nie, noch kannst du dich damit vergnügen, auf diesem Weg ein bisschen weiter zu gehen, bevor du endgültig mit der Nase an die Mauer stößt, Wenn du nicht die ganze Zeit da oben hängen würdest als Decke, die du bist, wüsstest du, dass das kein Vergnügen war, Aber eine Zerstreuung war es, Was ist das schon für ein Unterschied, Schau im Wörterbuch nach, dafür ist es da, Ich habe gefragt, um zu fragen, jeder weiß, dass ein Zerstreuungsmanöver kein Vergnügungsmanöver ist, Und was sagst du zu dem andern Menschen, Welchem andern, Dem früheren Ehemann, wahrscheinlich ist er derjenige, der dir am meisten über diese unbekannte Frau sagen kann, ich stelle mir vor, dass das Zusammenleben, die Ehe, so eine Art Vergrößerungsglas ist, dass man nichts zurückhalten oder geheim halten kann, was unter dem Mikroskop einer ständigen Beobachtung lange standhalten würde, Es gibt Menschen, die behaupten ganz im Gegenteil, dass man, je mehr man schaut, desto weniger sieht, ganz gleich wie dem auch sei, ich glaube nicht, dass es sich lohnt, mit diesem Mann zu sprechen, du hast Angst, dass er über die Gründe für die Scheidung spricht, du willst dir nichts anhören, was gegen sie spricht, Im Allgemeinen können die Menschen nicht gerecht sein, nicht einmal mit sich selbst und auch nicht mit den anderen, also ist ziemlich gewiss, dass er mir den Fall so schildert, dass er dabei recht behält, Eine intelligente Bemerkung, mein Lieber, Ich bin nicht dumm, In der Tat, dumm bist du nicht, du brauchst nur zu viel Zeit, um Dinge wahrzunehmen, vor allem die einfachsten, Zum Beispiel, Zum Beispiel, dass du überhaupt keinen Grund hattest, dich auf die Suche nach dieser Frau zu begeben, es sei denn, Es sei denn, was, Es sei denn Liebe, Man muss eine Decke sein, um eine so absurde Idee zu haben, Ich glaube, ich habe dir einmal gesagt, die Decken der Häuser seien das vielfältige Auge Gottes, Daran kann ich mich nicht erinnern, Wenn ich es dir nicht mit genau diesen Worten gesagt habe, dann sage ich es jetzt, Dann sag mir auch, wie könnte ich eine Frau mögen, die ich nicht kannte und die ich nie gesehen habe, Eine treffende Frage, ohne Zweifel, aber nur du wirst darauf eine Antwort geben können, Dieser Gedanke hat weder Hand noch Fuß, Es ist gleich, ob er Hand oder Fuß hat, ich spreche von einem anderen Teil des Körpers, vom Herzen, das, was ihr den Motor und den Sitz aller Gefühle nennt, Ich wiederhole, dass ich nicht eine Frau mögen konnte, die ich nicht kenne, die ich nie gesehen habe außer auf einigen alten Fotos, Du wolltest sie sehen, du wolltest sie kennenlernen, und das, ob du nun zustimmst oder nicht, heißt schon, du mochtest sie, Das sind Phantasien einer Decke, Phantasien von dir, Phantasien eines Mannes, nicht meine, Du bist anmaßend, du glaubst, du wüsstest alles über mich, Alles nicht, aber einiges werde ich schon gelernt haben in so vielen Jahren gemeinsamen Lebens, ich wette, du hast nie daran gedacht, dass du und ich zusammenleben, der große Unterschied zwischen uns ist der, dass du mich nur beachtest, wenn du Rat brauchst und die Augen hier nach oben richtest, während ich die ganze Zeit auf dich schaue, Gottes Auge, Nimm meine Metaphern ernst, wenn du willst, aber wiederhole sie nicht, als seien sie deine. Danach beschloss die Decke zu schweigen, sie hatte bemerkt, dass Sr. Josés Gedanken schon auf den Besuch gerichtet waren, den er den Eltern der unbekannten Frau abstatten würde, der letzte Schritt, bevor er mit der Nase an die Mauer stieß, ein ebenfalls metaphorischer Ausdruck, der bedeutet, du bist am Ende angekommen.

Sr. José stand auf, wusch sich, wie es sich gehörte, machte sich etwas zu essen, und da er nun wieder körperlich bei Kräften war, sammelte er seine moralischen Kräfte, um mit der notwendigen bürokratischen Kühle die Eltern der unbekannten Frau anzurufen, zunächst um herauszufinden, ob sie zu Hause waren, und dann um zu fragen, ob sie heute einen Angestellten des Zentralen Personenstandsregisters empfangen könnten, um mit ihm über einen Fall zu sprechen, der ihre verstorbene Tochter betraf. Wenn es sich um irgendein Telefonat handelte, wäre Sr. José hinausgegangen, um von der Telefonzelle aus zu sprechen, die auf der anderen Straßenseite stand, in diesem Fall jedoch bestand die Gefahr, dass sie beim Abnehmen die Münze in den Apparat fallen hörten, und selbst ein gar nicht argwöhnischer Mensch würde dann eine Erklärung dafür verlangen, dass ein Angestellter des Personenstandsregisters zum Telefonieren in eine Telefonzelle gehen musste, dazu noch an einem Sonntag, wegen Fragen, die seinen Dienst betrafen. Offensichtlich war die Lösung dieses Problems nicht weit von Sr. José entfernt, er brauchte nur heimlich ein weiteres Mal die Behörde zu betreten und das Telefon auf dem Tisch des Chefs zu benutzen, aber das Risiko wäre bei diesem Vorgehen nicht kleiner, weil auf der Liste der Telefongespräche, die jeden Monat von der Zentrale geschickt und Nummer für Nummer vom Amtsvorsteher geprüft wurde, auch das heimliche Gespräch stehen würde, Was ist das für ein Anruf, der hier am Sonntag getätigt wurde, würde der Amtsvorsteher die Stellvertretenden Amtsvorsteher fragen und umgehend, ohne eine Antwort abzuwarten, anordnen, Untersuchen Sie das sofort. Diesem heimlichen Telefonat auf die Schliche zu kommen wäre das Leichteste von der Welt, man brauchte sich nur die Mühe zu machen, die verdächtige Nummer zu wählen, und würde die Information erhalten, Ja, an diesem Tag hat ein Angestellter des Zentralen Personenstandsregisters angerufen, und er hat nicht nur angerufen, sondern er ist auch hergekommen, er wollte wissen, warum unsere Tochter sich das Leben genommen hat, er behauptete, es sei für die Statistik, Für die Statistik, Ja, für die Statistik, jedenfalls ist es das, was er uns gesagt hat, Nun gut, dann hören Sie mir aufmerksam zu, Ja bitte, Damit dieser Fall vollständig gelöst werden kann, ist es unumgänglich, dass Sie und Ihr Mann bereit sind, mit dem Personenstandsregister zusammenzuarbeiten, Was müssen wir tun, Morgen kommen Sie in die Behörde und identifizieren den Angestellten, der Sie besucht hat, Wir werden dort sein, Ein Wagen wird Sie abholen,

Sr. José beschränkte sich in seiner Phantasie nicht darauf, sich diesen beunruhigenden Dialog auszudenken, sondern malte sich auch aus, was geschehen würde, nachdem dies geschehen war, die Eltern der unbekannten Frau würden das Personenstandsregister betreten und auf ihn zeigen, Der ist es, oder sie würden im Wagen, der sie abholte, sitzen und, während die Angestellten die Behörde betraten, plötzlich auf ihn zeigen, Der war es. Sr. José murmelte, Ich bin verloren, es gibt keinen Ausweg. Doch, gab es, einen ganz bequemen und endgültigen, wenn er darauf verzichtete, zur Wohnung der Eltern der unbekannten Frau zu gehen, oder wenn er dorthin ginge, ohne vorher Bescheid zu sagen, wenn er einfach an die Tür klopfte und sagte, Guten Tag, ich bin Angestellter des Zentralen Personenstandsregisters, entschuldigen Sie, dass ich Sie an einem Sonntag belästige, aber der Dienst im Personenstandsregister hat sich dermaßen angehäuft, so viele Menschen werden geboren und sterben, dass wir nun ständig Überstunden einplanen müssen. Das wäre ohne Zweifel das intelligenteste Vorgehen, das Sr. José die größtmöglichen Garantien für seine zukünftige Sicherheit geben konnte, aber es schien, als hätten die letzten Stunden, jener riesige Friedhof mit seinen ausgebreiteten Krakenarmen, die Nacht im matten Mondschein und den sich bewegenden Schatten, der konvulsive Tanz der Irrlichter, der alte Hirte und die Schafe, der Hund, schweigsam, als hätte man ihm die Stimmbänder herausgenommen, die Gräber mit den vertauschten Zahlen, es schien, als hätte all dies seine Gedanken verwirrt, die im Allgemeinen so klar waren, dass er sein Leben meisterte, denn sonst könnte man nicht begreifen, warum er noch immer auf seinem Vorhaben zu telefonieren bestand, und noch weniger könnte man begreifen, dass er dies vor sich selbst mit dem kindischen Argument zu rechtfertigen versuchte, ein vorheriger Anruf würde ihm den Weg zum Erhalt von Informationen ebnen. Er denkt sogar, dass er eine Formel hat, die gleich zu Beginn das Misstrauen zerstreuen kann, indem er sagt, wie er es bereits tut, auf dem Stuhl des Chefs sitzend, Hier spricht der Bote vom Zentralen Personenstandsregister, dieses Wort Bote, so glaubt er, ist der Dietrich, der ihm alle Türen öffnen wird, und das schien zu überzeugen, denn man würde ihm antworten, Aber ja, kommen Sie, wann Sie möchten, heute werden wir nicht mehr ausgehen. Eine letzte Spur Vernunft schoss Sr. José noch durch den Kopf, der Gedanke, dass er sehr wahrscheinlich gerade einen Knoten in den Strick gemacht hatte, der ihn erhängen würde, doch die Verrücktheit beruhigte ihn, sie sagte ihm, dass die Aufstellung der Telefonate noch einige Wochen auf sich warten ließe, bis sie von der Zentrale geschickt wurde, und wer weiß, vielleicht war der Amtsvorsteher um diese Zeit in Urlaub oder lag krank zu Hause oder hatte einfach beschlossen, einen der Stellvertretenden Amtsvorsteher mit der Überprüfung der Nummern zu betrauen, es wäre nicht das erste Mal, was bedeuten würde, dass nun mit großer Wahrscheinlichkeit das Delikt unentdeckt bliebe, wenn man bedenkt, dass dieser Auftrag keinem Stellvertretenden Amtsvorsteher zusagt, nun gut, Bis die Peitsche wieder trifft, kann der Rücken ruhen, murmelte Sr. José als Schlussfolgerung und ergab sich dem, was das Schicksal bringen würde. Er legte das Telefonbuch auf den richtigen Platz auf dem Tisch, in genau dem richtigen Winkel zur Tischplatte, wischte den Hörer mit dem Taschentuch ab, um Fingerabdrücke zu entfernen, und betrat seine Wohnung. Er putzte nun seine Schuhe, dann bürstete er seinen Anzug aus, zog sich ein sauberes Hemd an, die beste Krawatte, und hatte schon die Hand auf die Türklinke gelegt, als er sich an die Amtsvollmacht erinnerte. Sich im Hause der Eltern der unbekannten Frau vorzustellen und einfach zu sagen, Ich bin derjenige, der vom Personenstandsregister angerufen hat, würde mit Sicherheit nicht so überzeugend und amtlich wirken, wie wenn er ihnen ein gestempeltes und unterschriebenes Papier unter die Nase hielte, das dem Überbringer alle Rechte und Möglichkeiten in der Ausübung seiner Funktion und zur Erfüllung seines Auftrags einräumte. Er öffnete den Schrank, suchte die Akte des Bischofs, nahm die Amtsvollmacht heraus, und als er sie sich kurz durchlas, begriff er, dass sie nutzlos war. Erstens wegen des Datums, das vor dem Selbstmord lag, und zweitens wegen der Formulierungen selber, die dort benutzt wurden, zum Beispiel die Anweisung und der Auftrag, zu untersuchen und alles herauszufinden, was mit dem vergangenen, dem gegenwärtigen und dem zukünftigen Leben der unbekannten Frau zu tun hatte, Ich weiß nicht einmal, wo sie jetzt ist, dachte Sr. José, und was das zukünftige Leben angeht, erinnerte er sich in diesem Augenblick an einen volkstümlichen Vers, Was jenseits wohl des Todes liegt, wird keiner jemals schauen, so viele sind dorthin gegangen, doch keiner wird zurückgelangen. Er wollte die Amtsvollmacht an ihren Platz zurücklegen, doch im letzten Augenblick musste er noch einmal den Gedanken nachgeben, die ihn bisher gezwungen hatten, sich derart besessen einer Idee zu unterwerfen und sie zu verfolgen, bis er sie verwirklicht sah. Da er sich nun einmal an die Amtsvollmacht erinnert hatte, musste er sie auch mitnehmen. Er betrat noch einmal die Behörde und ging zum Formularschrank, hatte jedoch vergessen, dass der seit der Untersuchung immer abgeschlossen war. Zum ersten Mal in seinem Leben als friedfertiger Mensch packte ihn die Wut, und er hätte am liebsten mit der Faust auf das Glas eingeschlagen, ohne sich einen Teufel um die Folgen zu scheren. Glücklicherweise erinnerte er sich rechtzeitig daran, dass der Stellvertretende Amtsvorsteher, der mit der Zuteilung der Formulare beauftragt war, den Schlüssel des entsprechenden Schrankes in einer Schublade verwahrte und dass die Schubladen der Stellvertretenden Amtsvorsteher, wie es die rigorosen Regeln im Personenstandsregister vorschrieben, niemals abgeschlossen sein durften, Der Einzige, der hier ein Recht darauf hat, Geheimnisse zu verwahren, bin ich, hatte der Chef gesagt, und sein Wort war Gesetz, das sich wenigstens in diesem Falle nicht auf die Amtssekretäre und die Amtsschreiber bezog, aus dem einfachen Grund, dass diese, wie gesagt, an Tischen ohne Schubladen arbeiteten. Sr. José wickelte die linke Hand in ein Taschentuch, um nicht die Spur eines Fingerabdrucks zu hinterlassen, der ihn verraten könnte, nahm den Schlüssel und öffnete den Formularschrank. Er entnahm ihm ein Blatt mit dem Briefkopf des Personenstandsregisters, schloss den Schrank und legte den Schlüssel in die Schublade des Stellvertretenden Amtsvorstehers, in diesem Augenblick hörte man das Schloss der äußeren Gebäudetür, man hörte, wie der Riegel sich bewegte, einen Augenblick lang war Sr. José wie gelähmt, aber dann, wie in diesen uralten Träumen seiner Kindheit, in denen er schwerelos über Höfe und Dächer geschwebt war, lief er ganz leise auf Zehenspitzen davon, und als der Riegel vollständig einschnappte, war Sr. José schon in seiner Wohnung, außer Atem, als säße ihm das Herz in der Kehle. Es verging eine lange Minute, bis man jenseits der Tür jemanden husten hörte, Der Chef, dachte Sr. José und fühlte, wie seine Beine schwach wurden, da bin ich gerade noch um Haaresbreite davongekommen. Der Husten war jetzt noch einmal deutlicher oder vielleicht aus größerer Nähe zu hören, doch mit dem Unterschied, dass er jetzt absichtlich wirkte, als wollte jemand seine Anwesenheit ankündigen. Sr. José sah entsetzt auf das Schloss der schmalen Tür, die ihn von der Behörde trennte. Er hatte keine Zeit gehabt, den Schlüssel umzudrehen, nur die Klinke hielt die Tür geschlossen, Wenn er kommt, wenn er die Klinke drückt, wenn er hier hereinkommt, schrie eine Stimme in Sr. Josés Kopf, dann erwischt er dich in flagranti, mit diesem Blatt in der Hand und der Amtsvollmacht auf dem Tisch, die Stimme sagte nicht mehr, sie hatte Mitleid mit dem Amtsschreiber und sprach nicht von den Konsequenzen. Sr. José wich langsam bis zum Tisch zurück, nahm die Amtsvollmacht und versteckte sie, ebenso wie das Formular aus dem Schrank, zwischen den Laken auf dem Bett, das noch ungemacht war. Dann setzte er sich und wartete. Wenn man ihn gefragt hätte, worauf, hätte er nicht zu antworten gewusst. Es verging eine Stunde, und Sr. José wurde ungeduldig. Von der anderen Seite der Tür hörte man kein Geräusch mehr. Die Eltern der unbekannten Frau würden sich schon wundern, dass der Angestellte des Personenstandsregisters so lange brauchte, man nimmt gemeinhin an, es handle sich um etwas Dringendes, wenn ein Bote beauftragt wird, ganz gleich welcher Art der Auftrag ist, Wasser, Gas, Strom oder Selbstmord. Sr. José wartete noch eine Viertelstunde, ohne sich von seinem Stuhl zu rühren. Dann merkte er, dass er einen Entschluss gefasst hatte, und zwar nicht, wie üblich, seiner fixen Idee zu folgen, diesmal handelte es sich wirklich um eine Entscheidung, obwohl er nicht erklären konnte, wie er sie getroffen hatte. Mit beinahe lauter Stimme sagte er, Was auch immer geschehen muss, wird geschehen, die Angst wird nichts lösen. Mit einer Gelassenheit, die ihn nicht mehr überraschte, holte er die Amtsvollmacht und das Blatt

Papier, setzte sich an den Tisch, stellte das Tintenfass vor sich hin und übertrug den Text des Dokuments, kürzte hier, veränderte dort und redigierte es, Als Amtsvorsteher dieses Zentralen Personenstandsregisters teile ich hiermit allen zivilen oder militärischen, privaten oder öffentlichen Einrichtungen, die diese Amtsvollmacht sehen, lesen und prüfen, mit, dass Herr X direkt von mir den Befehl und Auftrag erhalten hat, alles zu untersuchen und herauszufinden, was sich auf die Umstände des Selbstmordes von Frau Y bezieht, insbesondere die naheliegenden ebenso wie die entfernteren Gründe, nach diesem Satz war der Text mehr oder weniger gleich dem anderen, bis zu dem abschließenden eindeutigen Imperativ, Dies ist zu vollziehen. Leider trug das Papier nicht das Prägesiegel, was durch das Eintreten des Chefs in die Behörde verhindert worden war, wichtiger war jedoch die Autorität, die hinter jedem Wort stand. Sr. José verwahrte die erste Amtsvollmacht zwischen den Ausschnitten über den Bischof, steckte die andere, die er gerade geschrieben hatte, in die Innentasche seines Jacketts und blickte herausfordernd auf die Verbindungstür. Die Stille auf der anderen Seite hielt an. Dann murmelte Sr. José, Ist mir egal, ob du da bist oder nicht. Er ging auf die Tür zu und schloss sie mit zwei schnellen Umdrehungen, zack, zack, abrupt ab.

Ein Taxi brachte ihn zum Haus der Eltern der unbekannten Frau. Er drückte auf die Klingel, eine Frau öffnete, die etwas älter als sechzig zu sein schien, aber jünger als die Frau vom Erdgeschoss rechts, mit der der Mann sie vor dreißig Jahren betrogen hatte, Ich bin der, der vom Personenstandsregister angerufen hat, sagte Sr. José, Bitte treten Sie ein, wir haben auf Sie gewartet, Entschuldigen Sie, dass ich nicht gleich gekommen bin, aber ich musste noch etwas sehr Dringendes erledigen, Das macht nichts, kommen Sie doch herein, ich gehe vor. Die Wohnung hatte etwas Düsteres, Fenster und Türen waren von Vorhängen bedeckt, die Möbel waren schwer, an den Wänden hingen vergilbte Bilder mit Landschaften, die sicher nie existiert hatten. Die Dame des Hauses ließ Sr. José in ein Zimmer eintreten, augenscheinlich ein Arbeitszimmer, in dem ein Mann, sehr viel älter als sie, ihn erwartete, Das ist der Herr vom Personenstandsregister, sagte die Frau, Setzen Sie sich, forderte ihn der Mann auf und wies auf einen Stuhl. Sr. José nahm die Amtsvollmacht aus der Tasche und hielt sie in der Hand, während er sagte, Ich bedaure, dass ich Sie in Ihrer Trauer belästige, aber die Arbeit verlangt es, dieses Dokument wird Ihnen genau sagen, worin meine Mission hier besteht. Er reichte das Blatt dem Mann, der es las, indem er es ganz dicht vor die Augen hielt, und dann sagte, Ihre Mission muss überaus wichtig sein, dass sie ein Dokument dieses Wortlauts rechtfertigt, Das ist der Stil des Personenstandsregisters, selbst wenn es sich um eine einfache Mission wie diese handelt, die Untersuchung der Gründe eines Selbstmordes, Das erscheint Ihnen einfach, Missverstehen Sie mich nicht, ich wollte nur sagen, dass dies der Stil ist, ganz gleich um welche Mission es sich handelt, mit der wir beauftragt werden und bei der man es für wichtig erachtet, eine Amtsvollmacht auszustellen, Es ist die Rhetorik der Behörde, So können Sie es auch nennen, die Frau unterbrach sie und fragte, Und was möchte das Personenstandsregister von uns erfahren, Den unmittelbaren Grund für den Selbstmord, erstens, Und zweitens, fragte der Mann, Die vorangegangenen Ereignisse, die Umstände, die Indizien, alles, was uns helfen kann, das Geschehene besser zu verstehen, Ist es für das Personenstandsregister nicht ausreichend zu wissen, dass meine Tochter sich umgebracht hat, Als ich sagte, dass ich aus

Gründen der Statistik mit Ihnen sprechen wollte, habe ich die Frage etwas vereinfacht, Dann können Sie das jetzt erläutern, Die Zeit ist vorbei, in der wir uns mit Zahlen begnügt haben, heute möchte man sich gerne so vollständig wie möglich ein psychologisches Bild davon machen, was zum Selbstmord hinführt, Warum, fragte die Frau, wenn das meine Tochter nicht wieder lebendig macht, Es geht darum, Parameter zu entwickeln, um zu intervenieren, Das verstehe ich nicht, sagte der Mann. Sr. José schwitzte, die Sache wurde komplizierter, als er vorausgesehen hatte, Es ist so warm, rief er aus, Möchten Sie ein Glas Wasser, fragte die Frau, Wenn es keine großen Umstände macht, Aber nicht doch, die Frau erhob sich und war eine Minute später zurück. Sr. José beschloss, während er trank, seine Taktik zu ändern. Er stellte das Glas auf das Tablett, das die Frau hielt, und sagte, Stellen Sie sich vor, Ihre Tochter hätte sich noch nicht das Leben genommen, stellen Sie sich vor, die Untersuchungen, die das Zentrale Personenstandsregister gegenwärtig anstellt, hätten es schon gestattet, bestimmte Ratschläge und Empfehlungen auszuarbeiten, die es vielleicht, rechtzeitig angewendet, ermöglicht hätten, das aufzuhalten, was ich als Hinführung auf den Selbstmord bezeichnet habe, Und das nennen Sie Parameter der Intervention, fragte der Mann, Genau, sagte Sr. José, und ohne dem anderen Zeit zu einem Kommentar zu geben, holte er zum ersten Schlag aus, Wenn wir auch nicht haben verhindern können, dass Ihre Tochter sich das Leben nimmt, dann können wir vielleicht durch Ihre Mithilfe und die anderer Menschen in einer ähnlichen Situation viel Kummer und viele Tränen vermeiden. Die Frau weinte und murmelte, Meine geliebte Tochter, während der Mann sich mit gezügelter Heftigkeit mit dem Handrücken über die Augen fuhr. Sr. José hoffte, nicht sein letztes Mittel einsetzen zu müssen, und das wäre, dachte er, in lautem, strengem Ton die Amtsvollmacht vorzulesen, Wort für Wort, wie Türen, die nacheinander geschlossen werden, bis es für den, der zuhört, nur einen einzigen Ausweg gibt, nämlich sofort die Anweisungen zu befolgen. Wenn das fehlschlug, bliebe ihm nur noch, schleunigst eine Entschuldigung zu finden, um sich so unauffällig wie möglich zurückzuziehen. Und zu beten, dass dieser renitente Vater der unbekannten Frau nicht auf den Gedanken käme, im Personenstandsregister anzurufen, um eine Erklärung für den Besuch eines Angestellten zu erbitten, genannt Sr. José, ich erinnere mich nicht an die übrigen Namen. Das war nicht notwendig. Der Mann faltete die Amtsvollmacht zusammen und gab sie zurück. Dann sagte er, Wir stehen zu Ihrer Verfügung. Sr. José atmete erleichtert auf, endlich war der Weg frei für sein Vorhaben, Hat Ihre Tochter einen Brief hinterlassen, Keinen Brief, kein Wort, Heißt das, dass sie sich einfach so das Leben genommen hat, Es war nicht einfach so, sie hat mit Sicherheit ihre Gründe gehabt, aber wir kennen sie nicht, Meine Tochter war unglücklich, sagte die Frau, Niemand, der glücklich ist, nimmt sich das Leben, schnitt der Mann ihr ungeduldig das Wort ab, Und warum war sie unglücklich, fragte Sr. José, Das weiß ich nicht, sie war schon als junges Mädchen traurig, und ich bat sie immer, mir zu sagen, was sie hat, und sie antwortete immer mit denselben Worten, gar nichts, Mutter, Dann war in diesem Fall der Grund für den Selbstmord nicht die Scheidung, Ganz im Gegenteil, wenn ich meine Tochter einmal glücklich gesehen habe, dann war es, als sie sich trennte, Sie hat sich nicht gut verstanden mit ihrem Mann, Nicht gut und nicht schlecht, es war eine Ehe wie viele andere, Wer hat denn um die Scheidung gebeten, Sie, Gab es einen konkreten Grund dafür, Nicht dass wir wüssten, es war, als seien die beiden an das Ende einer Straße gelangt, Wie ist er denn, Normal, eigentlich ein ganz normaler Mensch, von gutem Charakter, er hat uns nie Grund zur Klage gegeben, Und er mochte sie, Ich glaube schon, Und sie mochte ihn, Ich glaube, ja, Und trotzdem waren sie nicht glücklich, Das waren sie nie, Welch eine seltsame Situation, Das Leben ist seltsam, sagte der Mann. Es trat Schweigen ein, die Frau erhob sich und ging hinaus, Sr. José wartete ab, er wusste nicht, ob es besser war zu warten, bis sie zurückkam, oder die Unterhaltung fortzuführen. Er fürchtete, dass die Unterbrechung von seiner Befragung ablenken würde, die Spannung im Raum konnte man fast mit Händen greifen. Sr. José fragte sich, ob jene Worte des Mannes, Das Leben ist seltsam, nicht noch ein Echo seiner alten Beziehung zu der Frau vom Erdgeschoss rechts waren und ob das abrupte Hinausgehen der Frau nicht die Antwort eines Menschen war, der in diesem Augenblick keine andere geben konnte. Sr. José nahm das Glas, trank ein wenig Wasser, um Zeit zu gewinnen, dann stellte er aufs Geratewohl eine Frage, Ihre Tochter arbeitete, Ja, sie war Mathematiklehrerin, Wo, In derselben Schule, auf der sie war, bevor sie zur Universität ging. Sr. José nahm das Glas noch einmal in die Hand, fast hätte er es fallen lassen, es war lächerlich, wie er stotterte, Entschuldigen Sie, entschuldigen Sie, und plötzlich versagte ihm die Stimme, der Mann sah ihn mit verächtlicher Neugier an, während er trank, dieser Vorstellung nach zu urteilen schien es ihm, als sei das Zentrale Personenstandsregister ziemlich schlecht bedient mit Angestellten, es brachte nicht viel, mit einer solchen Amtsvollmacht dort aufzukreuzen und sich dann wie ein Idiot zu benehmen. Die Frau trat ein, als der Mann süffisant fragte, Möchten Sie vielleicht, dass ich Ihnen den Namen der Schule gebe, vielleicht ist das von einigem Nutzen für den guten Ausgang Ihrer Mission, Ich danke Ihnen sehr. Der Mann beugte sich über seinen Schreibtisch, schrieb den Namen der Schule und die Adresse auf ein Papier und gab es Sr. José mit einer trockenen Geste, aber der Mensch, der jetzt vor ihm saß, war nicht mehr derselbe wie vor wenigen Augenblicken, Sr. José hatte seine Gelassenheit wiedergefunden, als er sich daran erinnerte, dass er ein Geheimnis dieser Familie kannte, ein altes Geheimnis, und die beiden konnten nicht ahnen, dass er es kannte. Dieser Gedanke führte zu der nachfolgenden Frage, Wissen Sie, ob Ihre Tochter ein Tagebuch führte, Das glaube ich nicht, jedenfalls habe ich nichts dergleichen gefunden, sagte die Mutter, Aber es muss doch beschriebenes Papier gegeben haben, Notizen, Aufzeichnungen, die gibt es immer, wenn Sie es mir gestatten würden, könnte ich mir das ansehen und vielleicht etwas von Interesse finden, Wir haben noch nichts aus der Wohnung genommen, sagte der Vater, ich weiß nicht einmal, wann wir das tun werden, Die Wohnung Ihrer Tochter war gemietet, Nein, sie gehörte ihr, Ich verstehe. Es gab eine Pause, Sr. José faltete langsam die Amtsvollmacht auseinander, sah sie von oben bis unten an, als wollte er sich der Befugnisse vergewissern, die er noch hatte, dann sagte er, Wenn Sie mir gestatten würden, in die Wohnung zu gehen, selbstverständlich in Ihrer Anwesenheit, Nein, die Antwort war trocken und schneidend, Meine Amtsvollmacht, mahnte Sr. José an, Ihre Amtsvollmacht wird sich fürs Erste mit den Informationen begnügen, die Sie schon haben, sagte der Mann und fügte hinzu, Wenn Sie möchten, können wir unsere Unterhaltung morgen im Personenstandsregister fortsetzen, und jetzt entschuldigen Sie mich, ich habe anderes zu tun, Es ist nicht nötig, dass Sie ins Personenstandsregister kommen, was ich über die Vorgeschichte zum

Selbstmord gehört habe, scheint mir ausreichend, antwortete Sr. José, aber ich habe noch drei Fragen, Sprechen Sie, Woran ist Ihre Tochter gestorben, Sie hat eine Überdosis Schlaftabletten genommen, War sie allein zu Hause, Ja, Und der Grabstein, haben Sie ihn schon aufgestellt, Wir kümmern uns gerade darum, warum fragen Sie, Ach, nichts, einfach aus Neugier. Sr. José erhob sich. Ich begleite Sie, sagte die Frau, als sie in den Flur kamen, legte sie einen Finger auf die Lippen und machte ihm ein Zeichen, er solle warten. Aus der Schublade eines Tischchens, das dort an der Wand stand, nahm sie geräuschlos ein kleines Schlüsselbund heraus. Während sie die Tür öffnete, gab sie es Sr. José in die Hand, Das sind ihre, flüsterte sie, in den nächsten Tagen komme ich im Personenstandsregister vorbei, um sie abzuholen. Und dann kam sie näher und nannte ihm fast seufzend die Adresse.

Sr. José schlief wie ein Stein. Nachdem er von dem riskanten, aber erfolgreichen Besuch bei den Eltern der unbekannten Frau zurückgekehrt war, wollte er noch die außerordentlichen Geschehnisse seines Wochenendes in das Heft eintragen, aber der Schlaf überwältigte ihn, und er kam nicht weiter als bis zur Unterhaltung mit dem Amtsschreiber des Zentralfriedhofs. Er ging, ohne zu essen, ins Bett, schlief in weniger als zwei Minuten ein, und als er im ersten Morgengrauen die Augen öffnete, stellte er fest, dass er sich, ohne zu wissen, wie oder wann, entschieden hatte, nicht arbeiten zu gehen. Es war Montag, ausgerechnet der schlechteste Tag, um im Dienst zu fehlen, besonders da es sich um einen Amtsschreiber handelte. Ganz gleich, welches Motiv er anführte, und sei es bei anderer Gelegenheit noch so überzeugend, es wäre verdächtig und könnte nicht mehr sein als ein Vorwand, der dazu diente, das Faulenzen vom Sonntag an einem Werktag fortzusetzen, der gemeinhin für die Arbeit bestimmt ist. Nach den wiederholten und immer schwerwiegenderen Fehltritten in seinem Verhalten, seit er angefangen hatte, die unbekannte Frau zu suchen, ist Sr. José sich der Tatsache bewusst, dass das Fehlen im Dienst sich in einen Wassertropfen verwandeln kann, der das Fass der Geduld des Chefs zum Überlaufen bringen könnte. Diese bedrohliche Aussicht reichte jedoch nicht aus, um ihn in seinem Entschluss zu erschüttern. Aus zwei gewichtigen Gründen kann das, was Sr. José vorhat, nicht auf einen freien Nachmittag warten. Der erste dieser Gründe ist, dass an einem der folgenden Tage die Mutter der unbekannten Frau in das Personenstandsregister kommen wird, um die Schlüssel abzuholen, und der zweite ist, dass die Schule, wie Sr. José sehr wohl weiß, und dies aus bitterer Erfahrung, am Wochenende geschlossen ist.

Obwohl er beschlossen hatte, nicht arbeiten zu gehen, stand Sr. José sehr früh auf. Er wollte schon weit fort sein, wenn das Personenstandsregister öffnete, falls sein direkter Stellvertretender Amtsvorsteher daran dachte, jemanden zu schicken und ihn an die Tür zu rufen und fragen zu lassen, ob er wieder einmal krank sei. Während er sich rasierte, überlegte er, ob es günstiger sei, erst zur Wohnung der unbekannten Frau zu gehen oder zur Schule, dann zog er es vor, zunächst zur Schule zu gehen, dieser Mann gehört zu den vielen, die immer das Wichtigste für später aufheben. Er fragte sich auch, ob er die Amtsvollmacht mitnehmen sollte oder ob es im Gegenteil gefährlich wäre, wenn man bedachte, dass ein Schuldirektor von Amts wegen ein kundiger, belesener Mann ist, stellen wir uns vor, dass die Termini, in denen das Dokument abgefasst ist, ihm ungewöhnlich vorkommen, extravagant, hyberbolisch, stellen wir uns also vor, dass er verlangt, den Grund für das Fehlen des Prägesiegels zu erfahren, die Vorsicht gebietet, diese Amtsvollmacht neben der anderen zwischen den unschuldigen Papieren des Bischofs liegen zu lassen, Das Dokument, das mich als Angestellten des Personenstandsregisters ausweist, wird mehr als genug sein, folgerte Sr. José, schließlich werde ich nur eine konkrete, sachliche, objektive Angabe bestätigen, dass sie Mathematiklehrerin an dieser Schule war, eine Frau, die sich das Leben genommen hat. Es war noch sehr früh, als er das Haus verließ, die

Geschäfte waren noch geschlossen, unbeleuchtet, die Läden herabgelassen, der Verkehr lief langsam an, wahrscheinlich wird jetzt erst der früheste Frühaufsteher der Angestellten des Personenstandsregisters gerade das Bett verlassen. Um nicht in der Nähe gesehen zu werden, versteckte sich Sr. José in einem Garten, der zwei Häuserblocks weiter vorn an der Hauptstraße lag, wo der Bus abfuhr, der ihn an einem späten Nachmittag zur Wohnung der Frau vom Erdgeschoss rechts gebracht hatte, als er sah, wie der Chef das Personenstandsregister betrat. Niemand würde ihn zwischen den Büschen und den niedrigen Zweigen der Bäume bemerken, es sei denn, man wusste, dass er dort war. Wegen der nächtlichen Feuchtigkeit setzte sich Sr. José nicht auf eine Bank, um die Zeit verstreichen zu lassen, lief er die Gartenwege entlang, betrachtete die Blumen und fragte sich, welchen Namen sie wohl hatten, was nicht verwundert, wenn man weiß, dass er sich in der Botanik wenig auskennt, da er sein ganzes Leben zwischen vier Wänden zugebracht und den scharfen Geruch der alten Dokumente eingeatmet hat, der noch schärfer ist, wenn jener Duft nach Chrysanthemen und Rosen in der Luft liegt, auf den wir uns auf der ersten Seite dieses Berichtes bezogen haben. Als die Uhr die Stunde der Öffnung des Personenstandsregisters für das Publikum anzeigte, war Sr. José vor einem ungelegenen Zusammentreffen sicher und machte sich auf den Weg in die Schule. Er hatte es nicht eilig, der Tag heute gehörte ihm, deshalb beschloss er, zu Fuß zu gehen. Als er den Garten verließ, hatte er Zweifel, welche Richtung er einschlagen sollte, und dachte, wenn er, wie beabsichtigt, einen Stadtplan gekauft hätte, brauchte er jetzt keinen Polizisten zu fragen, aber in Wahrheit bereitete ihm diese Situation, in der das Gesetz das Verbrechen beriet, ein gewisses subversives Vergnügen. Der

Fall der unbekannten Frau war an sein Ende gelangt, jetzt brauchte er nur noch in der Schule nachzufragen, dann die Wohnung zu durchsuchen, wenn er Zeit hätte, würde er noch der Frau im Erdgeschoss rechts einen kurzen Besuch abstatten, um ihr von den letzten Ereignissen zu berichten, und dann nichts mehr. Er fragte sich, wie er sein Leben ab jetzt leben würde, ob er zu seiner Sammlung berühmter Menschen zurückkehren würde, einige Sekunden sah er sich selbst, wie er abends am Tisch saß, Nachrichten und Fotos ausschnitt, einen großen Stapel Zeitungen und Zeitschriften neben sich, wie er die Berühmtheit von jemand erahnte oder im Gegenteil den sinkenden Stern eines anderen, bisweilen hatte er in der Vergangenheit frühzeitig das Schicksal bestimmter Menschen vorausgesehen, die später bedeutend geworden waren, bisweilen war er der Erste gewesen, der vermutet hatte, dass der Lorbeer dieses Mannes oder jener Frau welken, austrocknen, zu Staub zerfallen würde, Alles endet im Müll, sagte Sr. José, ohne zu wissen, ob er in diesem Augenblick den verlorenen Ruhm oder seine Sammlung meinte.

So wie die Sonne direkt auf die Vorderfront schien, auf die Bäume der grün schimmernden Hecke, die blühenden Beete, erinnerte nichts an der Schule an das düstere Gebäude, in das Sr. José, in einer Regennacht kletternd, widerrechtlich eingedrungen war. Jetzt ging er durch den Haupteingang, sagte einer Angestellten, Ich muss mit dem Direktor sprechen, Nein, ich bin nicht Beauftragter für Erziehung, ich bin auch kein Lieferant von Schulmaterial, ich bin Angestellter des Zentralen Personenstandsregisters, es geht um eine dienstliche Angelegenheit. Die Angestellte rief über die interne Leitung an, teilte jemandem die Ankunft des Besuchers mit, dann sagte sie, Gehen Sie bitte hinauf, der Herr Direktor ist im Sekretariat, im zweiten Stock, Vielen Dank, sagte Sr. José, und stieg ruhig die Treppe hinauf, dass das Sekretariat im zweiten Stock war, wusste er schon. Der Direktor sprach mit einer Frau, die offenbar die Leiterin des Sekretariats war, er sagte, Ich brauche den Grafiker morgen, und sie antwortete, Sie können damit rechnen, Herr Direktor, und Sr. José war im Eingang stehen geblieben und wartete darauf, dass man ihn bemerkte. Der Direktor beendete das Gespräch, blickte zu ihm hinüber, erst dann sagte Sr. José, Guten Morgen, Herr Direktor, dann, schon mit seinem Ausweis in der Hand, tat er drei Schritte nach vorn, Wie Sie sehen können, bin ich Angestellter des Zentralen Personenstandsregisters, ich komme in einer dienstlichen Angelegenheit. Der Direktor machte mit einer Handbewegung deutlich, dass ihn der Ausweis nicht interessierte, dann fragte er, Worum geht es, Es ist wegen einer Lehrerin, Und was hat das Personenstandsregister mit den Lehrern dieser Schule zu tun, Als Lehrer gar nichts, aber als Menschen, die sie sind oder waren, Erklären Sie sich bitte, Wir führen eine Untersuchung über das Phänomen des Selbstmords durch, sei es in seinen psychologischen Aspekten, sei es in seinem soziologischen Kontext, und ich bin mit dem Fall einer Frau betraut, die an dieser Schule Mathematiklehrerin war und sich das Leben genommen hat. Der Direktor setzte ein mitleidiges Gesicht auf, Die arme Frau, sagte er, das ist eine sehr traurige Geschichte, die keiner von uns bis heute verstanden hat, Zunächst müsste ich Folgendes wissen, sagte Sr. José und bediente sich einer möglichst offiziellen Ausdrucksweise, ich müsste die Elemente der Identifikation, die im Archiv des Personenstandsregisters eingetragen sind, denen der beruflichen Daten der Lehrerin gegenüberstellen, Ich vermute, dass Sie sich auf die Eintragung als Angehörige unseres Lehrkörpers beziehen, Ja, der Direktor wandte sich an die Leiterin des Sekretariats, Suchen Sie mir diese Karteikarte heraus, Wir haben sie noch nicht aus der Schublade genommen, sagte die Frau entschuldigend, während sie mit den Fingern über die Karteikarten in einer Schublade fuhr, Hier ist sie, sagte sie. Sr. José fühlte, wie es in seinem Magen kribbelte, in seinem Kopf spürte er einen Anflug von Schwindel, zum Glück blieb es dabei, in der Tat befindet sich das Nervensystem dieses Mannes in einem bedauernswerten Zustand, wir müssen jedoch zugeben, dass dies nicht ganz von ungefähr ist, brauchen wir doch nur daran zu erinnern, dass die Karteikarte, die ihm in diesem Augenblick gezeigt wird, in seiner Reichweite war, er hätte nur die Schublade öffnen müssen, auf der das Schild steht, Lehrer, doch hätte er nie gedacht, dass das kleine Mädchen, das er suchte, später an genau dieser Schule, die sie besucht hatte, Mathematik unterrichten würde. Er verbarg seine Verwirrung, nicht aber das Zittern seiner Hände, Sr. José tat so, als vergleiche er die Karteikarte der Schule mit der Abschrift der Karteikarte aus dem Personenstandsregister, dann sagte er, es ist dieselbe Person. Der Direktor betrachtete ihn interessiert, Ist Ihnen nicht gut, fragte er, und er antwortete einfach, Das ist ganz natürlich, ich bin nicht mehr der Jüngste, Ich nehme an, Sie wollen mir einige Fragen stellen, Ja, so ist es, Dann kommen Sie mit, wir gehen in mein Büro. Sr. José lächelte in sich hinein, als er dem Direktor folgte, Ich wusste nicht, dass ihre Karteikarte dort war, und du weißt nicht, dass ich eine Nacht auf deinem Sofa zugebracht habe. Sie betraten das Büro, der Direktor sagte, Ich habe nicht viel Zeit, aber ich stehe Ihnen zur Verfügung, setzen Sie sich, und zeigte auf das Sofa, das dem Besucher als Bett gedient hatte, Ich wüsste gern, sagte Sr. José, ob Sie an den Tagen, die dem

Selbstmord vorausgingen, irgendeine Veränderung in ihrer gewohnten Verfassung bemerkt haben, Keine, sie war immer ein sehr diskreter Mensch, sehr verschwiegen, War sie eine gute Lehrerin, Sie gehörte zu den besten, die die Schule hatte, War sie befreundet mit irgendeinem Kollegen, Befreundet in welchem Sinne, Einfach befreundet, Sie war liebenswert, umsichtig mit allen Menschen, aber ich glaube nicht, dass irgendjemand hier behauptet, mit ihr befreundet gewesen zu sein, Und die Schüler, schätzten sie sie, Ja, sehr, War sie gesund, Soweit ich weiß, ja, Das ist seltsam, Was ist seltsam, Ich habe schon mit den Eltern gesprochen, und alles, was ich von ihnen gehört habe, und auch das, was ich jetzt hier erfahre, scheint darauf hinzudeuten, dass es ein Selbstmord ohne jede Erklärung war, Ich frage mich, sagte der Direktor, ob der Selbstmord erklärt werden kann, Meinen Sie diesen, Ich beziehe mich auf den Selbstmord im Allgemeinen, Manchmal werden Briefe hinterlassen, Das stimmt, aber ich weiß nicht, ob man das, was darin enthalten ist, eine Erklärung nennen kann, im Leben fehlt es nicht an Dingen, die nach einer Erklärung verlangen, Das stimmt, Welche Erklärung kann es zum Beispiel geben für das, was hier ein paar Tage vor dem Selbstmord geschehen ist, Was war das denn, Man ist in meine Schule eingebrochen, Ja, Woher wissen Sie, Entschuldigen Sie, mein Ja war eher eine Frage, vielleicht habe ich es nicht richtig betont, auf jeden Fall sind Einbrüche im Allgemeinen leicht zu erklären, Außer wenn der Einbrecher über das Dach durch ein Fenster einsteigt, dessen Scheibe er zerschlägt, durch das ganze Gebäude läuft, auf meinem Sofa schläft, von dem isst, was er im Kühlschrank findet, Material des Sanitätsraums benutzt und dann fortgeht, ohne irgendetwas mitzunehmen, Wie kommen Sie darauf, dass er auf Ihrem Sofa geschlafen hat, Weil die Decke, mit der ich meine Knie bedecke, damit sie nicht kalt werden, auf dem Boden lag, auch ich bin nicht mehr der Jüngste, wie Sie von sich sagten, Haben Sie das der Polizei gemeldet, Warum, da nichts gestohlen wurde, lohnte es sich nicht, die Polizei würde mir sagen, dass sie dazu da ist, Delikte zu untersuchen, und nicht, Mysterien aufzudecken, Das ist seltsam, kein Zweifel, Wir haben überall nachgesehen, im ganzen Gebäude, der Tresor war intakt, alles war an seiner Stelle, Nur die Decke nicht, Ja, nur die Decke nicht, und jetzt sagen Sie mir, ob Sie dafür irgendeine Erklärung haben, Man müsste den Einbrecher fragen, der sollte es wissen. Nachdem er das gesagt hatte, erhob sich Sr. José, Herr Direktor, ich möchte Ihnen nicht mehr Zeit stehlen, ich bedanke mich für die Aufmerksamkeit, die Sie mir in dieser unglücklichen Angelegenheit, die mich hierhergebracht hat, geschenkt haben, Ich glaube nicht, dass ich Ihnen viel geholfen habe, Wahrscheinlich hatten Sie recht, als Sie sagten, dass vielleicht kein Selbstmord erklärt werden kann, Mit dem Verstand, wohlgemerkt, Es hat sich alles so zugetragen, als hätte sie nichts anderes getan, als eine Tür zu öffnen und hinauszugehen, Oder hineinzugehen, Ja, oder hineinzugehen, je nach Blickwinkel, Gut, das ist doch eine hervorragende Erklärung, Es war eine Metapher, Die Metapher ist immer die beste Art, Dinge zu erklären, Guten Tag, Herr Direktor, ich danke Ihnen von ganzem Herzen, Guten Tag, es war mir ein Vergnügen, mit Ihnen zu sprechen, selbstverständlich meine ich nicht den traurigen Vorfall, sondern Sie als Person, Natürlich, das sagt man so, Ich begleite Sie noch zur Treppe. Als Sr. José schon die zweite Treppe hinunterging, fiel dem Direktor ein, dass er ihn nicht nach seinem Namen gefragt hatte, Ist auch nicht wichtig, überlegte er, die Geschichte ist vorbei.

Das Gleiche hätte Sr. José nicht sagen können, denn er musste noch den letzten Schritt tun, in der Wohnung der unbekannten Frau einen Brief suchen und finden oder ein Tagebuch, ein Blatt, auf dem sie ihr Herz ausgeschüttet hatte, einen Schrei, das Ich-kann-nicht-mehr, das jeder Selbstmörder die strikte Pflicht hat zurückzulassen, bevor er sich durch jene Tür zurückzieht, damit die, die noch auf dieser Seite leben, die Alarmsignale ihres eigenen Gewissens beschwichtigen können, Der Ärmste, er wird seine Gründe gehabt haben. Der menschliche Geist ist jedoch, wie oft muss das noch gesagt werden, der bevorzugte Ort für Widersprüche, im Übrigen lässt sich nicht definitiv feststellen, dass diese außerhalb gedeihen oder weiter existieren können, und das muss der Grund dafür sein, dass Sr. José durch die Stadt läuft, von einer Seite zur anderen, von hier nach dort, wie verloren, ohne Stadtplan oder Orientierung, wobei er doch genau weiß, was er an diesem letzten Tag zu tun hat, morgen wird schon ein anderer Tag sein oder er ein anderer an einem Tag wie diesem, und der Beweis dafür, dass er sich darüber im Klaren ist, war der Gedanke, Wer werde ich nach alldem morgen sein, welcher Amtsschreiber wird das Zentrale Personenstandsregister betreten. Zweimal ging er an der Wohnung der unbekannten Frau vorbei, zweimal hielt er nicht an, er hatte Angst, fragen wir ihn nicht, wovor, dies ist einer der sichtbarsten Widersprüche, Sr. José will und will doch nicht, er möchte etwas und hat Angst vor dem, was er möchte, sein ganzes Leben ist so gewesen. Um Zeit zu gewinnen und das, was unvermeidlich war, aufzuschieben, fand er, jetzt müsste er erst in einem billigen Restaurant zu Mittag essen, seinem schmalen Portemonnaie angemessen, doch vor allem müsste er weit weg sein von diesen Orten, damit nicht ein neugieriger Nachbar plötzlich Verdacht schöpfte bezüglich der Absichten dieses Mannes, der schon zweimal vorbeigelaufen war. Obwohl sein Äußeres sich nicht unterscheidet von dem Äußeren anderer ehrlicher Menschen, ist gewiss, dass man sich niemals dessen, was man sieht, sicher sein kann, der Schein trügt oft, deshalb nennen wir ihn Schein, während es im vorliegenden Fall, berücksichtigt man das Alter und die anfällige körperliche Konstitution, niemandem in den Sinn käme, zum Beispiel zu sagen, dass Sr. José davon lebt, nachts in Häuser einzusteigen. Er ließ sich so viel Zeit wie möglich mit dem bescheidenen Mittagessen, erhob sich vom Tisch, es war schon weit nach drei Uhr, und ohne Eile, als würde er die Füße hinterherziehen, näherte er sich der Straße, in der die unbekannte Frau gewohnt hatte. Bevor er um die letzte Ecke bog, atmete er tief durch, Ich bin nicht ängstlich, dachte er, um sich Mut zu machen, aber er war es, wie es so vielen mutigen Menschen geht, die tapfer sind in gewissen Dingen, feige in anderen, und die Tatsache, dass er eine Nacht auf dem Friedhof verbracht hatte, wird ihm jetzt nicht das Zittern in den Beinen nehmen. Er fuhr mit der Hand in die Außentasche seines Jacketts, tastete die Schlüssel ab, ein kleiner schmaler war für den Briefkasten, der kam von Natur aus nicht in Frage, die beiden übrigen waren fast gleich, aber einer war für die Tür zur Straße, der andere für die Tür zur Wohnung, hoffentlich würde er gleich den richtigen finden, wenn das Gebäude eine Pförtnerin hat und sie eine von denen ist, die bei dem kleinsten Geräusch die Nase nach draußen stecken, was sollte er dann vorbringen, er könnte sagen, dass er mit Erlaubnis der Eltern der Frau, die sich umgebracht hatte, dort war und dass er wegen des Inventars kam, Ich bin Angestellter des Zentralen Personenstandsregisters, gute Frau, hier haben Sie meine Karte, und wie Sie sehen, hat man mir auch die Schlüssel der Wohnung anvertraut. Sr. José steckte beim ersten Versuch den richtigen Schlüssel ins Schloss, die Pförtnerin, wenn es sie denn im Haus gab, erschien nicht, um ihn zu fragen, Wohin gehen Sie, mein Herr, es stimmt schon, wie man sagt, dass der beste Wächter des Weinbergs die Angst ist, der Wächter könnte wachen, also ist es ratsam, die Angst zunächst zu besiegen, und dann wird man sehen, ob der Wächter auftaucht. Obwohl es ein älteres Gebäude ist, hat es einen Fahrstuhl, und da Sr. Josés Beine so schwer geworden sind, hätte er nie den sechsten Stock erreicht, wo die Mathematiklehrerin gelebt hatte. Die Tür quietschte, als er sie öffnete, und schreckte den Besucher auf, plötzlich kamen ihm Zweifel über die Wirksamkeit der Rechtfertigung, die er der Pförtnerin im Falle einer Nachfrage hatte geben wollen. Er schlüpfte rasch in das Wohnungsinnere, schloss behutsam die Tür und fand sich inmitten eines dichten Halbdunkels, dem nicht viel fehlte zur vollständigen Finsternis. Er tastete die Wand neben dem Türrahmen ab, fand einen Schalter, den er wohlweislich nicht benutzte, es könnte riskant sein, Licht einzuschalten. Langsam gewöhnten sich Sr. Josés Augen an das Halbdunkel, man wird behaupten, dass dies in einer ähnlichen Situation jedem so geht, aber im Allgemeinen weiß man nicht, dass die Amtsschreiber des Personenstandsregisters, da sie regelmäßig und häufig das Archiv der Toten aufsuchen müssen, schließlich nach einer gewissen Zeit außerordentliche optische Fähigkeiten entwickeln. Sie würden sogar Katzenaugen bekommen, wenn sie nicht vorher das Pensionsalter erreichten.

Obwohl der Fußboden mit Teppich ausgelegt war, hielt Sr. José es für besser, die Schuhe auszuziehen, um jede Erschütterung, jeden Stoß zu vermeiden, die den Bewohnern im Stockwerk darunter seine Anwesenheit verraten könnten. Übervorsichtig öffnete er die inneren Läden vor einem Fenster, das zur Straße ging, aber nur so weit, dass etwas Licht hereinfiel. Er war in einem Zimmer mit Bett. Da stand eine Kommode, ein Kleiderschrank, ein Nachttisch. Das Bett war schmal, ein Einzelbett, wie man früher sagte. Die Möbel waren von einer schlichten, klaren Form, das Gegenteil der dunklen, schweren Möbel im Haus der Eltern. Sr. José ging durch die übrigen Räume der Wohnung, die nur aus einem Wohnzimmer mit den üblichen Sofas und einem Bücherregal bestanden, das eine ganze Wand bedeckte, einem kleinen Raum, der als Arbeitszimmer diente, einer winzigen Küche und einem Bad, gerade so groß wie nötig. Hier also hatte eine Frau gelebt, die sich aus unerfindlichen Gründen das Leben genommen hatte, die verheiratet gewesen war und sich hatte scheiden lassen, die nach der Scheidung bei ihren Eltern hätte wohnen können, aber lieber alleine weiterlebte, eine Frau, die wie alle ein kleines Mädchen und dann eine junge Frau gewesen war, die aber schon zu dieser Zeit auf eine gewisse und undefinierbare Art die Frau gewesen war, die sie später sein sollte, eine Mathematiklehrerin, deren Name zu ihren Lebzeiten im Personenstandsregister eingetragen worden war, eine Frau, deren Name als Tote in die Welt der Lebenden zurückgekehrt war, weil dieser Sr. José ihn aus der toten Welt herausgerettet hatte, nur den Namen, nicht sie, denn so viel vermochte ein Amtsschreiber nicht. Alle Türen zwischen den Räumen waren geöffnet, die Helligkeit des Tages erleuchtete mehr oder weniger die Wohnung, doch Sr. José wird sich mit seiner Suche beeilen müssen, um nichts Halbes zu tun. Er öffnete eine Schreibtischschublade, sah kurz hinein, es schienen ihm Mathematikaufgaben aus der Schule zu sein, Berechnungen, Gleichungen, nichts, was ihm die Gründe für Leben und Tod der Frau darlegen könnte, die auf diesem Stuhl gesessen, diese Lampe eingeschaltet, diesen Bleistift genommen und damit geschrieben hatte. Sr. José schloss langsam die Schublade, dann öffnete er noch eine weitere, hielt aber inne, dachte eine lange Minute nach, oder es waren vielleicht nur ein paar Sekunden, die ihm wie Stunden vorkamen, dann schob er die Schublade entschlossen zu, verließ das Arbeitszimmer, ließ sich auf einem der kleinen Sofas im Wohnzimmer nieder und blieb dort sitzen. Er betrachtete die alten, gestopften Socken, die er trug, die etwas zu kurzen Hosen ohne Bügelfalten, die weißen, dünnen, wenig behaarten Knöchel. Er spürte, wie sein Körper sich an die seichten Mulden des Sofas und der Federn schmiegte, von einem anderen Körper geformt, Nie wieder wird sie hier sitzen, murmelte er. Die Stille, die ihm absolut erschienen war, wurde jetzt durch Geräusche von der Straße unterbrochen, vor allem hin und wieder durch ein vorbeifahrendes Auto, aber in der Luft lag auch ein bedächtiges Atmen, ein langsamer Pulsschlag, vielleicht war es der Atem der Wohnungen, wenn man sie allein lässt, diese hat vielleicht noch gar nicht gemerkt, dass jemand sie betreten hat. Sr. José sagt zu sich selbst, dass es noch Schubladen gibt, die er durchsuchen müsste, in der Kommode, wo man die Unterwäsche aufzuheben pflegt, im Nachttisch, in dem im Allgemeinen persönliche Gegenstände anderer Art verwahrt werden, der Kleiderschrank, wenn er den Kleiderschrank öffnet, überlegt er, wird er dem Wunsch nicht widerstehen können, mit den Fingern durch die dort hängenden Kleider zu fahren, so als wollte er über die Tasten eines stummen Klaviers streichen, er überlegt sich, dass er einen der Röcke anfassen wird, um seinen Duft einzuatmen, das Parfüm oder einfach den Geruch. Und dann sind da die Schubladen im Schreibtisch, die er noch nicht durchsucht hat, und die kleinen Schränke in der Regalwand, irgendwo muss das verwahrt sein, was er sucht, der Brief, das Tagebuch, ein Wort des Abschieds, ein Zeichen der letzten Tränen. Aber wozu, fragte er, nehmen wir an, dass ein solches Blatt existiert, dass ich es finde, dass ich es lese, ihre Kleider bleiben weiterhin leer, von jetzt ab werden die Rechenaufgaben keine Lösung mehr haben, man wird nicht die Unbekannten der Gleichungen herausfinden, die Bettdecke wird nicht abgenommen, die Falten im Laken werden sich nicht über der Brust glätten, die Lampe am Kopfende wird nicht die Seite des Buches beleuchten, was zu Ende ist, ist zu Ende. Sr. José beugte sich vor und ließ seine Stirn in die Hände sinken, als wollte er weiter nachdenken, aber das war es nicht, die Gedanken waren ihm ausgegangen. Das Licht wurde plötzlich gebrochen, eine Wolke, die über den Himmel zog. In diesem Augenblick klingelte das Telefon, er hatte es vorher auf einem Tisch in der Ecke, wie ein Gegenstand, den man selten benutzt, gar nicht bemerkt. Der Anrufbeantworter schaltete sich ein, eine weibliche Stimme nannte die Telefonnummer und fügte dann hinzu, Ich bin nicht zu Hause, hinterlassen Sie Ihre Nachricht nach dem Signalton. Wer auch immer angerufen hatte, legte auf, es gibt Menschen, die es hassen, mit einer Maschine zu sprechen, oder in diesem Fall handelt es sich um einen Irrtum, in der Tat, wenn man die aufgenommene Stimme nicht erkennt, braucht man nicht fortzufahren. Das hätte man Sr. José, der noch nie in seinem Leben einen solchen Apparat aus der Nähe gesehen hatte, erklären müssen, sehr wahrscheinlich würde er den Erklärungen keine Aufmerksamkeit schenken, so sehr verwirrten ihn die wenigen Worte, die er gehört hatte, Ich bin nicht zu Hause, hinterlassen Sie eine Nachricht nach dem Signalton, Ja, sie ist nicht zu Hause, sie wird nie wieder zu Hause sein, es ist nur ihre Stimme geblieben, eine dunkle, bedeckte Stimme, die zerstreut klingt, als hätte sie bei der Aufnahme an etwas anderes gedacht. Sr. José sagte, Vielleicht ruft noch einmal jemand an, und in dieser Hoffnung rührte er sich für mehr als eine Stunde nicht vom Sofa, das Halbdunkel in der Wohnung wurde dichter, und das Telefon klingelte nicht wieder. Dann erhob sich Sr. José, Ich muss gehen, murmelte er, doch bevor er hinausging, lief er noch ein letztes Mal durch die Wohnung, betrat das Schlafzimmer, setzte sich einen Augenblick auf den Bettrand, das eine um das andere Mal strich er langsam mit der Hand über den gestickten Rand des Betttuchs, dann öffnete er den Kleiderschrank, dort hingen die Kleider der Frau, die die endgültigen Worte gesprochen hatte, Ich bin nicht zu Hause. Er beugte sich vor, um sie mit dem Gesicht zu berühren, den Geruch, den sie ausströmten, könnte man den Geruch der Abwesenheit nennen, oder war es eher das Parfümgemisch aus Rosen und Chrysanthemen, das hin und wieder im Personenstandsregister in der Luft liegt.

Die Pförtnerin erschien nicht, um ihn zu fragen, woher er kam, im Gebäude ist es still, als sei es unbewohnt. Dieses Schweigen brachte Sr. José auf einen Gedanken, den gewagtesten seines Lebens, Und wenn ich heute die Nacht hier verbringen würde, wenn ich in ihrem Bett schliefe, niemand würde das erfahren. Man sollte Sr. José sagen, dass nichts leichter ist als das, er braucht nur noch einmal mit dem Fahrstuhl nach oben zu fahren, die Wohnung zu betreten, die Schuhe auszuziehen, es kann sogar sein, dass sich wieder jemand in der Telefonnummer irrt, Wenn dem so ist, wirst du das Vergnügen haben, noch einmal die tiefe, bedeckte Stimme der Mathematiklehrerin zu hören, Ich bin nicht zu Hause, wird sie sagen, und wenn in der Nacht, während du schön im Bett liegst, ein angenehmer Traum deinen alten Körper erregt, dann weißt du schon, Abhilfe ist in Reichweite, du musst nur vorsichtig sein mit der Bettwäsche. Derlei Sarkasmus und Grobheiten verdient Sr. José nicht, seine gewagte Idee, eher romantisch als gewagt, verschwand so, wie sie kam, und er ist gar nicht mehr im Gebäude, sondern draußen, offenbar hat ihm die schmerzliche Erinnerung an das Bild seiner alten gestopften Socken und seiner mageren weißen, wenig behaarten Knöchel geholfen, hinauszugehen. Nichts auf der Welt hat einen Sinn, murmelte Sr. José und machte sich auf den Weg in die Straße, in der die Frau vom Erdgeschoss rechts wohnt. Der Nachmittag geht zur Neige, das Personenstandsregister ist schon geschlossen, es bleiben nicht viele Stunden für den Amtsschreiber, um eine Geschichte zu erfinden, die sein Fehlen vom Dienst während eines ganzen Tages rechtfertigt. Alle wissen, dass er keine Verwandten hat, denen er plötzlich hätte beistehen müssen, und selbst wenn er welche hätte, kann es keine Entschuldigung für seinen Fall geben, da er doch Wand an Wand mit dem Personenstandsregister lebt, er bräuchte nur hineinzugehen und von der Tür aus zu sagen, Adieu, bis morgen, eine Cousine von mir liegt im Sterben. Sr. José beschließt, alles aufs Spiel zu setzen, sollten sie ihm doch kündigen, ihn aus dem Angestelltenverhältnis entlassen, vielleicht braucht der Schafhirte einen Helfer, um die Nummern der Gräber zu vertauschen, vor allem wenn er daran denkt, sein Betätigungsfeld auszuweiten, in der Tat gibt es keinen Grund, sich nur auf die Selbstmörder zu beschränken, schließlich sind die Toten alle gleich, was man mit den einen machen kann, kann man auch mit den anderen tun, sie durcheinanderbringen, mischen, das ist gleich, die Welt hat keinen Sinn.

Als Sr. José an die Tür der Frau vom Erdgeschoss rechts klopfte, dachte er nur an die Tasse Tee, die er trinken würde. Er klopfte einmal, zweimal, aber niemand öffnete ihm. Verblüfft und unruhig klingelte er an der Tür links. Eine Frau erschien und fragte ihn trocken, Was wünschen Sie, Da drüben macht niemand auf, Na und, Können Sie mir sagen, ob etwas passiert ist, Was, Ein Unfall, eine Krankheit zum Beispiel, Kann sein, ein Krankenwagen hat sie abgeholt, Und wann war das, Vor drei Tagen, Und es gibt keine weiteren Nachrichten, wissen Sie vielleicht, wo sie ist, Sie entschuldigen. Die Frau schlug die Tür zu und ließ Sr. José im Dunkeln stehen, morgen werde ich in die Krankenhäuser gehen müssen, dachte er. Er fühlte sich erschöpft, den ganzen Tag war er herumgelaufen, Aufregung den ganzen Tag lang und jetzt noch dieser Schock zum Abschluss. Er verließ das Gebäude, blieb auf dem Bürgersteig stehen und fragte sich, was er noch tun konnte, die anderen Bewohner fragen, nicht alle wären so unangenehm wie die Frau vom Erdgeschoss links, Sr. José betrat das Haus wieder, ging die Treppe hinauf bis zum zweiten Stock, klopfte an die Tür der Mutter mit dem Kind und dem eifersüchtigen Mann, um diese Zeit wird er schon von der Arbeit zurück sein, aber das ist unwichtig, Sr. José wird nur fragen, ob sie etwas über die Nachbarin vom Erdgeschoss rechts wissen. Das Licht im Treppenhaus ist eingeschaltet, die Tür öffnet sich, die Frau hat das Kind nicht auf dem Arm und erkennt Sr. José nicht, Was wünschen Sie, fragte sie, Entschuldigen Sie die Unannehmlichkeiten, ich bin gekommen, um die Frau im Erdgeschoss rechts zu besuchen, aber sie ist nicht da, und die Mieterin auf der anderen Seite hat mir gesagt, dass man sie vor drei Tagen in einem Krankenwagen abgeholt hat, Ja, das stimmt, Wissen Sie vielleicht, wo sie ist, in welchem Krankenhaus, oder vielleicht bei einem Verwandten. Bevor die Mutter des Kindes Zeit hatte zu antworten, rief eine Männerstimme, Was ist, sie wandte den Kopf, Es ist jemand, der nach der Frau aus dem Erdgeschoss fragt, dann blickte sie Sr. José an und sagte, Nein, wir wissen gar nichts, Sr. José senkte die Stimme und sagte, Erkennen Sie mich, sie zögerte, Ach ja, jetzt erinnere ich mich, sagte sie flüsternd und schloss langsam die Tür.

Auf der Straße winkte Sr. José ein Taxi herbei, Bringen Sie mich zum Personenstandsregister, sagte er zerstreut zum Fahrer. Er wäre lieber gelaufen, um das wenige Geld zu sparen und den Tag so zu beenden, wie er ihn begonnen hatte, aber die Müdigkeit würde ihm keinen weiteren Schritt mehr erlauben. Dachte er. Als der Fahrer verkündete, Da sind wir, sah Sr. José, dass sie nicht vor seiner Wohnung standen, sondern am Eingang zum Personenstandsregister. Es lohnte nicht, dem Mann zu erklären, dass er um den Platz herum und durch die Seitenstraße fahren sollte, er brauchte schließlich nur etwa fünfzig Meter zu gehen, nicht einmal so viel. Er bezahlte mit den letzten Münzen, stieg aus, und als er die Füße auf den Bürgersteig setzte und den Kopf hob, sah er, dass die Fenster des Personenstandsregisters erleuchtet waren, Schon wieder, dachte er, und sofort verschwanden seine Besorgnis um die Frau vom Erdgeschoss rechts und die Erinnerung an die Mutter mit dem Kind, jetzt war das Problem, eine Entschuldigung für den folgenden Tag zu finden. Er bog um die Ecke, da war sein Haus, klein, fast eine Ruine, angelehnt an die hohe Wand des Gebäudes, die es zu erdrücken schien. Und nun pressten brutale Finger Sr. Josés Herz zusammen. Es war Licht in seinem Haus, er war sicher, dass er es ausgeschaltet hatte, als er hinausging, aber eingedenk all der Verwirrung, die seit so vielen Tagen in seinem

Kopf herrscht, könnte es sein, dass er es vielleicht vergessen hatte, wäre da nicht das andere Licht im Personenstandsregister, die fünf hell erleuchteten Fenster. Er steckte den Schlüssel ins Schloss, er wusste, wen er sehen würde, aber er hielt auf der Schwelle inne, als verlangte die Höflichkeit von ihm, sich überrascht zu zeigen. Der Chef saß an seinem Tisch, vor sich hatte er sorgfältig einige Papiere zurechtgelegt. Sr. José brauchte nicht näher heranzutreten, um zu wissen, worum es sich handelte, die beiden gefälschten Amtsvollmachten, die Karteikarten der unbekannten Frau, das Heft mit den Notizen, die Akte aus dem Personenstandsregister mit den offiziellen Dokumenten. Kommen Sie herein, sagte der Chef, fühlen Sie sich wie zu Hause. Der Amtsschreiber schloss die Tür, ging auf den Tisch zu und hielt inne. Er sprach nicht, in seinem Gehirn fühlte er einen Strudel, in dem sich alle Gedanken auflösten. Setzen Sie sich, ich habe Ihnen schon gesagt, dass Sie sich hier wie zu Hause fühlen sollen. Sr. José bemerkte, dass auf den Karteikarten der Schule ein Schlüssel lag wie seiner. Sie betrachten den Schlüssel, fragte der Amtsvorsteher und fuhr ruhig fort, Glauben Sie nicht, dass es sich um eine heimlich angefertigte Kopie handelt, als es die Häuser der Angestellten noch gab, hatten sie immer zwei Schlüssel für den internen Zugang, einen natürlich für den eigenen Gebrauch, der andere blieb im Besitz des Personenstandsregisters, alles findet sich zusammen, wie Sie sehen, Außer dass Sie ohne meine Erlaubnis hereingekommen sind, wagte Sr. José zu sagen, Die brauchte ich nicht, der Besitzer des Schlüssels ist der Herr des Hauses, sagen wir, dass wir beide die Herren dieses Hauses sind, so wie Sie sich auch offensichtlich hinreichend für den Herrn des Personenstandsregisters gehalten und offizielle Dokumente aus dem Archiv entfernt haben, Das kann ich erklären, Das ist nicht nötig, ich habe regelmäßig all Ihre Aktivitäten verfolgt, außerdem war mir Ihr Heft mit den Notizen eine große Hilfe, ich nutze die Gelegenheit, um Sie zu Ihrem guten Stil und der treffenden Wortwahl zu beglückwünschen, Morgen werde ich meine Kündigung einreichen, Die ich nicht akzeptieren werde. Sr. José schaute überrascht, Sie werden sie nicht akzeptieren, Nein, das werde ich nicht, Warum, wenn ich fragen darf, Das dürfen Sie, da ich ohnehin bereit bin, mich zum Komplizen Ihrer ungesetzlichen Handlungen zu machen, Das verstehe ich nicht. Der Amtsvorsteher nahm die Akte der unbekannten Frau in die Hand, dann sagte er, Das werden Sie gleich verstehen, zunächst aber erzählen Sie mir, was sich auf dem Friedhof zugetragen hat, Ihr Bericht hört bei der Unterhaltung auf, die Sie mit dem Amtsschreiber von dort hatten, Es würde lange brauchen, das zu erzählen, Mit wenigen Worten, damit ich ein Bild von dem Ganzen habe, Ich bin zu Fuß über den Zentralfriedhof gegangen bis zum Abschnitt der Selbstmörder, ich habe unter einem Olivenbaum geschlafen, am nächsten Morgen, als ich erwachte, fand ich mich mitten in einer Schafherde, und dann erfuhr ich, dass der Hirte sich damit vergnügt, die Nummern der Gräber auszutauschen, bevor die Grabsteine aufgestellt werden, Warum, Das ist schwer zu erklären, es hat alles damit zu tun, dass man wissen will, wo wirklich die Menschen sind, die wir suchen, er glaubt, wir werden es nie erfahren, Wie die, die Sie die unbekannte Frau genannt haben, Ja, Was haben Sie heute gemacht, Ich bin in die Schule gegangen, in der sie Lehrerin war, in die Wohnung, in der sie gelebt hat, Haben Sie etwas entdeckt, Nein, ich wollte auch nichts entdecken. Der Amtsvorsteher öffnete die Akte, nahm die Karteikarte heraus, die bei den andern der fünf berühmten Menschen gelegen hatte, mit denen Sr. José sich beschäftigte, Wissen Sie, was ich an Ihrer Stelle täte, fragte er, Nein, Wissen Sie, was die einzig logische Schlussfolgerung aus allem ist, was bis zu diesem Augenblick geschehen ist, Nein, Für diese Frau eine neue Karteikarte anzulegen wie die alte, mit allen korrekten Daten, aber ohne das Todesdatum, Und dann, Und dann stecken Sie sie in den Karteikasten der Lebenden, als sei sie nicht gestorben, Das wäre Betrug, Ja, das wäre Betrug, aber nichts von dem, was wir getan haben, Sie und ich, hätte einen Sinn, wenn wir ihn nicht begingen, Das verstehe ich nicht, der Amtsvorsteher lehnte sich im Stuhl zurück, strich langsam mit den Händen über sein Gesicht, dann fragte er, Erinnern Sie sich an das, was ich am Freitag dort drin gesagt habe, als Sie unrasiert zum Dienst erschienen, Ja, An alles, An alles, Also erinnern Sie sich auch daran, dass ich mich auf gewisse Umstände bezogen habe, ohne die ich nie die Absurdität hätte begreifen können, die darin liegt, die Toten von den Lebenden zu trennen, Ja, Muss ich Ihnen noch sagen, auf welche Umstände ich mich bezog, Nein.

Der Amtsvorsteher erhob sich, ich lasse Ihnen den Schlüssel hier, ich habe nicht die Absicht, ihn noch einmal zu benutzen, und fügte, ohne Sr. José Zeit zu einer Antwort zu lassen, hinzu, Es gibt noch eine letzte Frage zu lösen, Welche, In der Akte Ihrer unbekannten Frau fehlt der Totenschein, Den habe ich nicht finden können, er muss hinten im Archiv geblieben sein, oder er ist auf dem Weg heruntergefallen, Solange Sie ihn nicht finden, wird diese Frau tot sein, Sie wird auch tot sein, wenn ich ihn finde, Es sei denn, Sie zerreißen ihn, sagte der Amtsvorsteher. Bei diesen Worten drehte er sich um, kurz darauf hörte man, wie die Tür zum Personenstandsregister ins Schloss fiel. Sr. José blieb mitten im Zimmer stehen. Es war nicht nötig, eine neue Karteikarte auszufüllen, denn er hatte schon eine Abschrift in der Akte. Es war jedoch nötig, das Original zu zerreißen oder zu verbrennen, auf dem das Todesdatum eingetragen worden war. Und da war auch noch der Totenschein. Sr. José betrat das Personenstandsregister, ging an den Schreibtisch des Chefs und öffnete die Schublade, in der ihn die Taschenlampe und der Ariadnefaden erwarteten. Er befestigte ein Ende der Schnur am Knöchel und machte sich auf in die Dunkelheit.